Olivier Descosse

Passionné par l'écriture et les environnements extrêmes, Olivier Descosse est avocat et auteur de plusieurs romans. Il est également membre du collectif d'artistes La Ligue de l'Imaginaire. Son thriller *Le Pacte rouge*, paru chez Stock en 2005, a remporté le Prix du Polar du Festival de Cognac. Aux éditions XO, il publie *Peurs en eau profonde* en 2022, suivi du *Cirque du Diable* en 2023 qui a obtenu le Prix de l'Évêché en 2024.

LE CIRQUE DU DIABLE

ÉGALEMENT CHEZ POCKET

Peurs en eau profonde
Le Cirque du Diable

OLIVIER DESCOSSE

LE CIRQUE DU DIABLE

THRILLER

Le Code de la propriété intellectuelle n'autorisant, aux termes de l'article L. 122-5, 2° et 3° a, d'une part, que les « copies ou reproductions strictement réservées à l'usage privé du copiste et non destinées à une utilisation collective » et, d'autre part, que les analyses et les courtes citations dans un but d'exemple et d'illustration, « toute représentation ou reproduction intégrale ou partielle faite sans le consentement de l'auteur ou de ses ayants droit ou ayants cause est illicite » (art. L. 122-4).
Cette représentation ou reproduction, par quelque procédé que ce soit, constituerait donc une contrefaçon, sanctionnée par les articles L. 335-2 et suivants du Code de la propriété intellectuelle.

© XO Éditions, 2023
ISBN : 978-2-266-34792-1
Dépôt légal : novembre 2024

*À Céline et Téa,
les murs porteurs...*

*« Le succès ne dure pas.
L'échec ne tue pas.
Ce qui compte, c'est le courage de continuer. »*

Winston Churchill

PROLOGUE

— Arrivée dans deux minutes !

La voix du pilote avait grésillé dans le casque radio-émetteur avec la force d'une prophétie. Une nouvelle aventure, comme chaque fois, où peur et bonheur pur fusionnaient dans un grand bain d'adrénaline pour créer un cocktail explosif.

Lou Bardon échangea un regard avec son camarade de jeu, sanglé à côté d'elle dans le cockpit de l'hélico. Visage mangé par le masque, casque et combi rose fluo, Yanis ressemblait à un lutin 2.0 en route pour un sabbat déjanté. La pastille rouge luisant sur sa GoPro attestait qu'il avait commencé à filmer.

Lou alluma sa caméra et tourna la tête vers la droite. Au travers du hublot, un paysage qu'elle connaissait par cœur. Du blanc, du noir, du bleu... Les couleurs immuables des glaciers. Elles peignaient la toile d'une étendue inviolée, d'une pureté à coller la migraine, sectionnée par des éperons rocheux qui se découpaient sur une voûte de cobalt.

Pour ce *run*, et après une semaine passée à poireauter en espérant que le temps se lève, les conditions météo étaient optimales. Pas un nuage, vent à dix kilomètres-heure, – 12 °C au thermomètre. Le réchauffement climatique poursuivait sa marche inexorable mais en cette fin novembre, les sommets acérés du massif de la Meije, en plein cœur du parc national des Écrins, étaient recouverts d'une épaisse couche de neige. Un tapis lisse, apparemment sans accroc, dont Lou savait mieux que personne déjouer les pièges.

La surfeuse aurait besoin de toute son expérience pour venir à bout du défi qui l'attendait. La descente d'un couloir encore vierge, seul point d'entrée d'un site qui n'avait jamais été foulé. Un site que les habitants de la vallée avaient surnommé le Cirque du Diable, en raison des vieilles légendes qui planaient sur lui et dissuadaient quiconque de s'en approcher.

Lou ne croyait pas à ces fables mais sa configuration suffisait à le rendre dangereux. Orienté plein nord, le soleil n'y faisait que de brèves incursions et la glace serait omniprésente. Une véritable patinoire, sans la moindre adhérence.

L'Écureuil fit une boucle et entama l'approche. La zone de droppage était située sur un promontoire, à plus de 3 800 mètres d'altitude, une plateforme minuscule sur laquelle il n'y avait aucun moyen de se poser. Il faudrait balancer les sacs, les surfs, et sauter dans la poudreuse pendant que leur chauffeur maintiendrait l'appareil en vol géostationnaire au-dessus du sol.

— On y est, lança le pilote.

Lou se leva la première. Elle fit coulisser la porte latérale, jeta son matériel par l'ouverture et s'assit sur le rebord de la carlingue, jambes dans le vide.

Un coup d'œil vers le bas.

Elle se laissa tomber.

Amortie par l'épaisse couche neigeuse, la réception s'effectua sans encombre. Son partenaire la rejoignit aussitôt, silhouette acidulée évoluant dans un tourbillon de givre. Pendant qu'il rassemblait son équipement, Lou se tourna vers l'hélico, pouce en l'air. La machine s'éleva lentement, piqua du nez et disparut derrière une crête.

— Ça va être un *ride* de ouf ! s'enthousiasma Yanis.

— N'oublie pas qu'on doit aussi faire des images. Tu restes bien dans mes traces et tu me shootes plein cadre.

— Pourquoi tu me dis ça ? T'as peur que je te vole la vedette ?

Lou étira un sourire. La question n'était pas là et tous les deux le savaient. Il la chambrait dans le seul but de faire baisser la tension. Les deux surfeurs avaient beau évoluer dans le circuit pro depuis plusieurs années, le défi du jour cumulait un paquet de difficultés.

À cette altitude, la VO_2max, le taux de saturation en oxygène, était de 60 %. Conséquences potentielles : essoufflement, fatigue, vertiges et, dans le pire des cas, œdème pulmonaire. Ils allaient devoir descendre dans ces conditions pendant un bon moment avant de passer sous la barre des 3 000, de retrouver une pression atmosphérique plus élevée et donc de supprimer ces risques.

Deuxième sujet, la topographie. Le point de départ se résumait à une sorte de tremplin posé à la lisière du ciel. Il ouvrait directement sur le toboggan de la mort, un corridor étroit de quatre cents mètres délimité par deux arêtes de granit. À peine de quoi tourner sur une pente à 55°, autant dire verticale et sans la moindre prise à laquelle s'accrocher.

Une fois ce gros morceau avalé, d'autres réjouissances les attendraient. Barres rocheuses de plusieurs mètres, séracs, crevasses en tous genres... Du classique, à la portée de tous les *riders* évoluant à leur niveau, mais qui impliquait néanmoins de rester concentré.

Enfin, après deux heures de surf, ils réaliseraient un *base jump* à partir d'une falaise, seule porte de sortie permettant de s'extraire du cirque montagneux dans lequel ils allaient surfer et de plonger vers la vallée. Suivrait un vol relatif d'une minute trente effectué le long des reliefs, avant d'ouvrir la voile du parapente pour atterrir dans un champ. Les *wingsuits*, combinaisons ailées agrémentées de pièces de tissu souple tendues entre les bras et les jambes, permettraient d'augmenter la portance et de convertir la vitesse de chute en vitesse horizontale.

En clair, de se prendre pour un oiseau.

Lou vérifia une dernière fois son harnachement. Fixations serrées à bloc. Sangles verrouillées. Lunettes à protection latérale et gants thermo-moulés ajustés au millimètre. La caméra était activée et la balise de survie enclenchée. Dans cette zone blanche, pas question de compter sur les portables. En cas de problème, le signal GPS serait relié par satellite au PC sécurité qui suivrait leur progression à partir du village de La Grave. Enfin, *last but not least*, elle s'assura que la liaison audio intégrée dans les casques était opérationnelle.

— Tu me reçois ?

— Cinq sur cinq, répondit Yanis.

— Alors, c'est parti.

Elle se positionna face à la pente, planche à angle droit et corps dans l'alignement. La verticalité du mur donnait la sensation de se pencher au-dessus d'un précipice. Pas de doute, les images seraient spectaculaires. Assez pour époustoufler ses deux millions d'abonnés sur Instagram et réjouir ses sponsors. À condition de ne pas se planter…

Un petit bond vers l'avant.

Elle se laissa glisser.

Les premiers mètres étaient toujours les plus délicats. En fait de glisse, il s'agissait plutôt d'une sorte de dérapage contrôlé sur une couche de glace vive, le temps de prendre ses marques. Une fois l'oreille interne acclimatée, on commençait à enchaîner les changements d'appuis, toujours sur les carres en raison de la déclivité.

Très vite, Lou trouva son rythme. L'adrénaline boostait ses muscles, canalisait ses émotions, affinait ses perceptions. Le stress ressenti avant chaque départ laissait maintenant la place à la concentration, aux réflexes, et avant tout, à l'intuition.

Même si la *rideuse* avait grandi dans ces montagnes, même si elle avait préparé l'expédition dans les moindres détails et identifié chaque segment du parcours grâce à une carte satellite, ce dernier facteur prenait en situation le pas sur tous les autres. A fortiori dans de telles conditions.

Ils mirent une heure pour avaler le couloir. Une descente sous tension, à la limite du décrochage, où chaque virage prenait des allures de pari. Une fois en bas, les deux surfeurs laissèrent éclater leur joie.

— *Yessss !* cria Lou en dressant ses poings vers le ciel. On l'a eu, cet enfoiré !

— Un dépucelage en règle, surenchérit Yanis. Avec ce *run*, on va entrer dans la légende.

La jeune femme lui lança un sourire enthousiaste. Puis, sans attendre, elle visionna les premières images transmises par le Bluetooth sur son iPhone. Époustouflantes, comme toujours. Elles donneraient à son public la sensation qu'il se trouvait avec elle sur la paroi.

— Pour moi, c'est bon. Et toi ?
— D'enfer. Regarde.

Yanis lui tendit son portable. Même genre de *rushs*, avec au premier plan la silhouette agile de Lou. Filmée de dos, elle bondissait dans la pente comme un cabri. En toile de fond, l'aiguille majestueuse du Grand Pic de la Meije.

— Nickel. À partir de maintenant, faudra penser à inverser les angles sur quelques plans.
— Tu veux faire ça où ?
— On improvisera au fur et à mesure. Pour le final, j'ai repéré un spot juste avant la falaise.

Les *riders* se remirent en route. Un surf plus accessible, sur un parcours beaucoup moins raide, hérissé de pitons rocheux et ponctué par des goulets d'étranglement. Ils se faufilaient entre les obstacles tels des missiles téléguidés, éclats de couleurs vives tranchant dans la bichromie d'un paysage en noir et blanc. Dans leur sillage, deux traces s'entrecroisaient pour dessiner dans la neige fraîche une hélice d'ADN.

Enfin, après une heure d'efforts supplémentaire, ils s'arrêtèrent de nouveau. Ils avaient avalé environ huit cents mètres de dénivelé au total, et capté des prises de vues qui s'intégreraient parfaitement au montage.

La partition se déroulait comme prévu, aucun accroc dans le scénario.

La barre rocheuse dont Lou avait parlé se trouvait à présent devant leurs planches. Une muraille de granit plongeant dans le vide et cernée par un petit bosquet de mélèzes, qui allait permettre à Yanis de filmer Lou par en dessous. La surfeuse envisageait, si la zone de réception s'avérait praticable, d'effectuer un saut tendu avec double flip arrière, avant d'atterrir vingt mètres plus bas sur une rampe de poudreuse. De la haute voltige, digne d'un numéro de cirque.

— J'te fais un topo dans une minute, lança le jeune homme en s'éloignant.

Lou le regarda disparaître au milieu des arbres. Pendant qu'elle attendait le feu vert, ses yeux dérivèrent sur le décor majestueux qui l'entourait. À cette altitude, et quelle que soit la saison, la montagne avait des allures de grand désert blanc. Un monde figé, éternel, incorruptible. La matrice qui l'avait portée dans son sein, guidée dans ses choix, soutenue dans les épreuves.

Son père lui avait transmis le goût de cette nature sauvage, de ces espaces inviolés, de cette puissante sensation de liberté que chaque course procurait. Comme lui, elle avait décidé de vouer sa vie aux éléments. Comme lui, elle avait également décidé de les provoquer. Une existence placée sous le sceau de la mort et du risque, dont il fallait parfois payer le prix mais dont la récompense était à la hauteur des sacrifices.

— Lou, tu me reçois ?

La voix de Yanis était tendue. Pas bon signe.

— Y a un souci ?

— Un gros.
— C'est quoi ?
— Tu vas pas le croire.
— Putain, accouche !
— Y a un mec dans la neige. Et il a l'air carrément mort.

I

1

Une vraie machine de guerre.

Ballet rythmé des jambes. Danse hypnotique des bras. Va-et-vient saccadé des boules de cuir luisant sous les néons. Les épaules se fondaient dans le mouvement, masse sombre et musculeuse ondulant en cadence à chaque passe d'armes.

Paul esquiva un swing et se remit en ligne, pieds bien campés au sol dans une posture d'attente. Son adversaire, un Comorien taillé comme une armoire à glace, ne l'impressionnait pas. Ce genre de fauve, il en avait séché plus d'un. Il suffisait d'attendre le bon moment.

Nouvelle attaque. Recul réflexe, à la limite du point de contact. L'autre vacilla. Un poing qui fouette le vide et c'est tout l'équilibre du corps qui s'en trouve perturbé. Il se tenait maintenant de trois quarts, cherchant à retrouver ses marques.

Paul profita du flottement pour lancer son missile. Un bon vieux crochet du gauche, avec tout le jus qui lui restait en magasin. Sans résultat. Le scud frôla le menton du géant et alla se perdre dans le grand néant des enchaînements foireux.

Un partout, balle au centre.

Enfin, pas tout à fait...

Sur cette dernière reprise, Paul était à la peine. Quarante-six piges le mois prochain. Même s'il se sentait encore au top, l'intensité de l'affrontement suçait sa sève à chaque assaut.

Pas le temps de s'apitoyer. Le Comorien revenait déjà. *Low kick* – coup de pied latéral bas – en plein sur son mollet pour l'affaiblir. Dans la foulée, série de directs, tous d'une précision redoutable. Un putain de marteau-pilon qui percutait son front pour faire vibrer son crâne.

Paul se protégea du mieux possible. Buste cassé. Avant-bras relevés. Gants placés en remparts devant le visage. Une muraille dérisoire face à l'avalanche de coups qui s'abattait sur lui.

Qu'est-ce qui lui avait pris d'accepter ce défi à la con ? Sur le papier, les deux pugilistes boxaient dans la même catégorie, celle des mi-lourds. Malik Ousseni, champion de Provence en titre de MMA – *Mixed Martial Art*, aussi appelé combat libre ou *free-fight* –, alignait ses quatre-vingt-dix kilos de barbaque pour zéro gramme de graisse. Idem pour Paul. Sauf que le Comorien avait vingt ans de moins. Dans la rue, sans l'équipement et les garde-fous propres à l'entraînement, il aurait pu le démonter en rigolant. Il avait de l'expérience et le vice qui allait avec.

Ici, sur un ring, le temps jouait contre lui.

Un coup de genou bien placé lui coupa le souffle pour de bon. Il se plia en deux, avec la sensation que ses entrailles flambaient. Le foie, à tous les coups. Volontairement ou non, Ousseni avait dû l'atteindre.

Deux, trois secondes de battement, pendant lesquelles le monde se résuma à un grand brouillard blanc. Enfin, les images réapparurent. Les mains en croix de l'arbitre. Le sourire satisfait du champion. Le visage crispé de Tony, nouveau gérant des lieux et coach perso de Paul. Autant de signaux qui clignotaient dans son cerveau et signaient sa défaite.

Il attendit quelques instants, le temps que la machine se remette en marche. Puis il se laissa raccompagner jusqu'à son coin et s'adossa aux cordes.

— Comment tu te sens ?

Paul cracha son protège-dents. Il happait l'air par petites goulées.

— Ça va aller…

Tony n'avait pas l'air convaincu. Il le scrutait toujours.

— Va quand même voir un toubib.

— T'inquiète, j'te dis… J'en ai vu d'autres.

— Et moi, j'te dis que tu t'es mangé une grosse mandale. Faut faire une écho.

Le sacro-saint principe de précaution. Quand Paul avait commencé à pratiquer le kickboxing avec l'idée de devenir professionnel, on en était très loin. On se faisait éclater le nez, les arcades et la rate sans que personne bronche.

— Laisse tomber l'écho. Une bonne douche, ça va le faire.

Il passa sous les cordes et prit le chemin des vestiaires. En se débarrassant de son équipement, il eut la sensation de retirer une armure. Casque, coudières et genouillères, protège-tibias, coquille… Chaque pièce était trempée de sueur.

Il enleva son tee-shirt en grimaçant. Une plaque rouge vif marbrait son flanc droit, là où la rotule d'Ousseni avait transpercé sa défense et mis un point final à ses velléités de victoire.

Pourtant, en dépit de ce constat affligeant, Paul s'accrochait. Deux séances d'entraînement hebdomadaires, un footing tous les dimanches et un régime à base de poisson cru lui permettaient de garder la forme. Il avait aussi limité sa consommation de caféine et ne s'octroyait plus qu'un petit cigarillo de temps en temps. Cette hygiène de vie quasi irréprochable faisait de lui une arme de chair, de muscles, capable d'interpeller un mastard défoncé, de le plaquer au sol d'une main en lui foutant les bracelets de l'autre avant de le balancer dans la voiture. Le cobra tatoué sur son bras avait encore de la ressource. Il savait où et comment planter ses crocs.

Il s'étira une dernière fois et se dirigea vers les bacs. En passant devant l'immense miroir en pied, il capta son reflet. Sa carrure avait pris en épaisseur mais il restait sec, affûté, comme ces boxeurs thaïs qui se nourrissent de riz et dorment sur des bambous pour être performants. Ses traits avaient mûri, tout en gardant cette intemporalité propre aux visages typés. Il avait abandonné le catogan et adopté une coupe courte, cheveux légèrement grisonnants, sans que cette évolution affecte son apparence. Ses pommettes de silex et la couleur cuivrée de sa peau lui conféraient toujours un look d'Apache. Un Indien dans la ville, programmé pour se battre et faire régner la loi.

Il détourna les yeux en soupirant et se glissa sous les jets. Le temps de la BAC était loin. Celui des courses-poursuites dans les cités des quartiers nord aussi. Depuis sa mutation à la brigade criminelle de Marseille, dix ans plus tôt, le lieutenant Paul Cabrera avait pris du galon. On l'avait bombardé capitaine, avant de lui confier les clefs d'un groupe d'enquête et les responsabilités qui allaient avec. Une évolution inattendue pour une tête brûlée dans son genre, qui répondait pourtant à une logique toute simple.

Après le démantèlement de son unité fin 2012, à la suite de l'affaire de corruption qui avait défrayé la chronique, la hiérarchie avait redistribué les cartes. Les rescapés du tsunami devant atterrir quelque part, on avait pris en compte leurs aptitudes pour leur attribuer un nouveau poste. Et en matière d'enquêtes, les résultats de Paul crevaient le plafond.

Il connaissait le terrain, avait de l'intuition, des réflexes. Son bon sens à toute épreuve lui permettait souvent de faire mouche. Surtout, il comprenait la violence des dingues qu'il traquait dans ses motivations les plus intimes. Les scories d'une époque où cette fureur le dévorait aussi, comme une blessure qui le grattait encore parfois et lui donnait plusieurs longueurs d'avance.

La sonnerie de son portable le tira de ses pensées.

Il poussa un juron, sortit du bac et attrapa l'appareil du bout des doigts.

Numéro inconnu.

Il décrocha quand même.

2

— Capitaine Cabrera ?
— Lui-même, répondit Paul sèchement.
— Lionel Conte. Parquet de Gap.

Une image se matérialisa aussitôt. Épaules larges, taille étroite, cheveux courts et bouclés sur une paire de joues roses. Un triathlète sanglé dans un costume de mauvaise coupe.

Paul se souvenait vaguement de ce proc. Ils n'avaient jamais bossé ensemble mais s'étaient croisés quelques années plus tôt à la cour d'appel d'Aix-en-Provence. Le flic représentait sa brigade à l'occasion d'une rentrée solennelle, un exercice qu'il exécrait mais dont il avait hérité avec sa promotion. À l'époque, Conte était premier substitut à Marseille. Ils avaient à peu près le même âge et partageaient une même passion pour les activités physiques. Au milieu des ronds-de-cuir et des médaillés à casquette, sa compagnie avait été rafraîchissante.

— Monsieur le procureur, le salua Paul en récupérant sa serviette.
— Il me semble qu'on se disait « tu », non ?

— J'attendais que tu me le proposes.

Tout en parlant, le flic lança un regard circulaire sur le vestiaire. Personne. Il mit son téléphone sur haut-parleur et commença à se frictionner.

— Je te dérange ? poursuivait Conte.

— Tu tombes pile-poil. Je viens juste de terminer mon entraînement.

— Toujours adepte du MMA ?

— Toujours.

— « *Mens sana in corpore sano.* » Je devrais suivre ton exemple.

Nouvelle réminiscence. Le parquetier était fan de montagne. Été comme hiver, il crapahutait sur les sommets dès que l'occasion se présentait. La robe noire n'avait pas étouffé le chamois, ce qui expliquait sans doute sa mutation à Gap.

— Qu'est-ce que je peux faire pour toi ? demanda Paul en essuyant les dernières gouttes d'eau accrochées à sa peau.

— J'ai besoin de tes services.

— Perso ou pro ?

— Tout ce qu'il y a de plus pro. J'ai un cadavre sur les bras et il me faut un type compétent pour éclaircir cette histoire.

— Un meurtre ?

— Je ne suis pas encore sûr.

Paul noua la serviette autour de sa taille et s'assit sur un banc. Ses côtes le brûlaient toujours.

— Je t'écoute.

— Il s'agit d'un homme. Dans la trentaine. On a lancé un appel à témoin pour essayer de l'identifier mais on n'a pas encore de retour.

— Il est mort comment ?

— Le corps a été découvert par des surfeurs, hier, dans le massif de la Meije. Entièrement congelé. Il était adossé à une paroi rocheuse et n'avait aucune blessure apparente. Ça ressemble à un accident mais plusieurs points ne collent pas.

— Lesquels ?

— D'abord, le site. La zone est inaccessible. Depuis que les déposes en hélico sont interdites, on ne peut même plus s'y rendre par les airs. Les *riders* avaient demandé une dérogation pour se faire dropper au sommet du glacier. D'après les gendarmes, il s'agissait d'une première.

— Ton client a dû obtenir le même passe-droit.

— De toute façon, il y a un bug. La victime n'était pas outillée pour une balade de ce genre. Pas d'équipement, pas de matériel, pas de balise de survie... Rien. Pour tout te dire, le type était à poil.

Paul marqua un temps d'arrêt.

— T'es sérieux ?

— Les gendarmes ont passé les alentours au peigne fin. Pas la moindre trace de quoi que ce soit dans un rayon d'un kilomètre.

Le capitaine pencha la tête sur le côté. Ses cervicales émirent un craquement sec, libérateur.

— Tu penses à quoi ?

— Il n'y a que deux possibilités, lança le procureur. La première, on a affaire à un malade. Un mec qui faisait la course en solo, sur un parcours encore vierge et au mépris de toutes les règles de sécurité. Il s'est fait larguer au sommet, a commencé à descendre et a eu un problème. La météo, une crevasse, son surf qui se casse en deux... Tout est envisageable. Il s'est retrouvé coincé un peu trop longtemps, a perdu les pédales à cause du froid et de l'altitude, s'est déshabillé entièrement et a abandonné son matériel. Puis il a marché droit devant jusqu'à ce qu'il meure gelé.

— C'est possible, un truc pareil ?

— Ça arrive. Les températures extrêmes, associées au manque d'oxygène, peuvent provoquer une confusion allant jusqu'au délire. Mais de toi à moi, c'est assez rare.

Conte connaissait son affaire. Et de toute évidence, il n'était pas fan de cette version. Son appel, après plusieurs années de silence et à une heure si tardive, militait pour une autre explication.

— Et la seconde ? s'enquit Paul.

— Quelqu'un l'a piégé dans ce congélateur. Sans équipement et sans vêtements pour être bien sûr qu'il ne s'en sorte pas.

— Quelqu'un qui aurait fait la descente avec lui ?

— Ou qui l'a balancé d'un hélico. On peut envisager les deux, mais le fait qu'on n'ait rien retrouvé dans le périmètre pourrait plaider pour la seconde option.

Quelle que soit celle retenue, l'hypothèse soulevée par le procureur pouvait tenir la route. Un meurtre, quasi parfait, perpétré dans le silence des cimes. Du fait de sa température négative, l'arme du crime était l'air lui-même. Une arme indétectable, impalpable. Quant au corps, il serait encore bloqué là-haut si des surfeurs n'avaient pas décidé de s'attaquer à cette zone. Un cadavre sans existence, sur lequel personne n'aurait jamais enquêté.

Paul s'appuya contre le mur et posa la question qui lui brûlait les lèvres :

— Pourquoi moi ?

— Parce que tu connais l'environnement.

— De quel environnement tu parles ?

— La montagne.

Le flic de la Crime lui avait parlé de ses expériences de surf hors-piste quand il avait vingt ans. De là à en faire un spécialiste des glaciers, il y avait de la marge.

Il répondit d'un ton las.

— J'ai pas foutu les pieds dans les Alpes depuis des lustres. Tu devrais continuer avec la SR du peloton de gendarmerie de Briançon. Ils seront plus efficaces.

— Ce ne sera pas suffisant. Pour l'instant, je contrôle. Mais tu sais comme moi que ça ne va pas durer. Si mes craintes se confirment, s'il s'agit bien d'un meurtre, je devrai faire désigner un juge d'instruction.

— Et après ?

— On n'en a qu'un. Un petit con qui arrive de Paris. Il va profiter de cette affaire pour se mettre en avant. Il utilisera sans doute la mauvaise réputation du site pour se répandre dans les médias.

— L'endroit est connu ?

— Les gens du coin l'appellent le Cirque du Diable. En raison de vieilles histoires liées à des disparitions jamais élucidées. Les anciens pensaient qu'il ne fallait pas s'en approcher. Que toute la zone était maudite.

— C'est quoi, ces conneries ?

— Des superstitions. Des légendes. Quoi qu'il en soit, les conséquences pour la vallée seront désastreuses si ça s'ébruite. Je dois à tout prix éviter ça et boucler l'affaire dans le délai de flagrance. Sans toi, je ne suis pas sûr d'y arriver.

Paul capta une inflexion dans le ton du procureur. Comme si l'affaire lui tenait à cœur.

— J'ai l'impression que c'est personnel, je me trompe ?

— Le massif où on a trouvé le corps est sur la commune de La Grave. Je n'y suis pas né et je n'y ai jamais vécu mais la famille de mon père vient de là. Disons que j'y suis attaché.

Le profil atypique du magistrat prenait tout son sens. Comme sa connaissance des spécificités locales. Conte était un Haut-Alpin. Il avait appris à grimper avant de savoir marcher et gardait au fond du cœur l'amour des paysages de son enfance. Des valeurs auxquelles Paul adhérait. Il n'avait jamais oublié qui il était. Encore moins d'où il venait.

— OK. Je te suis.

— Je te le revaudrai.

— Tu as des éléments à me communiquer ?

— Les premières constatations des gendarmes.

— Je t'envoie mon adresse e-mail.

Le capitaine tapota l'écran de son portable. Conte parlait toujours.

— Je te fais suivre une réquise officielle avec le PV. Je cosaisis ta brigade et je veux que tu diriges l'enquête.

— Ça risque de faire grincer des dents.

— C'est même certain. Le colonel Jansen n'est pas du genre commode. C'est lui qui commande la section de recherches de Briançon. Je compte sur toi pour y aller en douceur.

— Je ferai de mon mieux.

La porte du vestiaire s'ouvrit sur un boxeur au visage cramoisi. Paul jeta un regard sur sa montre, une Fitbit connectée qui enregistrait en permanence toutes ses données cardiaques. 22 heures et des poussières. Les entraînements se terminaient, la salle allait bientôt fermer.

— Une dernière chose, ajouta Paul en coupant le haut-parleur. L'autopsie ? Elle est prévue pour quand ?

— Pas avant deux ou trois jours.

— Pourquoi si tard ?

— T'as pas entendu parler de l'accident du car scolaire, à Guillestre ?

Le policier ne regardait jamais les infos. Il se tapait assez d'horreurs dans la vraie vie.

— Non.

— Six gamins sont morts. Notre légiste est débordé.

Paul ne fit pas de commentaire. La pièce commençait à se remplir, il était temps de quitter les lieux.

— Faut que je te laisse.

— Tu peux partir quand ?

— Demain. Je dois d'abord gérer un truc perso.

3

La route. Le vent. Le bruit.
Après avoir piloté toute sa vie des sportives – essentiellement des japonaises –, Paul avait opté pour une Harley. Moins dangereuse, plus confortable, la routière légendaire de Milwaukee était conçue pour avaler le bitume pendant des heures. Le grondement de tonnerre produit par les pots d'échappement lui donnait des frissons. Quant aux deux sacoches en cuir accrochées à la selle, elles suffisaient pour contenir le peu d'affaires dont il avait besoin. Quelques fringues de rechange, un ordinateur portable et une dizaine de chargeurs pour son arme de service.
Côté équipement, le flic avait aussi évolué. Il avait troqué le Perfecto de sa jeunesse contre un bombardier en cuir fauve plus confortable, dont la seule touche *borderline* se résumait à l'écusson rouge et blanc cousu sur le devant. Une tête de mort casquée, ailée, encadrée par la calligraphie gothique du HAMC, le légendaire Hells Angels Motorcycle Club dont il faisait partie. Les bottes à boucles parachevaient la panoplie, toujours

utiles quand il fallait calmer un récalcitrant à coups de pompe.

Le capitaine avait quitté Marseille en début de matinée après un bref crochet par le vallon des Auffes. Depuis le décès de son père, sa mère vivait seule dans le petit port de pêche où Paul avait grandi. Célibataire, sans enfants – il n'avait jamais rencontré l'âme sœur en dépit du succès qu'il avait toujours eu auprès des femmes –, il lui consacrait une partie de son temps libre et passait la voir chaque fois qu'il le pouvait. Il en profitait pour changer une ampoule ou resserrer une vis, avant de préparer un plat de pâtes qu'ils partageaient devant le journal télévisé. Vue de l'extérieur, cette attention constante avait des airs de sacerdoce. Pour Paul, il s'agissait simplement de lui rendre ce qu'elle lui avait donné.

Cette fois, il avait dû se limiter à l'intendance. Pas le moment de cuisiner, encore moins de s'attabler. Il disposait de deux petites semaines pour résoudre l'équation posée par le procureur. Chaque heure comptait.

Il était sorti de l'autoroute à Sisteron, avait contourné Gap par Tallard, avant de prendre la direction de Briançon sur une nationale encombrée. Des champs, des bois et des vergers l'avaient accompagné jusqu'au Monêtier-les-Bains, dernier village de la vallée de Serre Chevalier avant la brèche du Lautaret.

13 heures et des poussières. Paul traversait à présent un paysage lunaire fait de roches grises et d'éboulis. Plus un arbre, plus une fleur, seulement des étendues de caillasses cernées par les flancs sombres de géants de pierre. Disséminées dans ce décor aride, des plaques de neige le mouchetaient comme le pelage d'un dalmatien. Elles annonçaient l'arrivée imminente de l'hiver.

Il fit une courte pause à la station essence du col – son réservoir était à sec –, avala un sandwich et reprit la route. Après la perspective dégagée des sommets, il s'enfonçait maintenant dans un goulet étroit au fond duquel on devinait des points de couleur.

Dix minutes plus tard, il dépassait le panneau rouge et blanc qui marquait l'entrée de la commune de La Grave. Paul n'avait mis les pieds dans ce trou qu'une seule fois, dans une autre vie, pour une journée de glisse au milieu des mélèzes.

À première vue, rien n'avait changé. Immeubles lourds, quelques chalets où le bois et l'ardoise étaient omniprésents, massifs de fleurs plantés un peu partout par la municipalité. Un pur cliché alpin, abritant une population d'à peine cinq cents âmes dont les trois quarts vivaient de la montagne.

Premier arrêt, la gendarmerie. La brigade, située en plein cœur du village, était cantonnée dans un bâtiment long et austère préfigurant ce que le flic allait trouver à l'intérieur. Une poignée de pandores portant treillis épais et pulls de laine, plus coutumiers des contrôles routiers et des disputes de voisinage que des enquêtes criminelles.

Le hall d'accueil était désert. Assise derrière un comptoir en chêne sombre, la plantonne de permanence lui lança une œillade intriguée. Un motard au visage fermé, enveloppé dans un cuir d'aviateur et au regard dissimulé derrière des Wayfarer, elle ne devait pas en voir tous les jours.

Paul présenta son badge.

— Capitaine Cabrera. BC de Marseille.

La fille, même pas trente ans et peau craquelée par le soleil, se redressa dans une posture toute militaire.

— Mon capitaine. Qu'est-ce que…
— Qui est votre supérieur ?
— Le brigadier Chabot. Il est à l'auberge des Glaciers. C'est la pause déjeuner…
— Dites-lui de venir.
— C'est en rapport avec le corps qu'on a découvert avant-hier ?
— Je suis là pour ça.

La gendarmette attrapa un cellulaire et envoya l'appel. Pendant qu'elle faisait le nécessaire, Paul sentit qu'elle le matait. Quelques années plus tôt, il aurait peut-être donné suite. Aujourd'hui, il s'en tapait. Il ne cherchait plus à séduire ni à collectionner des aventures sans lendemain. Il attendait de faire la bonne rencontre. Même si c'était de moins en moins évident, il espérait toujours qu'elle arriverait.

— Il sera là dans une minute, annonça la fille en raccrochant.

Le policier profita du battement pour consulter sa messagerie. Vide, pour l'instant. Personne n'était au courant de son départ précipité. Ni les flics de son groupe ni Bornan, le principal qui chapeautait la Crime. Tout le monde connaissait ses silences, ces pauses que Paul prenait parfois, pendant lesquelles il se mettait sur *off* sans se préoccuper des conséquences. Il les préviendrait plus tard.

— Capitaine Cabrera ?

Paul leva les yeux. Il découvrit un petit bonhomme au visage doux, engoncé dans un uniforme qui semblait prêt à exploser chaque fois qu'il respirait.

— Brigadier Chabot. Toutes mes excuses. Nous étions en train de faire un point avec le colonel Jansen.

Paul saisit la main que lui tendait le gendarme. Puis il se tourna vers l'autre militaire. La cinquantaine sèche, des traits nerveux, le gradé que Conte avait mis sur le coup était d'un tout autre genre. Une aura de rigidité l'entourait, comme une armure soudée à même sa peau.

— Expliquez-moi, attaqua Jansen sans prendre de gants. Vous êtes là pour quoi, au juste ?

Paul lui tendit la réquise. Le colonel la parcourut rapidement, front plissé.

— Une cosaisine de la brigade criminelle. Dans le cadre d'une enquête de flagrance, qui plus est. Je ne comprends pas.

— Qu'est-ce que vous ne comprenez pas ?

— La raison de votre présence. Nous étions partis sur une enquête pour recherche des causes de la mort. Des inconscients qui se perdent et qui meurent de froid dans le massif, on en a au moins deux ou trois par an.

— Vous les avez déjà retrouvés entièrement nus ? Sans matériel ?

— Non, mais...

— C'est tout le problème. Comme la configuration est plutôt originale, il est possible que quelqu'un l'ait forcé à se déshabiller.

Jansen se raidit. De toute évidence, l'option meurtre ne l'avait pas effleuré.

— Il peut y avoir d'autres explications.

— Je compte bien les analyser.

— Nous aurions pu le faire nous-mêmes. Nous sommes suffisamment nombreux pour gérer la situation.

— Vraiment ?

— J'ai trois gendarmes qui vont monter de Briançon. Avec ceux qui sont déjà ici, ça fait huit. Tous habitués des missions de haute montagne. Vous connaissez un peu la montagne, capitaine ?

Le flic ignora l'attaque. Conte avait dit « en douceur ».

— Écoutez, colonel... Je sais que c'est dur à encaisser mais il va falloir qu'on coopère. Je vais avoir besoin de vous si je veux résoudre cette affaire.

— Je dois comprendre que vous prenez la direction des opérations ?

— C'est le souhait du procureur.

Le visage de Jansen se crispa un peu plus. Pendant qu'il s'affairait sur les premières constatations, le parquet avait redistribué les cartes dans son dos et l'avait rétrogradé au rang de simple collaborateur. Difficile d'avaler la pilule.

— Faites-moi un topo, relança Paul pour changer de sujet.

Le gradé se tourna vers son subalterne. Il lui passa le relais d'un mouvement de tête.

— Les surfeurs ont découvert le corps mercredi, entama le brigadier. Aux alentours de midi. Il était dans une combe située au nord, sur la partie orientale du glacier de la Meije. Il ne portait pas de vêtements et...

— J'ai lu le PV. Que savez-vous d'autre ?

— L'homme s'appelait Lucas Fernel. Trente-trois ans. Inscrit sur la liste des guides depuis l'année dernière.

Un professionnel de la montagne. Tout sauf un inconscient. Qu'est-ce qui avait bien pu se produire ?

— Qui l'a identifié ?

— Le responsable du bureau de La Grave. Il nous a contactés ce matin.

— Personne n'avait déclaré sa disparition ?

— Non. Il vivait seul. Il avait loué un appartement en arrivant et il n'était pas très liant.

— Le village est petit. Quelqu'un a forcément remarqué son absence.

Silence, comme un aveu d'impuissance.

— L'immeuble dans lequel il habitait est vide en cette saison. Le propriétaire l'a réhabilité en entier et loue les meublés à la semaine en Airbnb. Quant aux courses alimentaires, il se les faisait livrer de Briançon.

— Les guides ?

— Il ne les fréquentait pas. De toute façon, il n'était pas souvent là. Il avait des clients un peu partout et se déplaçait pour les accompagner.

Nouveau venu. Solitaire. Mobile. Les zones d'ombre s'empilaient pour épaissir le mystère.

— Renseignez-vous sur lui. Origines, parcours, la totale. Il faut qu'on sache qui était ce type. Épluchez ses fadettes, son courrier, ses mails… Il avait sûrement des amis quelque part, une famille peut-être.

Jansen eut un sourire pincé.

— Vous devez savoir qu'on n'a plus accès aux fadettes.

— Sauf si l'affaire concerne un crime grave. Et en l'occurrence, c'est peut-être le cas.

Le colonel acquiesça de mauvaise grâce pendant que Paul continuait à dérouler sa partition.

— Parlez-moi du site.

— C'est un cirque, reprit Chabot. Entièrement clos et quasi inaccessible. Les vieux l'appellent le Cirque du

Diable, rapport à des disparitions étranges qui ont eu lieu à une époque dans ce coin du massif. Ces histoires, ajoutées à la dangerosité de la zone, font que personne ne s'y risque.

Les racontars auxquels Conte avait fait allusion. Ils ne feraient pas avancer l'enquête. Pour Paul, seule la réalité était à prendre en compte.

— C'est si compliqué que ça de s'y rendre ?

— On ne peut y accéder que par le haut, en se faisant déposer en hélico sous le pic Jarry, puis en enchaînant sur un corridor de glace quasi impraticable. La seule porte de sortie est la falaise, mille mètres plus bas.

Le même constat que le procureur. Délire des cimes ou homicide, la victime était venue à la rencontre de son destin par les airs.

— Vous avez demandé la liste des dérogations accordées pour effectuer des déposes ?

Le petit bonhomme se dandina dans son uniforme, mal à l'aise.

— L'enquête démarre à peine. Nous n'avons pas encore...

— Faites-le tout de suite. Commencez par les six derniers mois. On verra après l'autopsie si on remonte plus loin. Je veux aussi le nom de toutes les sociétés qui proposent des sorties d'héliski dans la région. Étendez la recherche à l'Isère, la Savoie et la Haute-Savoie.

Paul n'y croyait qu'à moitié. S'il s'agissait d'un meurtre, il était peu probable que le tueur ait demandé la permission de survoler le massif.

Pendant que le gendarme notait les directives sur un calepin, il revint vers Jansen.

— Qui a redescendu le corps ?

— Les hommes de Chabot. Ils ont utilisé le Choucas du peloton.

— Ils n'ont rien remarqué d'anormal ?

— Seulement ce qui est consigné dans le rapport.

En d'autres termes, pas grand-chose. A fortiori s'ils pensaient à un simple accident.

Paul s'adressa de nouveau au brigadier.

— Je souhaiterais débriefer vos gars. Vous pouvez aller les chercher ?

— C'est que...

— Quoi encore ?

— Ils sont dans la réserve naturelle du Combeynot. On nous a signalé des braconniers près du lac. Ils ne seront pas de retour avant ce soir.

Décidément, la mort de ce pauvre type n'était pas leur priorité. Paul laissa filer et passa à la suite.

— Je peux au moins voir les surfeurs ?

— Aucune difficulté, affirma Chabot. Je vais vous conduire.

— Pas la peine. Dites-moi seulement où ils se trouvent.

Le gendarme se tassa. Il nota noms et adresse sur une feuille du calepin et la tendit à Paul.

— Ils logent chez le docteur Gastaud. Un ami de Lou. Son chalet est à l'entrée sud du village, après la télécabine de la Meije. Vous ne pouvez pas le manquer, c'est le plus gros.

L'emploi du prénom fit tiquer le policier.

— Vous connaissez personnellement le témoin ?

— Lou est une enfant de La Grave. Tout le monde la connaît. Son sport l'amène à se déplacer un peu partout mais elle vient s'y ressourcer régulièrement.

— Elle est professionnelle ?

— Depuis plusieurs années. Trois records homologués, sélectionnée en équipe de France pour les J.O., finaliste de la Coupe du monde. Elle fait partie du *top ten*.

En parlant de la jeune femme, le brigadier avait retrouvé son entrain. Lou était une vedette. Sa notoriété rejaillissait sur le village et ses habitants la soutenaient à fond.

— C'est vraiment pas de chance, poursuivait Chabot d'un ton dépité. La seule fois où elle choisit sa région pour y tourner un film, elle tombe sur un cadavre.

Le flic approuva d'un signe de tête. Le portrait que le gendarme venait de lui dresser avait titillé sa curiosité. Avant de s'en aller, il posa une dernière question :

— Au fait, vous avez saisi les vidéos ?
— Pas encore.

Décidément pas motivés. Il fallait espérer que les gamins ne les aient pas mises en ligne. Paul préféra ne pas relever et donna son ultime directive.

— Je compte sur vous pour rester discrets. Pas un mot sur l'hypothèse criminelle, surtout pas aux journalistes. Le procureur ne tient pas à ce que cette affaire s'ébruite.

Il quitta la caserne et enfourcha sa bécane. Le soleil de novembre dardait ses épines blanches sur les toits d'ardoise. La réflexion donnait l'impression qu'une forêt de panneaux photovoltaïques les recouvrait. Au loin, en contrepoint, les tôles de la station de départ du téléphérique semblaient aspirer la lumière pour le guider jusqu'au chalet où se trouvaient les deux surfeurs.

Il envoya les gaz. Les 1 800 cc du V-Twin ronflèrent à l'unisson en produisant un bruit d'enfer. Maintenant que les bases étaient posées, la partie pouvait démarrer.

4

La bâtisse était planquée en contrebas de la route.

Une belle demeure élevée sur quatre niveaux, de facture récente, reproduisant à l'identique le style « chalet traditionnel ». Toit à pignons, immenses balcons couverts de frises, bardages... L'ensemble en imposait. Il donnait la mesure du train de vie de son propriétaire. Protégé par une barrière, un escalier extérieur était accroché à la façade.

Paul s'engagea sur la petite allée qui descendait en pente douce jusqu'à l'entrée. Une galette de bitume avait été coulée devant le perron, sur laquelle étaient parquées quelques voitures. Il se gara à côté d'un gros SUV Mercedes, sur le pare-brise duquel était collé un caducée. Sans doute la caisse du toubib. Après avoir accroché son casque au guidon, il avala les trois marches qui menaient à la porte. Une plaque en cuivre, fixée en plein milieu, confirmait qu'il se trouvait au bon endroit :

« Docteur Stéphane GASTAUD
Médecine générale
Naturopathie

Lundi à jeudi 8 heures-12 heures/
14 heures-18 heures
Vendredi sur rendez-vous »

Il appuya sur la sonnette. Le lourd panneau de chêne s'ouvrit dans un claquement sur une grande salle habillée de tissu clair. Installées dans de larges fauteuils, une dizaine de personnes feuilletaient des magazines ou regardaient leur portable. Au fond, une nouvelle porte. Fermée.

Paul traça tout droit. Il frappa trois coups contre le bois, pour la forme, fit jouer la poignée et entra sans demander la permission.

— Docteur Gastaud ?

— Oui ?

Le praticien, stéthoscope en main et lunettes sur le nez, auscultait une femme allongée sur un lit d'examen. La pièce, un vaste espace baigné de lumière, évoquait plus un salon de relaxation que le cabinet d'un médecin de campagne.

— Je peux vous parler une seconde ?

— Vous voyez bien que je suis occupé. Patientez à côté, je viendrai vous chercher.

— Ce n'est pas pour une consultation.

Le toubib se redressa. Traits effilés, début de barbe, cheveux longs retenus par un élastique et nez de faucon. Une vraie tête de naturopathe. Vêtu d'un jean slim et d'un pull col en V, il dégageait une impression de vitalité qui donnait envie de se faire soigner. Comme s'il pouvait guérir par simple imposition des mains.

Il retira l'instrument de ses oreilles et se dirigea vers Paul. Il affichait un calme olympien mais son regard reflétait l'agacement.

— De quoi s'agit-il ?
— Capitaine Cabrera. Police judiciaire de Marseille. Je cherche Lou Bardon et Yanis Kernec.

Pour l'instant, pas un mot sur l'hypothèse criminelle, avait ordonné Paul aux pandores. La règle valait aussi pour lui.

— Qu'est-ce que vous leur voulez ?
— Ils sont ici ?

Le flic avait durci le ton. Une façon de montrer au généraliste que lui seul posait les questions.

— Yanis est reparti ce matin. Après ce qui s'est passé, il n'avait aucune envie de rester. Mais Lou est encore là.
— Je peux la voir ?
— Je crois qu'elle se repose.
— Elle continuera sa sieste plus tard.

Gastaud opina avec un air pincé. Il alla s'excuser auprès de sa patiente et revint aussitôt.

— Suivez-moi.

Ils traversèrent la salle d'attente sous le regard suspicieux de l'assistance et se dirigèrent vers une petite porte située près de l'entrée. L'inquiétude qui se lisait sur le visage du médecin était palpable. Elle contaminait l'air ambiant et le rendait irrespirable.

Gastaud ouvrit le mince panneau de bois. Un escalier se profilait derrière, qui permettait d'accéder directement aux parties habitables sans avoir à passer par l'extérieur. Pour des raisons évidentes, liées pour l'essentiel à l'enneigement, le rez-de-chaussée était généralement réservé aux garages, remises et autres caves à bois. Le généraliste y avait installé son cabinet, une façon comme une autre de rentabiliser l'espace.

La pièce dans laquelle ils pénétrèrent donnait tout de suite le ton. Au jugé, plus de cent mètres carrés, conçue d'un seul tenant pour réunir salon, salle à manger et cuisine. Emmaillotée de bois – sol, murs, plafond –, elle était quadrillée de poutres énormes et percée d'immenses baies vitrées par lesquelles se déversaient des flots de lumière blanche. Des chauffeuses confortables découpaient l'espace autour d'une grosse cheminée en pierre, invitant à la détente, à la rêverie. La qualité des matériaux, le design léché des meubles, la superficie… Pas de doute, le naturopathe était blindé. Soit son activité marchait du feu de Dieu, soit il avait fait un héritage.

Nouvelles marches, planquées dans un renfoncement. Ils grimpèrent d'un niveau et débouchèrent sur ce qui devait être la « partie nuit ». Couloir, succession de portes et toujours l'omniprésence du bois, ici sous forme de lames d'épicéa en guise de tapisserie.

Gastaud s'arrêta devant la dernière, frappa délicatement.

— Lou ?

Une voix traînante monta derrière la cloison.

— Oui ?

— Il y a un policier qui veut te parler. C'est à propos de ce qui s'est passé.

Un court silence. Puis la poignée joua, libérant l'accès. Le visage ensommeillé d'une jeune femme s'encadra dans l'embrasure, d'une pureté qui saisit Paul aussitôt.

— Désolé d'interrompre votre sieste, s'excusa-t-il. Capitaine Cabrera. Je viens de Marseille et j'ai quelques questions à vous poser.

Elle décocha un bâillement à s'en décrocher la mâchoire.

— C'est vous qui faites tout ce boucan ?

L'attaque, frontale, surprit le flic. Il mit cette agressivité sur le compte d'un mauvais réveil et passa outre.

— Navré.

— Harley ?

— Street Bob.

La surfeuse hocha la tête en connaisseuse. Pendant que Gastaud s'éclipsait, elle s'effaça pour le laisser passer.

— Je vous en prie. Faites comme chez vous…

5

Ce qu'il avait perçu au premier regard se confirmait.
Âgée d'une petite vingtaine d'années, des cheveux d'un blond presque blanc, Lou Bardon avait ce quelque chose en plus que l'on appelle la grâce. C'était un petit modèle, bien proportionné, dont l'apparence fragile était battue en brèche par un maintien hors du commun. Plutôt jolie avec ses traits réguliers et son petit nez retroussé, elle puisait sa singularité dans l'énergie qui l'animait. Une force souterraine, d'une puissance volcanique, qui se concentrait tel le substrat d'un élixir dans le bleu abyssal de ses yeux.

— Je ne sais pas quoi vous dire. J'ai déjà tout raconté aux gendarmes.

Elle était assise en tailleur sur le lit, enveloppée dans un survêtement confortable, les pieds dissimulés par une grosse paire de chaussettes multicolores. Paul lui faisait face, installé sur une chaise en bois massif qui semblait sortir tout droit d'une scierie.

— Redites-le-moi.

Elle soupira. La perspective semblait la fatiguer d'avance. Puis elle se lança. Le *ride*, la difficulté du parcours, la découverte du cadavre congelé. Sa voix était dépourvue d'émotion, comme si la mort lui était familière.

— Ça n'a pas l'air de vous affecter plus que ça, s'étonna le flic.

— La montagne donne, la montagne prend. J'ai été élevée avec cette idée.

— Elle vient de vos parents ?

— De mon père. Il était guide.

— Il ne l'est plus ?

— Il est mort. Pendant une course.

Toujours le même ton lointain, absent. Paul se demanda si cet événement n'était pas lié à la distance qui l'habitait.

— Je suis désolé, fut la seule chose qu'il trouva à répondre.

La jeune femme haussa les épaules. Son détachement laissait penser à une promesse avortée, à un futur anéanti. Celui d'un bourgeon magnifique qui n'aurait pas eu le temps d'éclore.

— De toute façon, on ne se parlait plus, ajouta-t-elle.

Le flic ne put s'empêcher de compatir. Si cette gamine avait été sa fille – elle avait l'âge pour ça –, il aurait fait en sorte de ne pas en arriver là. De lui transmettre les valeurs qu'il tenait de ses parents, les mêmes qu'ils avaient reçues des leurs et qui se transmettaient de génération en génération. Dans sa famille, l'idée même de se brouiller avec les anciens était inconcevable. Ils étaient le socle sur lequel les enfants s'appuyaient. Le repère qui les guidait sur le parcours. En Sicile, ce lien du sang était sacré.

Il revint à l'enquête.

— Vous n'avez rien remarqué de particulier à l'endroit où vous avez trouvé le corps ?

— Comme quoi ?

— Des traces, par exemple ? Pas, skis, surf...

Lou Bardon fronça les sourcils.

— Pourquoi ? Vous pensez qu'il aurait pu y avoir quelqu'un d'autre avec lui ?

Fine. Intelligente. Perspicace. En un mot, à manier avec précaution.

Paul botta en touche.

— À ce stade, je ne pense rien. Je récolte des informations.

— Il n'y avait que les traces de Yanis. Comme il était en contrebas quand il a vu le cadavre, il a dû déchausser pour remonter jusqu'à lui.

La même version que celle des pandores. La victime était congelée, donc morte depuis un certain temps. Même si quelqu'un l'accompagnait, les chutes de neige avaient tout effacé.

— D'après le rapport des gendarmes, l'homme était guide. Il s'appelait Lucas Fernel, inscrit au bureau de La Grave depuis l'année dernière.

— Jamais entendu parler.

Rien à gratter de ce côté-là. Lou Bardon passait le plus clair de son temps à sauter de spot en spot sur le circuit pro. Elle n'avait pas fait attention à l'arrivée d'un nouvel acteur sur le marché local.

— Le plus étrange, reprit Paul, c'est qu'il n'avait ni vêtements ni matériel. Comment vous expliquez ça ?

— Je ne l'explique pas.

Elle ne faisait pas beaucoup d'efforts. L'entretien semblait l'ennuyer royalement.

— Vous pensez qu'il a pu les perdre un peu plus haut ?

— Le matos, à la limite. La combi et les pompes, il aurait déjà fallu qu'il les enlève. À moins d'être complètement dingue, personne ne ferait une chose pareille.

— Possible qu'il ait pété les plombs. Le manque d'oxygène. Le froid. Il paraît que ça arrive.

— C'est vrai. Mais pas toujours.

— Vous pouvez préciser ?

— Le cerveau ne disjoncte pas aussi facilement. Il faut être soumis à des conditions extrêmes pendant plusieurs jours avant de commencer à vriller. Et croyez-moi, quand ça arrive, vous êtes trop faible pour tenter quoi que ce soit. Vous avez plutôt tendance à vous endormir.

Comme Conte, Lou Bardon ne semblait pas convaincue par cette version.

— C'est quand même chelou, ajouta la surfeuse.

Paul attrapa la remarque au vol.

— Qu'est-ce qui est chelou ?

— D'abord, qu'il y soit allé. Le Cirque du Diable est un endroit particulier. On dit qu'il est maudit et les guides sont superstitieux.

Comme tous les habitants de La Grave, Lou Bardon connaissait la légende. Des histoires qui n'avaient pas l'air de l'impressionner. Le fait que Fernel soit passé avant elle, en revanche, paraissait l'agacer.

Elle poursuivait.

— Ensuite, qu'il se soit lancé tout seul sans en avoir parlé à personne. Il y a un paquet de fêlés dans ce milieu, mais quand même. On était censés inaugurer le *ride*. Je suis bien placée pour savoir qu'on ne tente pas une première aussi risquée sans un minimum d'assistance.

Elle remettait le sujet sur la table. Fernel était-il accompagné ? S'il n'avait pas été balancé d'un hélico, il y avait toutes les chances. À condition qu'il ait eu les capacités de se lancer dans un tel *run*.

— Parlez-moi du parcours. C'est vraiment chaud ?

La championne se redressa, dos droit et jambes repliées en position du lotus.

— Bouillant. Un stade de niveau 5. Le plus difficile. On ne peut y entrer que par le haut, en se faisant déposer sur une rampe de glace, et en sortir que par le bas, en se tapant la falaise en rappel ou en effectuant un *base jump*. Un saut dans le vide, si vous préférez, suivi par un vol relatif et un atterrissage en parapente. Nous, en tout cas, c'est ce qu'on a fait.

Le flic savait déjà tout ça. Il essaya de creuser encore.

— J'aimerais avoir une vision plus précise de la topographie. C'est jouable ?

Lou Bardon opina. Les baguettes fines de ses cheveux ondulèrent dans le mouvement, tels des fils d'or soulevés par le vent.

— Venez… Je vais vous montrer.

Elle déplia son corps élancé et alla s'installer derrière un petit bureau sur lequel était posé un MacBook. Pendant que Paul venait se placer à côté d'elle, elle martela les touches avec dextérité.

Une carte satellitaire s'afficha à l'écran, tronçonnée en son milieu par une ligne chaotique. Coloré en rouge, le repère incrusté dans l'image partait d'un des sommets et s'achevait dans la vallée. Pas moyen de voir les reliefs, écrasés par la prise de vue venue du ciel. On appréhendait néanmoins la configuration grâce aux étendues blanches formées par les glaciers, des oasis de pureté qui contrastaient avec le beige crasseux des zones caillouteuses moins élevées.

— C'est le tracé du *run*. On peut aussi le suivre sur le calque.

Elle cliqua sur une petite icône. Une autre carte apparut, de type topographique, de celles mises en ligne sur Google Maps. Des courbes de niveau y étaient incrustées, comme des stries sur le bois à l'intérieur d'un arbre. Elles identifiaient les reliefs et les détails du terrain avec une précision millimétrique.

La surfeuse délimita un périmètre avec un trait bleu. Le dessin faisait penser à une sorte de lance primitive pointée vers le haut. Il matérialisait un fin couloir qui s'évasait au fur et à mesure de la descente.

— Le point d'entrée est à 3 854 mètres, en dessous du pic Jarry, et celui de sortie à 2 887, expliqua-t-elle en faisant courir la flèche du trackpad sur l'image. Le cirque est entièrement clos. Il y a des parois rocheuses tout autour.

La visualisation du site enfonçait le clou. Du très, très lourd, accessible uniquement à une élite surentraînée.

Le flic passa à la question qui en découlait :

— La victime aurait pu négocier toutes ces difficultés ?

— Avec du bon matos et à condition d'avoir le niveau. Sur le circuit, je ne vois que cinq ou six *riders* qui en seraient capables.

— Vous les connaissez ?

— Plus ou moins. Celui-là, je ne l'avais jamais vu.

Soit il était passé sous les radars et il avait les compétences pour descendre, soit il ne les avait pas et on l'avait forcément droppé près de l'endroit où on l'avait trouvé. À ce stade, les deux options restaient toujours envisageables.

Une idée traversa l'esprit du capitaine. Une hypothèse qu'il n'avait pas encore approfondie en raison du discours des gendarmes.

— Ces falaises que vous m'avez montrées, elles sont vraiment impossibles à escalader ?

— Rien n'est infaisable. Encore une question de niveau.

— C'est-à-dire ?

— Sur ce spot, et quelle que soit la voie, on oscille entre le 7b et le 9b+. Les valeurs les plus élevées de la cotation française. De plus, il faudrait passer par l'est. La marche d'approche est relativement facile, plus qu'à l'ouest en tout cas, où la montagne est jonchée de crevasses et se heurte à un à-pic de plus de mille mètres. Mais même en empruntant ce chemin, ce serait encore compliqué. Ça impliquerait d'attaquer la paroi par l'autre versant, de grimper jusqu'au sommet et de redescendre dans le cirque en rappel.

— Je suppose qu'il y a peu d'alpinistes capables de gérer ce type de difficulté ?

La jeune femme confirma.

— Une dizaine en France. Mon père les côtoyait tous, et du coup, moi aussi. Votre victime ne faisait pas partie de ce cercle restreint. Ça, en revanche, je peux vous le garantir.

Paul avait sa réponse. Le mort avait beau être un guide, il n'avait a priori pas les armes pour affronter cette ascension. S'il avait évolué sur le site avant de se faire congeler, le champ des investigations se réduirait à la tribu très fermée des *riders* de haut niveau.

Il songea à un dernier détail.

— Il était adossé à une barre rocheuse. Vous pensez qu'il voulait se reposer ?

— Ou se mettre à l'abri.

— Comment ça ?

— Il se trouvait sur une trajectoire de coulée. Il y a peut-être eu une avalanche.

Paul marqua un temps d'arrêt. Les pandores de Jansen n'avaient pas relevé ce point.

— Comment le savez-vous ?

— Il y a des mélèzes arrachés dans tout le périmètre. C'est une des caractéristiques des zones avalancheuses.

— Il aurait pu se faire surprendre ?

— Possible. La couche neigeuse est très instable dans ce coin. Un coup de redoux et ça part.

Pas de doute, en dépit de sa jeunesse, Lou Bardon connaissait la montagne. Une connaissance intime, presque charnelle, comme si chacune de ses cellules avait fusionné depuis sa naissance avec les éléments. Paul l'imaginait sans peine tâter le tapis neigeux, humer le vent et écouter le craquement des cristaux qui se brisent pour évaluer la solidité d'un pont de poudreuse ou franchir une crevasse.

Il réfléchit à une nouvelle question mais rien ne vint.

— Je crois qu'on a fait le tour, lança-t-il en guise de conclusion.

— J'ai le droit de quitter La Grave ou vous aurez encore besoin de moi ?

Elle avait demandé ça avec distance, comme si toute cette affaire ne la concernait pas.

— Vous êtes libre d'aller où vous voulez. Mais je préférerais vous avoir sous la main, le temps de boucler l'enquête.

— Ça sera long ?

— Une petite semaine. Deux tout au plus.

Lou Bardon hocha la tête. L'idée ne semblait pas la déranger.

— Donnez-moi votre numéro de portable, ajouta Paul. Ce sera plus pratique pour vous joindre.

— Pas de problème.

Il enregistra les chiffres dans son répertoire et lança l'appel.

— Maintenant, vous avez le mien. Je suppose que vous êtes toujours en possession des vidéos ?

— Bien sûr.

— Vous les avez mises en ligne ?

Elle secoua la tête.

— J'suis pas débile.

— Et Yanis ?

— On est sur la même longueur d'onde. De toute façon, j'ai récupéré sa GoPro en descendant.

Le flic étira un petit sourire. Elle n'avait pas cédé aux sirènes du buzz. Un miracle pour une gamine de sa génération.

— Gardez-les au chaud et transférez-les-moi. J'aimerais y jeter un œil.

6

L'hôtel du Chamois ne cassait pas trois pattes à un canard.

Un deux-étoiles propret, tout en haut du village, aménagé dans une longère épaisse et grise taillée pour tenir tête aux froids les plus intenses. Annie Delran, la proprio, y recevait essentiellement des randonneurs. Elle leur offrait gîte et couvert dans une ambiance rustique qui sentait bon la cire d'abeille et le vieux bois.

Paul avait eu l'adresse par Gastaud. L'établissement était une véritable institution à La Grave. Il avait été fondé dans les années 1960 par les parents d'Annie Delran, qui avait pris leur suite quand ils étaient partis à la retraite. Quatre fois par an, pendant les périodes creuses, le toubib réquisitionnait le bâtiment de sa copine pour y loger les participants à ses stages de bien-être. Une semaine de déconnexion totale payée au prix fort, pendant laquelle des citadins en quête de nature et d'authenticité venaient respirer l'air des cimes et se baigner dans l'eau glacée. Comme tous les naturopathes, Gastaud avait saisi la tendance. Il donnait dans les médecines holistiques, le soin par les plantes et autres remèdes traditionnels, autant de thérapies parallèles dont les nouvelles générations de bobos stressés étaient friandes.

Le flic pénétra dans le hall d'entrée avec l'impression de faire un bond dans le passé. Meubles, luminaires et tapisseries devaient dater de la création de l'hôtel. Un décor figé, immuable, entretenu à grand renfort de volonté et d'huile de coude.

Campée comme une vestale au milieu de ces vieilleries, Annie Delran semblait l'attendre. La longue chevelure blanche, associée au poncho gris et aux colliers d'argent accrochés à son cou, lui donnait l'air d'une squaw. Gastaud l'avait prévenue de l'arrivée d'un client un peu particulier, elle tenait à le recevoir comme il se doit.

— Vous avez trouvé facilement ?

La voix était douce, le ton chaleureux. Elle procurait la sensation d'être accueilli par quelqu'un de la famille.

— La Grave n'est pas si grand, répondit Paul en posant son casque sur la banque.

La femme lui adressa un sourire entendu, découvrant deux rangées de petites perles nacrées. Une senior en pleine santé, sans doute adepte de marche nordique, de nourriture bio et de séances de relaxation organisées chez son ami Gastaud.

— Et c'est pour ça qu'on l'aime, affirma-t-elle. Jusqu'à quand comptez-vous rester ?

— Je ne sais pas encore.

— Vous pourrez prolonger aussi longtemps que vous le souhaitez. Nous sommes encore en basse saison et il n'y a que vous.

Le lieu, comme l'idée de séjourner dans ce rade entièrement vide, ne lui déplaisait pas. Mais Paul n'avait pas l'intention de s'éterniser. Il disposait de treize jours pour boucler l'enquête et espérait bien y arriver avant.

Il sortit sa carte de police et la tendit à l'hôtelière.

— Pour votre registre.

— Ce ne sera pas nécessaire. Dites-moi seulement qui prendra en charge la facture.

— Je ferai l'avance.

Elle hocha la tête et décrocha une clef pendue sur un tableau.

— Je vais vous donner la 7. La vue est magnifique. Pour votre moto, j'ai de la place dans le garage.

Vraiment comme à la maison. Paul la remercia d'un sourire, récupéra casque et sac et proposa :

— Vous me montrez le chemin ?

— Tout de suite.

Il la suivit dans un escalier aussi étroit que raide dont les marches en bois souple produisaient des couinements aigres. Annie Delran les enchaînait d'un pas léger, à la façon d'un esprit de la forêt.

Pendant qu'ils grimpaient, elle lança le sujet :

— Vous croyez qu'il s'agit seulement d'un accident ?

— Qu'est-ce qui pourrait vous faire penser le contraire ?

— Un policier qui débarque de Marseille, après ce qui s'est passé… Il y a de quoi se poser la question.

— Je suis désolé mais je ne peux rien vous dire.

— Le secret de l'enquête ?

— C'est ça.

La femme était peut-être sympathique mais dans ce genre de situation, moins on en disait, moins on prenait le risque de laisser filtrer une info.

Ils arrivèrent sur le palier. Long couloir décoré par des photos en noir et blanc, clichés pris sur le vif d'alpinistes d'une autre époque. La cordée montait à l'assaut des sommets, équipée uniquement de chapeaux mous, de chemisettes en grosse toile et de crampons à lacets. Des images désuètes, touchantes, qui au-delà de l'inconscience des protagonistes, révélaient l'attrait irrépressible que l'homme avait toujours manifesté pour ces terres inviolées.

L'hôtelière ouvrit une porte et fit entrer le policier dans une petite pièce qui sentait la résine. Glaciale, basse de plafond, entièrement blanche, elle évoquait une cellule de monastère. Un lit, une table et une chaise en constituaient le mobilier, le tout taillé dans un bois sombre.

— Le radiateur chauffe bien, annonça-t-elle en actionnant un commutateur. La température devrait être acceptable dans moins d'une demi-heure.

Trente minutes à se les geler. Il faudrait faire avec. Pendant que la patronne ouvrait les volets, Paul posa ses affaires sur le lit et demanda avec une pointe de doute dans la voix :

— Vous avez une connexion Internet ?

— Et aussi l'eau courante, répondit-elle en souriant. La réception n'est pas très bonne, mais vous devriez pouvoir lire vos mails.

Elle lui tendit une carte de visite sur laquelle était inscrit le code du Wi-Fi et lui remit la clef de la chambre.

— Pour le petit déjeuner, café ou thé ?

— Café.

— Il sera prêt à partir de 6 h 30. Il y a aussi une bouilloire et des dosettes de Nescafé pour les urgences. S'il vous faut quoi que ce soit, vous faites le zéro.

Paul la remercia d'un signe de tête et la regarda se diriger vers la sortie. Avant de s'éclipser, elle se retourna et lança d'un air grave :

— Pauvre Lou. Elle n'avait pas besoin de ça. Après tout ce qu'elle a traversé…

— Vous faites référence au décès de son père ?

— Elle vous en a parlé ?

— Je sais seulement qu'il est mort en montagne.

Annie Delran poussa un profond soupir.

— Pendant une course sur la face nord du pic Jarry. On ne l'a jamais retrouvé.

« La montagne donne, la montagne prend. » Une maxime que tous les alpinistes éprouvaient dans leur chair. Le flic se rappela les histoires qui planaient sur ce coin du massif.

— Encore une victime de la malédiction ?

L'hôtelière se raidit.

— Vous êtes déjà au courant ?

— Je sais juste que des disparitions étranges ont eu lieu dans cette zone.

— C'était il y a longtemps, à l'époque de mes grands-parents. Et ça n'a rien d'étrange. Les victimes étaient des cristalliers qui prospectaient autour du pic Jarry à la recherche de quartz. Un seul est revenu. Il a raconté que les autres avaient été avalés par une grosse boule de feu. Une flamme énorme qui était sortie de la falaise et les avait consumés entièrement.

— Difficile à croire.

— Impossible, vous voulez dire. Ceux qui sont morts ont dû tomber dans une crevasse et celui qui s'en est sorti a perdu les pédales. C'est la seule explication rationnelle. Mais comme on n'a jamais récupéré les corps, la légende du Cirque du Diable est née à ce moment-là. Un lieu maudit dans lequel rôderaient des forces surnaturelles. Un passage vers les enfers dont il ne faut surtout pas s'approcher.

Du pur délire, en effet. À une époque encore pétrie de superstitions, dans un village où la montagne était source de toute chose, la construction de cette fable avait sans doute permis à ses habitants de faire leur deuil.

L'hôtelière changea de sujet et revint sur le père de Lou.

— Pauvre Franck. Il n'a pas eu de chance. C'était un homme bien et un très grand guide. La petite l'adorait et c'était réciproque. Comme elle était fille unique, il lui consacrait tout son temps libre.

— Je croyais qu'ils ne se parlaient plus.

— Seulement à la fin. À cause de l'accident.

La femme était revenue dans la chambre. Visiblement, elle avait envie de s'épancher. Une bonne occasion pour le policier d'appréhender les ressorts intimes du village.

— Quel accident ?

— Une histoire terrible. Tellement triste. Et tellement injuste.

Elle marqua une pause, comme si elle avait besoin de reprendre des forces avant de se lancer. Puis elle entama son récit.

— Ça va bientôt faire six ans que c'est arrivé. Au mois de janvier 2017. Les parents de Lou étaient allés dîner chez Stéphane.

— Le docteur Gastaud ?

— Oui. Stéphane était très proche de Franck. Ils sont tous les deux originaires de La Grave et se connaissaient depuis l'école communale. La montagne était leur passion. Ils étaient ensemble quand il a disparu et Stéphane s'en est beaucoup voulu. Enfin, bref... Après cette soirée, alors qu'ils rentraient chez eux, la voiture des Bardon a fait une embardée dans un virage. Elle a franchi la barrière de sécurité et a fini dans la rivière cent mètres plus bas. Franck est resté dix jours dans le coma avant de reprendre conscience sans la moindre séquelle. Nathalie n'a pas eu cette chance. Elle a été tuée sur le coup.

Orpheline. Et chaque fois dans des conditions de brutalité extrêmes. Le détachement de Lou Bardon se justifiait de mieux en mieux. En dépit de son jeune âge, elle avait déjà une bonne dose de souffrance au compteur. La perte de ses parents expliquait aussi pourquoi elle résidait chez le naturopathe. L'ami d'enfance de son père faisait partie du premier cercle depuis toujours.

— Comme Franck était au volant, on lui a fait un alcootest. Positif... Les gendarmes l'ont arrêté à sa sortie de l'hôpital, il y a eu un procès et on l'a condamné. Il a été enfermé plus d'une année à la prison de Gap. Mais à mon avis, ce n'était pas le pire.

— Que voulez-vous dire ?

— Le véritable cauchemar a commencé plus tard, quand il est rentré à La Grave. La femme qu'il aimait était morte par sa faute, la moitié du village lui avait tourné le dos et il avait été radié de la liste des guides. Autant dire qu'il avait tout perdu.

— Il lui restait sa fille.

— Plus vraiment. Lou avait à peine dix-huit ans quand ces événements se sont produits. Sa vie a volé en éclats et s'il n'y avait pas eu Stéphane, elle aurait dû se débrouiller seule. Surtout, elle n'a jamais pardonné à son père d'avoir tué sa mère.

— C'était un homicide involontaire.

— Je sais… La plaque de glace sur laquelle la voiture a dérapé n'était pas prévue et le taux d'alcool dans le sang de Franck était à peine au-dessus de la limite. La justice a voulu faire un exemple. Il a été présenté comme un meurtrier, un inconscient de la pire espèce. Bien sûr, rien de tout ça n'était vrai. C'était juste la faute à pas de chance. Quand les journaux du coin en ont rajouté une couche, Lou a fini par y croire.

Elle s'interrompit. Le souvenir de ces heures sombres semblait faire remonter en elle des émotions enfouies, toutes douloureuses.

— Je pense que c'était trop pour lui, reprit-elle après un instant. En se brouillant avec sa seule enfant, la dernière corde qui reliait encore Franck à la vie s'est coupée. Ce n'est que mon intuition, mais je me suis toujours dit qu'il s'était suicidé en se laissant tomber volontairement dans cette crevasse. Une mort de guide, avec la montagne pour cercueil.

Elle laissa planer quelques secondes cette conclusion en forme d'épitaphe, comme un ultime hommage rendu à un homme qu'elle avait apprécié. Puis elle se força à sourire et lança d'un ton enjoué :

— Mais la vie continue, n'est-ce pas ? Lou a réussi à s'en sortir et ces vieilles histoires appartiennent au passé.

Un passé tragique dont la gamine avait de toute évidence fait une force. Elle s'était reconstruite sur les cendres de ses parents, pour renaître tel un phénix et survoler les cimes sur une planche de snowboard.

— On dirait que la pièce commence à se réchauffer, déclara l'hôtelière sans transition.

Paul saisit le message. La discussion était terminée.

— On dirait, approuva-t-il simplement.

— Bien. Vous devez être fatigué après ce voyage en moto. Je vais vous laisser vous reposer.

Elle reprit le chemin de la sortie, silhouette grise d'un hologramme qui se fondait dans le décor. Paul eut l'image d'un fantôme. Une apparition surgie de la profondeur des murs et s'apprêtant à y retourner. Dans son sillage, une cohorte de spectres disparus tragiquement dont la mémoire continuait de la hanter.

Mais il avait déjà l'esprit ailleurs. Deux messages l'attendaient sur son portable, adressés par Lou. En pièces jointes, les vidéos qu'il était impatient de visionner.

7

Pour déchirer, ça déchirait.

Paul n'avait pas vu d'images aussi spectaculaires depuis des lustres. Des prises de vues captées par des GoPro dernière génération, d'une qualité absolument hallucinante. Les films n'étaient pas encore montés et on avait déjà l'impression d'y être.

Le policier avait d'abord transféré les contenus sur son ordinateur, afin de mieux en appréhender les détails. Le Wi-Fi étant plutôt faiblard, il s'était servi d'un câble de raccordement qui lui avait permis de boucler l'opération en moins de vingt minutes. Une pause pendant laquelle il s'était glissé sous les jets brûlants d'une douche antique, un simple bac entouré d'un rideau de plastique couvert de fleurs multicolores.

Il s'était ensuite installé sur le lit, serviette nouée autour de la taille, avait allongé ses jambes et calé son dos contre le mur. Décrassé, délassé, la fatigue des trois cents bornes avalées pendant le *road trip* n'était maintenant qu'un souvenir. Cerise sur le gâteau, le radiateur avait tenu ses promesses et la température dans la chambre était devenue tropicale.

Paul s'apprêtait à présent à se repasser les deux films – l'un tourné du point de vue de Lou, l'autre de celui de son camarade de jeu. Le premier visionnage ayant été effectué pour le plaisir, le second le serait pour l'enquête. En déroulant la partition au ralenti, il espérait y découvrir un élément susceptible de le faire progresser.

Il cliqua sur le fichier numéro un, celui tourné par Lou. Son estomac se contracta une nouvelle fois en se retrouvant dans la pente avec elle. L'image sautait en permanence, au rythme des changements d'appuis de la surfeuse et des halètements produits par sa respiration. Même à vitesse lente, la séquence avait de quoi coller la gerbe.

Pupilles rivées sur l'écran, le flic tenta de scruter les alentours. Glace, roche, neige, et tout en bas, une étendue immaculée qui évoquait un océan de coton. Pas évident de repérer autre chose. Les plans étaient trop fracturés pour discerner quoi que ce soit. Seule certitude, la jeune femme avait bien évalué le niveau de difficulté. Pour emprunter cette voie, il fallait être un crack.

Il stoppa le film quand Lou arrivait sur le replat, une dalle de givre sur laquelle la rejoignait Yanis. À ce stade, rien de neuf. Hormis une vague nausée accompagnée de la sensation que le lit tanguait.

Paul poursuivit quand même son exploration, toujours avec les yeux de Lou. Moins périlleuse mais tout aussi hachée, la trajectoire de la surfeuse ondulait à présent entre épines de pierre, champs de poudreuse et reflets bleutés d'immenses crevasses. De temps à autre, quand elle effectuait un saut, ciel et terre s'inversaient brutalement, comme dans les loopings d'un grand huit.

Puis la course reprenait à un rythme effréné, scandée par le bruit du vent et les crissements des carres qui sciaient la glace.

Enfin, Lou s'arrêta. Elle se tenait au sommet d'une barre rocheuse d'une vingtaine de mètres de hauteur environ, sous laquelle se déployait une rampe de neige fraîche.

L'endroit où ils avaient trouvé le cadavre.

Paul savoura avec elle ces quelques minutes de répit, mises à profit par la jeune femme pour tourner des plans larges. Le promontoire duquel elle filmait était cerné par un bosquet de mélèzes. Des arbres rabougris compte tenu de l'altitude, qui dessinaient un collier inversé ouvert sur le bas. Comme l'avait relevé la surfeuse, certains étaient couchés, mis au tapis par les coulées de neige qui s'étaient succédé au fil du temps.

Le flic remarqua un détail. Un peu plus haut, à une dizaine de mètres, s'ouvrait une immense zone dégagée. Une étendue neigeuse, plane, idéale pour se poser. C'était sans doute à cet endroit que le Choucas de la gendarmerie avait atterri. Peut-être là aussi que la victime avait été droppée par son tueur.

Puis la tension revint en force, via un échange verbal inquiet au cours duquel Yanis lui faisait part de sa découverte. Paul se concentra. Lou s'agenouillait maintenant près du mort pendant que sa caméra continuait d'enregistrer. Même virtuel, ce premier contact avec la victime constituait une source d'infos non négligeable. La congélation ayant figé le processus de décomposition, le corps était dans un état impeccable, comme si l'homme venait de s'endormir.

Le policier appuya sur pause et détailla le cadavre. Lucas Fernel avait effectivement la trentaine. Sous la blancheur luminescente – une teinte presque bleutée, comme liquéfiée par le gel – se dessinait une enveloppe sèche, affûtée, toute en saillie de tendons et renflements de muscles. Le physique d'un athlète, sans le moindre gramme de graisse ni le moindre faux pli. La perfection des proportions, couplée à la pâleur diaphane de la peau, évoquait la pureté soyeuse des statues grecques de l'Antiquité.

Un guide. Peut-être aussi un surfeur de l'extrême. Dans les deux cas, le type était au top. Un sportif de haut niveau fondu dans un bloc de métal. Paul ressentait, au travers de l'image, les qualités sous-jacentes qu'impliquait une telle plastique. Force, explosivité, endurance. Des caractéristiques qu'il connaissait par cœur, inscrites de façon indélébile au plus profond des chairs de ce gladiateur des cimes.

Le flic se focalisa sur le visage. La même lividité de spectre, la même densité, mais qui lui évoqua cette fois autre chose. Un bel après-midi d'été. La douce chaleur d'un feu. Une main compatissante qui en serre une autre pour accompagner une douleur. Les traits, fins sans être parfaits, dégageaient une impression de bonté, de générosité et d'altruisme qui ne cadrait pas avec la dureté minérale du corps. Même la coiffure, cheveux coupés à ras et d'un noir d'encre, n'arrivait pas à obscurcir l'ensemble. En clair, Fernel avait une tête de saint posée sur des épaules de soldat.

Paul frissonna en croisant le regard. Plantées dans ce décor apaisé, deux billes sombres le fixaient avec intensité. Les yeux étaient encore ouverts, comme si la mort avait saisi le sportif par surprise. Figés, ils reflétaient la dernière émotion qui l'avait habité.

Une terreur absolue face à l'inéluctable.

Pour quelle raison lui avait-on fait endurer ce calvaire ? Trop tôt pour le savoir. À ce stade, Paul n'avait désormais qu'une conviction. Fernel avait été assassiné. Même si le tueur n'avait pas pressé de détente, serré son cou ou enfoncé une lame dans son ventre, il avait fait le nécessaire pour qu'il y reste. L'intention homicide ne faisait aucun doute, un crime cruel dont l'arme était la nature elle-même.

Il ferma la fenêtre de la première vidéo et passa à la seconde. Celle de Yanis. Les plans étaient tout aussi incroyables, centrés cette fois sur Lou. Le fait qu'un personnage évolue dans le cadre atténuait le côté gerbant des prises de vues, sans en diminuer le caractère spectaculaire. La jeune femme était une vraie déesse du surf. Sa planche constituait une extension de ses jambes, à la façon de ces chimères cyborgs, mi-humaines mi-machines, conçues par des inventeurs fous pour affronter toutes sortes d'environnements hostiles.

Il essaya de ne pas se laisser distraire par les prouesses de la championne afin de se focaliser sur le décor. La perception était légèrement différente, sans pour autant apporter un autre éclairage. La montagne ressemblait à la montagne, quel que soit l'angle sous lequel on l'observait.

Après avoir visionné le film dans son entier, Paul éteignit son ordinateur. Pas d'élément nouveau sur ces *rushs*, seulement une simple confirmation. Quand Yanis tombait sur le corps, il n'y avait aucune trace de présence dans le périmètre. Fernel était donc resté suffisamment longtemps sur place pour que la neige fasse disparaître d'éventuels indices.

Le flic se leva et se dirigea vers la fenêtre. Besoin de se dégourdir les jambes. De retrouver l'assise apaisante d'un paysage figé. Sur ce point, Annie Delran avait dit vrai. La vue était juste incroyable. Le village se déployant de l'autre côté, le regard n'embrassait que les sommets. Une succession de crocs acérés qui se découpaient dans la pulvérulence de l'air. Couplée au taux d'occupation de l'hôtel, la sensation d'être seul au monde devenait vertigineuse.

Les ombres qui grandissaient ramenèrent le policier à la réalité. 18 h 30. La première journée d'enquête touchait à sa fin et les gendarmes qui avaient héliporté le cadavre devaient avoir terminé leur patrouille.

Il s'habilla rapidement.

Même s'il n'en espérait pas grand-chose, un nouveau briefing l'attendait.

II

8

La nuit précédente, sur un petit chemin recouvert de gravier, la commandante Chloé Latour roulait au pas en scrutant le tableau de bord de sa Mini Cooper. Elle avait entré « Les Buis/Barjols/83 » dans le GPS, les seules indications dont elle disposait pour rejoindre le site où le drame s'était produit. Et bien évidemment, pas le moindre panneau pour se repérer dans cette foutue forêt. Si la géolocalisation tombait en rade, elle serait perdue en plein milieu de nulle part et devrait appeler les gendarmes à la rescousse. La pire façon de démarrer une enquête, a fortiori quand on se pointait la dernière.

La réquisition était tombée un peu avant minuit, à la suite d'un incendie qui s'était déclaré aux alentours de 21 heures dans une bergerie reculée du Haut-Var. Une fois les flammes éteintes, les pompiers du SDIS 83 avaient trouvé trois corps dans les décombres.

Deux hommes, une femme.

Carbonisés.

À ce stade, difficile d'identifier les victimes. Et plus encore la cause du sinistre. Imprudence ? Acte délibéré ? Le feu étant un bon moyen de maquiller un meurtre, le parquet de Draguignan avait saisi la brigade criminelle de Marseille à la dernière minute afin d'épauler les effectifs déjà sur place. Seule OPJ disponible – elle avait eu la mauvaise idée de rester au bureau pour creuser un dossier – Chloé avait hérité de la corvée.

Elle arriva à un carrefour. La route se séparait en deux, formant un V parfait au cœur de la mer de pins. Elle suivit les directives de la machine et prit à droite. Encore quelques centaines de mètres dans ce qui ressemblait maintenant à une piste puis, au détour d'un virage, elle aperçut enfin les premières lueurs du bal. Éclairs blancs des deux-tons. Flashs bleutés des gyros. Des lames de lumière vive se faufilaient entre les arbres pour lui montrer la voie.

Chloé se gara sur une sorte d'esplanade où stationnaient les véhicules d'intervention. Ambulances du SAMU, camions-citernes du SDIS, 4 × 4 de la gendarmerie... L'armada habituelle avait pris position pour sécuriser le périmètre.

Elle claqua la portière et respira aussitôt le parfum de l'incendie. Une puissante odeur de cramé, comme vissée dans l'air, mélange de bois calciné, de roches chauffées à blanc et de plastique fondu. Derrière, plus diffuse mais bien présente, celle de la terre exhalée par les pluies automnales complétait le cocktail pour faire flamber ses souvenirs.

Les feux de camp illuminant la nuit, les tentes de toile où elles dormaient à six, les jeux de piste dans la forêt... Née à Grenoble, Chloé avait passé son enfance à crapahuter dans le massif de la Chartreuse. Elle y cherchait à l'époque, sous la houlette des cheftaines scoutes de sa paroisse, les indices bien tordus qu'elles y avaient dissimulés. Pour trouver le trésor, il fallait résoudre chaque énigme.

Comme toujours, l'histoire se répétait. Devenue adulte, Chloé continuait à soulever des pierres, à écarter les feuilles ou à sonder la terre. Sauf qu'aujourd'hui, elle le faisait pour des motifs plus sordides. Elle mettait au jour des flaques de sang séché, analysait des corps criblés de balles, interprétait lacérations, brûlures et autres mutilations pour en découvrir la logique cachée, secrète. Ces horreurs, laissées dans leur sillage par les salopards qu'elle traquait, étaient ses points de repère. Les cailloux blancs luisant dans ses ténèbres pour la conduire jusqu'à la solution.

Elle présenta son badge au planton et passa sous un cordon de rubalise. Le show se déroulait à l'aplomb, sur un promontoire auquel on accédait par une série de marches taillées au burin dans la roche.

Chloé suivit les tuyaux gonflés d'eau qui serpentaient au sol et attaqua l'ascension en maudissant son supérieur. Bornan aurait pu la prévenir. Elle aurait troqué tailleur et escarpins contre un jean et une paire de baskets, plus adaptés à ce type de terrain.

Après deux bonnes minutes de grimpette, elle déboucha sur une dalle de béton où s'activait une foule hétéroclite. Soldats du feu, cosmonautes de la PTS, Robin des Bois de l'ONF... Visages rendus livides par l'éclairage artificiel, les techniciens de la mort étaient déjà en train de remballer leur matériel sous le regard impassible des gendarmes.

D'un seul coup d'œil, Chloé prit la mesure de la situation. Le brasier avait dû être d'une violence inouïe. Il ne restait de la bergerie que quatre murs noircis, squelette encore fumant dont les orbites énucléées fixaient l'océan noir de la canopée.

— C'est vous, la Crime ?

Sortie de nulle part, une flicarde en doudoune bleu marine venait de l'interpeller d'un ton sec.

— Commandante Latour. J'arrive de Marseille.

— Pas trop tôt. On vous attendait pour procéder à la levée.

Chloé eut la confirmation que tout était bouclé depuis un bon moment. À 2 heures du matin, les flics de Draguignan n'avaient plus que cette formalité à effectuer avant de rentrer chez eux.

— Je vous suis, se contenta-t-elle de répondre.

Elle emboîta le pas à sa collègue, saluant d'un hochement de tête les pandores qui se mettaient au garde-à-vous sur son passage. Avec son allure élégante, ses cheveux blonds ramenés en queue-de-cheval et son air froid de princesse nordique, ils la prenaient sans doute pour une parquetière venue évaluer les dégâts.

Les deux enquêtrices franchirent ce qui restait de l'entrée, une ouverture béante qui avait dû contenir une porte. Derrière, un champ de décombres d'où s'échappaient encore quelques fumerolles. Meubles, équipements, gaines électriques... Tout avait fondu. On devinait seulement l'architecture d'une construction ancienne, vestiges de plusieurs pièces délimitées par les cloisons qui avaient tenu le coup.

L'une derrière l'autre, elles se faufilèrent au milieu des gravats et des flaques d'eau laissées par les pompiers. La zone étant ultra-boisée, ils avaient noyé le périmètre sous plusieurs tonnes de flotte pour éviter que le feu n'atteigne la pinède.

Une dizaine de pas dans ce décor en noir et blanc, puis Chloé aperçut trois housses en plastique gris. Un gendarme et un flic en civil discutaient à voix basse devant les corps alignés sur le sol.

La fliquette du SRPJ fit les présentations et s'éclipsa dans la seconde, trop contente de pouvoir passer le relais.

— Vous pouvez me faire une synthèse ? demanda Chloé sans préambule.

Le capitaine Christophe Merle, petite moustache et regard fiévreux, prit la parole. Responsable de la brigade de Saint-Maximin, le gendarme âgé d'une quarantaine d'années était sur ses terres et assumait naturellement le leadership.

— Il semblerait que ça ait démarré ici, dans la salle principale.

— On connaît la cause ?

— Pas encore, mais ça m'a tout l'air d'un accident.

— Qu'est-ce qui vous fait dire ça ?

— La bergerie était abandonnée depuis longtemps. Pas d'électricité, de gaz ni d'eau courante. Les victimes étaient très certainement des squatteurs. Elles ont dû faire brûler des planches en plein milieu de la pièce. Sans doute pour se réchauffer. Une esquille a été projetée sur un matériau inflammable et comme il y avait un peu de vent, ça s'est propagé. La RCCI 83 le confirmera.

Le militaire semblait sûr de son fait. Tous les ans, le Var payait un lourd tribut aux feux de forêt. De son poste d'observation, et avec l'appui des enquêteurs de la cellule de recherche des causes et des circonstances d'un incendie du département, il avait dû être confronté à la disparition de milliers d'hectares de végétation et d'un paquet de bâtiments.

La commandante se tourna vers le flic, un solide gaillard dans la trentaine, barbe courte et coupe de footballeur, qui répondait au nom de Florent Masson. Bras croisés dans une posture martiale, parfaitement calme, il ressemblait à un lutteur attendant d'en découdre.

— Et vous, lieutenant ? Qu'en pensez-vous ?

— Pour l'instant, pas grand-chose.

La voix allait avec le reste. Grave, posée, celle d'un type habitué aux situations de crise.

— Vous n'avez pas une hypothèse ?

— Des hypothèses, j'en ai plein. C'est ça le problème.

Chloé partageait son point de vue. Il était encore trop tôt pour tirer des conclusions. Elle préféra garder cette analyse pour elle. Merle avait déjà changé de couleur, inutile d'en rajouter une couche.

— Les victimes ? demanda-t-elle pour glisser en douceur. Elles sont dans quel état ?

— Entièrement calcinées, répondit le capitaine d'un ton pincé. La fumée a dû les asphyxier. On a trouvé plusieurs bouteilles de gin près des cadavres. Ils ont dû picoler un peu trop et s'endormir. Ils n'ont pas eu le temps de réagir. Vous voulez voir le résultat ?

La commandante se tendit. Sophie, sa première petite amie, avait été assassinée par un taré qui l'avait rouée de coups avant de lui lacérer le visage au cutter. Un meurtre atroce, sans mobile apparent, commis par un tueur de femmes que les flics n'étaient jamais parvenus à interpeller. Même si elle était entrée dans la police pour réparer ce traumatisme, même si elle avait choisi de traquer ce type de dingues, Chloé avait toujours eu du mal avec les scènes de crime. Un comble quand on passait sa vie au milieu des cadavres.

Mais pas moyen d'y couper. Comme chaque fois qu'elle devait effectuer ce genre de constates *hard*, elle allait devoir prendre sur elle, jouer son rôle de flic impassible et faire le job.

— J'allais vous le demander.

Le capitaine s'accroupit devant l'une des housses. D'un mouvement lent, il fit coulisser la fermeture Éclair qui en assurait l'étanchéité. Une puissante odeur de cochon cramé empuantit aussitôt l'atmosphère. Lourde, écœurante, impossible à assumer ni même à concevoir.

Chloé bloqua sa respiration pendant que le gendarme écartait les pans de plastique. Deux, trois secondes, le temps de se conditionner mentalement pour affronter la suite.

Quand Merle se releva, l'horreur déferla sur elle.

Ce qu'il restait de la victime n'avait plus rien d'humain. Une « chose », recroquevillée sur le flanc tel un fœtus géant. Poils, cheveux, cils, sourcils… Tout ce qui contenait une once de kératine avait disparu. La peau n'était qu'une enveloppe boursouflée, craquelée, racornie par endroits, dont la couleur évoluait en fonction de la gravité des brûlures. Gris cendré ou noir intense en surface et, lorsqu'elles avaient atteint les couches profondes du derme, rose pâle, orangé, rouge vermillon.

L'ensemble laissait penser à une éruption volcanique dont l'épicentre aurait été le visage. Un visage effacé, labouré, dépourvu de nez, de lèvres, d'oreilles et de paupières. Des traits grotesques, terrifiants, qui évoquaient la face cauchemardesque de Freddy Krueger.

Chloé attendit quelques secondes, le temps d'encaisser la vision d'épouvante. Puis elle se tourna vers Merle.

— C'est bon. Vous pouvez refermer.

Le gendarme zippa la housse avec précaution.

— Je vous montre les autres ?

— Je suppose qu'ils sont dans le même état ?

— À peu de chose près.

— Alors on va gagner du temps. Expédiez-moi tout ça à l'UMJ et tenez-moi au courant des résultats de l'autopsie.

Le capitaine hocha la tête. Il se fendit d'un salut militaire et rejoignit les techniciens de l'IJ qui s'affairaient un peu plus loin.

Chloé se tourna vers Masson.

— On a trouvé des restes d'effets personnels ?

— Quelques-uns.

— Exploitables ?

— Difficile à dire. On a récupéré des sacs à dos, trois matelas défoncés, quelques objets... Cramés jusqu'à la corde.

La commandante acquiesça. Elle songeait à l'identification. Vu l'état des corps et sans indices supplémentaires, le résultat était loin d'être garanti.

— On a des témoins ?

— Les voisins. C'est eux qui ont appelé les pompiers.

Chloé embrassa le périmètre.

— Quels voisins ? Il n'y a aucune maison aux alentours.

— Ils sont à plus d'un kilomètre, en contrebas. Ils ont senti l'odeur du feu vers 21 heures avant de faire le 18.

— Donc ils n'ont rien vu ?
— Juste la lueur des flammes.

Pas étonnant au regard de la topographie. À cette distance, et compte tenu de la végétation, buttes et vallons érigeaient des remparts visuels impossibles à franchir.

— Autre chose ?

Masson secoua la tête et répondit d'un ton las :

— J'crois pas.

Chloé regarda sa montre. 2 h 45. Normal que son collègue soit sur les rotules. Il commençait vraiment à se faire tard et de toute façon, elle n'en saurait pas plus pour le moment.

Elle lui tendit une carte de visite.

— Faites-moi suivre votre rapport. Et tenez-moi au courant si on découvre quelque chose d'intéressant.

9

Encore une nuit de merde.

Après avoir roulé pied au plancher jusqu'à Marseille, Chloé avait atterri dans son lit aux alentours de 5 heures du mat'. Et là, pas moyen de fermer l'œil. La vision du corps calciné l'avait poursuivie un bon moment jusqu'à ce qu'elle sombre enfin, au lever du jour, dans un sommeil agité peuplé de rêves angoissants.

Dans son cauchemar, elle déambulait à l'intérieur d'un funérarium. Des murs de marbre l'entouraient, d'un gris intense, remplis d'alvéoles à l'intérieur desquelles étaient entreposées des urnes. Au fond de cette salle étrange, elle devinait la présence d'une chapelle circulaire évoquant l'abside d'une église. Elle s'approchait, comme aimantée, pour découvrir qu'en fait de chapelle il s'agissait d'un sas.

Sans trop savoir pourquoi, elle pénétrait à l'intérieur et constatait que les parois qui l'encerclaient étaient faites de panneaux métalliques. Un cercueil se matérialisait alors sur sa gauche, couvert de fleurs blanches et installé à hauteur d'homme sur des tréteaux. Dans le même temps, l'ouverture qui lui avait permis d'accéder à cette cage hermétique se refermait dans son dos. Un feulement strident s'élevait des quatre coins de ce piège pendant que les plaques d'acier coulissaient vers le bas, révélant des puits noirs où scintillaient des feux follets.

C'était à cet instant qu'elle comprenait.

Cette pièce était un four. La bière était celle dans laquelle on avait couché Sophie. Dans une seconde, le processus de crémation allait s'enclencher et le feu détruirait tout.

Y compris elle.

Chloé s'était réveillée en hurlant. Un cri rentré, sorte de borborygme coincé au fond de sa gorge dont l'écho l'avait poursuivie pendant un temps interminable. Puis, peu à peu, la réalité avait repris le dessus. Le sifflement aigu du réveil. Le noir opaque de sa chambre. Le contact de la couette sur sa peau. Elle était chez elle, dans son lit, le cerveau embrumé et le corps en sueur mais – et c'était l'essentiel – bien vivante.

Pressée de mettre l'horreur à distance, Chloé s'était levée d'un bond. Il était déjà 14 heures. La limite qu'elle s'était donnée lorsqu'elle avait programmé l'alarme. Elle avait rallumé son portable dans la foulée et découvert qu'elle avait reçu six appels en absence.

Bornan, le divisionnaire qui chapeautait la Crime, était de loin le plus motivé. Il avait essayé de la joindre à trois reprises avant de se résigner à communiquer avec sa boîte vocale. Ago, son second de groupe, avait pris le relais un peu plus tard avec la même insistance. Enfin, aux alentours de 13 heures, un numéro inconnu avait aussi tenté sa chance et laissé également un message. Trop dans les vapes pour réagir dans la seconde,

Chloé s'était décidée pour un thé bien infusé, le meilleur moyen de se remettre d'aplomb avant de rappeler tout le monde.

Elle éteignit la bouilloire. L'impression de flotter au-dessus d'un océan de coton se dissipait progressivement mais elle n'était pas encore totalement opérationnelle. Elle prépara sa décoction – Earl Grey noir, le plus corsé – et s'attabla derrière le bar de la cuisine. Regard dans le vague et tasse en main, elle s'accorda encore quelques instants pour laisser dériver ses pensées.

Pas étonnant qu'elle ait fait ce cauchemar hallucinant. L'incendie de la bergerie. Les corps calcinés. Cette enquête l'avait projetée quinze ans en arrière, quand elle s'était battue pour faire incinérer sa petite amie. La famille avait tenté de s'y opposer mais Chloé avait tenu bon. C'était le souhait de Sophie, sa volonté. Celle d'une purification par les flammes afin de ne pas nourrir les vers. En dépit de sa souffrance, de sa culpabilité, Chloé avait réussi à faire en sorte que ce choix soit respecté.

Elle avala une gorgée de thé. Brûlante. Depuis la disparition de Sophie, sa vie sentimentale n'avait été qu'une succession d'échecs. Comme si une part d'elle-même refusait de tourner la page. Elle avait eu des aventures, des histoires, sans qu'aucune d'elles efface le souvenir de son premier amour. Sa dernière enquête, dans le milieu des plongeurs Teks[1], était parvenue à l'apaiser sans pour autant la réparer. Elle avait compris qu'elle n'était pas responsable de l'assassinat de Sophie. Encore moins de sa propre sexualité. Surtout, elle avait

---

1. *Peurs en eau profonde*, 2022.

admis que les hommes n'étaient pas tous des prédateurs et que la haine qui lui avait servi de moteur s'était aussi chargée de la détruire.

Pour autant, elle était toujours seule. Avec pour unique compagnie ses souvenirs et un boulot qui dévorait sa vie. Pas de quoi sauter au plafond mais Chloé en avait pris son parti. À quarante ans passés, elle s'estimait trop vieille pour espérer vivre autre chose.

Elle se redressa et attrapa son portable. Ressasser ses idées noires n'avait jamais sauvé personne. Autant se concentrer sur le job, sans doute la meilleure façon d'avancer.

Premier message : Bornan.

Le commissaire, plutôt relax d'ordinaire, était remonté comme une pendule. L'incendie de Barjols semblait l'intéresser au plus haut point. Il voulait avoir le retour de Chloé et l'attendait à la boîte pour un débrief en règle.

La commandante soupira. Elle l'aimait bien son boss, un expat' parachuté à Marseille, comme elle, qui la respectait et la laissait bosser peinarde. Quelle mouche l'avait piqué ? Elle s'était fadé un aller-retour dans le Var, une séance de nuit en pleine pampa et n'avait dormi qu'une poignée d'heures. Il le savait forcément puisqu'il avait pris connaissance du dossier. Il aurait au moins pu attendre qu'elle émerge avant de la harceler.

Elle passa au deuxième message. Ago. Rien de grave, son second venait simplement aux nouvelles. Elle avait disparu depuis la veille, normal qu'il s'inquiète.

Elle étira un sourire attendri. Jo Agopian n'était pas qu'un coéquipier. Il était aussi son ami. Le lieutenant d'origine arménienne, véritable bras droit de Chloé, était également le seul représentant du genre masculin avec lequel elle avait réussi à nouer une relation normale. Il était parvenu à lui faire oublier que c'était un homme qui lui avait pris Sophie. Un tueur de femmes insaisissable, toujours en mouvement, qui frappait au hasard et dont le mobile, selon les psys chargés d'établir son profil, se résumait à un désir aussi profond qu'irrépressible de les anéantir.

Dernier message.

« Florent Masson. On s'est vus la nuit dernière à Barjols. L'incendie de la bergerie. Vous m'aviez demandé de vous contacter si on trouvait un truc intéressant. »

Pour du rapide, c'était du rapide. Même pas douze heures qu'ils s'étaient quittés et le flic du SRPJ avait déjà du grain à moudre.

Elle envoya l'appel.

— Lieutenant Masson ?

— Merci de me recontacter si vite, commandante.

Aucune hésitation. Il avait dû entrer son numéro dans le répertoire de son portable.

— Que se passe-t-il ?

— C'est à propos des causes de l'incendie.

— Déjà ?

— On est bientôt en décembre. La saison des feux de forêt est terminée depuis longtemps. La RCCI 83 a pu traiter le dossier tout de suite.

Toujours aussi posé. Le timbre de sa voix évoquait le grondement d'un torrent. Puissant, profond. Rassurant.

— Je vous écoute.

— Selon eux, il n'y a qu'une possibilité. Ce sont les corps qui ont foutu le feu au bâtiment, pas le contraire.

— Comment ça ?

— Le départ se situe à l'endroit précis où on les a trouvés. Il n'y en a aucun autre dans le périmètre. Il y avait un réchaud à gaz portatif mais il n'y est pour rien.

À présent, c'était clair. L'incendie de la bergerie était la conséquence d'un triple meurtre. Une découverte sordide qui justifiait d'autant plus la saisine de la BC et expliquait sans doute la réaction de Bornan. Le commissaire avait dû le pressentir et était impatient de connaître les conclusions de son enquêtrice.

— Quelqu'un a forcément allumé la mèche, déduisit Chloé. On a relevé des traces d'accélérateur ?

— Du sans plomb 95. Dans un rayon de deux mètres autour de l'endroit où étaient positionnés les cadavres.

Aspergés d'essence et enflammés comme des torches. Chloé espérait qu'ils étaient bien morts au moment où le tueur avait craqué son allumette.

— Où en est l'autopsie ? questionna-t-elle.

— Les résultats devraient tomber d'ici demain. J'ai demandé au médico-légal de mettre les bouchées doubles.

— Parfait. Tenez-moi au courant.

Elle raccrocha. Masson avait bien fait de rester prudent. Ce n'était pas un accident. Les victimes avaient croisé la route d'un tueur. Un fou, qui les avait immolées en plein milieu d'une zone boisée sans se préoccuper des conséquences. Même si on était en novembre, il aurait pu aussi foutre le feu à la végétation.

Pour quelle raison ? Un conflit entre squatteurs avec en ligne de mire l'occupation de la bergerie ? Un type du coin, exaspéré par ces invasions permanentes de clodos dans les forêts du Var et qui avait décidé de faire un peu de ménage ?

Ou alors carrément autre chose. Un crime prenant racine dans un contexte différent de celui d'une simple question de territoire. Un règlement de comptes qui s'était déroulé dans cet endroit perdu, que Bornan subodorait peut-être et qui justifiait son empressement. La présence d'affaires personnelles – si tant est qu'elles appartiennent aux victimes et non à de précédents squatteurs – semblait indiquer qu'elles s'étaient installées ici depuis quelque temps. Se cachaient-elles ? De quoi ? De qui ? Quelle que soit la réponse, le meurtrier avait voulu brouiller les pistes en faisant tout cramer.

Chloé avala une gorgée de thé. Tiède à présent. À ce stade, les hypothèses étaient bien trop nombreuses pour discerner le moindre début d'explication.

Il allait falloir patienter encore un peu avant d'y voir plus clair.

10

Après sa conversation avec Masson, Chloé avait pris une douche éclair, s'était habillée en deux-deux et avait couru ventre à terre jusqu'à l'Évêché. L'hôtel de police – siège de la DIPJ qui chapeautait Crime, Stups et BRI – était à un jet de pierre de son appartement. Une proximité pratique, qui lui avait fait choisir de s'installer dans le quartier du Panier quand elle avait débarqué à Marseille.

Toujours la même sensation en longeant le bâtiment. Celle de faire un bond dans le passé, à l'époque où fiacres et calèches franchissaient l'énorme portail pendant que les fouets claquaient dans l'air et que les sabots martelaient le pavé. L'ancien palais épiscopal avait longtemps servi de résidence à l'évêque de Marseille – d'où son surnom – avant d'être réquisitionné par les pouvoirs publics après la fameuse loi de 1905 – celle qui avait séparé l'Église de l'État – et d'être attribué au ministère de l'Intérieur. Un monument, historique dans tous les sens du terme, qui à Marseille rimait depuis toujours avec la grande saga de la délinquance.

Elle délaissa les vieilles pierres et entra dans un gros bloc de béton beige. L'édifice aux allures de kolkhoze avait été érigé dans les années 1950 pour agrandir la construction originelle. Ambiance beaucoup plus terne dans cette aile, en gris et blanc, digne d'un film de Clouzot. Bleus et civils déambulaient dans le hall central comme dans n'importe quelle autre administration, avec cette petite pointe de tension supplémentaire propre à tous les nids à flics.

Chloé prit l'escalier. Tout en grimpant vers les étages, elle se remémora le message de Bornan. Tendu. Presque inquiet. C'était sans doute la première fois qu'elle percevait une émotion pareille chez le commissaire. De nature flegmatique, il survolait les atrocités auxquelles il était confronté avec une sorte de détachement donnant parfois l'impression qu'il carburait au Xanax. Même s'il avait pressenti que l'incendie de Barjols maquillait des meurtres, qu'est-ce qui le faisait autant flipper ?

Elle toqua à la porte et entra sans attendre. 15 heures et des poussières. Encore à la bourre. Assis derrière son immense bureau en verre, le grand manitou de la Crime l'accueillit d'une œillade irritée. D'ordinaire avenant avec son visage de premier de la classe et son éternel chèche bleu turquoise, le Lillois, surnommé Bobo à cause de son allure, était fermé à double tour.

Il lui désigna une chaise et ordonna d'une voix de banquise :

— Asseyez-vous.

La commandante s'installa face à lui. Adepte du management collaboratif, il gérait ses troupes avec tact et doigté, laissant circuler la parole et s'exprimer les ressentis. Pourtant, à cette seconde, il ressemblait à un gradé à l'ancienne. Directif, autoritaire, inaccessible.

— Vous avez fait la grasse mat' ? lança-t-il d'un ton serré.

Chloé préféra ignorer la pique. Vu la nervosité de son boss, il valait mieux faire profil bas.

— Je suis rentrée tard.

Bornan hocha la tête de façon mécanique. Les justifications de sa flicarde, il s'en cognait. Il se cala dans son fauteuil et attaqua sans préambule.

— Alors ? Qu'est-ce qui s'est passé à Barjols ?

La commandante lui fit part des conclusions de la RCCI 83. L'origine du sinistre. Le sans plomb. La certitude que c'était les corps qui avaient mis le feu à la bergerie et non l'inverse.

— Un triple homicide, synthétisa le divisionnaire d'un ton grave. Les victimes étaient vivantes quand le tueur a allumé la mèche ?

— Les autopsies sont en cours. On le saura bientôt.

Il se laissa aller dans son fauteuil. La tournure criminelle que prenait l'affaire n'avait pas l'air de le surprendre. Restait à comprendre ce qui l'inquiétait vraiment.

— J'ai l'impression que vous vous y attendiez, le sonda Chloé.

— Un peu, oui.

— Je peux savoir pourquoi ?

Le commissaire récupéra un gros Montblanc à plume qui traînait sur son bureau et le manipula entre ses doigts. À l'ère du numérique, il devait être le seul flic de France à utiliser ce genre de relique.

— Vous êtes au courant de ce qui se passe dans le Var ? demanda-t-il.

— À quel sujet ?

— Le trafic de stupéfiants. La carte des points de deal se redessine.

Chloé l'ignorait. Les histoires de drogue ne l'avaient jamais passionnée, ni de près ni de loin. Quand les cadavres criblés de balles jonchaient le pavé, les dossiers étaient confiés au deuxième groupe. Des flics des rues, spécialisés dans les règlements de comptes entre dealers, cul et chemise avec les Stups.

Bornan poursuivait.

— Il semblerait que les nouveaux arrivants aient remis les vieilles méthodes au goût du jour. C'est la troisième affaire de barbecue qui nous tombe dessus depuis le mois dernier.

La commandante avait déjà entendu cette expression. À Marseille, on l'utilisait à propos des cadavres incendiés, retrouvés ficelés façon rôti dans des coffres de voitures auxquelles on avait mis le feu. Une pratique bien barbare, employée par certains caïds de la came pour éliminer leurs concurrents en marquant les esprits. Elle comprenait maintenant pourquoi son boss était sur les dents.

— Rien ne dit que ce soit ça, rétorqua-t-elle avec aplomb.

Bornan lui adressa un regard las. Depuis huit ans qu'ils opéraient ensemble, il avait appris à la connaître. Froide, élégante, trop bien élevée, elle détonnait dans le théâtre sordide où ils jouaient leur partition. Les jaloux l'avaient surnommée Elsa, la Reine des neiges, et au début, le sobriquet l'avait fait sourire également.

Puis, au fil des affaires, des cadavres, la personnalité de sa subordonnée avait changé la donne. Précise, rigoureuse, obstinée, elle avait su faire oublier son allure de bourgeoise coincée en devenant une cheffe de meute charismatique. Ses résultats en avaient bluffé plus d'un, jusque dans les hautes sphères où son nom était devenu synonyme de joker. Celui qu'on sortait du chapeau quand les dossiers s'enlisaient. Pourtant, sur ce coup, sa suggestion paraissait affliger le commissaire.

Il la recadra gentiment.

— Tout est possible. Mais si les victimes ont été brûlées vives, les probabilités qu'il y ait un lien avec une guerre de territoire seront très élevées.

Chloé se tassa sur sa chaise. Elle aurait mieux fait de la fermer. Elle n'avait pas toutes les données et en matière d'enquête criminelle, c'était le socle sur lequel il fallait s'appuyer. De plus, si elle se vérifiait, l'hypothèse avancée par Bornan risquait de la déposséder du dossier. Le deuxième groupe serait désigné et cette perspective la rendait folle de rage. Elle avait été la première à monter au créneau, dans des conditions pas évidentes, sur une affaire qui aurait pu être intéressante. Difficile d'accepter qu'elle lui file sous le nez.

Elle demanda, pour être sûre :

— On fait quoi ? Je continue ou je passe le relais ?

— Pour le moment, vous poursuivez. On avisera plus tard, quand le légiste aura donné ses conclusions.

La policière attrapa son sac et se leva. Elle bénéficiait d'un répit. Quelques heures, peut-être plus, pendant lesquelles elle tenait encore les manettes.

Autant les mettre à profit pour essayer de placer ses pions.

11

La forêt avait changé de visage.

En fin d'après-midi, le soleil terne du mois de novembre rampait entre les arbres et dévoilait ce que la nuit avait dissimulé. Arbousiers, ifs, houx, érables, tilleuls... Les arbustes sauvages formaient un entrelacs inextricable qui prospérait au pied des chênes, colosses inébranlables surplombés par la silhouette élancée de pins séculaires.

Chloé avait toujours adoré la nature. Sous toutes ses formes, dans toute sa diversité. C'était un de ses piliers, de ceux sur lesquels on s'appuie tout au long de son existence parce qu'il a été érigé pendant l'enfance.

Dans son cas, il s'appelait montagne. Des paysages d'une pureté absolue, presque vertigineuse, parsemés de roches brutes et comme couverts de laque. Elle les avait parcourus à pied, à skis, parfois survolés en parapente, trouvant dans l'écrin noir des bouquets de mélèzes la paix que ses conflits intérieurs lui refusaient.

Elle aimait les femmes. Un authentique péché dans sa famille, foyer de cathos soumis aux lois du Livre et au regard du Tout-Puissant. Longtemps, elle avait gardé prisonnier ce secret dérangeant, honteux, cette tare contre nature dont le destin l'avait lestée. Elle avait essayé de se convaincre qu'avec les années et une bonne dose de volonté, ses pulsions s'apaiseraient.

Mais on ne triche pas avec soi-même. Un jour ou l'autre, l'évidence nous rattrape. Et dans son cas, cette évidence s'appelait Sophie. Un petit bout de fille qui l'avait fait craquer, assumer d'être ce qu'elle était et définitivement éloignée de ses parents.

Elle chassa ces souvenirs acides et revint à la route. Elle approchait du but. Une bergerie semblable à celle qui s'était dissoute dans les flammes. Sans doute la seule baraque habitée dans ce désert boisé, où l'attendait le couple qui avait alerté les secours.

Après avoir quitté Bornan, Chloé était descendue d'un étage afin de donner la feuille de route à ses coéquipiers. Elle venait d'hériter d'un triple meurtre avec cadavres calcinés et avait l'intention de s'y investir à fond durant les vingt-quatre prochaines heures. Une courte fenêtre pour récolter des indices avant qu'on ait le résultat des autopsies. Si le barbecue était lié à la came, Bobo lui retirerait l'affaire. Elle devait donc prendre de l'avance. La seule façon de se rendre indispensable. Et pour ça, elle allait être obligée de lâcher tout le reste.

Orsini, Belkhir et Agopian, ses trois coéquipiers du premier groupe d'enquêtes criminelles qu'elle dirigeait depuis son arrivée à Marseille, avaient répondu présent. Soudés derrière leur cheffe, ils lui étaient tout acquis. En dépit de la charge de travail déjà considérable qui pesait sur leurs épaules, ils feraient le nécessaire.

Chloé avait ensuite appelé Florent Masson pour récupérer les coordonnées des témoins de l'incendie et pris la direction de Barjols. Ces gens n'avaient peut-être rien vu, hormis une lueur dans la nuit, mais c'était sa seule piste pour l'instant. Il n'y avait pas d'autre présence humaine à des kilomètres à la ronde. Dans ce lieu isolé, coupé du monde, la solidarité était une valeur essentielle. Entre anachorètes, ils avaient bien dû avoir quelques échanges...

Elle reconnut l'intersection. De mémoire, Les Buis était à droite. La voix mécanique du GPS valida cette réminiscence, lui intimant cette fois de prendre à gauche. Elle roula encore quelques minutes avant d'apercevoir un gros panneau de bois accroché à un tronc. La Roubine. Elle y était. Le chemin se poursuivait derrière, une longue ligne droite qui descendait en pente douce entre des champs d'oliviers. Au bout, dressée comme une vigie dans le crépuscule, la demeure l'attendait.

En fait de bergerie, il s'agissait plutôt d'une grosse bastide dont les façades en pierre avaient été taillées pour résister au temps. Le style de construction typique de la région, datant sans doute de plusieurs siècles, qui avait traversé guerres, famines et autres épidémies sans ciller.

Chloé se gara sur un parvis de gravier et marcha vers l'entrée. Fronton mouluré, lourde porte en bois, heurtoir en bronze pour s'annoncer. Comme au bon vieux temps.

Elle préféra utiliser la sonnette. Quelques secondes de battement, avant qu'une jolie brune ne pointe son nez. Une sorte d'apparition coulée dans un ensemble blanc – jean et cachemire, simple et chic –, flottant au-dessus du sol sur des bottines finement taillées. Un gamin d'à peine cinq ans se tenait derrière elle, agrippé à ses jambes comme une moule à son rocher.

— Oui ?

Aucune crainte dans la voix. Les visites inopinées – la policière n'avait pas prévenu de son arrivée – ne l'inquiétaient pas.

— Madame Charlotte Neuville ?

— C'est moi.

— Commandante Chloé Latour. Brigade criminelle. Je souhaiterais vous poser quelques questions à propos de l'incendie de cette nuit.

Le visage avenant, rose et frais comme une aube naissante, prit des allures de ciel de pluie.

— J'ai dit tout ce que je savais aux gendarmes.

— J'ai juste besoin de quelques précisions. Ce ne sera pas long.

Combien de fois Chloé avait-elle servi cette entrée en matière ? Une phrase bateau qui se voulait rassurante, enveloppante, pour gommer le côté déstabilisant de ce type d'entretien. Même en enrobant le bonbon, il gardait toujours un goût de peur.

Charlotte Neuville hocha la tête et sortit un portable de sa poche.

— Si ça ne vous ennuie pas, je vais demander à mon mari de nous rejoindre.

Elle passa l'appel, front plissé, puis invita la commandante à la suivre. À peine la porte franchie, le contraste saisit Chloé. Elle avait devant les yeux une version futuriste du traditionnel mas provençal où verre, plastique et métal se disputaient chaque pouce de terrain dans une débauche d'angles vifs. L'ensemble, percé de larges ouvertures, était soutenu par des poutres en acier poli dont les lames striaient le plafond d'éclats argentés. De la rénovation digne de *Maison & Jardin*, où chaque détail avait été pensé et avait dû coûter un bras.

Charlotte Neuville embrassa son fils sur le front.

— Va jouer dans ta chambre, mon chéri. Il faut que je parle avec la dame.

Le gosse, un angelot portant un gros pull rouge siglé Tartine et Chocolat, hocha la tête sagement et fila vers l'escalier sans demander son reste.

— Je vous offre quelque chose ?

Prévenante. Bien élevée. En dépit de la tension qui l'habitait, elle conservait les codes de bonne conduite. Un schéma que Chloé connaissait par cœur.

— Non merci, répondit la commandante.

Elles s'assirent face à face dans d'immenses canapés en cuir fauve séparés par une table basse. Pas de doute, Charlotte Neuville était à sa place dans ce décor léché. Elle l'avait même probablement conçu. Chloé songea à une vestale immaculée, protectrice d'un foyer dont elle était l'âme ardente.

— Vous cultivez les oliviers ? demanda-t-elle en guise d'entrée en matière.

— Nous avons racheté l'exploitation il y a cinq ans. Avant, nous vivions à Paris.

— Vous faisiez quoi ?

— On était dans la finance.

Deux traders pleins aux as. Ils avaient décidé de tout plaquer pour venir vivre une existence « plus authentique ». Le cas était de plus en plus fréquent. Pas question pour autant de tout lâcher. Les olives, oui, mais avec le confort.

La commandante lui adressa un sourire approbateur.

— Sacrée reconversion.
— C'était ça ou le burn-out. Et nous voulions un meilleur cadre de vie pour notre enfant.

La femme répondait mécaniquement, par pure politesse. Son esprit n'arrivait pas à oublier que la brigade criminelle venait de faire irruption chez elle.

— En quoi puis-je vous aider ? finit-elle par demander.
— C'est vous qui avez appelé les pompiers, n'est-ce pas ?
— Mon époux.
— Quelle heure était-il ?
— 21 h 30. Dans ces eaux-là...
— Qu'est-ce qui vous a alertés ?
— L'odeur. Comme j'ai eu le Covid, je n'étais pas sûre. Je suis sortie pour vérifier.
— Votre mari était avec vous ?
— Nous étions dans ce canapé. Nous regardions une série. Je l'ai appelé et il a senti la même chose que moi. Puis on a aperçu une lueur étrange au-dessus des arbres. C'était comme si le ciel s'était allumé de l'intérieur. On a tout de suite compris et il a composé le 18.

Chloé connaissait déjà cette partie de l'histoire. En la faisant revivre à la jeune femme, elle la mettait en condition afin de la préparer à la suite.

— Vous saviez que la bergerie était habitée ?
— Non.
— Vous n'y allez jamais ?
— Nous y avons fait un tour en arrivant. Elle était complètement en ruine. En ce qui me concerne, je n'y ai jamais remis les pieds.

Charlotte Neuville ignorait que des squatteurs s'étaient installés près de chez elle. Il se pouvait quand même qu'ils soient venus frapper à sa porte sous un quelconque prétexte, histoire de voir à qui ils avaient affaire.

— Personne n'est venu sonner chez vous ces derniers temps ?

— Nous avons des visites quasiment tous les jours.

— Quelqu'un que vous n'auriez jamais vu auparavant, que vous n'attendiez pas ?

Elle nia de la tête.

— Nous recevons des fournisseurs, des clients, des commerciaux... Ils prennent tous rendez-vous et nous leur envoyons l'itinéraire par SMS.

Les victimes ne s'étaient pas manifestées. Ça partait mal. La policière ne se découragea pas.

— Madame Neuville...

— Oui ?

— Je dois vous dire quelque chose.

— Je vous écoute.

— Nous avons trouvé trois personnes dans les décombres.

— Quoi ?

— Les corps étaient entièrement calcinés.

Un blanc. La Parisienne se décomposa un peu plus, comme si l'information avait siphonné chaque goutte de son sang.

— Vous voulez dire qu'elles ont péri dans l'incendie ?

— C'est ça.

La femme noua ses mains. La jointure de ses os saillait comme des épines.

— Mon Dieu. C'est horrible.

— Ce n'est pas tout. Nous pensons également que quelqu'un a mis volontairement le feu au bâtiment en sachant que ces gens étaient à l'intérieur.

La version *soft*. Charlotte Neuville était déjà suffisamment déstabilisée. Inutile d'en rajouter avec le fait que les victimes avaient été aspergées d'essence avant d'être immolées.

— Pourquoi ? souffla-t-elle.

— C'est ce que je dois découvrir.

Un silence s'installa. Le petit rêve champêtre de la néo-rurale venait de prendre un sacré coup dans l'aile. Elle avait fui une vie où tous les coups étaient permis pour se réfugier dans un havre de paix dissimulé à la fureur des hommes. Mais l'horreur était partout. Le pire venait de la rattraper au cœur de la carte postale.

La porte d'entrée s'ouvrit, coupant court au malaise. Un type d'une quarantaine d'années pénétra dans la pièce, vêtu d'une combinaison de travail bleu-gris. Grand, mince, il conservait une allure distinguée en dépit de ses fringues d'ouvrier. La réplique parfaite, en masculin, de la propriétaire des lieux. Nicolas et Pimprenelle à la campagne.

— Martin Neuville, s'annonça-t-il en tendant une main énergique. Je suis le mari de Charlotte.

Le trader respirait la volonté, la détermination. Sa tenue laissait penser qu'il travaillait la terre mais la douceur de sa paume contredisait cette image fabriquée. Elle n'avait pas encore produit le cal qui enrobait la peau des paysans. Ses doigts, fins et nerveux, semblaient plus familiers des touches délicates d'un clavier que de la brutalité d'une hache.

Il prit place à côté de sa femme et réitéra ses déclarations mot pour mot sur un ton assuré. Il ignorait que la bergerie était habitée. Il n'y était pas retourné depuis leur arrivée et n'avait aucun souvenir d'une visite non programmée à La Roubine. S'il n'y avait pas d'autres questions, il avait encore des pressoirs à vérifier.

En apprenant que trois personnes avaient pu être assassinées près de chez lui, il perdit un peu de sa superbe. Dans les salles de marchés, la violence n'avait jamais tué personne.

— Si je comprends bien, conclut Chloé, c'est vous qui gérez la partie exploitation ?

— Nous nous sommes réparti les tâches. Charlotte la communication, la vente et l'administratif. Moi, la fabrication et le développement produit.

La sémantique de l'as de la finance lui collait aux neurones. L'agriculture, version HEC.

— Donc, vous êtes sur le terrain.

— Je ne suis pas seul. J'ai une dizaine de collaborateurs qui s'occupent des oliviers.

Une source d'infos supplémentaire, au cas où. Chloé remit cette option à plus tard alors qu'une autre idée germait dans son esprit. Le couple n'avait eu aucun contact avec les victimes. Un coup pour rien. Il se pouvait néanmoins qu'ils aient observé des allées et venues insolites.

Pourquoi pas celles du tueur ?

Elle se tourna vers le mari. Il passait ses journées à crapahuter sur ses terres. Il était sans doute le mieux placé pour la rancarder.

— Mis à part une personne qui serait venue sonner à votre porte de façon « officielle », vous n'avez pas vu quelqu'un se promener dans le coin ces derniers jours ?

— Pas mal de monde se promène dans le coin en ce moment. La chasse est ouverte depuis deux mois.

— Restons sur les dernières vingt-quatre heures.

Martin Neuville réfléchit. Sourcils froncés, regard intense, le corsaire du CAC 40 n'était jamais bien loin.

— La configuration ne nous permet pas de voir la fourche. Pareil pour les bois qui sont de l'autre côté. En revanche, j'ai entendu une moto rouler sur le chemin.

Une décharge électrique parcourut la colonne vertébrale de la policière.

— Une moto ?

— Un modèle de cross, pour être précis.

— Comment le savez-vous ? Vous venez de me dire que vous ne l'aviez pas vue.

— J'en ai une. Leur bruit est très spécial. Surtout quand elles sont préparées, ce qui était le cas.

Une pointe de fierté filtrait dans le ton. Comme pas mal d'hommes, Neuville était très attaché à son jouet.

— Préparée ? fit préciser Chloé.

— Au regard du modèle d'origine. Le cadre est allégé. On modifie la carburation, l'allumage, l'échappement... En gros, l'idée consiste à améliorer le rapport poids-puissance pour obtenir de meilleures performances en compétition.

— Vous avez pu l'entendre d'aussi loin ? s'étonna Chloé.

— Ce sont des machines très bruyantes. Et il y avait un peu de vent hier soir. Ça porte les sons.

En effet. Le capitaine de gendarmerie le lui avait fait remarquer lorsqu'elle était arrivée sur les lieux.

— Pourquoi ne l'avez-vous pas dit avant ?

— Vous ne me l'aviez pas demandé. Et les amateurs de cross aiment bien passer par là pour aller s'amuser sur les sentiers.

— Il était quelle heure ?

— Je n'ai pas fait attention. Je me souviens seulement que la nuit allait tomber.

Comme à cet instant. Chloé regarda sa montre. 18 h 12. Dehors, la lumière mourait peu à peu. On distinguait seulement l'ombre des arbres qui s'étirait sur la toile charbonneuse du ciel. L'heure entre chien et loup. Celle à laquelle un prédateur à sang froid avait fondu sur ses proies avant de les dévorer.

— Le cross se pratique la nuit ?

— En principe, non. Mais les pilotes attendent souvent la dernière minute pour rentrer au bercail.

Ou pour utiliser l'obscurité afin de passer inaperçu. De plus, question plan de fuite, ce type d'engin aurait été parfait. Il permettait de quitter la scène de crime par un autre accès et de s'évanouir entre les pins. Ni vu ni connu.

— Il y a beaucoup de motos de ce genre en circulation ?

— Pas mal. Surtout ici. La configuration du terrain s'y prête bien.

Chloé nota l'indication dans son portable. Puis elle s'extirpa du canapé et prit congé. Pas la peine de faire durer le supplice, ces gens lui avaient raconté tout ce qu'ils savaient.

En remontant dans sa voiture, elle se dit que comme chaque fois, ce crime ferait plusieurs victimes collatérales. À partir de maintenant, les Neuville devraient continuer leur vie avec l'image d'un triple meurtre qui hanterait leurs nuits.

Elle prit quelques secondes pour chasser ces pensées et essaya de positiver. Une moto de cross. C'était le premier indice sérieux qu'elle engrangeait. Sérieux mais mince. Non seulement il y en avait un paquet, mais elle pouvait aussi avoir été volée, ce qui réduirait encore ses chances de la retrouver.

La bonne nouvelle, c'est que le timing collait. La plage horaire avait pu laisser à l'assassin le temps d'opérer et au feu de prendre de l'ampleur.

Déjà ça...

12

— Commandante ?
— Oui...
— Florent Masson, je vous réveille ?
Chloé regarda l'heure affichée sur l'écran de son portable. 8 h 15. De mémoire, on devait être samedi. Pourquoi le lieutenant l'appelait-il si tôt ?
— Vous êtes tombé du lit ? demanda-t-elle d'une voix pâteuse.
— Je viens de raccrocher avec la légiste. Elle a quasiment bouclé les autopsies.
Les pièces se rassemblèrent, comme son esprit. La toubib du médico-légal avait tenu ses engagements. Elle avait réussi à disséquer trois corps très abîmés en à peine vingt-quatre heures. Une performance qui n'allait peut-être pas arranger ses affaires.
— Je vous écoute.
— Vous pouvez venir ?
— À Draguignan ?
— Je sais. On n'est pas censés être sur le pont aujourd'hui. Mais ce qu'elle a découvert est juste hallucinant. Il vaut mieux que vous voyiez ça.

Chloé soupira. La perspective de se taper une heure et demie de route ne l'enthousiasmait pas. Comme celle d'être confrontée une nouvelle fois au spectacle des cadavres racornis, maintenant ouverts en deux comme des quartiers de bœuf rôti. D'un autre côté, Masson avait piqué sa curiosité. De plus, elle allait enfin savoir si les victimes avaient été cramées vivantes et si elle restait ou non dans la course.

— OK, j'arrive.

Elle se leva d'un bond. Les perspectives qui l'attendaient avaient achevé de la réveiller. Des flots d'adrénaline se déversaient maintenant dans ses artères, comme chaque fois qu'elle s'apprêtait à affronter ses peurs les plus profondes.

Par chance, elle avait réussi à passer une nuit correcte. Un atout quand on se prépare à voir la mort de près. En guise de somnifère, elle avait avalé une soupe en regardant pour la énième fois *Coup de foudre à Notting Hill*. Elle connaissait la comédie romantique par cœur, un dérivatif facile qui lui permettait de vraiment déconnecter. Même si tout était faux, sirupeux et débordant de clichés à deux balles, elle avait l'illusion pendant cette parenthèse que le grand amour était encore à portée de main.

On se rassure comme on peut...

Deux heures plus tard, Chloé franchissait la porte de la salle d'autopsie. Implantée quatre ans plus tôt au centre hospitalier de la Dracénie, à la périphérie de la ville, l'UMJ – unité médico-judiciaire de Draguignan – brillait comme un sou neuf. L'unique légiste qui y était affectée y disséquait à tour de bras dans une salle rutilante, capsule hermétique dont les fenêtres donnaient sur un environnement de pins parasols. Cette vue rafraîchissante atténuait l'horreur glaciale du lieu et le rendait à peu près supportable.

Déjà sur place, Florent Masson était penché sur un ordinateur, à côté d'une femme en tenue de bloc opératoire. Au centre de la pièce, trois tables en Inox. Les corps y étaient recroquevillés, vulgaires morceaux de barbaque prêts pour l'équarrissage. Autour, partout, comme une présence supplémentaire, l'odeur de la crémation saturait l'air. Un fumet écœurant, quasi palpable, mélange inextricable de composés chimiques et organiques dégradés par les flammes.

Chloé aspira par la bouche et regretta le croissant acheté avant de prendre la route. Il était en train de lui remonter dans l'œsophage.

Le lieutenant se retourna.

— Commandante ! Merci d'être venue. Vous connaissez le docteur Thill ?

La praticienne quitta sa chaise. Jeune, mince, mâchoires carrées, pommettes hautes. Une beauté à l'américaine, façon *cheerleader*, animée par un regard franc et direct. Tension nerveuse et manque de sommeil tiraient ses traits de poupée blonde, dévoilant le fond de fragilité dissimulé par la cuirasse. Chloé ne l'avait croisée qu'une fois mais le courant était tout de suite passé. Comme elle, Thill devait serrer les dents pour affronter son quotidien.

— Alors ? lança la policière après lui avoir serré la main. Ces découvertes hallucinantes ?

— Je vais devoir commencer par le début, répondit la toubib d'un ton fatigué. Vous comprendrez mieux.

— Je vous en prie.

Thill s'appuya contre une paillasse en céramique sur laquelle traînaient ses instruments de travail : scalpels, scie, pinces crabes, écarteurs... La véritable panoplie du parfait petit légiste.

— Le tueur a utilisé de l'essence. Du sans plomb 95. Il en a aspergé les victimes avant de les enflammer, ce qui a accéléré la combustion et donné ce résultat.

La policière savait déjà tout ça. Elle coupa court au préambule et posa la question qui l'obnubilait depuis le début.

— Elles étaient encore vivantes quand il a allumé le feu ?

— Il y en a une qui l'était. Les autres avaient déjà subi une blessure létale, effectuée dans la région du cou avec une arme blanche.

— De quel type ?

— Égorgement.

Ce taré en avait éliminé deux proprement. Enfin, façon de parler... Il leur avait seulement épargné le supplice d'être brûlées vives. Chloé préféra ne pas imaginer ce qu'avait dû endurer la troisième victime et se concentra sur les modes opératoires. Pourquoi une telle disparité ? Seule certitude, cette découverte ne plaidait pas pour des assassinats liés au trafic de stupéfiants.

— Vous pouvez m'en dire un peu plus sur la façon dont s'y est pris le meurtrier ?

Thill acquiesça d'un petit signe de tête. Elle avait l'air tellement crevée que chaque mouvement, même le plus anodin, semblait lui demander un effort surhumain.

— L'arme qui a servi à tuer les deux premières victimes, un homme et une femme, est de type couteau de chasse. Lame épaisse, en acier trempé, fil cranté d'après le tracé des lacérations. On a prélevé des résidus de métal à l'intérieur des blessures. Le feu n'a pas eu le temps de les dissoudre. Avec un peu de chance, on vous donnera la marque et le modèle.

Chloé esquissa un sourire, comme pour la remercier. La légiste ne parut pas le remarquer. Elle poursuivait son laïus d'une voix atone.

— Pour la troisième, c'est différent. Nous n'avons relevé aucune trace de blessures, ni par arme à feu ni par arme blanche. Aucune marque de coups non plus, même si l'état du corps ne permet pas d'avoir de certitudes sur ce plan. Quoi qu'il en soit, ce sont les brûlures qui ont causé le décès. Ou plus précisément, leurs conséquences.

— Mais encore ?

— Les grands brûlés meurent souvent de chocs septiques. Dans notre cas, il y a eu un arrêt cardiaque.

— Pour quelle raison ?

Thill croisa les bras sur sa poitrine, comme deux morceaux de bois trop lourds à porter.

— Parce qu'il s'agit de brûlures internes. Au sens premier du terme.

— Que voulez-vous dire ?

— Qu'elles sont, même si le terme n'est pas approprié, *endogènes*. Comme si les organes s'étaient consumés de l'intérieur au lieu d'avoir été attaqués de l'extérieur.

— Comment est-ce possible ?

— Physiologiquement, ça ne l'est pas.

Chloé chercha le regard de Masson. Le jeune flic lui adressa un sourire qui signifiait : « Alors ? Je n'avais pas raison de vous emmerder un samedi ? »

Thill précisa :

— Il y a une explication.

Elle s'approcha d'un des cadavres, suivie de près par le lieutenant. Chloé leur emboîta le pas, avec au creux du ventre une sensation de vide. Pour l'instant, elle avait réussi à éviter la vision infernale. Elle planait simplement dans son dos, muette et obsédante, comme ces menaces dont on sent la présence tout en feignant de les ignorer. Jusqu'à ce qu'elles nous colonisent et qu'il n'y ait plus aucun moyen de se défiler...

— Le sujet qui nous intéresse, commença la légiste en désignant le ver grisâtre recroquevillé devant elle, est de genre masculin. Un mètre quatre-vingts, environ soixante-quinze kilos. A priori, de race caucasienne. La carbonisation n'a pas été complète, comme pour les autres. Pour ça, il aurait fallu maintenir une température de mille degrés pendant au moins trois heures.

Chloé aurait préféré. Un tas de charbon noirci était moins horrifiant à regarder que cet amas de chairs et d'os aux formes vaguement humaines.

Elle se focalisa sur les yeux de la *cheerleader*. Les lacs d'un bleu limpide lui apportèrent une seconde de répit.

— Ce qui n'a pas été le cas, affirma mécaniquement la commandante.

— À l'évidence, non. Les tissus profonds sont relativement peu atteints, tout au moins ceux qui n'ont pas été en contact direct avec les flammes.

Elle désigna plusieurs parties du corps, ramenant Chloé vers son cauchemar.

— On peut faire ce constat au niveau des bras et des jambes. Le feu a détruit le derme et l'épiderme mais n'a pas eu le temps d'attaquer les muscles. Encore moins les os.

— Et pour le reste ? Vous avez parlé de brûlures *endogènes*.

— J'y viens. Quand le feu n'est pas assez intense, les organes internes sont relativement protégés. Jusqu'à un certain point évidemment, mais la faible profondeur des brûlures sur les membres montre sans la moindre ambiguïté que ce palier n'a pas été atteint.

Thill pointa du doigt ce qui restait de l'abdomen et du thorax. Un trou béant, comme le cratère laissé dans le sol par une bombe après son explosion.

— Là, c'est tout le contraire. Comme vous pouvez le constater, il n'y a plus rien. Poumons, estomac, cœur, rate, foie... Tout a été réduit en cendres. Le cerveau a subi le même traitement, globes oculaires inclus.

Chloé eut l'impression qu'une main glacée serrait son cou. La façon dont la victime avait péri était terrifiante. Elle renvoyait à ces gravures du Moyen Âge sur lesquelles on voyait des suppliciés attachés au poteau du bûcher. Des flammes sortaient de leur bouche, de leurs yeux, parfois de leurs oreilles, comme si un brasier démoniaque les consumait de l'intérieur.

Elle détourna le regard et accrocha celui de Masson. Le lieutenant ne cillait pas mais ses mâchoires exprimaient sa tension. Elles se contractaient à intervalles réguliers.

— Que s'est-il passé ? demanda-t-elle à la légiste.

— Dans la nature, rien ne s'enflamme spontanément. Il y a toujours une cause. Foudre, éruption volcanique, réaction chimique... Pour que le feu prenne au plus profond de la cage thoracique et fasse de tels dégâts, il a fallu l'introduire artificiellement dans le corps de la victime.

Les explications de la toubib donnaient une cohérence à l'inimaginable. Une mise à mort d'une cruauté absolue dont les images fracturées se bousculaient dans la tête de Chloé.

Thill mit des mots sur ces flashs d'épouvante.

— On l'a forcée à avaler de l'essence. Puis on a introduit une mèche dans son œsophage et on l'a allumée.

Hallucinant. Masson avait choisi le terme approprié. Au-delà de l'horreur pure, cette signature révélait une perversité hors norme. Une volonté délibérée d'infliger un maximum de souffrance. Elle évoquait aussi un rituel. Un scénario pensé, élaboré, dont la complexité répondait sans doute à la pulsion qui excitait ce dingue.

Chloé savait maintenant que l'enquête ne lui échapperait pas. Un caïd souhaitant faire un exemple ne serait pas allé aussi loin. Il se serait contenté de cramer sa proie en l'aspergeant d'essence. C'était bien plus simple et tout aussi efficace.

La même question revint en force. Pourquoi ce traitement de faveur ? Il se pouvait très bien que cet homme soit le seul visé. Les deux autres victimes avaient pu se trouver là par pur concours de circonstances. Un simple dommage collatéral, réglé vite fait bien fait par un moyen conventionnel, rapide et éprouvé. Quoi qu'il en soit, le *modus operandi* se précisait. Le tueur avait dû ligoter ses proies, sans doute sous la menace d'une arme, afin de pouvoir agir en toute tranquillité.

— Le feu a démarré dans la trachée, poursuivait Thill. Il s'est propagé dans l'appareil digestif avec une sorte d'effet de souffle dû au volume important de combustible ingéré. C'est ce qui donne cet aspect à la zone calcinée. Il est ensuite remonté vers le cou, a gagné la boîte crânienne et détruit l'intégralité de son contenu.

— Vous disiez pourtant que le décès avait été causé par un arrêt cardiaque.

— C'est la seule bonne nouvelle. Le choc engendré par l'implosion a été tellement violent que le cœur a lâché immédiatement. D'une certaine façon, la souffrance a été moins intense que dans une configuration de brûlures classiques.

Tout est relatif, songea Chloé. La douleur avait peut-être été brève, elle n'en restait pas moins inconcevable.

Une question lui vint, toujours assujettie à la même crainte.

— La victime était-elle consciente pendant la phase préparatoire ?

— C'est possible. L'ingestion est liée au réflexe de déglutition. Si elle avait été dans les vapes, le procédé aurait été plus difficile à mettre en œuvre. Mais il est aussi possible que l'essence ait été introduite dans l'estomac à l'aide d'un petit tuyau. Un peu comme une sonde d'endoscopie. Dans ce cas, il n'aurait pas été nécessaire qu'elle soit éveillée.

Réponse de Normand. Chloé penchait néanmoins pour la première option. Pourquoi ce taré se serait-il donné tout ce mal si sa proie ne pouvait pas ressentir l'intégralité de ce qu'il avait conçu pour elle ?

D'autres images l'assaillirent, en lien avec cette folie. Des souvenirs d'un cours sur la torture dispensé à l'école de police, en troisième année, quand Chloé avait choisi l'option « crimes de sang » pour faciliter son affectation à la BC. Le prof, un quasi-retraité qui avait passé une grande partie de sa carrière à traquer les pires tordus que le monde ait portés, leur avait donné un aperçu de ce que l'homme pouvait imaginer de plus cruel pour faire souffrir ses semblables.

La « cure par l'eau », très employée pendant l'Inquisition, consistait à faire avaler des litres de liquide au supplicié soumis à la question. Elle provoquait une distension gastrique, une intoxication et, au bout d'un certain temps, la mort. Les séances pouvaient durer des heures. On avait le temps de réaliser, de paniquer, et surtout de souffrir.

Sauf que cette fois, il s'agissait de sans plomb. Si ce pauvre type avait été réveillé pendant la première phase de son calvaire, il avait pu anticiper la suite. L'instant où, après lui avoir fait ingurgiter assez de combustible, son bourreau le ferait flamber. Des secondes, peut-être des minutes, pendant lesquelles le monde avait dû se résumer à un tison de terreur.

Elle avança un contre-argument, pour être sûre.

— Avaler de l'essence doit tout de même provoquer de sacrés dégâts. En admettant que la victime ait été consciente, elle a dû s'évanouir rapidement, non ?

— Pas forcément. Elle a pu supporter la toxicité des hydrocarbures pendant un certain temps.

Le temps que le tueur allume la mèche. Ce salopard avait dû l'anticiper.

Elle passa à la question cruciale.

— On va pouvoir les identifier ?

— Les corps sont très dégradés. Il n'y a plus aucune empreinte digitale exploitable. Quant aux dents, elles ont toutes éclaté quand les mâchoires ont fondu. Peut-être avec l'ADN.

À condition que les victimes soient répertoriées au FNAEG, songea Chloé. Le Fichier national automatisé des empreintes génétiques avait lui aussi ses limites. Si elles n'y étaient pas inscrites, autant oublier.

— Combien de temps ?

— En principe, une huitaine de jours.

— Vous plaisantez ?

— On peut réduire ce délai à vingt-quatre heures en utilisant la technique de l'amplification génique. Ça consiste à multiplier les quantités d'ADN contenues dans un échantillon. Le prix n'est pas le même et il me faudra une demande écrite.

— Lancez le process immédiatement. Vous aurez la confirmation de la commande dans la journée.

Aucune idée de ce que pouvait coûter cette analyse. C'était la seule option et Chloé se faisait fort d'obtenir le feu vert de Bornan.

— Autre chose ? questionna-t-elle.

Thill secoua la tête. Un regard en direction de Masson lui confirma que tout était dit.

— Merci, docteur. Faites-moi suivre vos premières conclusions.

Les deux flics quittèrent la salle d'autopsie et se retrouvèrent sur le parking du centre hospitalier.

— Je m'occupe de la surtaxe et je vous laisse gérer le reste, synthétisa Chloé en se dirigeant vers sa voiture. Vous m'appelez dès que vous avez les résultats.

— Comptez sur moi.

Un court silence, pendant lequel Masson sembla chercher ses mots. Puis il lança d'un ton qui se voulait décontracté :

— Vous faites quoi maintenant ?

— Comment ça ?
— Ça vous dirait d'aller boire un verre ?

Simple volonté de parler du dossier ou tentative de drague ? La seconde option, même vouée à l'échec, était plutôt flatteuse. D'autant qu'elle avait au moins dix ans de plus que lui. Quoi qu'il en soit, la séance l'avait siphonnée jusqu'à la moelle. Elle était trop crevée pour assumer une discussion.

— Il faut que je rentre.

À sa mine déconfite, elle sut qu'elle lui avait tapé dans l'œil. Les préférences de Chloé n'étant pas inscrites sur son front, il faudrait éclairer sa lanterne s'il insistait trop.

Mais pas maintenant. Dans l'immédiat, elle n'aspirait qu'à une chose : prendre une bonne douche et faire partir l'odeur de mort accrochée à sa peau.

13

Chloé sortit de sa salle de bains avec la sensation d'avoir mué.

La mousse du gel douche avait d'abord lavé son corps, un décapage en règle qui lui avait donné la sensation de se purifier. Puis les effluves citronnés avaient réparé son esprit. Les images des cadavres carbonisés s'étaient diluées dans la bonde, comme un mauvais cauchemar qui retourne peu à peu dans les limbes à l'instant du réveil.

Elle enfila un peignoir et s'installa dans le canapé. L'après-midi démarrait à peine et plus une once d'énergie en magasin. Le contrecoup de sa visite à l'UMJ. Son seul désir : buller jusqu'au soir. Après tout, on était samedi. Elle s'était déjà farci un supplément d'heures sup ce matin et elle avait besoin de décompresser.

Mais d'abord, régler les priorités. Dans son système, le boulot passait avant tout. Son père, en dépit de leurs divergences de vue, lui avait instillé cette valeur essentielle. Il ne s'agissait pas seulement de gagner sa croûte. C'était beaucoup plus profond que ça. Pour le chirurgien grenoblois, le travail était la colonne vertébrale de l'être humain. Il le définissait, le structurait et plus que tout, le libérait.

Chloé s'était toujours demandé de quoi. A fortiori quand on était enchaîné à son job cinquante heures par semaine. Mais bon sang ne saurait mentir. Elle avait intégré ces principes à son insu, peut-être par mimétisme, et même si elle trouvait ça débile, elle ne pouvait s'empêcher de fonctionner de cette façon.

Premier appel pour Ago. Elle voulait lui faire part des résultats de l'autopsie, confronter son ressenti au sien afin de s'assurer qu'elle était bien sur la bonne voie.

— Salut, c'est moi.
— Tu tombes mal. J'suis grave à la bourre. Faut que j'aille récupérer mon fils au CMP.

Pas de répit pour les braves, songea Chloé. Parmi ses nombreuses obligations, Ago accompagnait son gamin tous les samedis au centre médico-psychologique pour des séances de soins. Depuis que la maladie avait été diagnostiquée – une forme d'autisme sévère qui le faisait hurler à la mort pendant des heures –, sa femme n'avait plus la force d'assumer quoi que ce soit.

Il demanda quand même :
— Qu'est-ce qui t'arrive ?
— Oublie. T'as mieux à faire.
— Arrête... Mathéo va pas s'envoler. Il m'attendra bien cinq minutes.

Une bouffée d'émotion envahit la policière. Même empêtré dans ses problèmes perso, son second de groupe était là pour elle.

— Je t'appelle pour le triple meurtre. J'ai pas mal avancé depuis hier. Je voulais ton avis.
— Explique.

Elle raconta. Les égorgements, l'ingestion d'essence pour faire cramer une des victimes de l'intérieur, sa conviction d'avoir affaire à un dingue qui déroulait un rituel plutôt qu'à un règlement de comptes entre dealers.

— J'ai l'impression que Bobo va te laisser l'enquête, commenta Agopian d'un ton enthousiaste.

— Donc, tu valides mon analyse ?

— À mille pour cent. La came, c'est un business. Quand il faut éliminer quelqu'un, les types vont au plus simple. Un peu de super, une allumette et roule ma poule. Là, on a carrément autre chose. Un vrai truc de taré.

— Et pour ceux qui ont été égorgés ?

— Je valide aussi. La cible, c'était pas eux. Il s'en est juste débarrassé avant de se concentrer sur celui qui l'intéressait.

— Ce qui signifie sans doute qu'il le connaissait.

— Y a des chances.

Chloé se sentit pousser des ailes. Ago était sur la même longueur d'onde. Il n'y avait plus qu'à obtenir l'adhésion de Bornan et tout serait sur les rails.

— T'as besoin d'autre chose ? demanda son second.

Elle pensa à la piste fournie par le trader.

— Tu t'y connais en motocross ?

— Pas plus que ça. Pourquoi ?

— Je cherche une bécane préparée pour les compétitions. Le tueur a peut-être utilisé ce type d'engin pour accéder à la scène de crime.

— Plutôt vague comme indice. T'as rien d'autre ? Marque ? Modèle ?

— Non, rien.

— C'est un sport répandu et il y a un paquet d'amateurs. Tu vas avoir du mal à mettre la main dessus.

Chloé se massa les tempes. Cette fois, Ago ne l'aidait pas beaucoup.

— Tu suggères quoi ?

Silence. Il devait être en train de se remuer les méninges.

— Tu as pensé aux traces de pneus ? proposa-t-il au bout de quelques secondes.

— Les pompiers avaient déjà contaminé la zone. Si tu ajoutes les flics, les gendarmes et le SAMU, il y avait plus d'une dizaine de véhicules autour de la scène de crime. Pour être honnête, je ne sais même pas si la PTS s'y est intéressée.

— Vérifie quand même. S'ils ont fait l'impasse, demande-leur de revoir leur copie. Avec ce que tu sais maintenant, ils aborderont les choses sous un autre angle.

Chloé étendit ses jambes et posa ses pieds sur la table. La suggestion d'Ago n'était pas stupide mais elle n'y croyait pas. Question de timing. Pour découvrir d'éventuels indices, il aurait fallu remonter le temps.

— Tu as une autre idée ?

Nouveau silence. Les neurones de l'Arménien devaient être en ébullition.

— Tente les garages spécialisés. Il faut être un sacré bon mécano pour préparer une moto dans les règles. Pas dit que ton type en ait la compétence.

La proposition était plus séduisante. Elle affinerait le champ des recherches.

— OK, je vais voir ça. Il faut quand même qu'on établisse la liste de toutes les motos de cross immatriculées à ce jour.

— Tu veux que je m'en occupe ?

Chloé sourit intérieurement. Ago ferait n'importe quoi pour elle. Elle l'imaginait bien, avec sa tronche de pitbull et sa dégaine d'ultra, en train de collecter les infos pour les lui apporter sur un plateau. Pour autant, il n'avait que deux bras et un seul cerveau. Et à cet instant, il devait les consacrer à son fils.

— Laisse. Je vais gérer.
— T'es sûre ?
— Certaine.

Elle raccrocha. Première case cochée, à présent, la seconde. Elle envoya l'appel.

— Bonjour, commissaire. J'espère que je ne vous dérange pas.
— Latour. Vous êtes encore sur le pont ?

Chloé retrouvait le Bornan qu'elle connaissait. Il avait laissé la merde du quotidien au bureau et parlait avec le ton léger du type qui était en week-end.

— J'ai eu les résultats de l'autopsie, annonça-t-elle d'emblée. Je sais qu'on est samedi mais j'ai préféré vous les communiquer tout de suite.
— Vous avez bien fait. Ça dit quoi ?

Elle lui fit le même topo qu'à Ago, en insistant sur la signature particulière du tueur qui écartait l'option d'une guerre de gangs. Pour donner plus de poids à ses déductions, elle précisa que son second partageait cette analyse.

— D'une certaine façon, je préfère ça, commenta le divisionnaire. Le deuxième groupe a déjà plusieurs barbecues sur les bras. Ils auraient eu du mal à en gérer un de plus.
— Ça veut dire que je conserve l'enquête ?

— Naturellement. Maintenant, je vous laisse. Des amis m'attendent pour déjeuner.

Normal. Elle était de toute évidence la seule à travailler mais elle avait encore besoin du commissaire.

— Une dernière chose.

— Faites vite. Je suis déjà en retard.

— Les corps sont inexploitables. Dents, empreintes digitales, tout a fondu. Il ne nous reste plus que l'ADN pour les identifier.

— Où est le problème ? Vous n'avez qu'à envoyer la réquise au labo.

— J'ai besoin d'aller vite. La procédure de séquençage rapide coûte beaucoup plus cher. Il me faut une autorisation écrite.

— Je vous l'envoie. Tenez-moi informé dès que vous aurez avancé.

Fin de l'échange. Chloé attendit quelques secondes, regard rivé sur l'écran de son portable. Puis un bip annonça l'arrivée d'un nouveau mail. Une simple phrase sur le papier à en-tête du divisionnaire, l'autorisant à engager les ressources nécessaires pour obtenir dans les meilleurs délais un séquençage de l'ADN des trois victimes.

Elle transféra le message à Masson, à charge pour lui de le répercuter sur Thill. Par la même occasion, elle lui demanda d'interroger la PTS sur le sujet des empreintes de pneumatiques. Qui ne tente rien n'a rien. Enfin, quitte à charger la barque, elle ajouta la recherche sur les préparateurs de bécanes tout-terrain et celle sur les motos de ce genre répertoriées au fichier national des immats.

C'était pas mal de taf, elle en avait conscience, mais le lieutenant lui était tout acquis. Autant que son attirance pour elle serve à quelque chose.

Elle se laissa aller en arrière avec le sentiment du devoir accompli. Tout était en ordre. Juste et parfait, comme aurait dit son père. Elle ignorait d'où il tenait cette expression mais pour une fois, elle la trouvait appropriée.

Coup d'œil sur sa montre. 13 h 30. En ce qui la concernait, l'enquête marquait une pause. Chloé avait fait tout ce qui était en son pouvoir mais il allait falloir attendre jusqu'à demain pour les premiers retours. Une poignée d'heures à tuer, qu'elle comptait bien mettre à profit pour se vider la tête.

Elle alla se préparer un sandwich – pain de mie, jambon, St Môret –, se servit un grand verre d'eau et revint s'installer dans le canapé. Dehors, comme souvent fin novembre, le temps avait viré d'un coup. La pluie s'était mise à tomber, un rideau gris qui avalait lumière et formes dans un fondu au noir. Une météo de fin du monde, idéale pour cocooner tranquille en lisant un bouquin.

Chloé alluma une petite lampe et attrapa le livre qu'elle avait commencé deux mois plus tôt. *Pour toi*, un *feel good* comme elle les aimait qui la sortait de son quotidien sordide et lui faisait voir la vie en rose. Dommage qu'elle n'ait pas plus de temps ou de disponibilité d'esprit pour se consacrer à sa lecture. Quand elle la reprenait, elle devait remonter plusieurs pages en arrière afin de renouer les fils d'une histoire qui lui échappait.

Comme dans sa propre vie.

Elle avait beau s'accrocher, essayer de maintenir un semblant de cohérence, le chemin qu'elle avait pris après l'assassinat de Sophie lui paraissait de plus en plus chaotique. Une sorte de fuite en avant avec pour seuls moteurs colère et culpabilité. Elle en percevait à présent toute la vanité.

Son choix d'entrer dans la police était une grosse erreur. Un sacrifice inutile dont elle prenait de plus en plus conscience. Sophie lui manquait toujours autant et le fait d'épingler une tripotée de salopards à son tableau de chasse ne la ramènerait pas.

Elle chaussa ses lunettes toutes neuves et se plongea dans le roman. Sa vue baissait. Le temps passait. L'histoire ne pouvait pas se réécrire.

Il fallait seulement composer avec son passé en espérant des jours meilleurs.

III

14

14 h 30.
Paul avait parqué sa bécane au garage et se déplaçait maintenant à pied. Le soleil brûlait le cuir de son blouson et il s'était tapé une sacrée côte pour rejoindre la ruelle où habitait Lucas Fernel. Résultat, il crevait de chaud et transpirait comme un bœuf.

Il poussa la porte de l'immeuble, un bâtiment austère et gris planqué derrière la mairie. L'appartement du guide avait déjà été fouillé par les gendarmes mais il voulait se faire sa propre idée. Pénétrer dans l'intimité d'une victime avait toujours été la meilleure façon de la cerner.

Deuxième raison à cette perquise – aussi importante : le flic ne faisait pas confiance aux hommes de Chabot. Ils étaient parfaits pour les hélitreuillages en terrain accidenté, les contrôles routiers ou les interpellations de braconniers mais question enquête criminelle, ils avaient encore des progrès à faire.

Son entretien de la veille, avec les trois militaires qui avaient redescendu le corps, s'était chargé de conforter cette impression. Les pandores ne lui avaient rien appris, hormis le fait qu'ils avaient littéralement saccagé la scène de crime. Ils l'avaient investie à la hussarde, bille en tête et Pataugas dévastateurs, sans prendre les précautions élémentaires qui auraient permis de préserver d'éventuels indices.

D'une certaine façon, cet amateurisme arrangeait ses affaires. Il justifiait d'autant plus que Conte ait fait appel à lui. Paul avait téléphoné au procureur de Gap le matin même pour lui faire part de ses avancées. L'identification de la victime et la certitude d'un meurtre, quel que soit le mode opératoire. Il était passé rapidement sur ses relations avec Jansen – on ne tire pas sur l'ambulance – et avait rassuré le magistrat sur le seul point qui l'inquiétait vraiment. Rien n'avait filtré pour l'instant. Dans la vallée, tout le monde croyait encore à un accident.

Le flic actionna l'interrupteur. Hall et peinture flambant neufs, odeur de charpente vernie de frais. L'ensemble brillait de tous ses feux, un mélange pierre et bois remis au goût du jour depuis peu. Face à lui, un escalier étroit, raide comme une montagne à gravir et desservant quatre étages.

Paul entama l'ascension. Par réflexe, il jeta au passage un rapide coup d'œil aux boîtes aux lettres. Deux seulement portaient une plaque. La première pour Fernel. La seconde, agrémentée d'un petit logo, au nom d'une SCI Annapurna. Sans doute la société civile immobilière du propriétaire de l'immeuble. Les autres, destinées aux locataires de passage, ne comportaient aucune indication.

La piaule du guide se trouvait au troisième. Pas besoin de la chercher longtemps. Un cordon de rubalise en interdisait l'accès.

Paul décolla le scellé rouge et blanc et pénétra à l'intérieur.

Noir total. Odeur de renfermé.

Il alluma la lumière.

En fait d'appartement, il s'agissait plutôt d'un studio. Vingt mètres carrés à tout casser, propret, rangé au cordeau. Pour une fois, les gendarmes y étaient allés en douceur. Fidèles à leur technique habituelle, ils s'étaient contentés de survoler la perquise.

La première chose qui lui sauta au visage fut la croix. Une petite croix de bois, toute simple, suspendue comme une bannière de templier au-dessus d'un canapé-lit. Soit le proprio était un catholique pratiquant, et pas qu'un peu, soit c'était Fernel qui l'était.

La bible posée sur le meuble de chevet lui apporta la réponse. Le guide s'endormait en lisant les Évangiles. Il devait aussi trimballer le crucifix dans ses bagages, comme un kit de recueillement dont il ne se séparait jamais.

Le visage du jeune homme revint flotter dans la mémoire du policier. La bonté qui en émanait sur les images tournées par Lou Bardon prenait à présent tout son sens. Sa vocation pour la montagne venait peut-être de là. Plus on prenait de l'altitude, plus on se rapprochait de Dieu…

Paul examina l'intérieur du meuble. Une enveloppe kraft y avait été glissée, qui contenait des tirages argentiques de paysages neigeux, immaculés, sur lesquels ricochait une lumière étincelante. Sur chacun d'eux, au premier plan, se découpaient les contours anguleux d'un calvaire. Si Fernel était l'auteur de ces prises de vues, elles confirmaient sa dévotion. On pouvait y voir l'étendue de sa foi et ce qu'il considérait sans doute être une représentation du paradis.

Il remit les photos à leur place et inspecta la table basse positionnée devant le clic-clac. Vide. Pas le moindre papier, prospectus ou magazine. Aucune facture. Et pas de télé ni de box Internet non plus. À croire que le guide évoluait dans un univers coupé du monde.

Le flic prit quelques instants pour déambuler dans l'appart. Il voulait ressentir les ondes laissées par la victime. Non pas avec sa tête, mais avec ses tripes. Le nécessaire à prières lui avait donné une direction, il fallait voir où elle le conduirait.

Kitchenette impeccable. Placards ordonnés dans lesquels étaient pendues quelques fringues. Réfrigérateur, garni essentiellement de légumes et de fruits. Pas l'ombre d'un morceau de viande. L'ensemble tenait encore la route mais certains aliments avaient commencé à pourrir.

Paul enfila un gant en nitrile et plaça une courgette ramollie dans un sac isotherme. Si le froid qui avait conservé le cadavre rendait la datation de la mort aléatoire, le degré de décomposition de la nourriture permettrait peut-être de savoir depuis combien de temps Fernel avait quitté son nid.

Il referma le frigo et poursuivit son exploration. Pour l'instant, hormis le penchant catho, rien de concluant. Au moins, l'homme était cohérent. Il faisait du sport à haute dose, mangeait sain et croyait en l'existence d'une force supérieure que de toute évidence il associait à la montagne. Solitaire d'après les témoignages, il lui avait consacré sa vie comme on se consacre à la religion. Et dans son cas, les deux semblaient liées.

Le capitaine passa la tête dans la salle de douche. Produits de toilette, serviettes pliées, linge séchant sur un étendoir. Associée à la bouffe, la présence de ces objets du quotidien démontrait que Fernel était chez lui peu de temps avant sa mort.

Le reste du studio ne présentait aucun intérêt. Un endroit neutre, sans la moindre aspérité. Comme une chambre d'hôtel. Un lieu de passage pour saisonniers. Seuls quelques livres empilés sur le sol, près du clic-clac, suggéraient qu'un être humain avait pu vivre ici.

Paul s'accroupit et détailla les ouvrages. La plupart étaient en format poche, usés jusqu'à la corde. Des classiques du roman d'aventures – *L'Appel de la forêt* de Jack London, *Robinson Crusoé* de Daniel Defoe, *Tarzan* d'Edgar Rice Burroughs – mais aussi des œuvres plus contemporaines comme *Dans les forêts de Sibérie* de Sylvain Tesson, *Récit d'un naufragé* de Gabriel García Márquez et des bouquins de Mike Horn, l'aventurier sud-africain sans doute le plus connu de la planète. Tous abordaient le même thème. Celui de l'homme affrontant la nature, de ce qu'elle révélait de lui lorsqu'il évoluait dans un environnement sauvage.

Un titre attira son attention. Il donnait une cohérence à l'ensemble et dévoilait la personnalité profonde de celui qui les avait achetés. *Le Guide de la survie extrême* de Bear Grylls, un survivaliste britannique dont Paul avait vaguement entendu parler.

Il en feuilleta quelques pages, par pure curiosité. La bio de l'auteur, mentionnée en ouverture, donnait tout de suite le ton. Son prénom, Bear, signifiait « ours » en anglais. Un pseudo étudié qui définissait le personnage bien mieux qu'un long discours.

Grylls était le héros d'une émission de téléréalité anglo-saxonne, « Man vs. Wild », aussi appelée « Seul face à la nature » dans sa version française, dans laquelle il se mettait en scène aux quatre coins de la planète en conditions extrêmes. L'objectif consistait à apprendre au public comment survivre en milieu hostile pendant une dizaine de jours, tout en étant capable de sortir de cette situation à hauts risques et de rejoindre la civilisation par ses propres moyens. Une sorte de manuel à destination des amateurs de sensations fortes.

L'aventurier-acteur-animateur avait repris ses fondamentaux dans son bouquin, agrémenté de nombreuses photos tirées de ses expériences. Il expliquait dans le détail comment trouver de l'eau, construire un abri, faire du feu, se protéger des prédateurs et se nourrir avec ce que la nature pouvait offrir.

Un chapitre, en particulier, montrait l'intérêt que Fernel portait à la montagne. « Températures négatives ». Il en avait corné la page pour la retrouver plus rapidement. Bear Grylls donnait au lecteur ses recettes de survie par grand froid, éprouvées lorsqu'il avait affronté pendant plus d'un mois les étendues glacées de l'Alaska.

Paul se releva et prit quelques secondes pour réfléchir. Ces livres, et surtout celui qu'il tenait dans ses mains, démontraient à l'évidence que le guide était branché survivalisme. Vu leur état, il les avait lus et relus jusqu'à en surligner certains passages. Il voulait s'en imprégner, se les approprier, de façon sans doute à pouvoir mettre en pratique les conseils du gourou.

Ce constat inattendu pouvait fragiliser la piste criminelle. La mort de Fernel n'aurait été que la conséquence d'une expérience de survie qui avait mal tourné. À force de jouer avec la glace, on finit congelé.

Pour autant, en y regardant de plus près, cette hypothèse présentait plusieurs failles. Si l'homme était familier de ce type de défis, il aurait certainement emporté des vêtements chauds et un couteau. Le minimum, que même des spécialistes du calibre de Bear Grylls autorisaient.

Or, on l'avait retrouvé complètement nu.

Deuxième écharde, le déroulé. Une fois sur place, sa priorité aurait probablement été de chercher un refuge. Pourtant, les gendarmes n'avaient rien trouvé dans les alentours qui puisse faire penser qu'il s'était abrité quelque part.

Ensuite, la nourriture. Même si on admettait que la petite paroi rocheuse sur laquelle le guide s'était adossé avait pu faire office de camp de base, il aurait dû rayonner dans le périmètre à la recherche de proies comestibles. Mais d'après Lou Bardon, le site se trouvait sur une coulée d'avalanche. D'instinct, les animaux devaient l'éviter.

Enfin, la sortie. À moins que l'hélico qui l'avait amené n'ait prévu de le récupérer, ce qui n'avait visiblement pas été le cas, il n'y avait que deux possibilités : sauter de la falaise en parapente ou se la taper en rappel sur plus de mille mètres. Et là aussi, on tombait sur un os. Aucune trace d'un quelconque équipement n'était présente sur la zone.

Paul replaça le manuel de survie dans la pile. Il avait beau envisager toutes les options, celle d'un meurtre demeurait la plus solide. De plus, ce qu'il venait de découvrir posait de nouvelles questions. L'appartenance de Fernel à la fraternité des guerriers de l'extrême impliquait qu'il était capable de survivre dans un environnement hostile. Tout au moins plus longtemps que la plupart des gens normaux.

Le tueur le savait-il ? S'agissait-il d'un autre survivaliste qui avait scénarisé la mort du guide en s'appuyant sur leur délire commun ? Pour quelle raison ? Jalousie ? Vengeance ? Autre chose ?

Paul déroulait les suppositions avec la sensation d'ouvrir une boîte de Pandore. Plus il avançait, plus le tableau se brouillait. Il devait se concentrer sur les faits, la seule façon de tirer un fil.

Fernel s'était installé à La Grave récemment. Un type jeune, en pleine forme, qui respirait la bonté, l'altruisme, et aurait dû en toute logique être tourné vers ses semblables. Fait étrange, il n'avait tissé aucun lien avec les gens du village.

Niveau boulot, la configuration était très similaire. Discret, voire transparent, il avait noué un minimum de relations avec les autres guides. Sans parler du fait que, la plupart du temps, il effectuait des courses qui l'éloignaient de la Meije. Même s'il avait l'obligation d'être inscrit quelque part pour pouvoir exercer son métier, pourquoi avoir choisi ce village isolé ? Se cachait-il ? De quoi ? De qui ? Fuyait-il un passé sulfureux, dangereux, qui en dépit de ces précautions aurait fini par le rattraper ?

Plus qu'un solitaire, le profil de la victime évoquait une bête blessée. Un animal traqué par une meute de chasseurs qui se terre dans son trou en espérant leur échapper.

Raté…

Paul fit quelques pas afin de remettre de l'ordre dans ses pensées. Il fallait creuser encore. Trop de points ne cadraient pas et il avait l'intuition que la réponse se cachait derrière le masque trop angélique de Fernel. Un événement dissimulé par la poussière du temps, qui justifiait cette mise à mort et la façon dont elle avait été perpétrée.

Il observa la croix, comme s'il cherchait à se connecter avec l'âme du défunt.

Aussitôt, l'idée s'imposa.

Une personne pouvait peut-être l'aider à mieux comprendre. La seule avec laquelle le guide aurait pu prendre le risque de nouer des liens. Celle dont il était certain qu'elle ne le trahirait pas parce qu'elle était tenue par un secret inviolable.

Il regarda sa montre.

15 heures.

On était samedi.

Il ne devait pas y avoir de messe et le curé avait certainement terminé son déjeuner.

15

L'église était fermée à clef.

Pas surprenant.

Depuis plusieurs années, la crise aidant, vols et autres dégradations des lieux de culte étaient monnaie courante. Des gangs de Roms s'étaient même spécialisés dans le trafic d'objets sacrés qu'ils revendaient en gros sur Internet avec un minimum de risques.

Paul contourna le bâtiment. Peu pratiquant, il avait néanmoins, comme tous les enfants d'immigrés italiens, été élevé dans la foi catholique. Il savait que le presbytère se trouvait le plus souvent de l'autre côté, à l'arrière de l'édifice.

Bordée par des massifs de fleurs, une allée de gravier blanc lui indiqua le chemin. Silence, vue imprenable sur la montagne, sensation de sauter à pieds joints dans le passé. Baignées par la lumière aveuglante d'un soleil au zénith, les tombes creusées devant le transept accentuaient encore cette impression. Les vestiges d'une époque où les défunts reposaient, au sens premier du terme, dans le jardin de Dieu.

Un portail en fer forgé marquait l'accès aux parties privatives. Entrouvert. Le flic traversa une courette remplie d'herbes folles où traînait une chaise longue défoncée. Un verre à pied et une coupelle d'argile débordant de mégots étaient posés près d'elle, à même le sol. Il songea à la chanson de Gainsbourg, *Dieu est un fumeur de havanes*. Le prêtre grillait plutôt des blondes mais vu la quantité, son addiction était du genre sévère.

Paul appuya sur la sonnette. Quinze, vingt secondes de battement, pendant lesquelles il se demanda s'il n'était pas venu pour rien. Il allait insister quand un cliquetis métallique lui indiqua que la serrure était en train de s'ouvrir.

— Je peux vous renseigner ?

Jean, baskets, manches relevées jusqu'aux coudes. Le jeune type qui se tenait devant lui n'avait rien d'un curé de campagne. Cheveux ébouriffés, lunettes rectangulaires, silhouette d'araignée. Sans la chemise noire cerclée par le col clergyman, on aurait plutôt pensé à un petit génie de l'Internet qui aurait pris sa retraite dans les Alpes après avoir survendu sa start-up.

— Capitaine Paul Cabrera, annonça-t-il en présentant son badge. Je m'excuse de vous déranger mais je souhaiterais m'entretenir avec vous au sujet de Lucas Fernel.

Paul y mettait les formes. Les vestiges des cours de catéchisme imposés par sa mère lorsqu'il était enfant. Il fallait respecter la religion, à commencer par ceux qui la servaient.

— Bien sûr. Ce qui est arrivé à Lucas est tellement horrible. Je n'arrive toujours pas à y croire.

Deux infos en une. À présent, tout le village était au courant. La réponse laissait aussi penser au flic qu'il avait eu la bonne intuition. L'ecclésiastique était suffisamment proche de la victime pour l'appeler par son prénom.

— Mais je vous en prie, lança le prêtre en s'effaçant pour libérer l'accès. Entrez.

En passant devant lui, Paul fut assailli par des effluves de vieille transpiration. Ils se mêlaient à ceux du tabac froid ainsi qu'à une très forte odeur d'alcool. Le parfum caractéristique des piliers de bar qui, à la longue, imprégnait leurs fringues jusqu'à la corde.

La pièce dans laquelle il pénétra était difficile à dater. Une cuisine sombre, percée d'une unique fenêtre donnant sur la courette, meublée pour l'essentiel d'une grosse table de ferme. Un cendrier en verre trônait sur une toile cirée jaune, lui aussi rempli à ras bord de vieux mégots. De la vaisselle sale s'empilait dans un évier en pierre, à côté d'une bouteille de vin rouge aux trois quarts entamée.

— J'allais prendre mon café. Je vous en propose un ?
— Avec plaisir.

Le prêtre attrapa une cafetière ébréchée dans laquelle baignait un jus noir. Il remplit deux tasses minuscules et les plaça dans un four à micro-ondes maculé de taches de graisse.

Drôle de curé, songea Paul pendant qu'il s'affairait. Gros fumeur. Pas vraiment copain avec la savonnette. Limite alcoolo. Tout ça à même pas trente ans et sous le regard indifférent du Seigneur. Sa voix, un peu traînante, laissait penser qu'il avait commencé à picoler dans la chaise longue et s'était terminé pendant son déjeuner.

Après quelques secondes, le bip de fin de cuisson retentit. Le prêtre posa les deux tasses sur la table et s'installa en bout, dans un fauteuil défraîchi où il semblait avoir ses habitudes. Il alluma une Camel, tira plusieurs bouffées nerveuses et recracha un filet de fumée.

— Je ne me suis pas présenté, lança-t-il d'une voix contrite. Je suis le père François.

— Comme le pape ? demanda Paul en s'asseyant en face de lui.

— Plutôt comme saint François d'Assise.

— Obéissance, pauvreté, chasteté. La devise des Franciscains si je me souviens bien.

L'œil du curé, éteint jusque-là, s'alluma d'une flamme divine.

— Vous êtes catholique ?

— Ma mère m'a élevé dans cette foi. Je ne suis pas pratiquant mais j'ai encore quelques restes.

Une demi-vérité. Ou un demi-mensonge. Paul n'avait plus foutu les bottes dans une église depuis sa confirmation. La dernière cérémonie à laquelle il avait été contraint de participer avant de devenir adolescent et d'affirmer ses choix. Il n'avait jamais vraiment cru à tout ce cirque. Trop solennel pour lui. Il avait joué le jeu par simple solidarité, parce que ça faisait partie de la culture familiale et que ça rendait sa mère heureuse. Pourtant, il devait le reconnaître, ce contact précoce avec la religion avait laissé des traces indélébiles au plus profond de son être.

— Vous avez été baptisé, se contenta de répondre le père François après avoir de nouveau tiré sur sa clope. Ce sacrement fait de vous un enfant du Seigneur. Je suis certain qu'il saura vous montrer la voie quand le moment viendra.

Paul hocha la tête, plus pour le brosser dans le sens du poil que par réelle conviction. En attendant de le guider sur le chemin de la rédemption, Dieu l'avait au moins conduit jusqu'ici. Il espérait maintenant que la parole de Son serviteur allait lui être utile.

— Vous connaissiez Lucas Fernel ?

— Un peu, oui. C'était un excellent guide. Un vrai professionnel qui aimait et respectait la montagne. Je ne comprends pas ce qui lui a pris d'aller dans un endroit pareil.

— Le Cirque du Diable ?

— Tout le monde sait qu'il ne faut pas s'en approcher.

— Parce que c'est un passage vers l'enfer ?

Le père François eut un rictus.

— Je ne crois pas à ces légendes. La zone est tout simplement trop dangereuse.

Réponse rationnelle. Si l'Église validait l'existence de Satan, c'était pour mieux appréhender celle de Dieu. Hormis pour une poignée de prêtres exorcistes, le diable n'était plus qu'un concept dont l'unique finalité était de se représenter le mal.

— Et Lucas, il y croyait ?

— Je ne pense pas. Mais il était superstitieux, comme tous les guides. D'une façon ou d'une autre, ces histoires ont dû l'influencer.

La même remarque que Lou Bardon. Pourtant, Fernel avait bravé le tabou. Pourquoi ?

— Que pouvez-vous me dire sur lui ?

Le jeune curé avala une gorgée de café. Il reposa sa tasse d'un geste lent et enchaîna aussitôt sur une nouvelle taffe.

— Il était très croyant. Il aimait se recueillir dans la chapelle et il préférait le faire seul. Comme l'église est fermée la plupart du temps, il m'appelait pour que je lui ouvre.

— C'était fréquent, ces moments de recueillement ?

— Tous les jours. Du moins quand il était à La Grave. Sa foi était puissante, intacte. Un vrai cadeau du ciel. Je ne peux malheureusement pas en dire autant de la plupart de mes paroissiens.

Un voile de tristesse avait emmailloté sa voix. Il s'était avachi dans son fauteuil, regard dans le vague. Face à ce constat d'échec, sa vocation avait dû vaciller. Il avait trouvé dans l'alcool une béquille pour continuer à avancer sur son chemin de croix.

Paul trempa ses lèvres dans le café, le temps que le prêtre se ressaisisse. Après une gorgée dégueulasse, il reposa sa tasse et reprit le fil de ses questions.

— C'était quand, la dernière fois que vous l'avez vu ?

— Il y a environ un mois.

La fenêtre de la disparition se précisait, raccord avec l'état de la bouffe trouvée dans le frigo.

— Lucas venait régulièrement dans votre église. Vous avez eu l'occasion de parler avec lui ?

Le père François se redressa un peu. Il semblait sortir d'un songe.

— Nous avons souvent évoqué les bienfaits de la prière. Cette catharsis que seul procure un véritable tête-à-tête avec le Seigneur. Il était convaincu, à juste titre, qu'elle donne accès à la véritable paix.

— Et en dehors de la religion ?
— Que voulez-vous dire ?
— Vous avez abordé d'autres sujets ?
— Des banalités.
— Il ne s'est pas confié sur sa vie personnelle ? Sa famille ? Ses amis ? Ce qu'il faisait avant de venir ici ?

Le père François eut un mouvement de recul. Un changement d'attitude quasi imperceptible que Paul capta de façon animale.

— Non. Rien de tout ça.
— Vous êtes sûr ?
— Certain.
— Même pas en confession ?

Le curé écrasa sa Camel et en alluma une autre dans la foulée. Son malaise devenait palpable.

— En admettant que ce soit le cas, je ne pourrais de toute façon rien vous révéler.

Paul hocha la tête. Il comprenait. Mais il avait compris aussi que le prêtre retenait une info. Pour l'obtenir, il devait lui mettre la pression en dévoilant la vérité.

— Écoutez... Nous n'avons pas ébruité la nouvelle parce que ce n'est pas encore certain.
— De quoi parlez-vous ?
— Nous avons des raisons de croire que Lucas Fernel a été assassiné.

L'annonce provoqua un appel d'air.

— Assassiné ?
— Par quelqu'un qui était avec lui. Un salopard qui l'a abandonné en pleine montagne sans vêtements ni matériel et l'a laissé crever de froid.

Le père François tira sur sa cigarette comme si sa vie en dépendait. Son esprit devait être aussi incandescent que le tabac qui se consumait au bout de ses doigts.

— Je... je ne sais pas quoi vous dire.

— Vous pouvez déjà commencer par ce qu'il vous a confié. Ses secrets. Des choses dont il n'aurait parlé à personne d'autre. Je vous promets que ça restera entre nous.

— Le Seigneur voit tout. Entend tout. On ne peut rien Lui cacher.

— Il s'agit d'un meurtre. De la pire violation des commandements. Je suis certain qu'Il ne vous en voudra pas.

Bouffée nerveuse. Visage anxieux. Le regard de Dieu était de toute évidence posé sur lui.

— Très bien. À une condition.

— Laquelle ?

— Personne ne doit savoir que j'ai trahi le secret de la confession. Personne, vous m'entendez.

— Vous avez ma parole.

Un silence ponctua cette promesse. Le jeune prêtre passa une main dans sa tignasse et se redressa. Avant de rompre son serment, il voulait mettre de l'ordre dans son allure.

— Lucas avait un ami, commença-t-il d'un ton serré. Quelqu'un de son âge. Et quand je dis un ami, c'était bien plus que ça.

Une piste, peut-être. La seule présence humaine dans un désert relationnel.

Paul encouragea le curé à poursuivre.

— Comme une sorte de frère ?

Sourire gêné, révélant des dents déjà jaunies par le tabac.

— Vous n'y êtes pas. Il s'agissait de son petit copain. Lucas était gay.

Nouveau virage. L'orientation sexuelle de la victime n'avait jamais été évoquée. L'existence d'une relation suivie encore moins. Une déviance au regard de sa foi que Fernel devait cacher comme un secret honteux. Cette attirance impie expliquait aussi les réticences de l'ecclésiastique à en faire part à Paul. En 2022, l'Église catholique n'avait toujours pas accepté ce qu'elle considérait encore être un péché.

— Il vous a parlé de lui ?

— C'était son principal sujet de préoccupation. Lucas était très amoureux et d'après ce que j'ai cru comprendre, c'était réciproque. Il n'assumait pas cette relation, cette attirance pour un garçon. Sa culpabilité le détruisait.

Paul compatit d'un petit signe de tête. Il connaissait le schéma. Des balaises à sang froid, aux nerfs d'acier, qui faisaient tout pour dissimuler leur véritable nature aux collègues... Il en avait croisé plus d'un. Question intolérance, la police n'était pas très éloignée de l'Église. Quand on violait le tabou, le prix se payait cash.

Il recadra le débat.

— Cet homme, vous connaissez son nom ?

— Baptiste. C'est tout ce que je sais.

— Fernel vous l'a décrit ?

— Vous voulez dire physiquement ?

— Par exemple.

— Lucas n'a jamais abordé cet aspect. Je pense que c'était secondaire. Il a seulement évoqué leur connivence intellectuelle. Ou, pour être plus précis, spirituelle.

Le flic aurait préféré un bon vieux portrait-robot. Il composa avec les miettes que lui servait le prêtre.

— C'est-à-dire ?

— Baptiste est bouddhiste. Très pratiquant, d'après ce que j'ai compris. Il n'avait pas les mêmes convictions religieuses que Lucas mais ils partageaient le même idéal. Celui qui consiste à croire en la bonté consubstantielle à l'homme. C'est pour ça qu'ils ont été attirés l'un par l'autre.

Un idéal très éloigné de la réalité, Paul était bien placé pour le savoir, mais qui ouvrait une porte.

— Il y a un centre bouddhiste dans les environs ?

— Le plus proche est à Gap.

A priori un peu loin. Sauf si Baptiste n'habitait pas dans le périmètre de La Grave et faisait le trajet pour rejoindre Fernel.

La question suivante s'imposa.

— Ce garçon, il vit ici ?

— Aucune idée. Lucas m'avait seulement raconté qu'ils allaient parfois surfer ensemble. Ils choisissaient des endroits reculés, là où personne ne pouvait les surprendre.

Nouvelle info, et pas des moindres. Un surfeur. Comme Fernel, finalement. Partageait-il aussi son intérêt pour le survivalisme ? Quoi qu'il en soit, la victime n'était donc pas qu'un simple guide. Toute la question était de savoir si les deux tourtereaux avaient le niveau pour se taper un stade de niveau 5. Dans l'affirmative, ce type sorti de nulle part deviendrait un suspect. Sa relation amoureuse avec Fernel pouvait constituer un mobile et le *modus operandi* collerait avec ses capacités de glisse. Une sorte de crime passionnel, perpétré sur un terrain de jeu qui aurait été le ciment de leur couple.

— Vous croyez que Baptiste est lié à la mort de Lucas ? s'enquit le père François.

— Trop tôt pour le dire.

Paul porta la tasse à ses lèvres, une façon de signifier que le sujet était clos. Son esprit, en revanche, continuait à mouliner. S'ils étaient vraiment partis à deux, un seul était revenu. Le pilote de l'hélico avait donc vu le second *rider* et n'aurait aucun mal à l'identifier. En termes de risque, difficile de faire mieux.

Il laissa ces contradictions en suspens. Dans l'immédiat, il devait se focaliser sur ce début de piste.

— Une dernière chose, lança-t-il en se levant. Tout ce que je viens de vous révéler est strictement confidentiel.

— Comme le secret que je vous ai confié, répondit le curé d'un ton grave.

Cette fois, l'entretien était vraiment terminé. Paul remercia le prêtre et prit congé avec un sentiment de victoire. Le père François valait le détour et lui avait donné des infos de première bourre.

Baptiste.

Un prénom sur lequel il allait falloir à présent mettre un nom.

16

— Baptiste ?
— Un surfeur. La trentaine. Homosexuel. Bouddhiste convaincu. Il *ride* dans le coin.

En quittant le presbytère, Paul avait appelé le temple de Gap. Les adeptes n'étaient pas répertoriés et le moine qui en avait la responsabilité ne leur demandait pas ce qu'ils faisaient dans la vie profane. Le capitaine avait donc foncé chez Gastaud pour explorer le deuxième indice majeur. En matière de snowboardeur, Lou était la mieux placée pour éclairer sa lanterne.

— Non, j'vois pas.
— D'après mes infos, il connaissait Lucas Fernel. Il pourrait peut-être m'aider à comprendre ce qui lui est arrivé.

La jeune femme opina. Elle cavalait sur un des tapis de course de la salle de sport, au troisième étage du chalet où elle avait dit au flic de la retrouver.

— Ce serait ce type qui l'accompagnait dans la Meije ?
— Je n'ai jamais dit que Fernel était avec quelqu'un.

Lou eut un sourire entendu. Elle remettait le couvert sur ce point mais Paul restait sur sa ligne. Pour l'instant, hormis le père François, et il l'avait briefé, personne n'était censé savoir qu'il enquêtait sur un meurtre.

— De toute façon, ça ne me dit rien. Je ne suis pas là souvent et quand je viens me poser à La Grave, j'ai plus vraiment envie de bouger.

Pas étonnant. La championne menait sa vie tambour battant. Un véritable feu d'artifice dont les fusées multicolores explosaient aux quatre coins de la planète. Elle devait avoir besoin de se ressourcer. Question tranquillité, le chalet du bon docteur était parfait pour ça.

— Vu votre point de chute, ça peut se comprendre, commenta le capitaine. On dirait un cinq-étoiles.

Le gymnase était aussi luxueux que le reste de la baraque. Il faisait partie d'une sorte de complexe dédié au fitness, à côté de salles de relaxation et d'un sauna géant. Sans doute le secteur de l'habitation où le médecin prodiguait ses stages de bien-être.

— Ce n'est pas l'essentiel, répondit Lou d'un air pincé.

— Non ? Et c'est quoi, l'essentiel ?

— Je suis bien ici. Et Stéphane fait tout pour que je m'y sente chez moi.

L'ami de toujours. Celui qui avait pris le relais quand le père de la gamine avait disparu dans une crevasse. Elle avait eu de la chance qu'il soit là.

Un bip strident résonna dans la pièce. Lou ralentit progressivement sa course avant de s'immobiliser. Tee-shirt trempé de sueur, elle descendit du tapis mécanique, attrapa une serviette et s'épongea le front.

— J'ai horreur du cardio, avoua-t-elle en débouchant une bouteille d'eau minérale. J'ai l'impression d'être un hamster qui tourne en rond dans une grande roue.

Le flic s'écarta de la jeune femme. Il connaissait la particularité des différentes phases de l'entraînement. Pendant la récupération, on appréciait l'espace.

— C'est pas le plus fun, concéda-t-il.

— Une heure par jour. Tarif syndical si je veux rester au top.

Elle porta le goulot à ses lèvres et but avec avidité. Paul la regarda faire, impressionné. Elle venait de se taper un semi-marathon et elle était à peine essoufflée.

— Vous faites du sport ? demanda-t-elle après s'être désaltérée.

— Trois fois par semaine. Sans compter les interpellations.

La vanne tomba à plat. Lou faisait défiler les données de sa session sur l'écran digital de la machine.

— Quoi comme sport ? relança-t-elle après avoir réinitialisé le système.

— MMA. C'est une sorte de…

— J'connais. Pas étonnant, vu votre boulot.

Le ton, un peu méprisant, donnait un autre sens à son détachement. Il ne s'agissait pas d'une simple protection mise en place quand sa mère était morte et qu'on avait embastillé son père. Elle n'aimait simplement pas les flics. Elle faisait un rejet de ce qui symbolisait l'autorité, voire l'oppression. Pour des jeunes dont la vie était synonyme de liberté, la police devait représenter tout ça.

Paul glissa en douceur. Il avait besoin d'elle. Il devait l'apprivoiser.

— J'ai fait pas mal de surf quand j'avais votre âge. Pas à votre niveau mais je me débrouillais.

— Ça se voit.

— Que je ne suis pas pro ?

— Que vous vous entretenez.

La remarque sonnait comme un compliment. Une façon de se rattraper ? Pas sûr. Elle soulignait aussi le fait que Paul était passé sur l'autre rive. Celle où la performance n'est plus de mise. Après quarante balais, l'enjeu n'était plus de battre des records mais d'essayer de garder la forme. Déjà pas évident et Lou venait insidieusement de le lui rappeler.

Il étira un demi-sourire, comme si de rien n'était. Puis il revint à son sujet :

— Ce Baptiste, il y a forcément quelqu'un qui le connaît.

— Forcément.

Réponse lointaine, toujours dictée par cette barrière qu'elle érigeait entre eux.

— Je pensais à un autre surfeur, insista le policier. Dans un village aussi petit, ils doivent tous se fréquenter.

Il marchait sur des œufs et appliquait la politique des petits pas.

— Je confirme, répondit la jeune femme en s'étirant. Et la taille du village n'y est pour rien.

— Que voulez-vous dire ?

— Nous partageons la même passion, les mêmes valeurs. Les *riders* forment une communauté, quel que soit l'endroit.

— Vous avez des liens avec celle de La Grave ?

Légère hésitation. Paul continua sur sa lancée, sans la brusquer :

— Je suppose que c'est oui ?
— La plupart d'entre eux sont mes amis d'enfance.
— Vous pouvez me les présenter ?

Lou lui jeta un regard inquiet. On entrait dans sa sphère intime.

— Pas la peine de flipper, ajouta le capitaine afin de la rassurer. Je veux seulement leur parler.

La jeune championne cala sa serviette derrière son cou. Puis elle s'assit sur le banc d'un instrument de torture surmonté de poulies et de poids qui rutilait dans la lumière. Joues empourprées par l'effort, elle dégageait une impression de vitalité encore plus renversante que la veille.

— Vous êtes flic, non ? Vous n'avez pas besoin de moi.
— C'est vrai. Je pourrais les convoquer à la gendarmerie et les interroger sur place. Mais je préférerais la jouer en douceur. Si vous me donnez un coup de main, ça rendra service à tout le monde.

Paul était conscient de la difficulté de l'exercice. Avec ce genre de loustics, l'entretien risquait de tourner court. La défiance de Lou à son égard laissait supposer que ses potes auraient les mêmes réticences. En débarquant avec elle, les portes de ce cénacle très fermé s'ouvriraient plus facilement.

— Je ne vous garantis rien.
— Ça veut dire quoi ?
— Que je vais les appeler, c'est tout.

Le capitaine hocha la tête. Il avait obtenu ce qu'il voulait, pas la peine de s'éterniser.

— Vous me tenez au jus ?
— Dès que je les ai eus.

17

Les renforts avaient débarqué.

Jansen avait sonné le rappel des troupes et quinze gendarmes supplémentaires étaient montés de Briançon. Douze de plus que le nombre annoncé. On ne lui avait pas donné la possibilité de diriger l'enquête, il avait décidé d'occuper le terrain.

Paul jeta un regard sur la pièce transformée en QG et aperçut Chabot. Le brigadier était penché sur une carte d'état-major, entouré par une cohorte de polos bleu ciel. La densité de pandores au mètre carré était telle que la température dans la gendarmerie avait grimpé en flèche. Conséquence : tout le monde avait pris ses aises. Des militaires étaient assis à même le sol, ordinateur portable sur les genoux, pendant que d'autres allaient et venaient entre des terminaux bourrés de données. La moyenne d'âge frôlant les trente-cinq ans, on aurait dit une bande de GO rassemblés pour un séminaire.

— Où est Jansen ?

Le sous-officier leva la tête. Toujours aussi rose et frais comme un gardon. Son caractère tranquille devait le préserver de la pression de l'enquête.

— Dans mon bureau.
— On y va.

Paul suivit Chabot au travers de la cohue. Ils contournèrent l'accueil et s'enfoncèrent dans un petit couloir. Cellules sur la gauche, chiottes juste en face, salles de repos et d'interrogatoire un peu plus loin. Même à la montagne, les basiques étaient immuables. Le brigadier s'arrêta devant une porte. Il toqua trois coups timides et entra sans attendre.

— Le capitaine Cabrera vient d'arriver, mon colonel.

Jansen ne prit même pas la peine de saluer le flic. Il désigna les chaises placées en face de lui et laissa les deux hommes s'installer en continuant à feuilleter des papiers. Paul se demanda s'il rêvait. L'envie de lui rentrer dans le lard le démangeait mais il resta de marbre. Il n'était pas sur son territoire. Il avait tout à perdre à le remettre en place.

Au bout de quelques secondes, le gradé daigna enfin le regarder. Engoncé dans son blouson réglementaire, lunettes à monture renforcée sur le nez et visage claquemuré, il se fondait dans le décor austère qui servait de bureau à Chabot.

— On a eu les premiers retours, déclara-t-il d'un ton pincé.

— Je vous écoute.

— Rien de bien concluant.

Paul s'attendait à une suite mais resta sur sa faim. Jansen s'était déjà rencogné dans son siège.

— Éclairez-moi quand même, relança le policier sans se départir de son calme.

Le colonel referma le dossier posé devant lui et l'attacha avec une sangle.

— Tout est là. Je vous laisse en prendre connaissance.

La lueur de plaisir qui brilla dans ses yeux ne trompait pas. Il prenait sa revanche en n'aidant pas le capitaine.

— Je vous laisse aussi le fauteuil, ajouta-t-il en se levant. Il faut que je retourne à la caserne. Si vous avez des questions, voyez avec Chabot.

Il hésita une seconde et demanda d'un ton agacé :

— Toujours pas de déclaration à la presse ?

— Toujours pas, répondit Paul, impassible.

— Comme vous voulez. Mais avec tout le ramdam que vous faites, les journalistes commencent à se poser des questions. J'ai déjà eu plusieurs appels, certains venant de Paris. On ne pourra pas garder le secret très longtemps.

— Je suis certain que vous arriverez à gérer.

Jansen lui lança un regard noir. Il récupéra son képi et abandonna le flic à son sort. Son subalterne lui emboîta le pas pour le raccompagner jusqu'à la porte. Les deux militaires échangèrent quelques mots, façon conciliabule, puis le brigadier revint vers Paul.

— Ne vous fiez pas aux apparences.

— De quoi parlez-vous ?

— Le colonel est un peu raide mais vous pouvez compter sur lui. C'est un méticuleux. Même s'il a du mal à accepter votre présence, il fera tout ce qu'il peut pour résoudre cette affaire.

La passe d'armes n'avait pas échappé à Chabot. Il tentait d'apaiser les choses. Une démarche qui collait au millimètre avec la bonhomie de son physique. Un bouddha en uniforme, aussi rond qu'un mandala.

Paul se contenta de hocher la tête. La psychologie profonde de ce connard de Jansen, il s'en tapait. Seul le résultat l'intéressait.

— Je n'ai pas eu le temps de demander. Où en est l'autopsie ?

— On attend toujours.

— Appelez le légiste. Dites-lui d'accélérer le mouvement.

Le capitaine essayait de rester cool mais l'amateurisme de cette bande de bras cassés commençait à le gonfler sévère. À ce rythme, ils y seraient encore l'année prochaine.

— Bien, conclut le brigadier d'un ton qui se voulait léger. Je vous laisse. Si vous avez besoin de quoi que ce soit, je suis à côté.

— Vous avez du café ?

— Utilisez ma machine. Les capsules sont dans le premier tiroir de mon bureau.

Il s'éclipsa à son tour. Paul prit une dosette, se fit couler un Nespresso et revint s'asseoir dans le fauteuil. Le dossier de l'enquête avait déjà une bonne vingtaine de centimètres d'épaisseur. Au bas mot, plus d'une centaine de PV à se farcir. Sans doute en pure perte.

Il commença par le début. Premières constatations. Levée de corps. Évacuation en hélico sur le CH de Briançon. Inutile de les lire, les films tournés par Lou lui en avaient plus appris.

Venait ensuite l'enquête de voisinage. Superficielle au départ, elle s'était précisée quand Paul avait pris les choses en main. Les gendarmes avaient fait le tour du village, frappé à toutes les portes, interrogé les habitants. Chaque fois, la même réponse. Personne, y compris ses collègues du bureau des guides, ne savait qui était vraiment Fernel. Au mieux, on reconnaissait son visage. Au pire, on ne l'avait jamais vu. Quant aux fadettes, la liste n'était toujours pas revenue. Il faudrait patienter encore un peu avant d'avoir les numéros que la victime avait appelés.

Il s'envoya une rasade de café. Le sixième de la journée. Paul avait pris la résolution de réduire sa consommation. Sans grand succès. Il en buvait trop, depuis trop longtemps et il dormait de plus en plus mal. Sans doute la cinquantaine qui approchait à grands pas. C'était juste un chiffre, presque un concept, et pourtant cela le perturbait en profondeur. Pas pour la déchéance physique qu'il annonçait, ou tout au moins pas encore. Ce qui le déstabilisait était plus insidieux. Un sentiment d'échec, de vacuité, l'idée que sa vie n'avait aucun sens. Pas de femme, pas d'enfant, quasiment plus de famille hormis sa mère. Il n'avait pas eu le temps – ou l'envie – de faire le nécessaire pour créer le socle qui à son tour lui permettrait de transmettre.

Le visage de son père flotta dans sa mémoire. Ce constat déprimant s'était imposé deux ans plus tôt, quand le paternel avait tiré sa révérence. Jusque-là, Paul n'était qu'un fils. Un enfant qui vieillissait lentement, sans prendre de responsabilités à part celle qui consistait à s'occuper de lui. Depuis la disparition du patriarche, il était monté en première ligne. Non seulement parce qu'il serait le prochain à y passer, mais aussi parce que la survie de la lignée dépendait maintenant de lui.

Il reposa sa tasse avant de l'avoir vidée et reprit sa lecture. Un point venait de le percuter, qu'il valida en passant une seconde fois les auditions en revue. Sur tous les témoins entendus, aucun ne s'appelait Baptiste. Il n'était peut-être pas dans le village quand les gendarmes en avaient fait le tour ? Ou alors, il habitait ailleurs ? À moins, comme Paul l'envisageait, qu'il ait un lien avec la mort de son petit ami et qu'il ait décidé de disparaître ?

La réponse viendrait plus tard. Un autre aspect de l'enquête l'intéressait au plus haut point, classé dans une chemise séparée : les survols du massif.

Il s'attaqua au listing. Six mois d'activité, quinze sociétés sur quatre départements. Plus de mille rotations, dont la plupart à destination de l'Italie où la pratique de l'héliski était autorisée, et une dizaine de dérogations pour des déposes sur des sommets français. Jansen avait classé les informations dans des tableaux Excel afin d'en faciliter la lecture. Un méticuleux comme l'avait présenté Chabot.

La dernière autorisation datait du 23 novembre. Trois jours plus tôt. Elle avait été attribuée à Lou Bardon et son ami Yanis. Comme Paul l'avait anticipé, aucune des autres ne concernait Fernel ou son copain Baptiste. Il prit une photo avec son smartphone. Même s'il n'y croyait toujours pas, il était possible que le tueur soit dans la liste.

Il se dit également qu'il devait se procurer les données météorologiques de la région sur les deux derniers mois. Fernel n'était pas mort depuis longtemps. Il fallait vérifier que les conditions climatiques avaient bien permis de survoler le massif en hélico dans cette fenêtre de temps. Un nouveau tableau Excel pour Jansen, pile dans ses cordes.

Paul parcourut le reste des auditions. Sans grand intérêt, hormis une. Les gendarmes avaient retrouvé les parents de Fernel et les avaient contactés pour leur annoncer la nouvelle. Par la même occasion, ils avaient récolté quelques infos sur le personnage.

Lucas était né à Tours. Famille nombreuse, discrète, bien implantée dans la communauté catho intégriste de la ville. Numéro trois sur une portée de sept, il avait suivi le parcours classique des petites grenouilles de bénitier. Collège jésuite, scoutisme, bénévolat… Le tout ponctué de séjours réguliers à Thonon, une station thermale familiale de Haute-Savoie où, été comme hiver, il avait découvert la montagne et ses joies.

Après son bac et un séjour au séminaire, il avait eu une révélation. Pas assez motivé pour vouer sa vie à Dieu, il cheminerait tout de même à Ses côtés sur les sommets enneigés, là où, selon lui, Sa présence était la plus palpable. Il avait vingt-trois ans.

Paul avala une nouvelle gorgée de café, un geste purement mécanique. Il avait vu juste. Fernel était une sorte de prêtre civil, les sacrements en moins. Son homosexualité n'était pas mentionnée dans le PV – ses proches ne devaient pas être au courant – et il était possible qu'elle lui ait posé un cas de conscience à l'instant de prononcer ses vœux.

Il poursuivit sa lecture. Pour devenir guide de haute montagne, Fernel s'était d'abord installé à Chamonix, la Mecque en la matière. Il avait crapahuté sur les sommets des Alpes pendant cinq ans, tout en suivant en parallèle la formation de l'ENSA, l'École nationale de ski et d'alpinisme qui lui avait délivré le diplôme d'État dans la foulée. D'après son père, il était très doué. Aussi à l'aise pour gravir une paroi en dévers que pour cramponner sur un glacier, ou pour s'attaquer à un couloir de glace après avoir slalomé entre des crevasses. Ses notes le confirmaient.

Détail intéressant, Fernel était également passionné de parapente et de vol relatif, disciplines qu'il pratiquait pendant ses moments de loisirs et qui auraient pu lui permettre de sortir du cirque où il avait trouvé la mort. Cette addiction à l'adrénaline l'avait peut-être aussi aidé à maîtriser ses démons. La peur comme un garrot, un antidote naturel pour le contrôle de ses pulsions.

Ces qualifications multiples lui avaient donné l'opportunité d'exercer les quatre années suivantes à partir du village de Vallouise, une commune emblématique nichée au pied du Pelvoux, au départ des plus grandes courses du massif des Écrins. Puis, en juin 2021, il avait tout plaqué pour s'installer à La Grave. Sans raison apparente. Habitués à cette instabilité, ses parents n'avaient pas posé de question.

Paul prit une photo du visage de Fernel. Celle du portrait tiré par les gendarmes quand ils avaient récupéré le corps. Puis il referma le dossier avec un sentiment d'inachevé. Le topo était précis mais un détail manquait. L'attrait de la victime pour le survivalisme n'apparaissait nulle part.

Fernel s'y était peut-être intéressé récemment, après avoir posé ses valises ici. Il se pouvait aussi que ce soit son petit copain Baptiste qui l'ait initié. La spiritualité par l'ascèse, la douleur, le dépassement de soi. Quelle que soit la croyance, les chemins de souffrance mènent toujours à la rédemption.

Il tourna la tête et aperçut par la fenêtre un groupe de trois gendarmes qui grimpaient dans une fourgonnette et prenaient la route de Briançon. Bientôt 18 heures. La nuit était tombée, les investigations allaient marquer le pas. Plongé dans la paperasse, il n'y avait pas fait attention.

L'image du cadavre de Fernel s'imposa à nouveau. Son regard, surtout. Cette expression de pure terreur que Paul avait lue dans ses yeux. À force de se la repasser, il avait fini par se dire que quelque chose clochait. Elle ne cadrait pas avec les explications de Lou. La mort par le froid était en principe une mort lente, plutôt douce. On s'endormait, ce qui impliquait que l'esprit s'apaisait. Ensuite seulement, le cœur lâchait.

Or, là, c'était tout le contraire. Comme si le guide l'avait vue venir. Dans toute sa brutalité, sa soudaineté. Comme si, à l'instant de s'éteindre, il avait éprouvé une souffrance insupportable. Que lui avait-on fait exactement ? Comment se pouvait-il qu'il ait ressenti une telle douleur alors qu'aucune blessure n'avait été relevée sur son corps ? Son petit ami aurait-il été capable de lui faire subir un tel supplice ? Pour quelle raison ?

La sonnerie de son téléphone interrompit ses réflexions. Lou.

— Le rendez-vous est arrangé.

— Vos potes acceptent de me parler ?

— Au moins de vous voir. Pour le reste, c'est votre problème. Pas le mien.

Déjà un bon début. La jeune championne commençait peut-être à lui faire confiance.

— On fait comment ?

— Rejoignez-moi au chalet, dans une heure.

— Le rencard est dans le village ?
— Au Casset. C'est à vingt bornes.

La perspective d'une petite virée n'était pas pour déplaire au policier. Vingt-quatre heures qu'il n'avait pas touché sa Harley, l'appel du bitume commençait à se faire sentir.

— On prend ma bécane ?
— J'aurais pas été contre mais la route est très glissante en ce moment, surtout la nuit. Ça fait flipper Stéphane et je n'ai pas envie qu'il s'inquiète.

Sans doute à cause de l'accident. Gastaud ne voulait pas que Lou se foute en l'air connement, comme l'avait fait son père quelques années plus tôt en se mangeant une plaque de glace. Paul comprenait. En moto, les risques étaient multipliés par dix.

— On ne va pas y aller à pied, quand même ?
— Il me prête une voiture.

18

Calée derrière le volant d'un énorme Toyota à plateau, Lou enroulait les lacets avec facilité. Étrange de la voir piloter cet engin monstrueux. Le contraste la faisait paraître encore plus petite, plus fragile. Elle ressemblait à une gamine qui aurait pris la caisse de ses parents après avoir volé les clefs en douce pour aller s'éclater avec ses potes.

Assis sur le siège passager, Paul se laissait conduire. Bercé par le roulis, parfaitement calme, il flottait dans un état second. En temps normal, le Marseillais aurait été incapable d'un tel lâcher-prise. Il ne supportait pas l'idée de perdre le contrôle. Mais il avait confiance en Lou. Son apparente vulnérabilité était un leurre. Il n'aurait pas été surpris si elle avait pris les commandes d'un poids lourd.

20 heures et des poussières. La voie communale qui menait au lieu du rendez-vous était plongée dans un noir d'encre. À peine entretenue, aussi dangereuse que sinueuse, rongée par les différentiels de température et truffée de nids-de-poule. Lou l'avait empruntée après avoir traversé Le Casset, le hameau où ses potes les

attendaient de l'autre côté du col du Lautaret. Même en roulant avec prudence, sans jamais dépasser la vitesse autorisée, il ne leur avait fallu qu'un petit quart d'heure pour rejoindre ce point.

Un silence lourd régnait maintenant dans l'habitacle. La surfeuse l'avait briefé sur ses amis dans la première partie du trajet, mais depuis qu'ils avaient bifurqué sur cette lanière étroite elle n'avait plus ouvert la bouche.

Paul pressentait que ce mutisme n'était pas justifié par la nécessité de se concentrer. Pas seulement. À cet instant, au volant de ce 4 × 4, elle partageait les angoisses de Gastaud. Elle rejouait sans doute cette nuit terrible où son père perdait le contrôle de sa voiture et franchissait le parapet pour atterrir dans la rivière. Les conditions devaient être similaires. L'obscurité, le froid, un ruban d'asphalte à peine visible et pas de marquage au sol. Autant de madeleines putréfiées qui devaient raviver ces souvenirs macabres.

Enfin, au détour d'un virage, ils s'engagèrent sur un petit chemin. La baraque était plantée vingt mètres plus loin, perdue en plein milieu de nulle part. Une bâtisse minuscule, presque une maison de poupée, dont le toit en pente descendait jusqu'au sol. La lueur tremblotante d'une bougie filtrant d'une fenêtre révélait à peine sa présence, comme si ses occupants voulaient rester dissimulés.

Ils sortirent de la voiture et claquèrent les portières derrière eux. L'air était vif, froid, d'une pureté telle qu'il avait une odeur. Celle des lichens gorgés d'eau, de la résine suintant des mélèzes, des foins séchant quelque part... Leur assemblage créait une fragrance singulière qui donnait la sensation, lorsqu'on le respirait, de nettoyer son organisme en profondeur.

Paul ne put s'empêcher de penser à Fernel, à son délire survivaliste. Ici, dans ce lieu isolé, il aurait été à sa place. Plus encore qu'à La Grave, l'impression de revenir des centaines d'années en arrière prenait aux tripes. La nature, vierge de toutes les pollutions humaines, rappelait l'époque où les montagnards vivaient en symbiose avec leur environnement. Une époque où l'électricité, le gaz et l'eau courante n'existaient pas. Un temps où pour survivre, on ne pouvait compter que sur soi.

Ils s'avancèrent jusqu'au perron. Des plaques de neige mouchetaient le sol, tableau en noir et blanc illuminé par les étoiles. À chaque pas, des cristaux de glace craquaient sous leurs semelles, comme s'ils marchaient sur un tapis d'ossements. Fin novembre, à près de 1 500 mètres d'altitude, l'hiver avait déjà pris ses quartiers.

Lou entra sans frapper. Paul la suivit à l'intérieur et sentit aussitôt les relents de shit. Bien lourds, bien corsés. Un véritable parfum d'ambiance. Il ne releva pas. Loin de le déranger, ce constat constituait peut-être une opportunité.

La bicoque, sans doute un ancien abri de berger, tenait plus de la cabane de trappeur que du loft confortable. Des murs de pierre brute effrités par endroits. Des poutres sombres dont le bois n'était de toute évidence pas entretenu. Un sol en mallons vieillots, sorte de damier immonde datant de la dernière guerre. Le tout faiblement éclairé par la lueur d'une petite lampe que le flic avait prise pour une bougie. Seule concession à la modernité, une clim réversible surchauffait la pièce. Pour le reste, le repaire des surfeurs était aménagé avec du mobilier bas de gamme et des objets de déco achetés chez Ikea.

— Salut.

Lou avait beau tenter de le dissimuler, elle suait le malaise. Elle avait certainement dû insister pour décrocher cet entretien. Probable qu'elle avait joué de son ascendant sur ses amis. Les trois jeunes, deux mecs, une fille, étaient défoncés jusqu'aux yeux. Vautrés telles des amibes dans des fauteuils pourris, ils dévisageaient Paul avec une sorte de dégoût.

— Alors c'est lui, ton flic ?

Le gamin qui avait pris la parole semblait être le leader. Sa posture désinvolte, bras écartés sur les accoudoirs, pieds bien campés au sol et regard ironique, en disait long sur son état d'esprit. On lui avait forcé la main et cet invité imposé n'était pas le bienvenu.

Cabrera répondit à la provocation par un sourire tranquille. Il avait élaboré sa stratégie en arrivant et la mettait en place à son rythme, étape par étape.

— Et toi, tu dois être Colas.

— T'as déjà fait ta petite enquête, Sherlock Holmes ?

— Lou m'a donné quelques infos. Histoire de gagner du temps.

Le jeune fit une moue. Il n'aimait pas cette idée. Avec ses épaules larges, sa barbe fournie, son visage volontaire et sa chemise de laine à gros carreaux rouges et blancs, il devait se prendre pour un bûcheron canadien.

Il récupéra un reste de pétard qui traînait dans un cendrier et l'alluma en prenant son temps. Ajoutée au tutoiement, cette nouvelle bravade envoyait un signal. Les flics ne l'impressionnaient pas.

— Tu sais quoi d'autre ?

— Cette baraque appartenait à ton grand-père. Tu bosses dans une entreprise de plomberie et tu passes tout ton temps libre sur une planche. T'as fait le lycée sport-étude de Briançon avec Lou, frôlé la sélection en équipe de France quelques années avant elle, puis t'as laissé tomber.

— C'est tout ?

— Tu consommes des stupéfiants mais ça, je viens juste de le découvrir. Et pour tout te dire, je m'en tape complet. Ça m'arrive aussi de m'en rouler un petit.

Paul avait déjà fumé de la beuh. Il y a longtemps. L'expérience n'avait pas été concluante. La seule drogue à laquelle il était accro, c'était l'adrénaline. Mais ce demi-mensonge faisait partie de son plan. En venant sur le terrain des snowboardeurs, il espérait se les mettre dans la poche.

Colas claqua trois fois ses mains l'une contre l'autre, en forme d'applaudissement. Il n'avait sans doute pas imaginé qu'un poulet puisse être aussi cool.

— Tu veux tirer une taffe ?

Un nuage de fumée flottait dans la pièce. Paul inhalait déjà du cannabis à chaque inspiration.

— J'espère que tu rigoles.

— Lâche-toi, frère, personne le saura.

Le flic nia de la tête en souriant. La proposition était surréaliste mais il avait visé juste. Le climat évoluait.

Il profita du changement pour s'adresser aux autres.

— Fabrice, affirma-t-il en se tournant vers un garçon plus jeune.

Le mollusque opina. Visage en lame de couteau, masque de snowboard en guise de collier, cheveux mi-longs retenus par un serre-tête fluo. Une vraie bobine de surfeur, comme on les imagine. Plutôt longiligne, il dissimulait son torse étroit sous un tee-shirt Rip Curl.

— Tu connais Lou depuis le collège. T'es super doué pour la glisse mais t'as pas la volonté suffisante pour en faire un métier. Ni pour faire quoi que ce soit d'autre, d'ailleurs. Du coup, tu bricoles à droite et à gauche et tu *rides* pour le fun.

Le gamin haussa les épaules. La description donnée par son amie d'enfance ne semblait pas le contrarier. Elle devait correspondre à la réalité et ça lui allait bien.

— Quant à toi, conclut Paul en cadrant la fille, tu dois être Camille. La plus ancienne sur la liste. Tes parents connaissaient bien ceux de Lou. Vous avez quasiment grandi ensemble. Tu bosses dans une agence immobilière à Chantemerle et t'as dû arrêter le surf il y a trois ans après une rupture des ligaments croisés.

— Quatre passages sur le billard, confirma la jeune femme d'un ton glacial. Tout ça pour que dalle.

Sa frustration s'entendait. Aussi brune que Lou était blonde, longue et sèche comme une corde, Camille partageait avec la championne une force de caractère évidente. Elle avait dû en baver. Ses traits déjà anguleux en portaient les stigmates. Une sorte de dureté les contractait, que même la fumette n'arrivait pas à détendre.

Paul laissa filer quelques secondes. Les présentations étaient faites, il s'était débrouillé pour rassurer les jeunes et mettre en place une relation de proximité. La suite devrait bien se dérouler.

Il attrapa un tabouret et s'assit dessus. Maintenant que la glace était rompue, Lou avait l'air plus relax. Elle se laissa tomber sur un vieux pouf en Skaï râpé avec l'aisance de celle qui connaît déjà les lieux.

— Vous savez pourquoi je suis là ? lança Paul à la cantonade.

— Lou nous a dit que c'était pour le guide, répondit aussitôt Colas. Celui qu'elle a trouvé raide mort dans le Cirque du Diable.

La championne en avait dévoilé un minimum. Elle avait ouvert la porte, au flic de faire le reste.

— Lucas Fernel. Vous le connaissiez ?
— De vue.
— Vous ne lui avez jamais parlé ?
— On ne fréquente pas ce genre de types. La montagne, c'est pas un business. Faut pas y ramener des blaireaux.

Les autres approuvèrent d'un mouvement de tête. Leur conception du rapport que l'homme devait entretenir avec les cimes était d'une pureté absolue, presque touchante. Ce Graal se méritait. Seuls ceux qui en connaissaient intimement les ressorts avaient le droit de l'approcher.

— Baptiste, ça vous évoque quelque chose ?
— Non. Qui c'est ?
— Un surfeur.
— Tu lui veux quoi ?

Paul servit le discours habituel.

— Il était super pote avec Fernel. En fait, c'était son petit copain. J'aimerais lui dire deux mots. La routine…

Colas interrogea ses acolytes du regard. Silence radio.

— Inconnu au bataillon. Il est du coin ?

— Aucune idée. Je sais qu'il surfe dans le massif. Question glisse, il a l'air de toucher sa bille.

Le pseudo-bûcheron haussa les sourcils en signe d'impuissance.

— Sérieux ? On va pas aller loin avec ça.

Le flic en avait conscience. Il tira ses deux dernières cartouches.

— D'après mes infos, il aurait dans la trentaine et il est très branché spiritualité.

— On l'est tous, frère. C'est la base.

— Il est bouddhiste.

— Chacun son truc. Nous, on est plutôt pour le rapport direct à la montagne. La connexion naturelle avec les éléments, si tu captes le concept. Pas d'intermédiaire.

Colas regarda Camille et balança, avec la tête du type qui n'y croyait toujours pas :

— Enfin, ça dépend des fois... T'as donné dans le zen y a quelque temps. Tu t'en souviens ?

La grande brune confirma d'un léger battement de cils. Elle paraissait gênée, comme si elle avait trahi la cause. Paul ne voyait pas ce petit écart du même œil. L'ex-surfeuse avait versé dans ce trip spirituel. Même si sa route n'avait pas croisé celle de Baptiste, elle pouvait peut-être l'aiguiller sur une autre direction.

Il se tourna vers la jeune femme et demanda :

— Tu pratiques encore ?

— J'ai arrêté y a six mois. J'crois plus à ces conneries. Après l'échec de la dernière opération, j'étais au bout de ma vie. J'ai pensé que ça m'aiderait mais en vrai, j'me suis bien plantée.

— Pourquoi ?

— J'étais trop vénère. Rien ne pouvait me calmer.

— À part le teuch, commenta Fabrice avec un air de ravi de la crèche.

— Va te faire foutre, rétorqua Camille en tendant bien haut son majeur.

L'autre ricana bêtement. Il attrapa son matos – papier, tabac, filtre et boulette – et entreprit de se rouler un nouveau cône. Cabrera se demanda si le troisième larron n'était pas un brin simplet. Ceci expliquait peut-être cela.

Il revint vers la brune et continua d'aligner ses pions.

— Le temple le plus proche est à Gap. Tu faisais comment ?

— Au début, je me tapais la route. Après, j'en ai eu marre et j'ai continué à la maison.

— Seule ?

— Avec le soutien du groupe.

— Quel groupe ?

— WhatsApp. Ils se refilent des conseils pour méditer.

Un axe se dessinait. Paul essaya de le suivre.

— Et t'as jamais vu de Baptiste dans la liste ?

— Franchement, c'est loin. Et pour tout te dire, j'ai même pas participé à leurs putains de réunions. Alors un prénom…

— Ils font aussi des réunions ?

— Deux fois par mois. Ils te donnent le lieu et l'heure. T'as qu'à choisir.

Le flic n'en espérait pas tant. Il creusa dans cette voie.

— T'es encore inscrite sur le fil de discussion ?

— J'ai tout viré.

Pas grave. Il y avait d'autres moyens d'y accéder.
— T'as toujours le même numéro de portable ?
— Toujours.
— File-le-moi.
— Tu comptes tracer le groupe ?
— T'as tout compris.

Camille livra les chiffres. Paul les enregistra aussitôt dans son carnet d'adresses et se leva. La tête lui tournait légèrement, sans doute les vapeurs de shit.

Il fit un signe à Lou. La séance était terminée. Avant de quitter les lieux, il avertit les jeunes sur un ton plus autoritaire.

— Tout ce qu'on s'est dit reste entre nous. Si j'apprends que l'un de vous a ouvert sa gueule, il plonge direct pour conso de stupéfiants. C'est bien clair ?

Colas haussa les épaules et ralluma son joint. Puis il lâcha, en recrachant une fumée lourde :

— T'inquiète, frère. Tes histoires, on s'en ballec.

IV

VI.

19

— L'ADN ! On a une correspondance !
Masson hurlait dans le téléphone. Pas son genre. Il s'était investi à fond et commençait à se prendre au jeu. Une enquête criminelle provoquait souvent ce type de réactions. D'après les statistiques, la BC était, avec la BRI et les Stups, la brigade où l'on trouvait le plus grand nombre de flics accros à l'adrénaline. Rien à voir avec les investigations d'un SRPJ lambda comme celui dans lequel pointait le flic de Draguignan.
— Donnez-moi une seconde. Et s'il vous plaît, arrêtez de crier.
Chloé s'éloigna du flot bruyant qui déambulait dans la galerie principale du Mucem et s'isola dans un renfoncement. Comme pas mal de Marseillais, elle avait décidé de consacrer son dimanche après-midi à un petit réajustement culturel. Avec ses expositions permanentes, ses milliers d'objets d'art et ses antiquités alignés sur trois niveaux, le Musée des civilisations de l'Europe et de la Méditerranée était tout indiqué pour ça. La pluie aidant, le cube en béton dentelé conçu par Rudy Ricciotti affichait complet.

— Ils ont fait vite.

— Encore heureux. Vu ce que ça coûte…

La commandante ne chercha pas à savoir. Le prix d'un séquençage par amplification génique, la Rolls en la matière, ne la concernait pas. Quand on voulait prendre un coupe-file et monter en priorité dans le manège, il fallait toujours payer un supplément.

— J'ai passé les marqueurs génétiques au FNAEG, poursuivait Masson sur le même ton enflammé. Une des victimes était dans la base de données.

Chloé croisa les doigts. La chance était de son côté.

— De qui s'agit-il ?

— De l'homme qui s'est fait égorger. Julien Reyes. Quarante et un ans. Né à Toulouse au début des années 1980. Sans profession ni domicile fixe. Condamné plusieurs fois pour trouble à l'ordre public, détention de stupéfiants, dégradations, coups et blessures et autres joyeusetés du même ordre.

Un premier portrait se dessinait. Une petite frappe multirécidiviste, comme il en existait des centaines.

— Il a déjà été incarcéré ?

— Jamais.

Pas surprenant. La justice rechignait à foutre les gens au trou. Il fallait charger la mule jusqu'à la garde avant qu'elle se décide à faire exécuter les peines.

— Mais il aurait dû l'être, continuait Masson d'un ton affirmatif.

— Ce n'est pas à nous de décider.

— Vous n'y êtes pas. Il a participé au saccage de l'Arc de triomphe, en décembre 2018. Il a écopé de trois mois avec sursis pour ces faits. Comme il avait déjà pas mal de placard au-dessus de la tête, une grosse partie a été révoquée et il a fait l'objet d'un mandat de dépôt.

Chloé fit quelques pas. Elle avait chaud et la température tropicale qui régnait dans le musée n'y était pour rien. L'excitation du jeune lieutenant était en train de la gagner. Elle ressentait un besoin impérieux de faire bouger ses jambes.

— Non suivi d'effet ?

— Et pour cause. Il ne s'est pas présenté au procès.

Il aurait sans doute mieux fait. Ça lui aurait peut-être évité de se faire saigner comme un vulgaire mouton.

— Gilet jaune ? fit préciser la commandante.

— Black bloc.

L'image d'un individu cagoulé, enveloppé dans un treillis noir et rouant de coups un CRS à terre refit surface. Ce jour-là, la France entière avait retenu son souffle.

— Reyes était un activiste ?

— Un pur et dur.

Le profil évoluait. Et avec lui, le mobile des meurtres. Il ne s'agissait plus d'un droit commun mais d'un enragé radicalisé. Peut-être comme les deux autres. Si c'était le cas, il allait falloir creuser dans la sphère extrémiste.

— Il devait être dans le viseur de la DCRI ?

— Je viens de les appeler. Ils m'ont fait suivre sa fiche.

— Ça donne quoi ?

— Reyes se situait dans la mouvance d'extrême gauche, dite écolo-libertaire. Il se définissait comme un éco-guerrier mais c'était avant tout un anarchiste. Du genre ultra-violent. Il vomissait le capitalisme, l'autorité, et tout ce qui s'apparente de près ou de loin à une structuration sociale. En clair, il voulait tout faire péter.

Une route de haine sur laquelle il s'était sans doute fait pas mal d'ennemis. Et pas des tendres. Les divergences de vue entre ces allumés pouvaient conduire au pire.

— Comment en est-il arrivé là ?

— Les chiens ne font pas des chats. Il venait d'une famille d'ouvriers, des militants encartés au PC depuis plusieurs générations. Ses parents bossaient tous les deux chez Elf, à l'usine de Boussens, une petite commune agricole proche de Toulouse. Licenciements économiques à la fin des années 1990 après la fermeture du site. Le père était délégué syndical, adepte de la négociation musclée. Avant de se faire virer, il a séquestré le DRH et le DG de sa boîte pendant trois jours. Il a fini par lâcher et il a rebondi en devenant permanent à l'Union départementale CGT de Haute-Garonne. Tout le monde est venu s'installer dans la Ville rose. C'est à partir de ce moment-là que Reyes s'est engagé.

Le fils avait embrassé les valeurs de son paternel. Jusque-là, rien de surprenant. Sauf qu'il les avait poussées à leur paroxysme. Avant de s'opposer à lui, Bakounine avait grandi dans l'ombre du grand Karl Marx.

— Il a d'abord intégré la Fédération anarchiste, poursuivait Masson. Antenne de Toulouse. C'était trop mou à son goût, alors il s'est barré en 2002. Silence radio pendant deux ans, puis on le retrouve à Paris en 2004 où il rejoint un groupuscule anarcho-gauchiste. Horizons noirs. Une vingtaine d'individus venant de toute la France, qui se sont distingués en publiant des tracts appelant à prendre les armes et à faire la révolution. Avec ses amis, Reyes a participé à des actions de sabotage sur des centrales électriques, des abattoirs et même sur une ligne TGV.

— Et on ne l'a pas mis en taule avec ce palmarès ?

— Il n'y avait aucune preuve contre lui. Juste des soupçons. Comme il n'a jamais craché le morceau, il n'a même pas été mis en examen pour ces faits.

Chloé s'arrêta devant une baie vitrée. Emportée par le récit du lieutenant, elle avait quitté la galerie principale et se trouvait maintenant près de la buvette.

— Ensuite ?

— L'association qui servait de vitrine au groupuscule a été dissoute en 2009. Reyes s'est fait discret pendant dix-huit mois. Il vivait plus ou moins dans un squat à Belleville et percevait des allocs.

Un comble, songea Chloé. Ce type crachait sur le système, essayait de le détruire, et le même système continuait de le subventionner.

— Il refait surface en juillet 2011, à Notre-Dame-des-Landes. Il faisait partie de la deuxième fournée de zadistes venue rejoindre le collectif autogéré des Camps Action Climat. Ceux créés en 2009 sur les squats de la Gaîté et des Planchettes pour s'opposer à la construction de l'aéroport. Occupation illégale de propriétés privées, blocage de ponts, destruction de forages et le meilleur pour la fin, affrontements violents avec les gardes mobiles lors de l'opération César 44, lancée par François Hollande en octobre 2012 pour expulser les activistes.

L'info était fouillée, précise. Peut-être un peu trop. Chloé pressentit que Masson voulait lui en mettre plein la vue. La preuve par quatre qu'elle ne s'était pas trompée sur ses intentions. Pour ne rien oublier et mieux l'impressionner, il devait être en train de lire la fiche fournie par le Renseignement.

— Et toujours pas de prison ferme ? s'étonna la commandante.

— Toujours pas. Il y a eu pas mal de procès de militants pendant cette période. Reyes s'est encore une fois débrouillé pour passer entre les gouttes.

Une vraie murène. Dangereuse. Insaisissable. Son parcours révolutionnaire lui avait appris comment frapper tout en restant dissimulé.

— On le revoit à l'automne 2014 sur la ZAD de Sivens, poursuivait le lieutenant.

— Le barrage ?

— Exact. La situation s'était un peu calmée à Notre-Dame-des-Landes et la tension montait en puissance dans le Tarn. Il a dû se dire qu'il serait plus utile là-bas. Encore une fois, on n'a pas de preuve, mais il a certainement fait partie des black blocs qui ont caillassé les forces antiémeutes pendant les affrontements d'octobre.

Cet épisode dramatique avait défrayé la chronique. Un opposant au projet, Rémi Fraisse, avait trouvé la mort pendant une manifestation. La police avait été clouée au pilori et la construction du barrage annulée dans la foulée.

— De mémoire, indiqua Chloé, cette ZAD a été évacuée en mars 2015. Il a fait quoi ?

— Il est d'abord retourné à Notre-Dame-des-Landes. Le conflit avait repris, c'était assez logique. Il y est resté jusqu'à la destruction totale du site, en avril 2018. On pense qu'il a un peu rayonné pendant cette période mais rien n'est sûr. Il a disparu à nouveau après l'épisode de l'Arc de triomphe, à la suite de son interpellation et de son renvoi en correctionnelle. Il devait savoir que cette fois il allait prendre cher.

— Et depuis ?

— C'est flou. Il a été aperçu à deux ou trois endroits mais il bougeait pas mal. Assez en tout cas pour ne pas se faire serrer. Aux dernières nouvelles, il s'était installé près du lac de Freydières.

— Où ça ?

— En Isère. Une nouvelle zone à défendre. Elle vient de s'implanter sur la commune de Revel, à vingt bornes de Grenoble.

Chloé se tendit. L'enquête s'orientait vers la région qui l'avait vue grandir. Un paradis perdu qu'elle avait fui et où elle s'était juré de ne plus jamais remettre les pieds. Trop de souffrances y étaient associées. Trop de déchirures. Depuis qu'elle s'était brouillée avec eux à la suite de son *coming out*, elle n'avait plus jamais adressé la parole à ses parents.

Elle préféra se concentrer sur le présent. Marseille l'avait accueillie à bras ouverts. Elle s'y sentait bien et la Méditerranée qui roulait des épaules derrière les vitres valait largement le massif de Belledonne. Quant à sa ville natale, elle saurait prendre sur elle si elle devait de nouveau arpenter ses rues grises.

— C'est quoi le sujet des opposants ?

— Le maire veut construire une base nautique. Une trentaine de gus occupent le terrain depuis trois mois.

Il paraît que le lac sert de lieu de reproduction aux crapauds.

— Reyes y était depuis quand ?

— On ne sait pas.

— Les gendarmes n'ont pas essayé de l'interpeller ?

— Trop risqué. Une intervention sur la ZAD aurait pu mettre le feu aux poudres.

Pas bête. En s'abritant derrière une bande de guerriers écolos, l'anarchiste se mettait hors de portée de la justice. Ou peut-être d'une menace bien plus dangereuse. Il fallait maintenant découvrir la raison qui lui avait fait quitter cette planque en or.

— Vous avez sa photo ?

— Celle de l'identité judiciaire. Elle date un peu mais ça devrait le faire.

— Transférez-la sur mon portable.

— Tout de suite.

Un bip. Chloé ouvrit le MMS. Le portrait tiré par l'IJ se superposa au faciès racorni trouvé dans les décombres. En noir et blanc, face et profil, il dévoilait un visage émacié, au front haut barré par des sourcils aussi épais que des balayettes et dont le regard suait le vice. Reyes fixait l'objectif avec insolence, comme s'il voulait encore défier l'autorité.

— Merci, lieutenant. Vous avez fait du beau boulot.

— On fait quoi, maintenant ?

La commandante regarda sa montre. 14 heures. En roulant vite, elle pouvait être au lac de Freydières avant la nuit.

— Je vais y aller.

— Sur la ZAD ?

— C'est le dernier endroit où il a été vu vivant.

— Vous pensez à un conflit entre zadistes ?
— Il faut tout envisager.
Silence. Masson devait évaluer l'hypothèse.
— Je vois mal un de ces écolos en train d'égorger et de faire cramer un de ses semblables, finit-il par laisser tomber. Sans parler de celui à qui on a fait boire du super. C'est beaucoup trop *hard* pour eux.
— On verra bien. Je veux aussi savoir si les autres victimes venaient de ce camp et si elles avaient un lien avec Reyes.
— Elles ont été rôties dans le même barbecue. En termes de lien, c'est du platine.
— Je n'en suis pas aussi sûre. La carbonisation des corps n'est qu'un écran de fumée. La différence des modes opératoires initiaux peut laisser penser que seul l'homme qui a ingéré de l'essence était visé.
— Les deux autres auraient été là par hasard ?
— Ou par un simple concours de circonstances. Le tueur les a éliminés en premier, sans faire de fioritures. Pour le troisième, il a pris tout son temps. Il a accompli un rituel dont il avait préparé chaque étape. Sa proie, c'était lui.
Le lieutenant émit un borborygme. Pas convaincu. Puis il demanda d'un ton détaché :
— Vous comptez faire ça seule ?
Elle le voyait venir avec ses gros sabots. En lui suggérant de l'accompagner, il créait l'occasion pour se rapprocher d'elle. D'un autre côté, les zadistes étaient imprévisibles. À l'instar de Reyes, il pouvait y avoir des éléments violents dans le lot. Si ça partait en vrille, Masson serait un allié précieux. Elle pourrait toujours le remettre en place s'il devenait trop entreprenant.

— Vous pouvez être là-bas dans combien de temps ?
— Au max, deux heures.
— Vous avez quoi comme voiture ? Porsche ou Ferrari ?
— Je suis à Carpentras. Ma sœur m'a invité à déjeuner. J'en profite pour voir un peu mes parents.

Chloé sentit son cœur se contracter. Masson avait encore une famille. Un cadeau qu'on lui avait repris. Elle serra les mâchoires et donna ses instructions en guise de conclusion.

— On se retrouve à l'entrée du village. Vous arriverez sans doute avant moi. Essayez de repérer la zone et par pitié, faites-le discrètement.

20

Même pas trois heures pour couvrir la distance.
Pied collé au plancher et deux-tons en action, Chloé avait avalé les kilomètres avec une sorte de fièvre. La Mini avait fait des prouesses mais cette conduite sportive l'avait vidée. Elle s'était juste accordé une pause pipi sur l'autoroute, agrémentée d'un thé infect acheté à la station-service où elle avait fait le plein. Puis elle avait quitté l'A7 à Valence et bifurqué sur l'A49 jusqu'à l'entrée de Grenoble. Là, elle avait emprunté la rocade qui contournait la ville et pris la direction de Revel.

En arrivant sur le périphérique, Chloé avait tout de suite retrouvé ses marques. Échirolles, Saint-Martin-d'Hères, Meylan... Les noms des communes limitrophes avaient défilé devant ses yeux comme autant de flashs remontant du passé. Un temps d'amour et d'insouciance, sous le regard bienveillant des sommets enneigés de la Chartreuse. À cette époque bénie des dieux, la fille unique d'un couple aimant avait été heureuse...

16 h 45. Elle quitta les zones industrielles de la couronne urbaine et s'engagea sur une départementale

déserte. En un battement de paupières, elle fut projetée au cœur des paysages chéris de son enfance. Des champs, des prés et des rivières, cernés par des forêts de conifères dont les cimes noires griffaient le ciel. En toile de fond, les balcons de Belledonne annonçaient les premiers contreforts du massif de Chamrousse.

Chloé consulta le GPS. Arrivée dans dix minutes. La luminosité commençait à baisser. Des nuages noirs s'amoncelaient au-dessus des arbres, chargeant le ciel en électricité pour lui donner une densité particulière, inquiétante. Un orage se préparait. Comme souvent dans la région, il s'annonçait violent.

Enfin, en haut d'une côte, elle aperçut le village. Revel était un minuscule hameau, quelques maisons à peine, dominées par la flèche élancée d'un clocher moyenâgeux. Il renvoyait l'image d'une France paisible, figée dans un écrin de nature, où la vie s'écoulait sans soubresauts ni questionnements entre de rudes hivers et des étés aux allures de printemps éternel.

Une Peugeot 3008 flambant neuve était garée sur le bas-côté, devant le panneau marquant l'entrée de la commune. Masson était déjà sur place. Pas moyen de se tromper, police et gendarmerie s'étaient dotées récemment de ces véhicules hybrides, soi-disant banalisés. Tous du même gris souris, délinquants et chauffards les voyaient venir à cent mètres comme s'ils étaient sérigraphiés.

Chloé se colla derrière lui. Le flic de Draguignan jaillit de la bagnole avant qu'elle ait coupé le contact et se planta devant elle, sourire aux lèvres. À l'expression de ses yeux, un fin plissement qui se voulait complice, elle eut la sensation qu'il était en pleine phase de séduction.

— Sympa, la caisse, lança-t-il après que Chloé eut descendu la vitre. Il paraît que ça envoie du lourd.

La commandante ignora l'entrée en matière et demanda sans quitter son siège :

— Vous avez eu le temps de faire un tour ?

— Le lac est à sept kilomètres. On en a pour un quart d'heure.

— Je vous suis.

Les policiers traversèrent le bourg et s'engagèrent sur une départementale sinueuse. Les ombres grandissaient. Le paysage se fondait dans un dégradé d'anthracite, écrasé par la chape boursouflée d'un lourd plafond d'ardoise. Chloé songea à sa mère. Elle adorait cet instant qui précédait la pluie. Une plage de complicité qu'elles partageaient, postées devant la baie vitrée de leur maison de vacances du Luberon, à guetter les premières gouttes qui signifiaient la fin de l'été.

Ils se garèrent sur un parking, devant une guinguette en bois qui paraissait abandonnée. Fermeture annuelle. Pas un chat. Seuls quelques caisses pourries, une caravane et un vieux van Volkswagen graffé de fleurs multicolores meublaient ce désert. Sans doute les véhicules des squatteurs. Une immense banderole avait été accrochée sur la façade, revêtue d'une inscription peinte à la bombe : « ZAD FREYDIÈRES – NON À LA VIOLENCE DES LOISIRS ».

— C'est juste derrière, annonça Masson.

Ils s'engagèrent sur un sentier caillouteux bordé par deux haies de peupliers. La luminosité était au plus bas. Il ferait nuit d'ici quelques minutes et les premières gouttes d'eau commençaient à tomber. Une pluie fine et glaciale, de celles que Chloé abhorrait. Elle transperçait les fibres de son manteau et congelait ses os jusqu'à la moelle.

Par chance, l'accès au site était facile. Poubelles, bancs de repos, panneaux indicateurs. La mairie avait fait le nécessaire pour permettre aux touristes de profiter pleinement de l'excursion.

Très vite, ils débouchèrent sur le lac. Minuscule, entouré par des grappes de résineux, il était précédé d'une plage naturelle qui descendait en pente douce vers des eaux sombres. Plantés sur les berges au cœur de cet éden, tentes, baraquements, bâches et écriteaux formaient un agglomérat de plastique, de carton et de tôle qui défigurait le paysage. Ils donnaient l'impression qu'un bidonville avait poussé ici, sans cohérence ni logique, comme un parterre de mauvaises herbes au milieu d'une pelouse. Chloé eut l'image d'un refuge. Celui d'une poignée de survivants, planqués au fond des bois après la fin du monde.

Les deux flics quittèrent le chemin. Ils marchaient à présent sur un sol meuble, glissant, sorte de tapis instable dans lequel leurs pieds s'enfonçaient. Aujourd'hui, Chloé portait des Converse. Les pompes du dimanche, idéales pour arpenter les galeries d'un musée. Mieux que des escarpins, mais toujours pas terrible pour patauger dans la gadoue.

L'entrée de la ZAD était un peu plus loin, délimitée par un amoncellement de planches clouées à la va-vite. Un triangle de signalisation routière était posé devant, symbolisant le danger. Peinte à la bombe sur le fond jaune et noir, une inscription militante : « Sauvetage de zone humide en cours », agrémentée d'un dessin de crapaud stylisé.

Un type sorti de nulle part leur barra aussitôt l'accès. Trapu, large d'épaules, barbe et cheveux hirsutes, gros pull en laine tricoté à la main. Un vrai physique d'homme des cavernes, mal fagoté dans des fringues de clodo. Dissimulés par la pénombre, ses traits se résumaient à leur contour, à la façon de ces estampes japonaises dessinées au fusain.

— Qu'est-ce que vous foutez là ?

Pas la peine de voir sa tronche pour comprendre que le gaillard était sous influence. Alcool, shit, ou pire, sa voix traînait comme celle de tous les défoncés.

Masson intervint d'autorité, badge en avant.

— Police. On a quelques questions à vous poser.

Le zadiste jaugea les deux intrus. Il croisa les bras sur sa poitrine d'haltérophile et balança d'un ton mauvais :

— Allez vous faire enculer.

— Du calme, mon grand. Ta ZAD, on s'en branle. Tu peux camper ici autant que tu veux, c'est pas notre problème.

La réponse déstabilisa le cerbère.

— Z'êtes pas des RG ?

— Brigade criminelle, précisa Chloé. Commandante Latour.

Nouveau temps mort. L'homme tanguait d'un pied sur l'autre pour garder son assise, comme un marin venant de fouler la terre ferme.

— C'est pareil, finit-il par lâcher. Les keufs, j'les emmerde.

— Un de vos militants vient d'être assassiné, expliqua la policière. Julien Reyes. Nous avons besoin de votre aide pour identifier le coupable.

— Reyes ? Connais pas.

— Il avait rejoint votre collectif récemment. Quelqu'un se souviendra peut-être de lui.

Le type secoua la tête en ricanant. On aurait pu lui annoncer que sa famille était en train de crever la bouche ouverte qu'il n'aurait pas collaboré.

— T'as pas compris, fliquette ? lança-t-il en haussant le ton. Ici, c'est zone interdite. Si tu veux pas avoir de problèmes, tu prends ton petit sac à main et tu dégages vite fait.

Ça partait mal. Le gars ne voulait rien savoir, Chloé était trempée et pour couronner le tout, la discussion avait rameuté la colonie. Des silhouettes fantomatiques sortaient de partout telle une armée de morts-vivants et s'avançaient vers eux.

Masson reprit l'initiative. Il fit un pas en avant, poings serrés, et se planta à quelques centimètres du mastard, pupilles contre pupilles.

— Écoute-moi bien, pépère. Il flotte, je me les gèle et on a besoin de ces infos. Alors soit vous nous donnez un coup de main, soit on revient avec la cavalerie et on embarque tout le monde.

De façon intuitive, Chloé perçut la motivation sous-jacente de cette intervention brutale. Le troglodyte venait de la menacer. Le jeune lieutenant réagissait comme un mâle dominant cherchant à protéger sa femelle du danger.

L'autre ne se démonta pas.

— T'oseras pas, ducon. On a tout le village derrière nous. Si tu nous fais chier, ce sera l'émeute.

— Tu paries ?

La situation s'envenimait. À présent, une vingtaine de zadistes leur faisaient face. Certains étaient armés de bâtons, de pierres, de barres de fer. Une étincelle et ce serait l'explosion.

Chloé accrocha le bras de Masson. Un geste autoritaire, pour lui faire signe de calmer le jeu et lui rappeler qui dirigeait l'enquête. Elle allait prendre le relais quand une femme sortit du groupe et les apostropha.

— C'est quoi, ce bordel ?

Au ton posé, presque impérieux, la commandante sut aussitôt à qui elle avait affaire. Cheffe, leader, guide… Peu importait le qualificatif, la fille tenait les rênes de sa communauté. Le physique sec allait avec la détermination qu'elle dégageait. Une créature de métal dont la dureté était à peine dissimulée par l'anorak kaki qui l'enveloppait. Le clair-obscur avalait son visage, mais les longues nattes rastas qui dégoulinaient sur ses épaules donnaient la sensation de contempler une Gorgone. Méduse, prête à la pétrifier si elle croisait son regard.

Chloé répondit avec calme.

— Tout va bien. On est…

— C'est des putains de flics, s'empressa de rugir l'homme des cavernes. Z'ont rien à foutre sur le camp.

— Brigade criminelle, annonça une nouvelle fois la commandante. On vient de Marseille. On enquête sur un meurtre.

La Gorgone marqua un temps d'arrêt.

— Un meurtre ?

— Celui de Julien Reyes. Il participait à votre action. On a trouvé son corps dans une bergerie du Var. Égorgé et complètement calciné.

Un murmure parcourut la petite bande. Chloé avait parlé suffisamment fort pour que tout le monde entende.

La femme se tassa. La pluie continuait à tomber et ruisselait sur ses nattes pour leur donner un aspect lustré.

— Julien a été assassiné ?

Elle connaissait la victime. On progressait.

— Il y a trois jours.

— Quel rapport avec nous ?

— On est là pour le découvrir.

Nouveau bruissement chez les zombies. Les zadistes prenaient la mesure de l'enjeu. La Gorgone hocha la tête. Ses dreads s'agitèrent comme un nid de vipères.

— Faut qu'on vote.

— Sérieux ? s'énerva le costaud. C'est des keufs ! Tu vas pas t'allonger devant ces enfoirés !

— Tu connais la règle. On vote. Point barre.

Elle tourna le dos aux flics et rejoignit la horde, suivie de près par le mastard qui continuait à maugréer. Le conciliabule dura quelques minutes. Chloé n'entendait rien mais elle sentait que la discussion était tendue. Puis des mains se levèrent. La nuit était tombée, impossible de savoir qui l'emportait.

Enfin, l'attroupement se dispersa. Méduse revint vers les deux policiers et leur donna le verdict.

— On a pris une décision. C'était serré mais le collectif a accepté que je vous rancarde.

21

Les deux flics suivirent Méduse dans l'enceinte de la ZAD à l'instant où l'orage éclatait. D'abord un éclair blanc, barbelé électrique qui déchira le ciel et alluma la nuit. Tout de suite après, un grondement sourd fit vibrer la terre. Puis, comme par magie, les ficelles de pluie se transformèrent en trombes d'eau.

Chloé frissonna. Ses cheveux étaient trempés, comme ses fringues, elle était congelée et commençait à regretter la chaleur étouffante du Mucem. Sans parler de l'ambiance. Glauque, flippante. De quoi filer la chair de poule.

Vu de l'intérieur, le camp était encore plus déglingué qu'il ne le paraissait. Une quinzaine de cahutes se disputaient l'espace, construites de bric et de broc avec des matériaux de récupération. Des loupiotes allumées çà et là délimitaient des halos de clarté qui morcelaient l'ensemble et procuraient un sentiment d'étrangeté. Un peu comme dans ces films féeriques, quand des créatures maléfiques attendent au fond des bois l'instant propice où elles envahiront le monde des hommes.

Méduse s'était mise à courir. Les flics lui emboîtèrent le pas, pressés de s'abriter. Chloé, tout en faisant en sorte de ne pas se vautrer, appréhenda un détail. Des tranchées quadrillaient le camp. Peu profondes, elles accueillaient des canalisations bricolées avec des plaques de métal rouillé qui reliaient chacun des baraquements. La commandante songea à un réseau d'évacuation. Les zadistes l'avaient édifié afin de permettre le traitement des eaux usées. Plutôt malin pour des allumés dont la seule compétence se résumait en principe à foutre le bordel.

Au bout d'une cinquantaine de mètres, ils atteignirent un auvent. La bâche industrielle, maintenue par des piquets de bois, servait aussi de toit à une ébauche de cabane dont les murs étaient faits de palettes et de parpaings. Devant, un débarras d'objets hétéroclites : pneus, outils, pancartes, fûts de métal, bonbonnes de gaz, drapeaux et même un gilet jaune...

La femme aux dreadlocks s'engouffra à l'intérieur. Les flics suivirent, collés à ses talons.

— Une bière ? proposa-t-elle en retirant son anorak.

Masson s'ébroua comme un jeune chiot et accepta sans se faire prier. La tension des derniers instants cavalait encore dans ses veines. Il avait besoin de relâcher la pression.

Chloé refusa d'un signe de tête. Elle aurait bien avalé un thé, brûlant de préférence, mais ça n'avait pas l'air d'être le genre de la maison.

Pendant que la militante ouvrait un mini-frigo alimenté par un groupe électrogène, la commandante détailla les lieux. Aussi pourris dedans que dehors. Un matelas défoncé, un réchaud, un poêle à bois, un fauteuil mité, quelques fringues empilées dans un coin, des boîtes de conserve, une bonbonne d'eau... Le strict minimum pour survivre dans ce bourbier.

— Je m'appelle Louanne, annonça la jeune femme en tendant une cannette de Kronenbourg au lieutenant. En celte, ça signifie « lumière ».

Elle s'était détendue. Dans ce nouveau contexte, le prénom lui allait bien. Éclairé par une lampe-tempête, son visage paraissait luire de l'intérieur. Des traits ordinaires, fins sans être réguliers, un nez busqué, une peau de cuivre. Le type hispanique, tout en fierté et caractère. Elle avait à peine trente ans et ses dreads viraient déjà au gris. Teintures et autres cosmétiques ne devaient pas faire partie de son programme. Trop polluants.

Elle s'avachit dans le fauteuil, décapsula sa Kro et en engloutit la moitié d'une traite. Puis elle lâcha d'un ton désabusé :

— J'arrive pas à le croire. Si on m'avait dit qu'un jour, je collaborerais avec des flics...

Chloé esquissa un sourire et chercha un endroit où se poser. Pas évident. La flotte gouttait un peu partout, recueillie dans des bols pleins à ras bord. Elle délaissa l'option matelas, choisie par Masson, et opta pour une chaise.

— Dites-vous que c'est pour la bonne cause.

Louanne esquissa un haussement d'épaules et téta sa bouteille, songeuse. Qui était-elle au juste ? Quelle route tortueuse l'avait conduite dans ce cul-de-sac ? On trouvait de tout dans l'univers altermondialiste. Des anarchistes de base à la Reyes, des écolos, des communistes, des antilibéraux, des adeptes de la décroissance... Dans quelle case se trouvait la jeune femme ?

Pas le temps d'approfondir. Chloé ressentait seulement, même si son parcours était aux antipodes de celui de la militante, une certaine forme de respect pour son engagement. Louanne croyait en une société plus juste, une planète plus saine, au fait qu'un autre monde était possible. Un rêve que partageait la Grenobloise mais pour la réalisation duquel elle ne levait pas le petit doigt. Comme la plupart des gens, elle regardait le train foncer dans le mur en continuant d'alimenter la chaudière.

— Julien Reyes, murmura Louanne. Égorgé avant de se faire cramer. Putain, c'est du délire.

— Son assassin devait avoir une bonne raison, rétorqua la commandante.

— Tu peux me dire laquelle ? Perso, j'vois pas ce qui peut expliquer cette boucherie.

La réponse avait fusé, nette, tranchante. Un cri du cœur qui en disait long sur l'état d'esprit de la jeune femme. Même si elle avait le profil d'une combattante, elle était à mille lieues d'envisager ce type de scénario.

Chloé embraya néanmoins sur la première option, la plus évidente.

— Il s'était fait des ennemis sur le camp ?

Louanne lui lança un regard incrédule. Ses yeux étaient comme des trous noirs aspirant la lumière.

— T'es sérieuse ?

— Je dois envisager toutes les hypothèses.

La zadiste balaya l'explication d'un revers de main.

— Oublie cette connerie. Notre collectif est non violent.

— Vraiment ? Je te rappelle qu'on a été accueillis avec des barres de fer.

Dans le feu de la discussion, Chloé était passée au tutoiement. La personnalité de Louanne l'y incitait.

— On n'a pas capté tout de suite qui vous étiez, se justifia la jeune femme. Il y a trois semaines, nous avons été attaqués. Depuis, on est devenus prudents.

L'explication se tenait. Les ZAD étaient des lieux ouverts, autogérés, sans véritable mur d'enceinte ni service d'ordre. Une proie facile pour ses opposants et tous les charognards qui traînaient sur les routes.

— Je te demanderai quand même de me fournir la liste des militants qui participent à votre action, insista la commandante.

Louanne soupira, plus affligée que vraiment inquiète.

— Si t'as du temps à perdre.

Chloé se contenta de sourire. Le temps, c'était toujours ce qui lui manquait. Elle sortit son portable et lui présenta la photo de l'IJ.

— C'est bien Reyes ?

La passionaria jeta un rapide coup d'œil au portrait anthropométrique.

— Ouais. C'est lui.

— Tu peux m'en parler ?

— Il s'est pointé début septembre quand on a créé la ZAD. Très motivé mais dans le genre discret.

Logique. Reyes était venu se planquer. Pas faire du barouf. Chloé rangea son téléphone et poursuivit.

— Tu étais au courant de ce qu'il avait fait avant de venir ici ?

— J'ai l'impression que tu vas me le dire.

— Réseaux anarchistes, dégradations et agressions diverses, black blocs... La liste est longue.

— J'en savais rien. Ici, on ne pose pas de questions. Tu viens, tu participes, tu acceptes les règles. C'est tout ce qu'on attend de toi.

— Tu sais au moins pourquoi il est parti ?

— Non plus. Il devait en avoir marre. Ça arrive.

La plus grande des motivations a toujours ses limites. Dans un tel cloaque, il fallait avoir sacrément la foi pour résister. C'était le cas de Reyes. Fouteur de merde professionnel, il n'avait certainement pas mis fin à son séjour par manque de détermination.

Chloé creusa encore.

— Il a quitté le camp depuis combien de temps ?

— Je dirais deux semaines, à peu de chose près.

— Il était dans quel état d'esprit au moment de son départ ?

— Nerveux. Comme d'hab. Ce type était une vraie cocotte-minute. Il avait la bougeotte. Toujours en train de s'agiter.

Le trait de caractère collait avec la personnalité de la victime. Un enragé, toujours prêt à en découdre. Ce comportement pouvait néanmoins avoir une autre explication.

— Tu n'as pas senti autre chose ?

— Comme quoi ?

— Je ne sais pas. De la peur, par exemple ?

Louanne s'enfila une rasade de Kro et secoua la tête en signe de négation.

— Il s'est barré, c'est tout. Comme j'te l'ai dit, ça arrive. D'ailleurs, il n'a pas été le seul à mettre les voiles ce jour-là.

Le cœur de Chloé se mit à palpiter. La réponse à la question qu'elle s'apprêtait à poser lui était servie sur un plateau. Elle lança un bref coup d'œil à Masson. Le lieutenant s'était redressé, buste tendu vers l'avant en position d'écoute.

— Qui d'autre ?

— Sa copine. Ils se sont tirés en même temps qu'un autre militant.

Deux hommes, une femme. La probabilité qu'il s'agisse des autres victimes était maximale.

— Tu aurais pu me le dire plus tôt.

— T'as pas demandé. Et puis qu'est-ce que ça change ? Tu penses quand même pas que c'est eux qui l'ont buté ?

Ils auraient eu du mal. Chloé garda pour elle la mort des compagnons de route de Reyes et déroula le fil.

— Parle-moi de ces militants. C'est qui ?

— La fille s'appelle Anaïs. Rien de spécial. Je crois qu'elle venait de Lyon. Elle était déjà là quand Julien s'est pointé. Ils se sont mis ensemble.

Nouveau regard vers Masson. Il avait dégainé son smartphone et commençait à prendre des notes sans la ramener, comme un étudiant discipliné et consciencieux. La remise à niveau semblait avoir porté ses fruits.

— Anaïs comment ?

— Tu crois que je lui ai demandé ses papelards ?

— T'as une photo ?

— P't-être bien.

Elle tira un Samsung dernier cri de la poche arrière de son treillis et fit défiler les clichés. Après quelques secondes, elle tendit l'appareil à Chloé.

— Là. Au milieu.

La policière prit le téléphone. Une brune dans la trentaine, plutôt menue, posait entre deux militants aux allures de punks à chien devant une banderole aux couleurs de la ZAD. Dans les un mètre soixante-cinq, pas plus de cinquante kilos. Les proportions correspondaient à celles enregistrées par la légiste.

Elle zooma sur le visage. Cheveux longs, gras, sous une casquette de base-ball enfilée à l'envers. Elle aurait pu être jolie mais les cernes et les poches sous les yeux lui donnaient un air maladif. Les stigmates de la rue, songea Chloé. De la cloche à la ZAD, il n'y avait parfois qu'un pas.

— Et l'autre ?

Louanne fit un petit geste qui signifiait « File-moi le portable ». Pendant qu'elle fouillait ses entrailles, elle commença à expliquer :

— Lionel. Me demande pas son nom, j'le connais pas non plus.

— Il est arrivé quand ?

— Fin octobre. Je me suis demandé ce qu'il était venu foutre ici.

— Comment ça ?

— C'était pas un militant. Enfin, pas comme nous. Il débarquait dans le trip.

— Il te l'a dit ?

— Pas besoin. On a vite vu qu'il n'avait pas les codes.

La troisième victime n'avait aucun point commun avec les deux autres. Ni dans le parcours ni dans la façon dont le tueur s'était occupé d'elle. Chloé sentit que son intuition gagnait en épaisseur. Une cible unique, des dommages collatéraux.

Elle essaya d'approfondir.

— Qu'est-ce qu'il faisait avant de venir sur la ZAD ?

— J'en sais que dalle. Je peux juste te dire qu'il touchait sa bille question aménagements. Il est resté une petite quinzaine de jours et il nous a construit un putain de système de canalisations de ouf avec trois bouts de ficelle et quatre plaques de tôle.

Le réseau d'évacuation des eaux usées. Ce type en était le concepteur. Maçon ? Entrepreneur ? Ingénieur ? Architecte ? Il venait en tout cas du monde du bâtiment.

— Tiens, je l'ai trouvé.

Nouveau passage de portable. La photo était prise de profil et le sujet avait la tête baissée. Difficile de distinguer ses traits. Seule certitude, il était grand et mince, portait des cheveux coupés très court ainsi qu'une petite barbe – les deux d'un blanc qui ne cadrait pas avec sa quarantaine – et se sapait comme les autres avec des fringues de randonneur. Encore une fois, la corpulence collait avec les conclusions de la légiste à propos de la troisième victime.

Le contexte de la scène fournissait également une autre information. L'homme était penché sur un plan, série de lignes brisées représentant un maillage compliqué. Le schéma était précis, tracé à la règle et rempli d'annotations chiffrées. Du boulot de pro, qui confirmait ses compétences en matière de construction.

— T'as pas mieux comme portrait ?

— J'ai que ça. Et je l'ai pris en loucedé. Lionel ne voulait pas qu'on le shoote. Il était hypersensible sur le sujet.

Cette précaution allait dans le même sens que le reste. Le type était venu se terrer ici. Comme Reyes, mais pas pour les mêmes raisons. Ce n'était pas le black bloc qui fuyait une menace plus dangereuse que la justice.

C'était lui.

Chloé donna son numéro de portable à Louanne.

— Transfère-moi les photos.

Elle attendit que les fichiers atterrissent dans sa messagerie, vérifia qu'ils s'ouvraient bien et adressa un signe de tête à Masson.

— On a fini, annonça-t-elle à la jeune femme en se levant. Je compte sur toi pour m'envoyer la liste des militants qui sont passés sur le camp depuis son ouverture.

Chloé ne croyait plus à l'hypothèse d'un tueur issu de cette communauté. Elle voulait juste refermer toutes les portes. Aller au bout, comme chaque fois.

— Je ferai ce que je peux, répondit Louanne sans conviction. La ZAD, c'est pas l'hôtel. Y a pas de registre pour fliquer la clientèle.

22

— On va pas aller loin avec ça.

Réfugiés dans le SUV, trempés de la tête aux pieds, les deux flics réfléchissaient à la façon d'utiliser les infos recueillies sur la ZAD. Masson avait poussé le chauffage à fond mais l'eau glacée semblait s'être insinuée sous leur peau pour attaquer leurs nerfs.

— Je t'en foutrais du Lionel, reprit ce dernier. Dix contre un que c'est un prénom bidon.

— Probable.

— Et la photo ? On le voit à peine.

Le flic de Draguignan contenait mal sa frustration. L'altercation avec l'homme des cavernes l'avait chauffé à blanc, sa supérieure l'avait rabroué, il s'était fadé la séance dans la cahute en se contentant de prendre des notes et au final, l'impasse.

Tout ça pour ça…

Chloé resta silencieuse. Elle avait conscience de la difficulté et gambergeait pour essayer de la contourner. Anaïs, la petite amie de Reyes, ne présentait aucun intérêt pour l'enquête. Son identification permettrait de rendre le corps à sa famille mais n'apporterait rien de plus à la traque du dingue qui l'avait égorgée.

En revanche, l'homme qui se faisait appeler Lionel concentrait toute son attention. C'était la clef. Elle en avait la conviction. Il avait débarqué comme une fleur sur la ZAD en se faisant passer pour un sympathisant. Sans doute pour se cacher. Pourquoi avait-il changé de plan ? L'attaque du camp avait-elle un rapport avec ce départ précipité ? La menace qu'il fuyait s'était-elle rapprochée ?

Un autre point intriguait la policière. Qu'est-ce qui avait poussé Reyes et sa copine à suivre un quasi-inconnu dans une nouvelle galère ? Les deux tourtereaux n'avaient rien à voir avec lui. C'était l'évidence même. Pourtant, les trois larrons s'étaient enfuis ensemble. Bordel, où était ce putain de lien ?

— Commandante ?
— Oui ?
— Je ne sais pas pourquoi, mais j'ai l'impression de parler dans le vide.

Chloé ne chercha pas à le contredire. Emportée par ses pensées, elle avait décroché depuis un petit moment.

— Je réfléchissais.
— J'étais en train de vous dire qu'on pourrait peut-être tenter une reconnaissance faciale.
— À partir du profil ?
— On peut l'utiliser pour établir un portrait en 3D. Ça nous donnera l'intégralité de sa bobine. On la passe dans toutes les bases de données répertoriées. Il y aura forcément une occurrence.

Chloé prit son portable. Elle fit apparaître l'image volée et zooma sur le visage de la victime. Les traits se résumaient à une esquisse. Courbe du front, arête du nez, pli de la bouche, butée du menton. À peine une ombre, brouillée par le début de barbe qui lui mangeait la joue.

— On n'a pas assez de paramètres. Il nous manquera l'écartement des yeux, l'orientation du nez, la forme des pommettes... Bref, tout ce qui permettrait d'obtenir une identification fiable. On va se retrouver avec une tête d'alien qui n'a aucune chance d'être fichée quelque part.

Masson se rencogna dans son siège, vexé. Chloé réalisa avec un temps de retard qu'elle l'avait rembarré de façon un peu brutale.

— Écoutez..., tenta-t-elle de se rattraper. Je sais que vous essayez de trouver une solution mais là, vous n'y êtes pas.

— On fait quoi, alors ?

Chloé n'en avait pas la moindre idée. Elle examina de nouveau le cliché, comme si la réponse se cachait là, dissimulée entre les pixels colorés de l'écran numérique. Il devait y avoir un élément, un détail auquel se raccrocher. Il fallait juste avoir un regard différent. Analyser la photo sous un autre angle.

Elle arrêta de scruter le visage de l'homme mystère et observa la scène dans sa globalité. La personne debout à côté de lui, la table sur laquelle il traçait ses plans, le camp autour. Rien d'intéressant. Puis elle revint sur la silhouette étroite penchée sur le dessin. Le casque de cheveux blancs, le survêt à capuche, les mains fines tenant crayon et règle, la multitude de petits bracelets colorés entourant les poignets...

Et là, elle trouva ce qu'elle cherchait.

— Je l'ai !
— Quoi ?
— La veste de survêtement. Regardez.

Masson scruta l'écran.

— Qu'est-ce qu'elle a ?
— Vous ne voyez pas ? Les trois lettres, en plein milieu du dos. TCV.

D'un bleu canard et de bonne taille, elles tranchaient sur la monochromie du tissu beige. Le lieutenant opina en prenant un air entendu. Hors de question d'être à la traîne.

— Je l'avais noté. Ça doit être la marque. C'est courant sur les fringues.
— Pas sur ce genre de fringues. Ou alors avec des marques super connues.
— Vous pensez à quoi ?
— À un flocage.
— Un marquage personnalisé ?
— Un signe d'appartenance, collé après fabrication.

Masson fit une moue. Il avait du mal à admettre être passé à côté.

— Et après ? Ça peut vouloir dire n'importe quoi.
— On va bien voir.

Chloé entra la référence dans son moteur de recherche. La lumière de l'écran donnait à son visage des airs de masque mortuaire.

Les premières lignes la renvoyèrent vers des sites de langue anglaise. Finance, technologie, *crowdfunding*… Les sociétés se trouvaient toutes à l'étranger.

Elle analysa les pages restantes. Toujours le même type de résultats, à l'exception d'une occurrence. Coincé entre les murs de cette forteresse inexpugnable, l'intrus se démarquait par son côté franco-français.

— Tennis Club de Vif. C'est ça.

Le lieutenant se massa le front. Chloé allait trop vite pour lui.

— Comment pouvez-vous en être certaine ? Ça peut aussi signifier « Tom Cruise Va-t'en » ou « Tournée du Centenaire de Vitrolles ». On n'est pas dans la tête de celui qui a floqué ce truc.

— Je ne suis sûre de rien. J'observe seulement. Ce type de sigle est courant sur les vêtements de sport. Les clubs les font ajouter pour leurs adhérents et le tennis ne fait pas exception. Ensuite, Vif. Je connais, c'est une petite ville au sud de Grenoble. À vol d'oiseau, elle est à vingt bornes de l'endroit où nous sommes. Assez proche en tout cas pour que notre homme ait entendu parler de la ZAD. Enfin, le site Internet. Hormis celui-là, tous sont en langue anglaise et concernent des entreprises. Si vous croisez ces trois indices, il y a de fortes chances pour que « Lionel » joue au tennis au club de Vif.

Masson resta silencieux. La démonstration l'avait séché.

— Admettons, finit-il par relancer. Mais il y a quand même un bug.

— Allez-y, je vous écoute.

— Qu'est-ce qui nous prouve que cette veste lui appartenait ? Il a très bien pu la ramasser quelque part.

Chloé l'avait envisagé. Elle rétorqua d'un ton tranquille :

— On n'a pas mieux pour l'instant. Il faut tenter le coup.

Sans attendre l'approbation de son coéquipier, elle cliqua sur le lien qui renvoyait au site du Tennis Club de Vif. L'interface artisanale était celle d'un club associatif, bricolée par un graphiste amateur. Elle ouvrit l'onglet « Contact » et dégotta le numéro de portable du président. Elle l'appela dans la foulée, en actionnant le haut-parleur pour permettre à Masson de suivre.

— Monsieur Jean-Marc Wilheim ?
— Lui-même, répondit une voix énergique.
— Commandante Chloé Latour. Brigade criminelle. Vous pouvez me consacrer quelques minutes ?

Appel d'air. Comme chaque fois. La voix refit surface, deux tons en dessous.

— De quoi s'agit-il ?
— Nous cherchons à identifier un homme qui a été assassiné dans la nuit de jeudi à vendredi. Il est possible qu'il ait été inscrit dans votre club.

Flottement. Le type ne devait pas s'attendre à ce genre de demande, a fortiori un dimanche soir.

— Comment puis-je vous aider ?
— D'après nos informations, il portait une veste de sport à capuche de couleur beige, avec les lettres TCV sérigraphiées en bleu canard dans le dos. Je voudrais savoir si les survêtements de votre club ressemblent à ça.

— En effet. Nous avons commandé ces tenues l'année dernière, à l'occasion de nos cinquante ans. Nous les avons offertes à tous nos adhérents.

Chloé se sentit pousser des ailes. Elle se tourna vers Masson, pouce pointé vers le haut, et communiqua à Wilheim les informations dont elle disposait.

— Il se faisait appeler Lionel mais nous ne sommes pas certains non plus que ce prénom soit le sien. Je peux vous dire qu'il était grand, mince, qu'il avait la quarantaine, les cheveux très blancs pour son âge et qu'il travaillait sans doute dans le bâtiment. Ça vous parle ?

— Non. Nous avons plus de deux cent cinquante licenciés. Je ne les connais pas tous.

La policière avait déjà pensé à la suite.

— Vous avez un listing de vos membres ?

— Bien sûr. Avec les noms, adresses, dates de naissance, téléphones et professions. La fédé nous demande ces infos pour délivrer les licences.

— Vous pouvez me le faire suivre par mail ?

— C'est que…

— Vous préférez peut-être me le remettre en main propre ? Je ne suis pas très loin, près du village de Revel. Je devrais pouvoir être à Vif dans trente minutes.

Une courte hésitation. Wilheim ne devait pas avoir envie que des flics viennent lui gâcher sa fin de week-end.

— Pas la peine de vous déplacer, je vous fais confiance. Laissez-moi juste le temps d'allumer mon ordinateur.

Chloé lui communiqua son adresse e-mail et patienta. Après une minute, la voix du tennisman résonna dans le haut-parleur.

— Je viens de vous l'envoyer.

— Merci pour votre coopération.

Elle raccrocha. Puis elle ouvrit le fichier qui venait d'atterrir dans son portable et se tourna vers Masson.

— Voyons ce que ça donne.

— C'est ça, répondit-il d'un ton peu convaincu. Voyons.

Chloé s'attaqua au listing. Au bout d'une demi-heure d'efforts, elle avait retenu trois hommes dont l'âge et les compétences professionnelles étaient susceptibles de coller avec ce qu'ils cherchaient. Ils exerçaient tous un métier qui aurait pu leur permettre de concevoir un système d'évacuation d'eaux usées.

Le premier s'appelait Damien Millet. Né le 26 février 1980. Demeurant à Vif, 36, rue Joseph-Incelet. Profession : ingénieur BTP. Le deuxième, Philippe Gerval, avait vu le jour à Nantes le 5 octobre 1982 et résidait 48, avenue de la Gare, toujours à Vif. Conducteur de travaux. Quant au troisième, un architecte né le 6 juillet 1979 qui répondait au nom de Mathieu Perrin, il habitait chemin de la Gonette, à Saint-Georges-de-Commiers, une commune agricole limitrophe dont le nom parlait vaguement à Chloé.

Sans surprise, aucun d'entre eux ne portait le prénom Lionel.

— J'essaie le premier, lança Chloé.

— Et s'ils ne décrochent pas ? rétorqua Masson.

— On se rendra sur place.

Elle composa le numéro. Au bout de deux sonneries, une voix grésilla dans le haut-parleur.

— Allô ?

— Monsieur Millet ?

— Oui.

— Monsieur Damien Millet ?

— C'est moi. Qu'est-ce que…

Chloé avait déjà raccroché.

— Et d'un. Au suivant.

Nouvel appel. Philippe Gerval. Une boîte vocale s'enclencha aussitôt, sans préciser l'identité de son détenteur. La commandante n'alla pas plus loin et passa au dernier. Encore une messagerie. Mathieu Perrin se présentait avec sobriété et s'excusait de ne pas pouvoir répondre.

— Il n'en reste donc plus que deux, lança Chloé. On va être vite fixés.

— On commence par lequel ?

— Celui qui habite à Vif. C'est le plus proche.

Le jeune lieutenant opina.

— Je suppose que chacun prend sa voiture ?

— Vous supposez bien.

23

Encore un coup dans l'eau.

Philippe Gerval était bien vivant mais coupait son portable le dimanche, seule façon de préserver la plage d'intimité qu'il consacrait à sa famille. Cette deuxième option éliminée, la liste ne comportait maintenant plus qu'un seul nom. Mathieu Perrin, l'architecte domicilié à Saint-Georges-de-Commiers.

Les deux flics mirent moins d'un quart d'heure pour s'y rendre. Les communes, distantes d'une poignée de kilomètres, étaient reliées par une longue ligne droite donnant la sensation qu'il s'agissait du même village. Des sœurs siamoises soudées par un cordon ombilical, nées d'un seul ventre et se ressemblant trait pour trait.

Ils traversèrent le bourg, désert comme une cité-dortoir, et prirent une départementale en direction du sud. Les voitures se suivaient, celle de Chloé en tête, guidées par le GPS dans une nuit d'encre. Pas un chat. Pas une lumière. Une sorte d'hostilité suintait de cette obscurité, comme si un monstrueux trou noir les entourait. Il épiait leur progression dans un silence de mort, prêt à les avaler au détour d'un virage.

Enfin, au bout de cette route oubliée, ils tombèrent sur un cul-de-sac. La maison était là, ombre inquiétante glissée dans une cape de ténèbres. Cernée par un mur d'enceinte, elle était en partie dissimulée par un bosquet de hêtres dont les feuillages touffus léchaient le toit. Une brise légère s'était levée. Elle faisait frémir les frondaisons, comme si une plume céleste les caressait.

Aucun signe de vie.

Chloé se gara le long de la clôture, Masson à sa suite. Elle vérifia le nom inscrit sur la boîte aux lettres.

PERRIN

— Ça a l'air abandonné.

— Ou simplement fermé à double tour, rétorqua le lieutenant. Il n'y a aucune autre baraque dans le coin. À sa place, je ferais pareil.

Le flic de Draguignan doutait toujours. Les indices étaient trop minces, la photo trop floue et l'hypothèse que la veste de survêtement appartienne à la victime trop aléatoire. Tel saint Thomas, il allait falloir lui donner du concret pour qu'il se range aux déductions de sa supérieure.

— On va vite le savoir.

La commandante s'approcha du portail et pressa le bouton de l'Interphone. Pas de réponse. Elle réitéra trois fois, pour le même résultat.

— Il est peut-être sorti, en conclut Masson. Ou alors, il pionce. Sans parler du fait qu'il a peut-être une famille.

— Et tout le monde serait déjà au lit à 21 heures ?

— Les gens se couchent tôt à la campagne.

Chloé lui lança une œillade agacée. Le lieutenant y allait vraiment à reculons.

— Il faut qu'on entre.

— S'il y a quelqu'un, on aura l'air malins.

— On improvisera.

— Au cas où ça vous aurait échappé, c'est clôturé.

— Ne me dites pas que vous n'avez jamais escaladé un portail.

Sans attendre la réponse, elle se hissa. Son passé de skieuse n'était pas si loin et une pratique assidue du yoga la maintenait physiquement à flot. Assez en tout cas pour franchir ce type d'obstacle. Elle passa une jambe, puis l'autre, et se réceptionna avec souplesse de l'autre côté.

— Vous venez ?

Elle crut entendre un juron, étouffé par le bruissement des feuilles. Cinq secondes plus tard, le lieutenant atterrissait près d'elle.

— C'est pas vraiment régulier ce qu'on est en train de faire. Vous le savez ?

— Merci, je suis au courant. Autre chose ?

Chloé était déjà repartie. Masson soupira et lui emboîta le pas sur une allée de gravier, deux silhouettes furtives qui se fondaient dans la noirceur. Sur leur gauche, une piscine recouverte par une bâche. Sur leur droite, les arbres. Exhalée par la pluie, une puissante odeur de terre mouillée planait dans l'air.

Ils atteignirent la maison rapidement. Deux modules rectangulaires superposés, entièrement faits de bois clair. L'élément supérieur, plus petit, était surmonté d'un toit-terrasse que protégeait une balustrade. Baies vitrées et fenêtres sans volets dessinaient de larges ouvertures dans la structure, ce qui devait donner la sensation de vivre à l'extérieur. Une villa d'architecte, tendance écolo, conçue pour se fondre dans son environnement. Comme le reste, elle était aspirée par le siphon de la nuit.

— C'est quoi l'étape suivante ? On crochète la serrure ou on fracasse une vitre ?

Masson essayait d'être léger mais le ton de sa voix disait le contraire. Chloé n'était pas fan non plus de ce type de perquisition sauvage. Son éducation, comme son éthique, l'avait toujours conduite à respecter les règles. Mais à la guerre comme à la guerre. Et si on lui demandait des comptes, elle pourrait toujours mettre en avant le contexte de flagrance. En matière de crime violent, il justifiait à peu près tous les écarts. À condition bien sûr qu'elle ne se soit pas plantée.

— On avisera.

Ils s'immobilisèrent devant une porte blindée dont la froideur tranchait avec le côté chaleureux de la construction. Chloé alluma la torche de son iPhone et examina la serrure. Aucun trou capable d'accueillir une clef. Juste une poignée, surmontée d'une fente de la taille d'une carte de crédit.

Masson gratta son début de barbe.

— C'est un système numérique. Comme pour les chambres d'hôtel, mais en plus maousse.

— Vous savez le déverrouiller ?

— Non.

Réponse directe, sans appel. Il n'avait même pas l'intention d'essayer. Chloé regretta qu'Agopian ne soit pas là. Son second aurait fait le job en moins d'une minute.

Il ne s'embarrassait pas avec le Code et avait développé une habileté certaine pour ce genre de pratiques.

— Il faut trouver autre chose.

Ils firent le tour de l'habitation. En vain. Il n'y avait aucune autre entrée. Quant aux panneaux de verre, d'une épaisseur de cinq bons centimètres, l'architecte les avait choisis afin d'optimiser l'isolation thermique du bâtiment. Accessoirement, ils devaient aussi le protéger contre les effractions.

— C'est mort, affirma Masson.

Chloé ne pouvait se résoudre à cette impasse. Elle touchait au but. Ses tripes le lui disaient. Elle balaya le périmètre du regard, en quête d'une opportunité. Après deux scans complets, la solution lui sauta aux yeux.

— Le toit.
— Quoi, le toit ?
— C'est un toit-terrasse. Il y a sûrement une trappe d'accès.
— Vous avez l'intention d'escalader là aussi ?
— Je vais passer par les arbres. Il y a une grosse branche qui surplombe la maison.

Le lieutenant tourna la tête vers la masse compacte du bosquet. Ses lèvres se fendirent d'un sourire.

— Vous êtes vraiment incroyable.
— Pourquoi ?
— On vous donnerait le bon Dieu sans confession et en même temps, vous avez le tempérament de Lara Croft.
— De qui ?
— Une... Laissez tomber.

Il la dévisageait maintenant avec une sorte d'admiration, comme un gosse qui vient de rencontrer son idole.

Chloé ne chercha pas à savoir. Elle ne voulait laisser aucune prise à une quelconque complicité.

Elle tourna les talons et se dirigea vers l'objectif, la meilleure façon de passer à autre chose. Une fois devant, elle prit la mesure de la difficulté. Le tronc ne présentait aucune aspérité et les premières frondaisons étaient trop hautes pour être atteintes. Sans parler de la vision. Chloé s'était accoutumée à l'obscurité mais elle ne distinguait que des formes sombres, enchevêtrées.

— Faites-moi la courte échelle.

Pas de réaction. Masson hésitait encore.

— Qu'est-ce que vous attendez ?

— Vous avez pensé à l'alarme ? S'il n'y a personne, elle doit être activée.

— Il suffira de la débrancher. Le temps que quelqu'un rapplique, on aura terminé.

— Ce serait peut-être mieux si j'y allais. Les alarmes, je gère.

Il recommençait avec son cirque. Ce putain de présupposé qui poussait les hommes à se croire plus forts que les femmes. À se positionner en protecteurs, surtout quand ils voulaient se les faire. Comme si elle n'était pas capable de se démerder toute seule.

Elle se retint de l'envoyer bouler et refusa d'un signe de tête.

— Je me débrouillerai. Et de toute façon, je suis moins lourde que vous. Ce sera plus facile si c'est vous qui me portez.

Masson dut se ranger à l'évidence. Il colla son dos contre le tronc et entrecroisa ses doigts, de façon à former un étrier à l'intérieur duquel Chloé glissa son pied. Elle grimpa cette première marche, posa son autre semelle sur l'épaule du lieutenant et se redressa. La branche qu'elle avait repérée se trouvait maintenant à sa portée.

Elle crocheta ses mains sur le bois et tira de toutes ses forces sur ses bras. Un coup de reins pour se rétablir. Elle était en place, à trois mètres du sol, assise à califourchon sur la passerelle qui allait la conduire jusqu'à son but.

Par précaution, elle parcourut la distance sans se mettre debout. Cinq ou six mètres à peine, assez pour se casser la gueule et se faire très mal si elle ne faisait pas gaffe. Après quelques minutes d'effort, elle atteignit enfin l'objectif.

Coup d'œil rapide, à la lumière du portable. Salon de jardin, barbecue à gaz, Jacuzzi. De quoi prendre du bon temps en profitant d'une vue imprenable sur les champs. Comme Chloé l'avait anticipé, une trappe installée dans un coin permettait d'accéder à ce havre de paix.

Elle s'approcha, fébrile. Son cœur fit un bond en découvrant que le système de fermeture avait été forcé. Du boulot propre, qui avait à peine déformé la plaque en acier blindé sans laisser la moindre rayure. Le verrou, coupé net, gisait à côté.

Elle dégaina son flingue, attrapa le panneau et le tira vers elle. Les premières marches d'un escalier en colimaçon apparurent.

Sens en alerte, elle s'enfonça dans les ténèbres.

24

— RAS.
Chloé venait d'ouvrir la porte à son coéquipier. Elle tenait encore en main son arme de service, un SIG-Sauer SP 2022 qu'elle était passée récupérer chez elle avec son badge avant de quitter Marseille. Une simple précaution, les chances de tomber sur celui qui avait forcé le verrou du toit-terrasse étant proches du zéro absolu.

Masson la rejoignit à l'intérieur, sur ses gardes, pendant que la commandante rangeait son artillerie.

— Détendez-vous. La maison est vide.
— Vous avez vérifié ?
— J'ai déjà fait un tour. Il n'y a personne et l'alarme n'était pas activée.

Le lieutenant restait méfiant. Sa main était posée sur la crosse de son flingue, prête à le sortir de son étui.

— Vous êtes entrée comment ?

Chloé referma derrière lui.

— Quelqu'un nous a devancés. Le verrou et la trappe d'accès ont été fracturés.

Cette effraction changeait la donne. Elle donnait du corps aux thèses de la commandante. À présent, Masson était bien obligé de les considérer d'un autre œil.

— Le tueur ? s'avança-t-il.

— Un pro, en tout cas. Il a dû utiliser un vérin hydraulique. Il n'y a que deux points de pression au niveau de la gâche. Comme si on avait glissé un cric pour soulever le panneau.

Le lieutenant acquiesça d'un bref mouvement de menton.

— Si c'est notre homme, il voulait surprendre sa proie et a loupé son coup.

— À moins qu'il ne soit venu après l'avoir tué. Peut-être pour récupérer quelque chose.

— Possible aussi. Dans les deux cas, ça signifie que la victime était dans son viseur depuis un moment.

Masson avait carrément changé de discours. Il adhérait maintenant aux intuitions de Chloé et commençait à réfléchir dans le même sens qu'elle.

La commandante réalisa qu'elle s'adressait à une ombre dont elle distinguait à peine les contours. Prudente, elle avait tout exploré à la lumière de son téléphone.

Elle tâtonna un peu et trouva un interrupteur.

— C'est mieux, non ?

Le flic de Draguignan émit un petit sifflement en découvrant l'immense espace construit d'un seul tenant. L'absence de béton, de métal et de tout autre matériau à l'exception du bois créait une fluidité étrange. Une sorte de continuité avec l'écrin de nature qui l'entourait.

— Sympa, la piaule. Pas vraiment mon trip, mais sympa.

Chloé, pour sa part, adorait. Peu de meubles, des lignes nettes, à peine quelques objets de déco. Une ambiance minimaliste qui rappelait, en beaucoup mieux, son appartement du Panier.

— Faut avoir une sacrée thune pour s'offrir un truc pareil, ajouta Masson. Tout est domotisé.

Le salon, comme la cuisine intégrée, était peuplé de modules électroniques, de panneaux de contrôle et d'interfaces de programmation. Des écrans de toutes les tailles complétaient ce système high-tech, sans doute connectés avec le reste. L'habitat du futur, perdu en plein cœur de la brousse.

Chloé posa ses poings sur ses hanches et lança un regard circulaire sur le taf qui les attendait.

— On s'y met ?
— Qu'est-ce qu'on cherche ?
— Tout ce qu'on pourra trouver.

Ils commencèrent par le rez-de-chaussée. Rien de bien concluant. La pièce principale était rangée au millimètre. Comme les trois chambres et les trois salles de bains planquées derrière. Pas un papier qui traîne, pas un magazine, aucune aspérité à laquelle s'accrocher. Un délire d'obsessionnel. Ou un lieu dans lequel on ne vit pas. Hormis un lit défait, preuve que quelqu'un avait dormi ici, l'impression générale était celle d'une maison témoin.

Seule découverte intéressante, un pêle-mêle suspendu dans les toilettes de l'entrée. Des photos de vacances, de déjeuners en plein air, de soirées entre amis. Prises à des époques différentes. Un homme était présent sur la plupart d'entre elles. Regard rêveur, traits fins, front haut. La policière n'eut aucun mal à identifier l'architecte. Sur les plus récentes, Perrin arborait une crinière de cheveux blancs. Avant de prendre la fuite, il avait dû se raser la tête et se laisser pousser la barbe afin de brouiller les pistes.

Chloé récupéra les photos et les glissa dans la poche de son manteau. Elles pourraient peut-être servir. Puis elle revint dans le salon. Masson s'était installé dans le canapé. Il détaillait une tablette tactile comme un gosse fasciné par une console de jeux.

— Incroyable, ce gadget.

— Qu'est-ce que c'est ?

— Une sorte de tour de contrôle. Ça commande toute la domotique de la baraque. On peut même la programmer pour se faire cuire un steak.

— Vous l'avez trouvée où ?

— Accrochée au mur. Trop pratique. En plus, on peut la trimballer partout.

Peut-être une source d'infos, songea Chloé.

— OK, on l'embarque. On monte ?

Masson se leva et la suivit dans l'escalier. L'étage supérieur était conçu sur le même modèle d'*open space*, en plus petit et à une différence près. Ici, l'ensemble des murs étaient en verre fumé. Un collier de baies vitrées, à trois cent soixante degrés, qui entourait une pièce aux allures d'atelier. Table à dessin, iMac dernier cri, papier millimétré, imprimante 3D... Perrin avait installé son agence chez lui. Comme la partie à vivre, l'espace boulot était rangé au cordeau. Si l'assassin était venu récupérer un truc, il avait fait en sorte de ne laisser aucune trace.

Les deux flics commencèrent par les armoires. Elles contenaient des cartons à dessins remplis de croquis, de plans, de notes de calculs. Chacun correspondait à un dossier, à un client. Des promoteurs et quelques particuliers vivant dans la région de Grenoble, adeptes des maisons écologiques conçues par Perrin. L'architecte s'était spécialisé dans ce type de constructions et à en croire le nombre de chantiers réalisés, il devait être doué.

Chloé photographia les noms avec son portable. Elle ne croyait pas qu'il puisse s'agir d'un mécontent, un gars qui aurait pété les plombs et décidé d'assassiner Perrin, mais à ce stade, elle ne pouvait pas négliger cette option.

— *Nada*, lança Masson en refermant un coffre en tek. Pas un carnet, pas un agenda, rien. Soit Perrin avait tout emporté avec lui, soit le tueur a fait le ménage à fond.

— Il reste encore l'ordinateur.
— Sans le mot de passe ?
— Pas sûr qu'il y en ait un.

Chloé s'approcha du Mac et le mit sous tension. L'écran de 27 pouces s'alluma, affichant le logo de l'agence, MP Architecture, écrit en lettres stylisées. En plein milieu, un petit rectangle attendait le sésame qui permettrait de l'ouvrir.

Pas moyen de passer par ce chemin et pas question d'en rester là. Sans être une pro de l'informatique, Chloé avait bossé pas mal de fois avec les N-tech de la gendarmerie, des geeks en uniforme qui lui avaient donné quelques ficelles. Elle en avait retenu au moins une. Quand la porte était fermée, il fallait essayer la fenêtre.

Elle réfléchit. À l'ère du tout numérique, les systèmes étaient interconnectés. Il se pouvait donc que l'ordinateur le soit avec le reste.

— Vous avez la tablette ?
— Celle qui contrôle la domotique ?
— Oui. Je vais tenter une manip.

Masson récupéra l'écran tactile et le tendit à Chloé. L'interface affichait l'ensemble des équipements, une bonne vingtaine au total, tous pilotés par Wi-Fi et classés par catégories.

La première concernait la sécurité. Portes, baies vitrées, volets roulants, serrures… Sans surprise, alarme et caméras avaient été désactivées. Le tueur ?

La deuxième était celle du confort pur. Chaîne hi-fi, télévision, frigo, four, chauffage et éclairage, eau… Perrin pouvait se faire couler un bain, lancer un morceau de musique et se préparer un apéro pendant qu'il bossait à l'étage. Pratique.

Enfin, Chloé trouva ce qu'elle cherchait. Deux ordinateurs, un fixe et un portable, constituaient la troisième strate. Un iPhone et une box Internet la complétaient. Le portable n'était pas ici. L'architecte avait dû l'emporter dans sa fuite avec son téléphone. Quant au fixe, c'était l'énorme iMac qui se trouvait devant elle.

Elle cliqua sur le pictogramme. Comme par magie, le fond d'écran de l'ordinateur se substitua à celui de la tablette. Et cette fois, pas de mot de passe. Le bureau venait de s'afficher en direct, constellé d'icônes multicolores correspondant à des dossiers ou à des logiciels de modélisation et de CAO.

Elle passa en revue les dossiers. Il s'agissait encore de projets clients, la version numérisée de ceux qu'elle avait déjà consultés dans leur version papier. Rien de neuf, pourtant Chloé pressentait qu'elle brûlait. Si l'assassin était entré par le toit, ce n'était pas pour choper Perrin par surprise. La maison était isolée, il aurait pu attendre que l'architecte soit là et s'occuper de lui en toute tranquillité.

Il était venu récupérer un truc. Sûrement après l'avoir exécuté. Portes, fenêtres et baies vitrées étant verrouillées, il s'était débrouillé pour pirater l'alarme mais n'avait pas réussi à débloquer les serrures numériques. Il avait donc opté pour la trappe de la terrasse, plus facile à forcer que la porte blindée. C'était la seule explication cohérente.

Que cherchait-il ? Des papiers compromettants qui concernaient un appel d'offres bidouillé ? La preuve d'une corruption, de pots-de-vin... Pas mal d'acteurs de la construction – édiles, entreprises et même architectes – prélevaient leur dîme sur les marchés publics. Plus ils étaient gros, plus il y avait à croquer. Les flux occultes pouvaient se chiffrer en millions d'euros.

Un seul moyen de le savoir.

En espérant que ça fonctionne.

Chloé se concentra à nouveau sur la tablette. Elle alla dans le menu Pomme de l'iMac qui s'affichait en haut à gauche du bureau. Un clic, la fenêtre des éléments récents apparut.

Le dernier dossier ouvert, hormis ceux qu'elle venait de parcourir, avait été consulté un mois plus tôt, époque à laquelle Perrin avait pris la fuite. Contrairement aux autres, il portait une référence sibylline. Deux lettres à peine – GE – qui pouvait signifier n'importe quoi.

L'architecte l'avait sûrement regardé avant de partir, sans doute pour vérifier quelque chose.

Elle cliqua sur l'icône. Rien. Lança une recherche. Sans plus de résultat. Le fichier ne se trouvait nulle part.

Chloé rembobina la séquence à l'aune de ce nouvel éclairage. Perrin avait effacé des documents avant de prendre la fuite. Quand il l'avait retrouvé, le tueur avait dû le cuisiner à ce sujet. Il était revenu ensuite dans la baraque, afin de s'assurer que l'architecte lui avait bien dit la vérité et qu'aucune trace de leurs magouilles ne traînaient encore quelque part.

Une seule question restait en suspens, la plus importante.

De quoi s'agissait-il ?

V

25

Après sa rencontre avec les surfeurs, Paul avait téléphoné à Malika. Pour lui parler de son enquête et lui confier la recherche sur le petit copain de Fernel, mais aussi pour lui donner des nouvelles. La nièce de son ami Ryad, un ex de la Crime révoqué de la police après s'être fait justice lui-même[1], faisait pour ainsi dire partie de la famille. Fille d'un braqueur criblé de balles et dealeuse repentie, elle avait tourné le dos à son passé, repris des études de droit et intégré la BC grâce au soutien de Paul. La volonté de la jeune femme, sa capacité de résilience, avaient forcé son respect. Elle était la preuve vivante qu'on peut maîtriser son destin.

Comme d'habitude, sa protégée s'était montrée à la hauteur. Elle avait tiré le fil à partir du numéro de Camille, la copine de Lou, appelé l'opérateur et récupéré les informations concernant le groupe WhatsApp sur lequel se retrouvaient les rares bouddhistes du coin. Une quinzaine de personnes à peine, dont une seule portait le prénom du suspect. Il lui avait suffi d'entrer

---

1. *Miroir de sang*, 2004.

les chiffres de son portable dans une base d'annuaire inversé pour obtenir son nom et son adresse.

Baptiste Ollier.

12, rue du Moulin, au Bourg-d'Oisans.

Une incursion rapide dans le serveur de la sécu avait appris à Malika que le jeune homme était né dans la commune où il vivait. Un gros village situé à trente kilomètres de La Grave, sur la route de Grenoble. Célibataire et sans enfant, il exerçait la profession de photographe indépendant. Au contraire de Fernel, il n'avait jamais quitté sa région d'origine.

Paul gara sa bécane devant l'immeuble, un cube aux allures de HLM niché dans une ruelle étroite. En plein hiver, la neige devait atténuer la sensation de mort imminente que dégageait ce décor sinistre. Pendant l'intersaison, l'endroit avait de quoi coller le bourdon.

Il repéra le nom sur l'Interphone. Sonna. Dimanche, 14 heures. Ciel plombé, froid de gueux et pas un chat. Si son client n'avait pas pris la fuite, il y avait toutes les chances pour qu'il soit en train de buller devant la télé.

— Oui ?

— Monsieur Baptiste Ollier ?

— C'est pour quoi ?

Le type était toujours là. Soit il n'y était pour rien, soit il se pensait hors de portée.

— Police. Capitaine Paul Cabrera. C'est à propos de Lucas Fernel.

Un blanc. Puis la voix refit surface.

— Premier étage. Au fond, à gauche.

La porte vitrée s'ouvrit dans un claquement. Le flic s'engouffra dans le hall, grimpa les marches quatre à quatre et toqua à l'endroit indiqué.

Un homme dans la trentaine l'accueillit. De taille moyenne, pas vraiment un athlète, vêtu d'un jean et d'une polaire. Un fond de mélancolie flottait dans ses yeux, qui n'altérait en rien la délicatesse de ses traits. Un visage de martyr, étroit et douloureux, mangé par une barbe mitée qui lui donnait des airs de Christ.

— J'ai appris la nouvelle, annonça-t-il en guise d'entrée en matière.

L'info avait déjà fuité. Par quel canal ? Dans quelle proportion ? Paul dissimula son agacement et demanda :

— Je peux entrer ?

Ollier s'effaça pour le laisser passer. L'appartement n'était pas bien grand mais son occupant l'avait aménagé avec soin. Affiches représentant des mandalas, bouddhas en plastique, meubles balinais. Un confort tendance zen, acquis à bas prix dans une grande surface de déco, dont chaque pièce devait être reproduite à des milliers d'exemplaires. Des photos de montagne complétaient la liste, semblables à celles trouvées chez Fernel. À tous les coups, Ollier était l'auteur de la série. Sur l'une d'entre elles, les deux amants posaient façon selfie devant un calvaire de pierre. Baptiste souriait de toutes ses dents mais Lucas se tenait en retrait, comme s'il ne parvenait pas à trouver sa place dans le cadre.

Le journal du jour traînait sur une table. Paul repéra tout de suite le bandeau. « Un guide retrouvé congelé dans le massif de la Meije ».

— C'est en page quatre, précisa le photographe avec une voix d'outre-tombe. Ils disent que Lucas est mort de froid pendant une course.

Le petit ami de la victime semblait profondément affecté. Une peine sincère, tout au moins en apparence. Il faudrait en savoir plus avant de se décider.

Paul ouvrit le quotidien et parcourut l'article. Jansen avait raison. La presse s'intéressait au sujet. Par chance, les infos étaient vagues. Aucune allusion au contexte étrange qui entourait la mort de la victime. Encore moins à l'hypothèse d'un meurtre. Seule la malédiction qui pesait sur le Cirque du Diable y était évoquée, plutôt comme une façon de pimenter l'histoire que pour lui accorder un réel crédit.

La voix de Baptiste monta dans le dos du policier.

— Je ne comprends pas pourquoi il est allé là-bas. Personne n'y va jamais. Il était bien placé pour savoir à quel point la zone est dangereuse et il m'avait toujours juré qu'il n'y mettrait jamais les pieds.

De toute évidence, le guide n'avait pas tenu sa promesse. Paul se retourna et demanda, en ne plaisantant qu'à moitié :

— J'en déduis qu'il ne vous a pas proposé d'y faire un tour ?

Sourire étroit. Un faible rayon de lumière dans une vallée de larmes.

— Pas vraiment, non.

— Vous faisiez quand même du surf tous les deux, n'est-ce pas ?

— De temps en temps. Je débutais et j'étais loin d'être aussi fort que lui. Il m'emmenait sur des spots accessibles.

Toujours le même ton sincère. L'instinct de Paul lui soufflait qu'Ollier disait la vérité. Vu son niveau et sa constitution physique, il n'y avait aucune chance pour qu'il ait accompagné Fernel dans sa dernière descente. Quant à l'avoir balancé d'un hélico, il ne l'en croyait pas non plus capable. Il lui aurait fallu une dose de détermination que le flic ne sentait pas chez lui.

Il désigna un canapé.

— Je peux ?
— Bien sûr.

Le jeune homme prit une chaise et s'assit face au capitaine. Sans être caricatural, il avait quelque chose de précieux dans sa manière de se mouvoir. Ses gestes étaient saupoudrés d'un soupçon de délicatesse, comme un marqueur subtil qui révélait sa nature intime.

— On sait ce qui s'est passé ? demanda-t-il.
— L'enquête est en cours. J'ai cru comprendre que Lucas et vous étiez très liés ?

Nouveau sourire. Cette fois illuminé par le souvenir scintillant des moments de bonheur.

— On sortait ensemble, oui. Il ne voulait pas que ça se sache. Maintenant qu'il n'est plus là, je n'ai plus aucune raison de le cacher.
— Vous vous connaissiez depuis combien de temps ?
— Environ un an. Il venait de s'installer à La Grave.
— Comment l'avez-vous rencontré ?
— Je fais de la randonnée. Je voulais me mettre à la course sur glacier. J'ai parcouru la liste des guides et j'ai vu sa photo. Il m'a tout de suite inspiré confiance.

Une façon détournée de dire qu'il avait flashé sur lui. Paul acquiesça d'un signe de tête.

— Quand l'avez-vous vu pour la dernière fois ?
— Il y a un mois.
— Vous pouvez être plus précis ?

— C'était le 1ᵉʳ novembre. Pendant le pont de la Toussaint. Comme il ne travaillait pas, on en avait profité pour passer la journée ensemble.

Vingt-trois jours exactement avant la découverte du corps. Le délai était raccord avec les déclarations du père François et l'état des aliments trouvés dans le frigo du guide.

— Et depuis ?
— Aucune nouvelle.
— Ça ne vous a pas inquiété ?

Haussement d'épaules.

— Lucas assumait mal notre relation. Il lui arrivait de prendre du champ mais chaque fois il finissait par me rappeler. Et moi, bonne poire, j'y retournais…

En amour, il y en a toujours un plus accroché que l'autre. Dans leur couple, c'était Baptiste.

— Revenons sur cette dernière rencontre. Comment était-il, ce jour-là ?
— Tendu.
— Pour quelle raison ?
— Trop de boulot. Enfin, c'est ce qu'il m'a dit.
— Vous ne l'avez pas cru ?
— Je le connaissais bien et il mentait très mal. Quelque chose le perturbait.
— Vous auriez une idée de ce que ça pourrait être ?
— J'ai essayé de savoir mais il m'a envoyé bouler. Sa réaction était disproportionnée, presque agressive. Ça ne lui ressemblait pas. Je n'ai pas insisté.

Fernel se sentait-il en danger ? Craignait-il que cette menace n'atteigne son petit ami ? Une peur de cet ordre aurait pu justifier un tel comportement.

— Lucas avait des ennemis ?

— Pas que je sache. De toute façon, à part moi, il ne fréquentait personne. Je crois que les êtres humains l'avaient déçu.

Le photographe fixa Paul avec une expression dubitative.

— Mais pourquoi cette question ? Il s'agit bien d'un accident, non ?

— Nous étudions toutes les options.

Clignement de paupières, comme si Baptiste intégrait une nouvelle donnée. Ses cils, d'une longueur exceptionnelle, donnaient l'impression d'être recouverts de Rimmel.

Le capitaine changea de sujet.

— Il vous a parlé de son intérêt pour le survivalisme ?

— Ah ça, oui. C'était son truc.

— C'est-à-dire ?

— Il était déjà là-dedans quand on s'est rencontrés. Il s'entraînait tout le temps et il avait fait plusieurs stages avec des pros. Une véritable obsession.

Le ton avait changé. Il était devenu sarcastique. Une passion à propos de laquelle les deux tourtereaux ne devaient pas être en phase.

— Tout ça n'était pas anodin, ajouta-t-il. En réalité, il se préparait à affronter la fin du monde.

— La fin du monde ? s'étonna Paul.

— Lucas avait une vision très pessimiste de l'avenir. Il était persuadé que l'humanité courait à sa perte. Qu'elle s'était condamnée en détruisant le jardin d'Éden. D'après lui, il ne nous restait plus beaucoup de temps avant que le système s'écroule. La planète avait commencé à se venger de la façon dont l'être humain s'était comporté avec elle. Et d'ici peu, elle l'éliminerait totalement.

— Le réchauffement climatique ?

— Ce n'est que la conséquence. Le vrai problème, et je le rejoignais sur ce point, c'est notre avidité. Nous voulons toujours plus. De richesses, de biens à consommer, d'essence à mettre dans nos voitures ou de 5G dans nos portables… Et pour obtenir ce confort matériel, nous sommes prêts à tout. Nous polluons notre air, nous empoisonnons notre eau, nous asséchons nos sols. Nous ignorons les cycles de la nature, la fragilité de son équilibre. La vie est un miracle et nous la piétinons chaque jour, sans penser une seconde qu'il y aura un retour de bâton.

Baptiste s'était enflammé. De toute évidence, le sujet lui tenait à cœur. Sa philosophie bouddhiste, fondée sur le détachement et l'impermanence de chaque chose, collait parfaitement avec son laïus. Une pensée qui d'une certaine façon rejoignait celle de Fernel. Pas étonnant que les deux garçons se soient appréciés.

Le photographe soupira.

— Lucas pensait qu'il était trop tard pour inverser le processus. Que le pire était inéluctable. Il y voyait la conséquence d'une punition divine, infligée aux hommes pour les châtier de leur cupidité. Vous connaissez la parabole du Veau d'or ?

— Un peu, oui.

La mère de Paul lui avait raconté cette histoire effrayante. À l'instar de beaucoup de passages de la Bible, elle lui avait fait peur étant enfant. Pendant que Moïse effectuait l'ascension du mont Sinaï pour aller y chercher les Tables de la Loi, les Hébreux, libérés du joug des Égyptiens, avaient renié leur Créateur. Ils avaient fait fondre leurs bijoux pour édifier la statue en or massif d'un veau gigantesque reproduisant le taureau Apis, incarnation païenne de la puissance divine et de la fertilité. Lorsque Moïse était revenu, ils célébraient l'idole en se livrant à une orgie. Ce spectacle avait mis le prophète dans une colère telle qu'il avait brisé les tablettes de pierre sur lesquelles Dieu avait gravé les Dix Commandements. Puis, toujours guidé par le Très-Haut, il avait, avec l'aide de ceux qui lui étaient restés fidèles, égorgé les impies et fait couler un fleuve de sang.

Baptiste commenta :

— À force de vénérer un faux Dieu, le vrai finit un jour par s'énerver. C'est ce que Lucas disait tout le temps.

— Ce récit est une allégorie. Ne me dites pas qu'il y croyait vraiment.

— Il y croyait dur comme fer. Comme il croyait aussi que Dieu en épargnerait certains. Ceux qui auraient respecté la planète, qui auraient appris à se contenter de ce qu'Il leur avait donné. En gros, ceux qui pourraient vivre en harmonie avec la Création.

Un vrai délire d'allumé, tendance mystique. Fernel s'était converti au survivalisme parce qu'il était convaincu de faire partie des élus. Une fois la Terre nettoyée de ses parasites humains, les rescapés ayant échappé au courroux céleste devraient s'adapter à un monde différent. Une ère sauvage, brutale, comme aux temps des textes sacrés où seuls les plus adaptés auraient une place.

Paul repensa au tueur. Partageait-il cette approche religieuse ? Un intégriste comme le guide, dans une version violente et pervertie, qui se prenait pour l'instrument de la colère divine ? Fernel avait peut-être fauté à ses yeux. Commis un péché impardonnable qui justifiait sa mise à mort. Se pouvait-il qu'il s'agisse de son homosexualité ? Une déviance au regard du Tout-Puissant. L'autre l'aurait découvert et l'aurait attiré dans un piège pour appliquer Son châtiment. La montagne, la mort « naturelle » causée par le froid intense, pouvaient avoir une explication symbolique dans ce contexte dominé par la foi.

Une question s'imposa :

— Lucas croyait au diable ?

— Autant qu'en Dieu.

— Il aurait pu être influencé par la légende qui entoure le Cirque ?

— Que voulez-vous dire ?

— Elle raconte qu'à cet endroit, il y aurait une porte qui donne sur l'enfer. Il voulait peut-être la trouver ?

Le photographe secoua la tête. L'hypothèse était hors de propos.

— Il était superstitieux et la zone portait clairement la poisse. De là à penser qu'il pouvait adhérer à ce genre de délire, il y a un monde.

La même analyse que le père François. Les légendes qui circulaient dans le village avaient sans doute contaminé Fernel. Mais pas au point de croire qu'une entité surnaturelle rôdait dans le coin.

Une vibration dans sa poche tira le flic de ses pensées. Il regarda l'écran de son portable. Chabot. D'un signe de main, il indiqua qu'il prenait l'appel.

— Du nouveau ?
— On vient de recevoir les résultats de l'autopsie.
— Intéressants ?
— Plutôt. Je vous les envoie par mail ?
— Pas la peine. Je serai à la brigade dans trente minutes.

Il raccrocha et se leva.

— Une dernière chose avant que j'y aille. Vous auriez les coordonnées du type avec qui Lucas a fait ses stages de survie ?

Ollier réfléchit.

— Peut-être, oui. Je dois avoir gardé un prospectus.

Il alla fouiller dans un tiroir et revint avec un flyer.

— Voilà. Il date de l'hiver dernier mais il doit être encore bon.

Paul glissa le carton dans la poche de son blouson.

— Merci pour votre collaboration.
— C'était le minimum que je pouvais faire. Au fait, je peux vous poser une question ?
— Allez-y.
— J'aimerais savoir quand aura lieu l'enterrement.
— Je n'en sais rien. Le corps n'a pas été restitué à la famille.
— Vous pourriez me prévenir quand ce sera fait ?

Le flic saisit aussitôt le sens de la requête. Les parents de Lucas ignoraient l'existence de Baptiste. Comme tout ce qui avait trait à ce qui les unissait. Le photographe ne se voyait pas les appeler pour se présenter à eux, au risque de provoquer un drame supplémentaire.

Paul hocha la tête et attrapa son casque.

— Comptez sur moi.

26

Le cadavre de Fernel avait parlé.

Il avait révélé la véritable cause d'une mise à mort terrifiante et transformé les hypothèses en certitudes. Le guide avait été tué par un dingue, au terme d'un rituel qui resterait dans les annales.

Jansen avait bien été obligé de l'admettre, l'option accident ne se posait plus. On avait affaire à un crime, prémédité, organisé, dont l'exécution avait nécessité une logistique conséquente. Car au-delà de l'hélico, du matériel de haute montagne, des surfs, des parapentes et peut-être même des *wingsuits*, le tueur avait dû se procurer un produit rare pour accomplir son œuvre. Un gaz difficile à manipuler, conditionné sous sa forme liquide et dont l'ingestion forcée avait tué la victime.

De façon inattendue, le légiste avait trouvé des traces d'azote dans la bouche de Fernel. En disséquant plus profond, il s'était rendu compte que l'ensemble du système digestif en contenait, à commencer par l'estomac.

Le guide avait dû en absorber une quantité phénoménale. Par capillarité, le composant avait littéralement cryogénisé les organes périphériques pour transformer ventre et thorax en un bloc de glace dure. Tout ça pendant que Fernel était encore vivant. L'importance de la propagation l'attestait.

Le cœur avait vite lâché, mais pendant quelques secondes, il avait enduré une souffrance indescriptible. L'expression de son regard, à l'instant de sa mort, s'expliquait à présent par l'horreur de sa fin.

Une fin qui d'après l'analyse des résidus chimiques remontait approximativement à trois semaines. Si la congélation du corps avait supprimé toute possibilité de dater le décès, l'azote avait permis de le faire. La dégradation du produit sous forme gazeuse montrait à quel moment le tueur l'avait sorti de son conteneur isotherme. Celui où Fernel l'avait avalé, provoquant un carnage dans ses entrailles.

Paul posa le rapport sur la table. Il avait réquisitionné le bureau de Chabot et s'était installé dans son fauteuil. Assis face à lui, Jansen était dans ses petits souliers.

— C'est clair, maintenant ?
— On ne peut plus clair, admit le colonel.
— La consigne ne change pas pour autant. Officiellement, on reste sur l'hypothèse accident.

Jansen haussa les épaules.

— Vu les résultats de l'autopsie, on va avoir du mal à maintenir cette version très longtemps.
— Chaque jour de gagné est bon à prendre. Et en attendant, nous, on avance.
— Qu'est-ce que vous proposez ?
— On reprend tout depuis le début.

Le flic l'informa d'abord de ses dernières découvertes. L'homosexualité de Fernel. Sa relation avec Baptiste Ollier. Le survivalisme et la dérive religieuse.

Il écouta ensuite le militaire, dont les résultats, mis à part un détail concernant la météo, étaient proches de zéro.

Puis Paul quitta sa place et se dirigea vers un paperboard. Pendant que Jansen se tournait vers lui, il inscrivit le nom de la victime avec un feutre noir en plein milieu de la feuille. Il l'encercla et tira des traits à partir de ce point, à la façon de rais de lumière tracés sur un dessin de gosse. À leur extrémité, classés par thèmes, l'ensemble des éléments dont ils disposaient à présent.

Les circonstances du crime. Le mode opératoire et la signature du tueur. La personnalité de Fernel. Chaque rubrique comportait la liste des indices s'y rapportant. Paul utilisa ensuite d'autres couleurs pour relier les points qui lui semblaient connexes. Enfin, après avoir mentionné tout ce qui lui était venu à l'esprit, il synthétisa en s'appuyant sur son schéma.

— Voilà ce qu'on sait. La mort du guide remonte à trois semaines. Aux alentours du 5 ou 6 novembre. Vous m'avez dit qu'une tempête de neige avait empêché de survoler le massif du 4 au 8. Fernel est donc arrivé sur le site avant, avec le meurtrier. Sans doute le 2 ou le 3, puisqu'il était avec son petit copain le 1er. La cause du décès étant liée à l'absorption massive d'azote liquide, il n'a pas pu être balancé d'un hélico après avoir été tué. On ne l'aurait pas trouvé adossé à une paroi rocheuse. Ils se sont fait dropper quelque part et sont descendus ensemble jusqu'à l'endroit où le crime a eu lieu.

— Ce qui implique de toute façon une complicité du pilote, commenta Jansen.

— Pas forcément. Fernel est monté de son plein gré dans l'appareil. Il se peut très bien que le pilote n'ait pas été au courant.

— Il a quand même effectué une dépose sauvage dans une zone particulièrement dangereuse. J'ai vérifié, aucune autorisation n'a été délivrée pendant cette période.

— Avec un bon paquet de pognon, on fait faire beaucoup de choses aux gens.

Le gendarme hocha la tête, vaincu. Il était toujours aussi raide, mais avec à présent une pointe de soumission dans le regard.

Paul poursuivit. Il se tenait debout à côté du tableau, comme un conférencier en pleine démonstration.

— Compte tenu du déroulement de la séquence, ils étaient forcément sur place depuis plusieurs jours. Il est même possible que le tueur ait tiré parti de cette fenêtre de mauvais temps pour convaincre sa victime de vivre une expérience extrême. Une virée dans le Cirque du Diable, à plus de 3 000 mètres d'altitude et en pleine tempête de neige, sans aucun moyen d'être secourus en cas de pépin. Difficile de faire mieux.

— Ou pire. Ça expliquerait peut-être pourquoi il était tendu avant de partir.

— Il est possible aussi qu'il ait senti une autre sorte de danger.

— De quel ordre ?

— Une menace. Liée à l'enfoiré qui lui a proposé ce trip.

— Et il aurait quand même pris le risque de le suivre ?

— Il n'avait peut-être pas le choix.

Jansen opina à nouveau. Il croisa ses bras sur sa poitrine et allongea ses jambes. La baguette de bois commençait à s'assouplir.

— Quoi qu'il en soit, reprit Paul, ce genre d'aventure nécessite de trouver un abri. Fernel était familier de ces conditions extrêmes. Et le tueur également. Sans doute un survivaliste comme lui. Mais même pour des types surentraînés, la température descend trop bas pendant la nuit.

— On a inspecté le périmètre de la scène de crime de fond en comble, rétorqua le colonel. Il n'y avait rien qui puisse s'en rapprocher.

— Ça devait être plus haut. Il faut y retourner et fouiller le site jusqu'au sommet. Si on trouve l'endroit où ils avaient établi leur camp, il est possible qu'on tombe sur de nouveaux indices.

— Le cirque est très étendu. Au bas mot, des dizaines d'hectares de roches, de poudreuse et de crevasses. Autant chercher une aiguille dans une meule de foin.

— Il faut le tenter.

Jansen se renfrogna. Sa soumission avait des limites. Il devait anticiper la galère que représenterait l'envoi de son bataillon dans cette zone inhospitalière, pour essayer de dénicher un trou de souris dissimulé à la fureur des éléments.

Paul ne lui laissa pas le temps de trouver une échappatoire. Il entoura plusieurs mots sur le paperboard et les souligna en rouge.

— La bonne nouvelle, c'est que le profil du tueur commence à se préciser. On cherche un individu capable de survivre plusieurs jours en haute montagne en affrontant des températures négatives. C'est également un athlète chevronné qui pratique des sports de glisse, le parapente et peut-être même le vol relatif. Au vu de ses compétences et de la résistance physique qu'implique une telle expédition, je penche pour un homme qui aurait entre trente et cinquante ans.

— Dites plutôt un surhomme.

— Une force de la nature, en tout cas. Dotée en prime d'un mental d'acier. Après avoir bravé le froid, la faim et je ne sais quelles autres épreuves, il a encore eu la force de mettre son plan délirant à exécution. Il a tué Fernel en déroulant un rituel pas évident, l'a foutu à poil, puis a dû ramasser ses fringues et son matériel pour aller les planquer quelque part ou les emporter avec lui quand il a quitté le cirque. En clair, il devait avoir une bonne vingtaine de kilos supplémentaires sur le dos. Il faut avoir une sacrée dose d'énergie en réserve pour aller au bout de ce programme.

Le colonel valida. Il avait repris une position conforme, droit comme un I. Décidément, le lâcher-prise n'était pas son truc.

— Un détail m'échappe.

— Quoi ?

— Il n'y avait aucune marque de liens sur les poignets ou les chevilles de la victime. Aucune ecchymose sur son corps non plus. Ça signifie que l'assassin a été capable de lui faire ingurgiter un gros volume d'azote sans l'attacher ni le violenter. Même en étant très fort, comment a-t-il pu y arriver ?

Bonne question. Le point que soulevait Jansen méritait d'être éclairci.

— Il l'a sans doute menacé avec une arme.

— Peu probable. Fernel savait que ça l'aurait tué. Et d'une façon beaucoup plus douloureuse.

— Il devait être dans les vapes. Le tueur a pu lui faire croire que c'était de l'eau.

— Pour la première gorgée, peut-être. Mais ensuite ? Il n'aurait pas pu en boire autant. Sa gorge aurait été gelée et, de toute façon, il se serait évanoui avant. Il n'aurait pas été en mesure d'avaler le reste.

Les remarques du gendarme étaient de plus en plus pertinentes. Son esprit carré compensait son manque d'expérience en matière de crime de sang.

— Il a peut-être utilisé un tube, proposa Paul.

Jansen leva un sourcil. L'idée semblait le séduire.

— Je pencherais plutôt pour une gaveuse.

— L'instrument qui sert à engraisser les canards ?

— Et aussi les oies. Certains sont en métal, ce qui pourrait permettre d'y faire couler de l'azote sans le détruire. La largeur de l'entonnoir permet également de traiter une grosse quantité de nourriture et le conduit fait plus de trente centimètres. Il est assez long pour s'enfoncer profondément dans l'œsophage.

— Vous avez l'air de maîtriser le sujet.

— J'en ai manipulé dans ma jeunesse. Mon père était agriculteur dans le Lot. Il faisait des foies gras pour Noël.

Le militaire avait esquissé un sourire. L'évocation de ses racines l'avait déridé.

— Notre client serait de la partie ?

— En tout cas, s'il a utilisé ce genre d'outil, il savait s'en servir. Il n'y avait aucune écorchure ni aucune lacération dans le larynx et l'œsophage.

Le flic approuva d'un hochement de tête. L'explication se tenait. Le dingue était féru de nature. Possible qu'il vienne du monde agricole, ce qui lui aurait donné accès à ce type d'instrument.

Jansen poursuivit sur sa lancée. Il avait marqué des points et se sentait pousser des ailes.

— Maintenant qu'on en sait plus sur le tueur et son *modus operandi*, il ne nous reste plus qu'à trouver son mobile.

Paul retourna s'asseoir dans le fauteuil. Il n'avait aucune certitude quant aux motivations de ce fêlé et les résultats de l'autopsie brouillaient encore les pistes.

— À ce stade, toutes les options sont envisageables. Vengeance, jalousie, punition… On a l'embarras du choix. Sans parler de celle que je redoute le plus…

— À quoi pensez-vous ?

— À la dinguerie. La vraie. Celle qui se passe de justifications. Dont l'objet est seulement d'assouvir une pulsion.

La perspective jeta un froid. Au contraire de Paul, Jansen n'était pas familier de ce type de scénario.

— Un psychopathe ?

— Il n'était pas obligé de lui infliger une telle souffrance, encore moins de le faire de cette façon. Il accomplit un rituel. L'azote est sa signature. Sa marque de fabrique. Il nous parle de son délire intime. Le mode opératoire est peut-être secondaire. Il s'agit seulement d'un moyen.

Le colonel grimaça.

— Si vous avez raison, ça signifie…

— Qu'il n'en est pas à son coup d'essai. Ou qu'il va remettre ça un jour ou l'autre.

La bombe était lâchée. Pendant quelques secondes, les deux hommes restèrent silencieux. Si Paul avait raison, l'affaire changeait de braquet. Même si le contexte du crime restait singulier, on passait d'un simple assassinat à une probable série de meurtres.

— On doit creuser cette piste. Où et comment peut-on se procurer plusieurs litres d'azote ? Il doit sûrement falloir remplir une tonne de formulaires avant de l'acheter.

— Ou alors, il l'a volé.

— Si c'est le cas, il y aura une plainte.

Jansen valida d'un signe de tête.

— Cherchez aussi s'il y a eu des affaires semblables dans les dix dernières années, poursuivait Paul. Interrogez LUPIN, l'AnaCrim, toutes les banques de données à votre disposition. Faites également la liste des faits divers qui pourraient s'en rapprocher.

— Ce sera fait.

— Et n'oubliez pas la fouille du massif. Demandez encore du renfort. Il nous faudra du personnel supplémentaire pour quadriller la zone.

— On peut mettre ça en place pour demain. Le temps devrait le permettre.

— Parfait.

Le flic regarda sa montre. 17 heures. Ils avaient fait le tour et une autre réjouissance l'attendait.

— Je dois vous laisser.

— Une nouvelle piste ?

— On verra bien.

Paul s'éclipsa comme il était venu. Une ombre en blouson de cuir, chasseur aux allures de *biker* dont la nuit avalait déjà les contours.

27

L'homme s'appelait Cédric Peyrot.
Un autoentrepreneur qui organisait les stages de survie auxquels Fernel avait participé, sans doute la meilleure porte d'entrée pour accéder à l'univers qui avait coûté la vie au guide.
Le type avait établi son camp de base à La Salle, un des villages autour desquels s'était construite la station de ski de Serre Chevalier. Un appel vers le numéro inscrit sur le prospectus avait permis au capitaine de s'assurer que le survivaliste était chez lui. Il lui avait demandé de l'attendre et s'y était rendu d'un coup de moto après avoir quitté Jansen.
Niché de l'autre côté du col du Lautaret, pas loin de Briançon, le minuscule hameau jadis perdu dans la montagne se trouvait aujourd'hui au cœur d'une des plus grosses usines à glisse des Alpes du Sud. La ruée vers l'or blanc avait changé le visage de la vallée et donné aux paysans l'occasion de s'enrichir. Ils avaient cédé leurs prés aux promoteurs et laissé le béton ronger la terre à la façon d'une lèpre. Résidences de vacances, immeubles semi-récents, galeries commerçantes et

même un Club Med… Sans parler des deux cent cinquante kilomètres de pistes gagnées sur la forêt. Un rêve de skieur, sorti du sol à grand renfort de bulldozers pour accueillir des hordes de touristes.

Paul se gara devant l'église. Après avoir coupé le contact, il fut saisi par le silence paisible qui l'entourait. Deux semaines avant le début de la saison, La Salle semblait recroquevillée dans un sommeil profond. Pas âme qui vive. Aucun commerce ouvert. Zéro voiture stationnant sur la place. Seule source de vie, une fontaine éclairée par la lumière faiblarde d'un réverbère. Son clapotis montait dans la pénombre, comme pour rappeler aux visiteurs que la petite commune était habitée.

Il mit l'engin sur la béquille et se dirigea vers la maison de Peyrot. Pierre, ardoise, bois. L'inévitable triptyque que l'on trouvait partout dans la région.

La porte s'ouvrit avant qu'il ait eu le temps d'appuyer sur la sonnette. Un homme au visage poupin se tenait dans l'embrasure. Il portait un 501 épais, un gros pull à col roulé et une doudoune sans manches. Avec sa quarantaine enrobée et son regard amorphe, il n'avait pas vraiment le profil d'un Rambo de la nature.

— Monsieur Cédric Peyrot ?
— Vous êtes le policier qui m'a contacté ?
— Capitaine Paul Cabrera.

L'homme tendit son cou vers la moto. La couleur de ses joues, un rose berlingot, évoquait une balade au grand air. Ou une consommation intensive de génépi.

— Jolie bécane. J'vous ai entendu arriver depuis la nationale.

Paul étira un sourire. Sa Harley faisait du bruit. Il l'assumait. Quand on voulait rouler discret, on choisissait une autre marque.

— Faites pas attention au bordel, lança Peyrot après avoir laissé entrer le flic. J'étais pas trop chez moi ces derniers temps.

La pièce, étroite et basse de plafond, ressemblait à un débarras. Sacs, cordes, purificateur d'eau, réchauds portatifs et packs de survie côtoyaient du matériel de bricolage et des outils de jardin. Les objets étaient jetés pêle-mêle sur le sol, comme dans une cave ou un garage. Une table, des bancs et un vaisselier avaient été posés au milieu de ce foutoir, avec un canapé mité et un immense écran plat qui semblait avoir atterri là par hasard.

Peyrot se cala entre deux coussins et prit ses aises, bras et jambes écartés dans une posture décontractée. Le capitaine s'assit face à lui sur un lit de camp vétuste, style Vieux Campeur. Des bûches se consumaient dans une grande cheminée en produisant des craquements secs.

— Je viens pour Lucas Fernel.

— Le guide qui s'est tué dans le Cirque du Diable ?

La nouvelle avait déjà fait le tour de la vallée. Et pour cause. Le site maudit faisait partie de son histoire collective, comme toutes les légendes liées à la montagne.

— C'est ça. Il avait fait des stages de survie avec vous.

— Je me souviens très bien de lui. Il s'était inscrit pour une hivernale à la fin de l'année dernière.

Le flic tiqua.

— Il n'avait fait qu'une seule session ?

— Et encore, pas jusqu'au bout. Il avait laissé tomber après trois jours.

— Trop dur ?

Peyrot eut un sourire désabusé.

— Pas assez, au contraire. Les gens que j'emmène avec moi ne sont pas des pros. Ils veulent s'initier aux techniques de survie, pas prendre des risques inconsidérés. Mes formations étaient trop molles à son goût. Il cherchait carrément autre chose.

Paul n'était qu'à moitié surpris. Le look du coach collait avec le côté pépère des raids dont il avait fait son fonds de commerce. La personnalité du guide, en revanche, était celle d'un toxico qui se shootait à l'adrénaline. Escalade, glisse extrême, parapente, vol relatif... Tous les moyens étaient bons pour se procurer sa dose. Le survivalisme répondait sans doute à ce besoin. Il lui fallait du *hard*. Peyrot lui avait proposé du *soft*.

Le flic retira son blouson. Boostée par les flammes, la température dans la pièce devait frôler les trente degrés. Puis il revint sur le point qui l'intriguait.

— Fernel avait fait plusieurs stages. Mis à part vous, il y a d'autres intervenants sur le secteur ?

— Trois ou quatre. Mais ça m'étonnerait qu'il soit allé les voir.

— Pourquoi ?

Peyrot prit un air las. La chaleur du feu avait fouetté son sang. Elle donnait maintenant à ses joues une teinte fuchsia.

— Nous sommes tous soumis aux mêmes obligations. La sécurité, encore la sécurité, toujours la sécurité. Du coup, on ne peut proposer que des aventures ultra-balisées. C'est le cas de tous mes collègues et il n'aurait pas trouvé mieux ailleurs.

Les mêmes causes produisant les mêmes effets, la réponse tombait sous le sens. Le sujet n'était pas clos pour autant.

— Et des types qui volent sous les radars, assez barjots pour offrir à Fernel ce qu'il attendait ? Il y en a ?

Peyrot eut une seconde d'hésitation. La question semblait le déranger.

— Alors ? insista Paul.
— Oui. Il y en a un.
— Son nom ?

La gêne s'amplifiait. Le coach avait croisé les bras, comme pour se protéger.

— Je ne l'ai jamais rencontré. Ce type n'a pas de structure, pas d'assurance, aucun filet en cas de problème. Un vrai électron libre. Il propose des expériences super limites, pas vraiment légales. Des raids en conditions extrêmes qui peuvent mettre en danger la vie de ses clients. Pour toutes ces raisons, il préfère rester discret. Son système fonctionne uniquement par le bouche à oreille.

— Vous naviguez dans le milieu depuis un bon moment. Vous connaissez bien une personne qui pourrait me rancarder ?

— Non. Vraiment. Je ne vois pas.

De plus en plus mal à l'aise. Il savait mais préférait se taire. Paul se pencha vers lui et assena d'une voix ferme :

— Je vous rappelle que c'est une enquête de police. Si vous avez des informations, je vous conseille vivement de me les donner.

Peyrot était aussi rouge qu'une pivoine. Et cette fois, le feu n'y était pour rien. Il quitta le canapé, comme pour mettre de la distance avec le policier, et alla enfourner une nouvelle bûche dans la cheminée.

— D'accord. Je vais vous dire comment entrer en contact avec lui. Mais à une condition. Vous ne m'avez jamais vu.

Son malaise s'était transformé en une crainte sourde. Pour la canaliser, il triturait les braises avec un tisonnier.

Le capitaine mit les pieds dans le plat.

— Vous avez peur de quelque chose ?
— Disons que je préfère ne pas avoir affaire à lui.
— Il est dangereux ?
— Ça se pourrait bien.

Pour Paul, c'était plutôt une bonne nouvelle. Il recherchait un psychopathe, pas un Bisounours.

— Ne vous inquiétez pas. Je n'ai pas pour habitude de balancer mes indics.

Peyrot grimaça un sourire. Puis il revint s'asseoir.

— Il a une vitrine. Un groupe Facebook intitulé « Les Dingos de la Rando ». Photos de montagne, propositions de balades, échanges d'infos… Vu de l'extérieur, y a pas un poil qui dépasse. Ceux qui sont intéressés connaissent le truc. Ils prennent contact par message privé, il leur répond sur le même mode en leur donnant un lieu de rendez-vous. Ni vu ni connu, l'affaire est dans le sac.

Paul songea à toutes les associations de malfaiteurs, organisations terroristes et autres nuisibles patentés qui utilisaient les réseaux sociaux pour communiquer en parfaite impunité. Les survivalistes ne faisaient pas exception à la règle.

— Vous avez donné l'info à Fernel ?
— Je n'ai pas pu faire autrement. Il a insisté.
— Il y est allé ?
— Je n'en sais rien. Et je ne veux pas le savoir.

Peyrot disait vrai. L'organisateur de ces expériences extrêmes le faisait flipper. Il s'était contenté d'orienter le guide tout en restant à bonne distance.

— Ce survivaliste, il y a un endroit où je pourrais le trouver ?
— Aucune idée. Son adresse n'est pas mentionnée sur sa page. Encore moins son téléphone. Je vous l'ai dit, il est très prudent.

Paul nota le nom du groupe dans son portable. Puis il posa une dernière question, pour la forme :

— Il aurait pu emmener ses participants dans le Cirque du Diable ?

L'autre haussa les épaules.

— Ça m'étonnerait.
— Trop dangereux ?
— Rien à voir. Avec ce type, plus ça craint, mieux c'est. Non, c'est à cause de la malédiction. Ici, on y attache de l'importance.

À commencer par lui. Le ton de sa voix le démontrait. À l'ère du numérique, les montagnards se méfiaient encore des forces invisibles. Ce n'était donc pas avec cette équipe que Fernel avait brisé le tabou et découvert le site.

Paul mit un terme à l'entretien. La pêche était bonne, il allait falloir cuisiner le poisson sans attendre.

À peine dehors, il appela Malika.

— J'ai une nouvelle mission pour toi.
— Ton enquête a avancé ?

— Ça se corse. Ce n'est pas le froid qui a tué la victime. Enfin si, mais pas comme je le croyais.

— Explique.

— Le tueur lui a fait bouffer de l'azote liquide.

— Tu déconnes ?

— J'aimerais.

Un court silence, pendant lequel Malika devait prendre la mesure des souffrances endurées par le guide.

— On a affaire à un taré, reprit Paul. Expert en sports extrêmes, en survivalisme. Cette signature laisse penser à un rituel.

— Et qui dit rituel, dit série.

— J'en ai peur.

Nouveau silence. Cette hypothèse était la pire de toutes et tous les deux le savaient.

— Alors ? relança Malika. Cette nouvelle mission ?

— Je veux que tu me trouves les coordonnées de l'administrateur d'un groupe Facebook. « Les Dingos de la Rando ».

— C'est quoi encore ce délire ?

— Des survivalistes. Tendance dure. Je dois savoir si la victime s'est frottée à ces furieux.

— Le tueur ferait partie de ce groupe ?

— En tout cas, il évolue dans cette sphère. Tu peux faire ça ?

Paul crut presque entendre le sourire à l'autre bout de la ligne.

— Tes désirs sont des ordres, capitaine.

Il allait raccrocher quand sa coéquipière posa la question qu'il avait éludée jusque-là.

— J't'ai pas demandé. Bornan est dans le coup ?

— J'ai pas eu le temps de le prévenir.

— Pas le temps ou pas l'envie ?
Ce fut à Paul de sourire.
— Fais-lui un topo de ma part. Dis-lui que je suis sur une grosse affaire, à la demande du procureur de Gap. Je le contacterai dès que je pourrai.
— En clair, quand tout sera terminé.
— C'est ça.

28

Le soleil se levait sur la Meije.

Une lumière froide rasait la roche et lui donnait la teinte d'un caramel. De la poussière de neige, aussi fine que du talc, se glissait dans les anfractuosités de la pierre pour peindre une toile en ocre et blanc. Un monde de pureté, d'une dureté minérale, qui se découpait dans la pulvérulence d'un ciel limpide.

Paul se tourna vers Lou. Assise à côté de lui à l'arrière de l'hélico, elle contemplait cette féerie comme si c'était la première fois. Casque équipé d'un radio-émetteur, combinaison de la même couleur de pomme reinette et lunettes à monture jaune sur le visage, elle détonnait au milieu des pandores en treillis qui les accompagnaient. Son apparente fragilité lui donnait des allures de souris verte cernée par une meute de chats noirs.

Le transport sur les lieux avait été organisé de main de maître. Encore une fois, le côté méticuleux de Jansen avait eu du bon. Les hélicos du détachement aérien de la gendarmerie de Briançon effectuaient des rotations depuis l'aube. Ils amenaient au compte-gouttes les renforts réquisitionnés par le colonel, une cinquantaine d'hommes venus des deux départements alpins sur lesquels se déployait le massif.

Paul avait décidé de se joindre à l'expédition. Il voulait se faire sa propre idée. Se mettre à la place des deux survivalistes zonant sur le glacier en quête d'abri. Depuis toujours, son instinct avait été son principal atout. À l'époque de la BAC, il s'en servait pour courser les charbonneurs qui détalaient comme des lapins dans le labyrinthe des caves. Aujourd'hui, il l'utilisait pour coincer un salopard bien plus tordu, capable de faire bouffer de l'azote à sa victime et de la regarder crever en prenant son pied.

Il avait également demandé à Lou de l'accompagner, de façon à refaire le parcours en empruntant le tracé qu'elle connaissait déjà. Compte tenu de la configuration du site, Fernel et son bourreau avaient très certainement suivi cette voie.

Pour la convaincre de lui servir de guide, Paul l'avait affranchie sur la réalité criminelle de l'enquête. Cette entorse aux directives de Conte n'aurait de toute façon bientôt plus d'importance. Après les conclusions hallucinantes de l'autopsie, la meute des pisse-copies allait faire ses choux gras du meurtre étrange commis dans le Cirque du Diable. Le procureur l'aurait mauvaise mais l'affaire était à présent trop énorme pour ne pas éclater au grand jour.

L'hélico franchit une crête et se posa sur un replat. Lou et Paul ajustèrent leur casque et sautèrent dans la poudreuse, surf sous le bras.

La jeune femme avait dégotté pour le capitaine une combinaison semblable à la sienne mais dans un gris plus discret. Elle lui avait aussi prêté une planche, un modèle polyvalent qui lui permettrait de se faufiler partout. Enfin, ils avaient sur le dos un sac énorme contenant cordes, crampons à glace, pitons et piolets, au cas où le camp qu'ils cherchaient serait difficile d'accès. Lou y avait ajouté deux torches puissantes, ainsi qu'un GPS sur lequel elle avait programmé le tracé du *ride*.

Côté sécurité, ils s'étaient contentés du minimum. Balises ARVA, talkies, fusées de détresse. Le site était rempli de gendarmes qui se tenaient cinq cents mètres plus bas, au niveau de la barre rocheuse où on avait découvert le corps. Les militaires remonteraient vers eux en quadrillant la zone, de façon à ne rien laisser au hasard. S'il y avait un pépin avant la jonction, ils pourraient les secourir rapidement.

L'engin redécolla aussitôt, laissant les surfeurs face à la solitude des cimes. Pendant quelques instants, Paul savoura le spectacle. Ils se trouvaient au pied d'un grand couloir de glace, quasi vertical, celui que Lou avait franchi lorsqu'elle avait effectué sa soi-disant « première ». Dressé dans l'azur tel un Atlas de pierre, le pic Jarry se découpait au-dessus de leurs têtes quelques centaines de mètres plus haut.

— Impressionnant, hein ? lança Lou en chaussant son surf.

La voix de la jeune femme avait grésillé dans le casque du policier. La liaison audio leur permettrait de communiquer grâce au micro intégré dans la sangle.

— Carrément, répondit Paul en esquissant un sourire.

Il avait beau la jouer cool, toute son énergie était focalisée sur l'épreuve à venir. Même s'ils s'étaient fait déposer en bas du corridor – trop raide et trop glacé pour s'y abriter et de toute façon, le flic aurait été incapable de le franchir –, le reste du parcours ne serait pas de tout repos. Pente digne d'une piste noire. Neige dure. Crevasses et barres rocheuses à contourner. Il faudrait se faufiler entre une série de chausse-trapes dont la plupart pouvaient être fatales.

Une fraction de seconde, Paul se demanda ce qu'il foutait là. Les défis, il avait l'habitude. Quand il montait sur un ring pour se mesurer à plus fort que lui, il connaissait les risques et savait comment les négocier. Idem quand il cavalait derrière un suspect défoncé aux speeds et armé jusqu'aux dents. Là, c'était différent. L'ennemi était partout, invisible, indétectable, prêt à l'avaler s'il prenait la mauvaise trajectoire.

— Prêt ?

Lou le regardait d'un air amusé. Elle ressemblait à un bébé alors que le maître, c'était elle.

— On y va mollo, avertit le capitaine. Le temps de me remettre en jambes.

— Restez dans ma trace. Ça passera crème.

Paul serra les dents et la suivit dans la pente. D'abord à l'allure d'un débutant puis après quelques virages, à celle d'un amateur confirmé. Il n'avait pas réitéré ce genre de plaisanterie depuis l'époque où il *ridait* en solitaire dans des coins reculés et pourtant les mouvements étaient là, intacts, précis, réflexes incorruptibles conservés dans la naphtaline de sa mémoire. Il enchaînait les appuis avec un peu moins de souplesse qu'avant mais ne commettait pas la moindre faute.

Peu à peu, la confiance s'installa. Lou ouvrait la voie sans forcer, à vitesse réduite, ce qui permettait à Paul de lui coller au train tout en scannant l'environnement.

La zone qu'ils traversaient ne laissait deviner aucun endroit où s'abriter. Toujours les mêmes murailles de chaque côté, qui s'écartaient progressivement pour donner naissance à un immense champ de neige. Lou avait parlé de névé, une partie du glacier qui du fait des gels et des dégels formait une plaque durcie, persistante, lisse comme une toile cirée. Aucun arbre. Pas le moindre vestige d'un igloo ou de tout autre campement qu'auraient pu édifier les deux survivalistes. De gros rochers brisaient parfois la monotonie de cette mer blanche, derrière lesquels on pouvait éventuellement se protéger du vent mais pas passer une nuit en toute sécurité.

Après trente minutes de descente, Paul fut contraint de s'arrêter. Ses muscles étaient en feu et il avait besoin de reprendre son souffle. Il prévint la surfeuse qui continuait à ouvrir la route.

— Je fais une pause.

Lou s'immobilisa un peu plus bas. Sa voix crépita dans les écouteurs.

— Tout va bien ?
— Très bien. J'ai juste besoin d'un *break*.

Ils avaient effectué un bon tiers du parcours et n'avaient rien trouvé de concluant. Pas l'ombre d'une piste, même avec les jumelles militaires dernier cri prêtées par Jansen.

Paul les porta une nouvelle fois à ses yeux. Toujours rien. Hormis des scintillements éblouissants qui révélaient par à-coups la présence de crevasses. Leurs bouches gercées ouvraient d'étroits passages vers un abîme bleuté, prêtes à les avaler s'ils s'approchaient un peu trop.

Soudain, au creux de ce jeu de lumières, un miroitement singulier attira l'attention du policier. Contrairement à ceux provoqués par la glace, il semblait provenir de la paroi rocheuse. Il scruta la falaise qui fermait le cirque sur sa gauche, à quelques centaines de mètres de sa position.

Non.

Il n'avait pas rêvé.

Le scintillement était bien là, en contrebas, accroché à la pierre à hauteur d'homme.

— Vous avez repéré quelque chose ?

Paul tendit son bras en direction de sa découverte.

— Sur votre droite. Il y a un truc qui brille.

La surfeuse pointa ses jumelles sur la zone désignée par le flic.

— Où ? Je ne vois rien.

Elle était en dessous de lui. L'inclinaison de la pente l'empêchait de discerner quoi que ce soit.

— Attendez-moi. Je vais aller vérifier.

— Négatif, répondit la jeune femme. Je vous retrouve là-bas. Et faites attention où vous mettez les pieds. On est sur un gruyère.

Il dressa son pouce vers le haut, signe que la recommandation était bien enregistrée. Puis il se laissa glisser vers le mur de rocaille, pendant que la championne traçait une diagonale pour le rejoindre.

Trois, quatre minutes d'hyperconcentration, les yeux rivés sur le parcours à la recherche d'une éventuelle menace. Quand Paul levait la tête, c'était pour s'assurer que le chatoiement était toujours là. Il s'éclipsait parfois, avant de surgir quelques secondes plus tard au gré du cheminement du policier. Le va-et-vient de lumière le guidait comme un flash stroboscopique au cœur du grand océan blanc.

Enfin, après avoir franchi une sorte de tranchée qui se perdait dans les profondeurs bleutées – une rimaye, comme Lou le lui avait expliqué –, Paul atteignit l'objectif. À cette distance, l'éclat était éblouissant. Il évoquait celui de l'étoile polaire luisant dans les ténèbres.

Le flic déchaussa. Il avala au pas de charge les quelques mètres qui le séparaient de la muraille. Ses pieds s'enfonçaient dans la poudreuse, son cœur battait à cent à l'heure, mais il traçait tout droit sans y faire attention. L'excitation le portait. Un shoot d'adrénaline qui lui donnait des ailes.

Il s'immobilisa au pied de la falaise. La roche proprement dite démarrait quinze mètres au-dessus de sa position. Une pente neigeuse y conduisait, raide sans être verticale, qui avait dû se constituer au fil du temps et formait les premiers contreforts du glacier.

Un regard vers le haut lui assura que le reflet n'avait pas disparu. Pour l'atteindre, il allait devoir grimper.

Il déposa son sac et tout ce qui l'encombrait puis entama l'ascension. Techniquement, l'exercice n'avait rien de compliqué. Pas la peine d'enfiler les crampons ou de s'aider avec le piolet. Le degré d'inclinaison lui permettait de ne pas dévisser et la glace était recouverte par une épaisse couche de neige dans laquelle il pouvait planter ses boots et s'accrocher avec les mains. Physiquement, en revanche, c'était plus dur. Il avait déjà la descente dans les pattes et l'altitude rendait l'effort pénible. Son cœur cognait ses tempes et il soufflait comme un bœuf.

Il lui fallut au moins vingt minutes pour franchir l'obstacle. Pendant que son corps luttait pour conserver son équilibre, ses yeux scrutaient le terrain à la recherche d'un piège. Enfin, hors d'haleine, il prit pied sur une plateforme étroite, une bande de neige qui constituait la délimitation avec la paroi de pierre.

Le reflet était là, devant lui, à hauteur de regard.

Il eut quelques secondes à vide en découvrant de quoi il s'agissait. Le temps que son cerveau accepte l'impossible.

Un petit crucifix de métal lui faisait face, coincé entre deux rochers. Un Christ squelettique, digne d'une sculpture de Giacometti, y était épinglé comme un papillon sur un cadre. Il réfléchissait la lumière du soleil à la façon d'une auréole sacrée.

Paul eut un mouvement de recul.

Tête penchée sur l'épaule, le Jésus de fer le fixait droit dans les yeux.

Comme s'il l'implorait.

29

— Ne bougez plus !

Paul sursauta. Il chercha Lou du regard et aperçut sa silhouette un peu plus bas, plantée au pied du raidillon.

— Qu'est-ce qu'il y a ?

— Vous êtes sur un pont de neige. Juste au-dessus d'une crevasse.

Le flic se figea. Il avait analysé le parcours à la recherche du moindre signe, du plus minuscule indice susceptible de révéler la présence d'une faille. Pourtant, en dépit de toutes ces précautions, il n'avait rien capté. Pire qu'un aveugle qui se serait aventuré dans un champ de mines.

Lou abandonna sa planche, son sac, et grimpa vers lui en passant par le côté. Elle y allait lentement, sondant le terrain de son piolet avant chaque mouvement et plantant profondément ses pieds dans la neige fraîche. Après un long quart d'heure d'efforts, elle atteignit la plateforme et s'immobilisa à une dizaine de mètres de l'endroit où se trouvait Paul.

— Écoutez bien. Et faites exactement ce que je vous dis. Vous allez d'abord attraper la corde et l'attacher autour de votre taille. Ensuite, vous viendrez vers moi. Tout doucement, en essayant de vous alléger au maximum. Surtout, collez-vous le plus possible à la paroi. Il y a une petite moraine sous la neige. A priori, elle longe toute la falaise. Si vous restez dessus, elle devrait vous permettre de passer.

L'inquiétude perçait dans le ton de la surfeuse. Elle gérait avec calme mais le danger était là, bien réel. Il suffisait d'un faux mouvement, d'un mauvais appui, et l'arc neigeux risquait de s'effondrer.

Paul ne chercha pas à discuter. La présence de l'étroite moraine, cette bande de pierre planquée sous la poudreuse, était providentielle.

Il chopa au vol la longe envoyée par Lou et la noua solidement au niveau de son nombril. Puis il récupéra le crucifix et le glissa dans sa combi. Une fois paré, il mit en œuvre les directives de la jeune femme à la façon d'un bon élève.

Buste plaqué contre la roche.

Bras écartés à la façon d'une araignée.

Doigts agrippés à la pierre.

Après une grande inspiration, il se lança.

Focalisé sur le conseil de la championne, Paul marchait sur la pointe des pieds. Sans réfléchir. Sans même penser. Ne se fiant qu'à ses sensations. Le poids de son corps. La portance de la couche de neige. Ses pompes qui s'enfonçaient plus ou moins dans le tapis instable...

Enfin, après plusieurs minutes d'angoisse, il posa le pied sur un sol ferme. Lou se tenait devant lui, soulagée mais furieuse.

— Je n'aurais jamais dû vous laisser y aller seul. C'était du grand n'importe quoi.

Sa colère n'était pas dirigée contre lui. Elle s'en voulait. Il était sous sa responsabilité et elle n'avait pas fait en sorte de le protéger.

— Vous n'y êtes pour rien. Je suis un grand garçon et c'était ma décision.

Elle ne l'entendait pas de cette oreille. Une peur rétrospective venait de l'assaillir, lui faisant prendre toute la mesure de la catastrophe qu'ils avaient évitée.

— Vous auriez pu…

— Ça ne s'est pas produit.

— Un coup de chance.

Le capitaine haussa les épaules en souriant. Il tira la petite croix de sa combinaison, le meilleur moyen de détourner l'attention de sa partenaire.

— Regardez ce que j'ai trouvé.

Lou prit l'objet avec ses gants. Elle releva ses lunettes afin de mieux l'observer.

— Un crucifix ?

— Il était encastré dans la paroi. Le soleil se reflétait sur le métal.

— Qu'est-ce qu'il fout là ?

— Aucune idée. Seule chose de sûre, quelqu'un l'a volontairement placé à cet endroit.

— Qui ? Avant moi, personne n'avait jamais foutu les pieds ici.

L'évidence s'imposa.

— Fernel. Il vous a précédée et c'était un croyant convaincu. C'est certainement lui qui a fait ça.

— Pour quelle raison ?

— Je ne sais pas. Peut-être pour combattre la malédiction du Cirque du Diable.
— Vous êtes sérieux ?
— Je sais qu'il était superstitieux. Ajouté à ses convictions religieuses, ça pourrait se tenir.

Lou réfuta l'option d'un mouvement de tête.

— C'est pas vraiment le lieu idéal. Et je vous rappelle que c'était un pro. Il avait sûrement détecté la présence du pont de neige et de la crevasse.
— Il a pu l'éviter en longeant la paroi comme je l'ai fait.

La championne fit une moue. L'expression accentuait son côté juvénile.

— Admettons que ce soit lui. Mais pourquoi à cet endroit précis ? S'il voulait vraiment combattre ces conneries, il aurait pu le faire n'importe où ailleurs. Dans une zone *safe*.

L'analyse de la surfeuse était frappée au coin du bon sens. Le bon sens montagnard, augmenté par la connaissance pointue qu'elle avait de cet environnement.

Elle rendit le crucifix au capitaine.

— Perso, je trouve que ça ressemble plutôt à un calvaire.

Paul repensa aux photos découvertes chez Fernel. Des croix de toutes sortes, perdues dans l'immensité blanche. Un peu comme celle-là. Il se souvenait aussi qu'elles pouvaient symboliser plusieurs choses. Objets de dévotion, talismans pour conjurer le mauvais sort, points de repère sur les chemins... De nos jours, elles évoquaient plutôt un mémorial lié à un accident, une mort violente.

Cette dernière possibilité pouvait cadrer avec le contexte. Le guide trimballait probablement le crucifix dans son sac, comme le font tous les prêtres et certains fanatiques. Il l'avait peut-être placé là afin d'ériger une stèle.

À la mémoire de qui ?

Lou dut sentir que le flic gambergeait. Elle demanda :

— À quoi pensez-vous ?

— Quelle qu'en soit la raison, la présence de cet objet de culte dans un lieu pareil est un geste de foi. Il se peut que Fernel ait dressé ce calvaire pour rendre hommage à quelqu'un.

— Les disparus qui ont créé la légende ? rétorqua la surfeuse sur un ton ironique.

— Ou une personne morte récemment. On a pu se planter en pensant qu'il était seul avec le tueur. Ils étaient peut-être plusieurs.

— Et ce taré les aurait tous massacrés ? Un par un, à des endroits différents et sous le regard de celui qui y passerait en dernier ? Franchement, j'ai du mal. Ça ressemble à un scénario de mauvais film d'horreur.

Paul s'accroupit dans la neige. Elle avait encore raison. Trop de points achoppaient. Sans parler du fait qu'on n'avait trouvé aucune autre victime sur le site. Pourtant, dans cette pelote de fil indémêlable, un fait restait têtu. Ce crucifix n'avait rien à faire là. Même s'il n'était pas lié à un nouveau meurtre commis par le tueur, le flic continuait à penser qu'il s'agissait d'un mémorial. Quelqu'un avait trouvé la mort ici et le guide le savait. C'était une certitude.

Il se releva. Une idée neuve venait de germer. Il l'avait sous les yeux depuis le début mais avait dû aller au bout de sa logique avant qu'elle n'apparaisse.

— La crevasse.

Lou lui lança un regard intrigué.

— Quoi, la crevasse ?

— La croix était positionnée au-dessus. Il y a peut-être un corps à l'intérieur.

— Vous êtes vraiment une tête de mule. Je viens de vous dire que...

— Ce calvaire ne s'est pas retrouvé là par hasard. Peu importe pour qui Fernel l'a érigé ou la façon dont la personne est morte. Cette crevasse est peut-être un caveau.

Elle fronça les sourcils. Elle avait lu entre les lignes et deviné les intentions du policier.

— Attendez... Vous n'envisagez quand même pas de descendre ?

— C'est vous la pro. À vous de me dire si c'est jouable.

— Hors de question. On ne sait même pas ce qu'il y a là-dessous.

— On peut déjà jeter un coup d'œil. On décidera ensuite.

— Vous êtes bouché ou quoi ? C'est beaucoup trop dangereux. Y compris aux abords.

L'elfe des montagnes devenait agressif. Paul se souvint que son père avait été avalé par une faille semblable. L'idée de se confronter à cette tueuse silencieuse devait la perturber.

Il essaya de contourner le problème.

— Montrez-moi seulement où est l'entrée. Le reste, j'en fais mon affaire.

Lou haussa les épaules. Plus par dépit que pour marquer son désaccord.

— Et puis merde. Après tout, je m'en tape. C'est votre *life*.

Elle remit ses lunettes et balança d'une voix glaciale :
— Suivez-moi. C'est juste en dessous.

30

L'entrée de la crevasse devait faire environ trois mètres de large sur six de haut. Elle évoquait une porte noire aux contours irréguliers, dont le dessin d'ensemble formait un triangle évasé qui rappelait celui d'une vulve. Le pont de neige en était le toit, d'une épaisseur de moins d'un mètre mais suffisante pour la dissimuler. La base, plus étroite, se situait sur le côté du raidillon que Paul avait escaladé.

La jeune femme s'était déjà approchée de l'ouverture. Toujours encordée au policier, elle y était allée avec prudence en sondant la neige à chaque pas. Sa décision de le laisser se démerder n'avait pas fait long feu. Elle l'avait sommé de l'attendre un peu plus loin avec le matériel pendant qu'elle effectuait un premier repérage.

— Vous pouvez venir. Le manteau est stable.

Paul parcourut les quelques mètres qui le séparaient de la surfeuse. Il planta ses bottes dans la neige et se pencha vers l'avant. La fissure n'était pas si profonde. Serrée en surface, elle s'évasait progressivement pour créer une poche qui semblait se colmater un peu plus bas. Ses murs bombés lui donnaient des allures de bulle translucide façonnée par un souffleur de verre.

Le flic eut l'image d'un igloo, en inversé. Une tanière hermétique, dissimulée dans la veine du glacier, qui aurait pu servir de camp de base aux deux survivalistes.

Il murmura, comme si le lieu imposait une certaine forme de déférence :

— À votre avis, ils auraient pu se terrer là-dedans ?

— Ça m'étonnerait, répondit Lou sur le même ton de confessionnal. En admettant qu'ils se soient risqués dans ce trou, la probabilité d'y rester coincés aurait été trop importante.

Au moins, c'était clair. La surfeuse lança un regard en direction de la grotte.

— Le plancher a l'air solide. La descente ne posera pas de difficulté. Le plus compliqué sera de remonter. On n'a que des crampons, trois ou quatre broches à glace et à peine trente mètres de corde chacun. Les parois sont en dévers, vous aurez du mal à prendre appui dessus, même avec le piolet. Je vous assurerai mais il faudra vous hisser avec vos bras.

La perspective n'effrayait pas le policier. Il était capable d'aligner une trentaine de tractions à la barre horizontale sans trembler.

— On s'y met ?

Elle alla récupérer son sac et revint avec le nécessaire. Après avoir farfouillé à l'intérieur, elle tendit au flic une paire de griffes en acier chromé. Les pointes, de la taille d'un index et effilées comme des rasoirs, ressemblaient à des petits couteaux.

— Vous en avez déjà utilisé ?

— Jamais.

— Accrochez-les sous vos semelles et serrez la sangle au maximum. Quand vous les plantez, allez-y franchement. N'hésitez pas à donner plusieurs coups de pied jusqu'à ce qu'ils soient bien enfoncés.

Paul s'assit dans la neige et s'exécuta. Il écoutait la jeune femme lui prodiguer les derniers conseils mais ses pensées étaient déjà tournées vers la caverne de givre. Il était parfaitement calme. Ne ressentait aucune peur. Seulement une grande excitation face à ce nouveau challenge qui s'imposait à lui.

— Vous ne pourrez pas descendre en rappel. La paroi est trop concave. Il faudra vous laisser glisser le long de la corde en évitant de la toucher avec les lames. Elles pourraient la cisailler.

Elle avait déjà installé les tiges filetées dans la glace qui bordait la crevasse et y avait accroché le second cordage avec des mousquetons. Ses gestes étaient précis. Ils s'enchaînaient avec naturel, sans une hésitation. Elle possédait un savoir-faire que lui avait sans doute transmis son père, héritage ancestral de cette tribu de montagnards.

Le capitaine se releva en essayant de conserver son équilibre. Les semelles d'acier le rendaient précaire. Il se faisait penser à un ours de cirque monté sur des échasses.

Il attrapa la corde qui pendait dans le vide et se positionna au-dessus du trou, jambes légèrement écartées. Lou était devant lui. Elle avait enfilé ses crampons de façon à s'arrimer au sol et l'assurait avec le gros filin de Nylon qui les reliait déjà.

Un regard vers le bas lui confirma que le trajet serait bref. Six mètres à tout casser. L'affaire de quelques secondes.

Il entama la descente. Lentement, sans à-coups, retenant le poids de son corps à la seule force de ses biceps. Il était concentré sur l'exercice, de la même façon qu'au gymnase pendant les entraînements. Pourtant, en dépit de l'effort, de la tension, il ne pouvait s'empêcher de percevoir l'incroyable beauté de la matrice au creux de laquelle il s'enfonçait.

La lumière du soleil s'insinuait par son ouverture, coulait le long de ses murs et venait ricocher sur les milliers de cristaux givrés qui l'habillaient tel un manteau d'hermine. Elle façonnait un monde pastel où le bleu se mélangeait au blanc, le ciel à la terre, l'eau à la glace. Un univers dans lequel l'homme n'avait pas sa place, qu'il pouvait seulement contempler avec crainte et respect comme on admire une galaxie lointaine, inaccessible.

Il atteignit le plancher. Vue sous cet angle, la caverne était plus étendue que ce qu'il avait cru. Elle formait une grande salle dont le plafond descendait en pente douce vers son extrémité.

Vide.

Pas de cadavre. Pas de vestiges. Aucune trace de passage d'un être humain.

Au fond, quelque part, le son d'un ruissellement montait dans la pénombre. La fonte du glacier. Inexorable, perpétuelle. Elle creusait son ventre à la façon d'une carie qui dévorait une dent.

— Tout va bien ?

Paul leva la tête. Lou s'était agenouillée sur le rebord de la faille, buste penché vers l'avant. Le contrejour empêchait de discerner l'expression de son visage mais son ton trahissait l'inquiétude.

Il la rassura aussitôt.

— Jusque-là, pas de problème.

— Vous avez trouvé quelque chose ?

— Pas pour l'instant. La crevasse a l'air de se prolonger sous la falaise. Je vais aller voir.

— Ne vous enfoncez pas trop. Il peut y avoir une cassure un peu plus loin. Si c'est le cas, ça voudra dire qu'il y a une rivière souterraine et sans doute aussi un gouffre.

— Compris.

Il s'avança. Un pas après l'autre, crampons bien plantés dans la glace pour éviter de se retrouver par terre. Du fait de la réfraction, la luminosité était excellente et donnait l'impression que les parois étaient éclairées de l'intérieur. Il parvenait à distinguer chaque détail de cet environnement hostile, qui de façon paradoxale était également rassurant. Hors de portée de toute corruption, il procurait un sentiment de perfection dont la puissance et l'absolu donnaient un avant-goût de ce que pouvait être l'éternité.

Une tension au niveau de sa taille le ramena dans le concret. La corde. Il venait d'atteindre son extrémité.

Dilemme. Il n'avait parcouru qu'un tiers de la distance le séparant du fond de la grotte. Pour aller au bout, pas d'autre solution que de se détacher.

Il se retourna. Le puits par lequel il était descendu était maintenant trop loin pour que Lou puisse le fliquer. La zone avait l'air saine. En restant prudent, il pouvait tenter le coup.

Il coupa la liaison audio pour ne pas éveiller les soupçons de la jeune femme et dénoua le nœud qui le reliait à la surface. À présent, il était seul. Livré à lui-même dans les entrailles du glacier. Il éprouvait soudain une sensation étrange, faite de crainte sourde et d'excitation. Comme quand il était gosse et désobéissait à sa mère pour aller courir sur la digue par les jours de grand vent. Le danger, ajouté à l'interdit, créait une alchimie qui le faisait se sentir vivant.

Il reprit sa marche. La luminosité baissait au fur et à mesure qu'il s'enfonçait dans le ventre de la baleine. Il évoluait maintenant dans une sorte de clair-obscur aux accents de merveilleux, où les formes perdaient de leur consistance pour se dissoudre dans un éther gris-bleu.

Dix mètres. Vingt. Et toujours rien. Le plafond s'abaissait peu à peu, l'obligeant désormais à pencher la tête pour ne pas se cogner. Le bruit d'eau s'amplifiait. Il provenait du fond de la grotte. Sans doute la rivière dont Lou avait parlé.

Trente mètres. De moins en moins de lumière. Paul alluma sa torche. Le rayon électrique dessina un cercle blanc dont la puissance l'éblouit. Il se réfléchissait sur la surface gelée tel un éclat de soleil sur un morceau de verre.

Il fit encore quelques pas avant d'être contraint de s'accroupir. L'extrémité de la crevasse n'était plus très loin et aucun signe de quoi que ce soit. Il discernait seulement, dans le faisceau de la lampe, la configuration prise par la glace à cet endroit. Une nouvelle faille courait le long du mur, au niveau du sol, qui donnait l'impression que la grotte se poursuivait en dessous.

Le flic se mit à genoux. Il se déplaçait maintenant à quatre pattes, à la façon d'un animal. Une, deux minutes pour franchir la distance à la cadence d'un escargot.

Il s'immobilisa devant la fissure et en examina les contours avec sa torche.

L'estafilade était assez profonde. Elle s'ouvrait à la base de la paroi, dégageant un passage par lequel pouvait se glisser un homme. Une pente douce au départ, puis rapidement, un angle droit dissimulant la suite. Le roucoulement de l'eau montait vers lui, limpide, cristallin. Plutôt qu'à une rivière, Paul songea à une cascade. Elle avait dû forer une poche au fil du temps dont il était impossible d'évaluer la profondeur.

Il hésita. Il brûlait de savoir ce qui se cachait là-dessous mais n'était pas équipé pour poursuivre l'exploration. S'il se risquait plus loin, son aventure pouvait prendre une tournure dramatique.

Il opta pour un compromis. Une avancée prudente jusqu'à la brisure, à plat ventre, un coup d'œil rapide et machine arrière. Le boyau s'étirait sur une largeur d'au moins deux mètres. Il aurait la place d'effectuer une rotation, avant de reprendre le même chemin en sens inverse et de revenir au point de départ.

Il s'allongea. Planta son piolet devant lui et se tira vers l'avant. Son autre main tenait la torche. Le faisceau blanc éclairait le conduit d'une lumière vive, dissipant les ténèbres qui se refermaient sur lui.

Il rampa ainsi sur quelques mètres, crampons enfoncés dans la glace afin de retenir le poids de son corps. Puis, sans qu'il l'ait vue venir, une sensation d'étouffement lui garrotta la gorge. Suffocante, paralysante. La conséquence inattendue de cet enfermement.

Il se figea. Pendant une poignée de secondes, il happa l'air par saccades, comme un poisson à l'agonie. Il entendait son cœur battre la chamade, avait l'impression que le plafond descendait sur lui. Du pur délire de parano en pleine crise de claustrophobie.

Pour chasser l'oppression, il visualisa la route 66. Il s'était fait le *road trip* mythique trois ans plus tôt, le souvenir était encore tout frais. L'image des grands espaces fit baisser la tension. Il attendit que sa respiration revienne à la normale et reprit sa reptation, l'esprit focalisé sur ses mouvements.

Enfin, il atteignit le point où le tunnel plongeait dans les profondeurs du glacier. Le bruit était devenu assourdissant. Un grondement montait du trou béant, amplifié par la caisse de résonance dans laquelle Paul évoluait.

Il s'avança jusqu'à l'extrême limite. Donna plusieurs coups de pied dans la glace afin d'y planter les griffes d'acier au maximum. Une fois calé, il se redressa sur ses coudes et pointa sa lampe vers le bas.

Une salle sortit de la nuit. Elle avait la forme circulaire d'un gros réservoir d'eau. À vue de nez, le plancher se trouvait une dizaine de mètres plus bas. Jaillissant du mur situé face à lui, une cataracte pulsait son geyser blanc en un flot continu. Elle vaporisait de minuscules embruns sur son passage et terminait sa course dans une grande vasque collée à la paroi.

Paul plissa les yeux. Le brouillard, la réfraction, atténuaient la visibilité. La caverne était parcourue de scintillements, comme si de la poudre de fée planait dans l'air. Il balaya l'espace avec sa torche et devina d'abord le tracé d'une autre brèche, au niveau de la cascade. Elle devait ouvrir sur des salles similaires nichées dans la partie inférieure du glacier.

Puis la lampe accrocha quelque chose. Une sorte de monticule au niveau du sol, de la taille d'une termitière, qui brisait la monotonie de ce lieu clos.

Le flic eut un mauvais pressentiment. Il se focalisa sur le sommet de ce tas informe pour tenter d'en distinguer les détails. L'arc de lumière frappa une surface lisse, lustrée, dont les reflets évoquaient une carapace de glace.

Alors, il sut qu'il avait vu juste.

Emprisonné dans la gangue translucide, un corps reposait sur le ventre. Entièrement nu. Rigidifié telle une momie, il avait dû être saisi par le gel depuis un bon moment.

Paul laissa dériver sa lampe.

Et là, l'horreur monta d'un cran.

Des bras, des jambes, des torses s'enchevêtraient sous le cadavre jusqu'à former une compression. Des morceaux de visages jaillissaient de ce cauchemar, figés dans leur ultime expression.

Fernel avait bien dressé un calvaire, mais la crevasse n'avait rien d'un caveau.

Elle dissimulait un charnier.

VI

IV

31

Chloé avait sélectionné trois dossiers.
Les seuls chantiers en cours sur la masse de ceux répertoriés dans l'ordinateur de Perrin. Compte tenu du peu d'indices trouvés dans sa baraque, l'univers professionnel de la victime lui permettrait peut-être de tirer un fil.
Avant de quitter la maison de bois, la commandante avait copié l'intégralité du disque dur sur une clef USB. Grâce à cette saisie sauvage, elle avait pu décortiquer l'activité de l'architecte sur une des bécanes du Novotel où elle avait passé la nuit. Une nuit courte et studieuse, qui ne lui avait pas permis de profiter du quatre-étoiles confortable niché dans le centre de Grenoble.
Deux points, parmi toutes les données consultées, lui avaient sauté au visage. Le premier, la diminution progressive du nombre de marchés gérés par la victime. Perrin avait œuvré pour un paquet de promoteurs dont le principal était une société dénommée Immo Gold. Il avait construit des chalets à plusieurs millions d'euros pour cet opérateur, tous 100 % écolos, mais avait cessé sa collaboration avec lui l'année dernière.

Le second, qui devait en être la conséquence, était le changement de taille de son agence. Il était passé d'une structure employant vingt salariés dans des bureaux loués en ville à une activité individuelle effectuée de chez lui.

Vu son succès, cette dégringolade ne pouvait avoir qu'une explication. La conclusion récente d'un contrat hors norme, pour lequel il avait délaissé le reste et choisi de bosser seul. À tous les coups le projet GE, celui dont les traces avaient été effacées et qui lui avait sans doute coûté la vie.

Chloé avait souhaité gérer cette partie de l'enquête sans Masson. Officiellement, parce que les investigations sur la moto de cross étaient encore à l'état embryonnaire, et qu'il fallait également s'assurer de la correspondance ADN avec les quelques cheveux récupérés sur une brosse dans la salle de bains de Perrin. Une formalité aux yeux de la commandante – elle ne doutait pas une seconde que le cadavre calciné soit celui de l'architecte – mais qui devait quand même être effectuée pour en être sûr.

De façon plus officieuse, elle préférait mettre de la distance avec ce partenaire un peu trop encombrant. Le jeune lieutenant avait l'air d'avoir calmé ses ardeurs mais rien ne garantissait qu'il n'allait pas revenir à la charge.

Midi. Soleil pâle et froid de gueux. Les dossiers retenus par Chloé concernaient des particuliers dont la baraque quasiment achevée leur avait déjà permis de s'installer. Le premier habitait près du parc Flaubert, le deuxième à la Presqu'île. Des écoquartiers imaginés dans une logique de développement durable, de performance énergétique et d'intégration à l'environnement. La trinité sur laquelle l'architecte avait bâti sa renommée, dans une commune dirigée par des écolos et qui venait d'obtenir le titre de « Capitale verte européenne ».

Ces auditions n'avaient rien donné. La policière avait seulement appris, sans surprise, que Perrin était un des cadors français de la construction écologique. Elle avait également compris qu'il avait sous-traité ces résidus de marchés à des confrères, ce qui confirmait sa volonté de se désengager de son activité habituelle.

Chloé marchait à présent vers son troisième et dernier rendez-vous, dans un coin de la ville qui n'avait rien d'écoresponsable. Elle était bien placée pour le savoir. Elle y avait passé une grande partie de sa jeunesse et ses parents y habitaient toujours.

Rue Chenoise, rue Brocherie, rue Renauldon... Des noms aux parfums d'enfance qui renvoyaient l'écho d'une autre vie. Une existence heureuse, insouciante, placée sous le haut patronage de la cathédrale Notre-Dame.

Rien n'avait changé depuis son départ. Ou si peu. Dans cet îlot friqué, les vieux immeubles du centre historique abritaient toujours des boutiques d'antiquaires, des échoppes de barbiers, des bars branchés et une flopée de galeries d'art. Une vraie douceur de vivre planait dans l'air, qui donnait la sensation que le temps y était suspendu.

Chloé eut une pointe au cœur en traversant la rue Barnave. L'appartement familial n'était qu'à une centaine de mètres, si proche et pourtant inaccessible. Déjà quinze ans qu'elle avait coupé les ponts. Son père n'était plus qu'une ombre errant dans sa mémoire mais sa mère lui manquait. Son amour. Sa bienveillance. Leur complicité...

Elle refoula une larme et s'engagea dans la rue Pierre-Duclot. Celle où son paternel achetait ses cigares et où elle s'apprêtait maintenant à faire son job. On ne refait pas l'histoire. Le passé était loin et aujourd'hui, seul le présent comptait.

Mains dans les poches et col relevé, Chloé traça d'un pas rapide jusqu'au numéro 65. Interphone. Présentations. Elle pénétra dans le hall. Moulures, frises et cimaises, comme dans l'immeuble de ses parents. De la décoration bien lourde, de type néoclassique, dont chaque détail était en soi une œuvre d'art.

Sixième et dernier étage. Une seule porte. Elle pressa une antique sonnette en bronze et attendit. Vingt secondes. Trente. Elle s'apprêtait à appuyer une nouvelle fois sur le bouton lorsque le panneau de chêne s'effaça.

— Toutes mes excuses, j'étais dans la cuisine.

Le type qui l'accueillait lui procura une sensation de familiarité. À peu près son âge, fringues de marques – style chic décontracté –, sourire tranquille de ceux à qui la vie n'a jamais tapé sur les doigts. Son visage poupin, habillé d'une paire de petites lunettes rondes, lui rappelait vaguement quelqu'un. Elle songea à l'externat des Sœurs de Sion, le lycée privé où elle avait passé son bac. Compte tenu de la classe sociale dont la plupart des élèves étaient issus, il se pouvait qu'elle l'ait croisé là-bas.

— Monsieur Romain Fabre ?

Hochement de tête. Et encore cette expression de désinvolture, limite exaspérante, qu'il affichait.

— Je vous en prie, entrez.

Chloé avait souvent eu l'occasion de voir des appartements haut de gamme. Dans son milieu, c'était monnaie courante. Là, c'était autre chose. Romain Fabre vivait dans un véritable palais qui associait l'ancien au moderne sous des plafonds de plus de six mètres. D'après le contrat de maîtrise d'œuvre, il était gestionnaire de fortune. L'instinct de la policière, ou peut-être celui de la fille de riches, lui disait qu'il devait gérer essentiellement la sienne, considérable et acquise par héritage.

Elle fit semblant de ne pas être impressionnée – un flic doit toujours donner le sentiment que rien ne le déstabilise – et le suivit dans une enfilade de couloirs qui les amenèrent dans ce qui s'apparentait à un salon de lecture. Des toiles contemporaines étaient accrochées aux murs, assemblages de couleurs vives dont chaque éclat de peinture devait coûter bonbon.

Une fois installée dans un fauteuil inconfortable, une sorte de grosse main rouge conçue par un designer sous acide, Chloé entama l'interrogatoire.

— Mathieu Perrin était votre architecte, n'est-ce pas ?

— Il l'est toujours. Enfin, je suppose.

— Que voulez-vous dire ?

— Ça fait plus d'un mois que je n'ai pas eu de ses nouvelles.

Au moins un client dont la victime avait continué de s'occuper. Il serait le plus à même de lui fournir des infos à peu près fraîches.

— Je suis désolée de vous l'apprendre mais... Il est possible que monsieur Perrin soit décédé.

— Décédé ?

— Nous avons trouvé un corps qui pourrait être le sien. De plus, nous avons toutes les raisons de penser qu'il pourrait s'agir d'un assassinat.

Fabre attrapa une cigarette dans une boîte en argent. Ses mains tremblaient légèrement. En le voyant l'allumer, la sensation d'avoir déjà croisé ce type se renforça.

Il lâcha dans un souffle, en même temps que la fumée :

— Merde...

— J'ai besoin que vous m'aidiez à mieux le cerner.

— Je peux d'abord savoir ce qui s'est passé ?

— J'essaie de le découvrir.

Le gestionnaire de fortune s'adossa à son siège, visiblement sonné. Il tira plusieurs bouffées sur sa clope et l'écrasa dans le cendrier.

— Il était super doué. Je dirais même que c'était un visionnaire. Sans doute un des meilleurs concepteurs de sa génération.

Le même discours que les autres. Pas de doute, on devait se l'arracher.

— J'ai cru comprendre que vous lui aviez confié la construction d'un chalet sur la commune de La Grave.

— Je vois que vous êtes bien renseignée.

— Ça fait partie de mon travail.

— Il s'agit d'un bâtiment écologique pensé pour un environnement de montagne. C'était le milieu qu'il préférait. Une vraie passion. Il y passait tout son temps libre et il avait réalisé un paquet de projets de ce type dans la région. Il était tellement convaincu que ça me plairait qu'il avait réussi à me vendre l'idée.

L'évocation de ce détail lui arracha un sourire étonné. Comme s'il n'y croyait pas lui-même. Puis son visage se ferma à nouveau.

— Assassiné... Excusez-moi, mais c'est vraiment dur à encaisser. Mathieu était la gentillesse incarnée. Je n'arrive pas à comprendre comment...

Les mots restèrent coincés dans sa gorge. Chloé ne relança pas. L'emploi du prénom, ajouté à l'impression de déjà-vu, venait de provoquer un déclic. Elle fouilla dans la poche de son manteau et en tira les photos récupérées sur le pêle-mêle dans la maison de l'architecte. Après les avoir passées en revue, elle en tendit une à l'héritier.

— C'est vous ?

Fabre observa le cliché.

— Oui. Il y a quelques années. Mais... Où avez-vous eu ça ?

— Elle était chez lui.

— C'est là qu'il a peut-être été tué ?

Chloé éluda la question.

— Vous aviez l'air d'être très amis...

— Je le connaissais depuis longtemps. On fréquentait les mêmes endroits quand on avait vingt ans.

La jeunesse dorée grenobloise. Perrin avait dû appartenir à cette communauté ultra-fermée. Comme Fabre et des dizaines d'autres gosses de bourges. À commencer par elle.

— En dehors du contexte professionnel, vous le fréquentiez toujours ?

— Beaucoup moins. Nous n'avions plus la même vision des choses.

— C'est-à-dire ?

Le grand bourgeois alluma une nouvelle cigarette. Ses gestes portaient l'empreinte de son éducation. Précis, mesurés, élégants.

— Mathieu et moi ne nous sommes pas appréciés pour rien. Aussi étrange que cela puisse paraître, les soirées arrosées, les belles voitures et les week-ends à Marrakech n'étaient pas nos seules préoccupations. Même si on en profitait bien, nous avions conscience que le système allait nous péter à la gueule. Le réchauffement climatique n'était pas une vue de l'esprit. Et le pire, c'était qu'avec toutes nos conneries, on aggravait le problème.

Il s'interrompit et écrasa sa clope sans l'avoir fumée. L'évocation de ce sujet le mettait mal à l'aise. Il faisait partie d'une génération écartelée entre l'ancien monde et celui qui se profilait. Comme tous les quadras, Chloé incluse, il avait des difficultés à trouver ses marques.

— Nous avons essayé d'inverser la tendance, reprit-il d'un ton désabusé. Chacun à sa façon. Je ne suis pas très courageux, je dois l'avouer. Je me suis contenté de trier mes déchets, de limiter mes déplacements et de consommer local.

— Ce n'est déjà pas si mal, ne put s'empêcher de commenter la policière.

— Mais pas suffisant. C'est pour ça que j'avais souscrit à l'idée de ce chalet écologique en plein milieu de nulle part. Je comptais m'y installer une bonne partie de l'année pour vivre autre chose. Ma modeste contribution au combat pour la décroissance.

Pas gagné, songea Chloé. L'intention était louable, mais elle avait du mal à croire que le fils de famille pourrait se passer du luxe qui l'entourait.

Elle revint sur l'architecte.

— Vous disiez que vos points de vue avaient divergé. En quoi ?

— Mathieu était beaucoup plus engagé que moi. Et ça ne date pas d'hier. Il a toujours prôné le concept de construction responsable et a surfé sur cette vague toute sa carrière. Mais depuis quelque temps, il n'était plus le même.

— Que voulez-vous dire ?

— Ça s'est passé progressivement. Sur une période de quatre ou cinq ans. Il s'était renfermé. Il travaillait beaucoup, évitait ses amis. Puis il a commencé à fréquenter d'autres gens.

— Quels gens ?

— Je ne les ai jamais rencontrés. J'ai seulement constaté une chose. Ces deux dernières années, son discours avait évolué. De simple idéaliste, il était devenu extrémiste.

Le terme provoqua un appel d'air. Les zadistes étaient aussi des radicaux. À commencer par Reyes, sans doute le plus enragé de tous. L'anarchiste et Perrin avaient pu se reconnaître, raison pour laquelle ils avaient quitté la ZAD ensemble.

Fabre poursuivait :

— Selon Mathieu, le point de non-retour avait été franchi. On aurait beau faire tout ce qu'on voulait, on avait trop déconné avec la planète. Le dérèglement climatique allait provoquer une réaction en chaîne qui conduirait à ce qu'il appelait le « Grand Effondrement ».

Il ne nous donnait pas dix ans avant que tout le système s'écroule.

Chloé avait déjà entendu cette expression. La plupart du temps, un autre terme y était accolé.

— Il était collapsionniste ?

— Je crois que c'est le mot approprié. Il avait aménagé un studio sous sa baraque. Entièrement équipé pour y vivre en autarcie. Il aurait pu tenir pendant des mois sans mettre le nez dehors.

La policière était passée à côté. L'accès devait être bien caché. Assez pour ne pas être repéré dans l'hypothèse où une horde d'affamés aurait débarqué dans son salon après la fin du monde, mais pas pour échapper à un agresseur qui en connaîtrait l'existence. Était-ce le cas du tueur, raison pour laquelle Perrin avait choisi la fuite ? Il allait falloir retourner là-bas et fouiller cette planque à fond. On y trouverait peut-être des éléments intéressants.

De plus, cette nouvelle découverte n'était pas anodine. L'architecte était persuadé que le pire allait se produire. Il avait pris ses dispositions pour l'affronter. En parallèle, il travaillait sur un projet secret au nom duquel on n'avait pas hésité à le supprimer avant de chercher à effacer toutes les données s'y rapportant.

Un projet intitulé GE.

GE, comme Grand Effondrement.

Une telle concordance avait forcément du sens. De là à en déduire qu'il s'agissait de la construction d'un nouveau bunker, cette fois pour d'autres, il n'y avait qu'un pas.

— Mathieu Perrin vous a parlé du projet GE ?

Fabre nia de la tête.

— Ça ne me dit rien.

Chloé n'insista pas. Perrin et lui avaient peut-être été amis mais leurs routes s'étaient séparées depuis longtemps. L'architecte avait poursuivi la sienne avec d'autres, adeptes comme lui du scénario catastrophe et prêts à tout pour y survivre.

Elle abandonna le grand bourgeois à ses fantasmes de décroissance et retrouva la rue avec en tête la pire des sensations. Celle d'avoir fait un pas de géant tout en sachant que la solution se dérobait toujours.

Au rang des certitudes : Perrin n'était pas impliqué dans une affaire de corruption classique, ou quelque chose de ce genre. L'enquête s'orientait vers la sphère collapsionniste et ceux qui l'avaient supprimé adhéraient à cette idéologie.

À celui des questions : pour quelle raison l'assassin ne s'était-il pas contenté de l'égorger, comme il l'avait fait pour les deux autres ? Pourquoi ce déferlement de cruauté quand il l'avait tué ?

32

La police est une grande famille.

Ses membres sont disséminés sur tout le territoire et même s'ils se tirent souvent dans les pattes, il suffit de présenter son badge pour que les portes s'ouvrent.

Chloé poussa celles du commissariat central de Grenoble, un bloc de béton gris qui se trouvait à deux cents mètres de l'immeuble qu'elle venait de quitter. Elle avait décidé de creuser les informations fournies par Fabre et de découvrir qui était vraiment Perrin. La proximité de l'hôtel de police l'y avait incitée naturellement, ses bases de données étant les plus à même de lui fournir des renseignements fiables.

Elle se dirigea vers l'accueil. Se présenta et donna les raisons de sa venue. Le planton hocha la tête et lui demanda d'attendre. On viendrait la chercher d'ici quelques minutes.

Chloé le remercia et avisa un distributeur automatique. Il était plus de 13 heures. Le petit déjeuner était loin, elle avait besoin de reprendre des forces. Elle acheta un wrap sous Cellophane, une bouteille de Vittel citronnée, et s'assit sur un banc. Après avoir avalé son en-cas, elle dut encore patienter vingt bonnes minutes avant qu'une gardienne de la paix à peine aimable vienne la récupérer. Elle la conduisit dans les étages, jusqu'à un bureau aux allures de débarras, et alluma un ordinateur qui avait fait son temps. Après avoir entré les codes d'accès dans la bécane, elle l'abandonna à son sort sans avoir établi le moindre contact.

Chloé ne se formalisa pas. Elle était consciente de l'état d'esprit actuel de ses collègues. Ils faisaient leur taf avec la boule au ventre et un grand nombre d'entre eux flirtaient avec la dépression. Si ça continuait comme ça, même les plus motivés finiraient par rendre leur carte.

Elle retira son manteau et s'installa derrière l'écran. D'abord, le plus simple. Les serveurs de la boîte. Sans surprise, Mathieu Perrin n'était répertorié nulle part. TAJ, FNAEG, FPR, les principaux fichiers de la police judiciaire ne le connaissaient pas. Et bien sûr, casier vierge. Même pas une infraction au code de la route.

Elle passa aux administrations courantes. État civil, sécu, URSSAF, fisc... Perrin était un citoyen modèle. Né à Grenoble, célibataire, sans enfant, il payait charges sociales et impôts rubis sur l'ongle. Son niveau de vie élevé provenait à la fois de la fortune familiale et de sa réussite professionnelle exceptionnelle. Soumis à l'ISF, son patrimoine dépassait les dix millions d'euros.

La commandante releva la tête et réfléchit. Un extrémiste, avait dit Fabre. Le profil de l'architecte ne cadrait pas avec un parcours aussi parfait. En règle générale, ce type d'énergumène alignait toutes sortes de comportements déviants. Et là, rien. Même sur les deux dernières années, période au cours de laquelle Perrin s'était radicalisé.

Elle avala une gorgée de Vittel et changea d'angle. Compte tenu de la personnalité de la victime, Google lui en apprendrait sans doute plus sur elle que tous les services de l'État réunis.

Mais là aussi, la toile était parfaitement lisse. L'ensemble des occurrences renvoyaient à son agence, à peine quelques pages, sur lesquelles il mettait en avant ses réalisations en grande partie construites dans la montagne. Rien sur sa vie personnelle ou son engagement pour la cause écologiste. Encore moins sur sa dérive collapsionniste. Perrin n'était sur aucun réseau social, ne participait à aucun colloque et ne s'exprimait pas dans les médias. Comme si, en dépit de son talent, de sa notoriété, il s'était arrangé pour voler sous les radars.

Chloé frissonna. À peine trente minutes qu'elle était plantée sur cette chaise et elle était gelée. Ses collègues n'avaient pas l'air d'utiliser cette pièce. À tous les coups, le radiateur était éteint.

Elle enfila son manteau. Ses recherches n'avaient rien donné et elle allait se choper la crève en prime. Génial. Elle regarda sa montre. Déjà 14 heures. Elle aurait pu retourner chez Perrin mais n'envisageait pas de le faire sans le mandat de perquisition qu'elle avait demandé au procureur en sortant de chez Fabre. Connaissant l'inertie du parquet, elle ne l'obtiendrait pas avant demain, meilleur des cas.

Perdu pour perdu, elle se dit qu'elle pouvait profiter de l'occasion pour en apprendre un peu plus sur la collapsologie. Comme la plupart des gens, elle connaissait le concept sans savoir avec précision de quoi il retournait.

Elle tapa le terme dans la barre de recherche en y ajoutant les mots « grand » et « effondrement ». La première occurrence l'amena sur le site Wikipédia. Une page fouillée qui s'ouvrait par une définition. La collapsologie y était présentée comme un courant de pensée transdisciplinaire apparu dans les années 2010, envisageant les risques, causes et conséquences d'un effondrement de la civilisation industrielle.

Un de ses chantres, créateur du néologisme qui avait donné son nom au mouvement, était l'ingénieur agronome et docteur en biologie Pablo Servigne. Il avait pondu un bouquin sur le sujet en 2015, dans lequel il prédisait la fin du monde pour 2030.

Ce prophète du malheur s'appuyait sur l'existant – épuisement des ressources pétrolières, extinction des espèces, essoufflement de l'agriculture intensive, flux tendu des chaînes d'approvisionnement – pour annoncer une convergence des périls qui conduirait au drame final. Les crises climatiques, écologiques, socioéconomiques et biogéophysiques se conjugueraient et déclencheraient une succession de catastrophes à l'échelle planétaire. Cet effet domino dévasterait l'humanité et la renverrait à l'âge de pierre. Une vie dans laquelle, selon lui, nourriture, énergie et eau potable seraient rationnées, voire objet de luttes sanglantes. Sécheresse et inondations accentueraient la raréfaction des ressources, transformant notre paradis en un enfer.

Chloé termina sa Vittel. Une sensation d'oppression pesait sur sa poitrine. Elle avait beau relativiser les projections morbides du scientifique, il n'avait pas tout faux.

Elle poursuivit sa lecture. Des dizaines de pages qui, peu ou prou, rabâchaient la même théorie dystopique. Des personnages publics, comme l'ancien ministre Yves Cochet ou l'astrophysicien et philosophe Aurélien Barrau, en étaient les défenseurs les plus ardents. S'appuyant sur les rapports du GIEC, le groupement d'experts intergouvernemental sur l'évolution du climat, ils poussaient la logique jusqu'à mettre en pratique un mode de vie survivaliste en vue du désastre à venir.

Soudain, au milieu de ce fatras alarmiste, un lien attira son attention. Il renvoyait sur un média en ligne, Urba Vox, qui traitait dans un article datant de plusieurs années de l'architecture isolationniste.

Elle consulta la page. Les premiers à s'être intéressés au sujet étaient les *preppers* américains, pionniers du survivalisme qui avaient construit des abris antiatomiques dans leur jardin pendant la guerre froide. Après le 11 Septembre, portés par la crainte d'une attaque terroriste de grande ampleur et l'augmentation du nombre des tornades, ils avaient perfectionné le concept et imaginé au fil du temps des bunkers autonomes. Ce marché juteux, développé à base de conteneurs reconditionnés, avait ouvert des perspectives à des industriels. Une société du Middle West s'était même spécialisée dans la construction d'unités souterraines pouvant abriter de cinquante à mille personnes avec une garantie de trois cent soixante-cinq jours d'autonomie.

Chloé secoua la tête. Le monde allait de plus en plus mal, et des enfoirés jouaient sur les peurs pour se remplir les poches en proposant aux gens de vivre dans des terriers.

C'était du pur délire.

Elle continua à lire. Base autonome durable, habitat flottant, maison sous-marine ou perchée dans les arbres... Un univers entier se déployait devant ses yeux, à la fois incroyable et fascinant, une terre inconnue, dangereuse et hostile, peuplée de paranos prêts à se dévorer entre eux.

L'article s'achevait par des dessins hallucinants de ces projets complètement fous, sans doute jamais réalisés et dignes de films de science-fiction. Suivait une série de notes en bas de page qui mentionnaient les références et les emprunts.

Elle les parcourut, par pure curiosité. À la cinquième, son cœur fit un bond. Il s'agissait d'un mémoire de fin d'études d'architecture datant de 2002, rédigé à l'université de Grenoble et intitulé « La Cité autonome et durable, utopie ou nécessité ? – Hypothèse de mise en place d'un complexe de survie en Antarctique ».

Son auteur : Mathieu Perrin.

La commandante lâcha un « *Yes !* » de victoire entre ses dents. Cette découverte valait son pesant d'or et impliquait deux conséquences.

La première, Perrin avait toujours été collapsionniste. Il avait juste caché son jeu pendant de nombreuses années, attendant sans doute l'occasion pour abattre ses cartes.

La seconde, ce travail universitaire sur l'architecture survivaliste allait dans le sens de son intuition. Le dossier GE concernait l'édification d'une construction qui permettrait de faire face au Grand Effondrement. Un simple bunker, comme dans sa baraque ? Ou quelque chose de plus gros, à l'image d'une base de survie implantée en milieu glaciaire, l'endroit que l'architecte jugeait à l'évidence le plus apte à accueillir un tel complexe ?

Quelle que soit la réponse, Chloé devinait que les compétences et les croyances de Perrin l'avaient désigné pour être le maître d'œuvre d'un projet délirant. Un projet sentant le soufre, dont les enjeux lui avaient sans doute coûté la vie.

Elle nota les références avec fébrilité et se connecta au site de l'université. Cette thèse tombait à pic. Elle lui donnerait des indications complémentaires sur la façon dont Perrin envisageait les choses.

Comme dans la plupart des facs, l'ensemble des travaux de recherche étaient regroupés dans une bibliothèque virtuelle. Chloé cliqua sur l'onglet et tapa le nom de l'architecte dans la barre de recherche. L'intitulé de son mémoire apparut aussitôt mais pas moyen de le consulter en ligne. Il fallait un mot de passe. Si elle voulait le lire, elle devrait faire le déplacement.

Elle allait fermer la page lorsqu'un détail attira son attention. Le nom du directeur de thèse était mentionné sous celui de l'étudiant. Professeur Patrick Vernay, responsable du master 2 d'architecture, environnement et cultures constructives.

La policière croisa les doigts et décrocha son téléphone. Avec un peu de chance, elle aurait encore mieux que la simple lecture d'un document.

Les commentaires de celui qui en avait supervisé l'élaboration.

33

L'École nationale supérieure d'architecture de Grenoble, l'ENSAG, avait installé son campus dans un agglomérat de blocs de béton gris collés les uns aux autres à la façon d'un gros Lego. Chloé s'y était rendue à pied, une balade de trente minutes en marchant vite, idéale pour se réchauffer.

Elle demanda son chemin à l'accueil et prit un ascenseur. Son pari s'était révélé payant. Le professeur était sur place et avait accepté de la recevoir.

Elle toqua et entra dans son bureau, une petite pièce qui débordait de beaux livres, de maquettes et d'ouvrages d'art. Patrick Vernay était calé dans un fauteuil aussi usé que lui, un prof à l'ancienne qui portait veste en tweed, nœud papillon et pochette avec l'élégance désuète d'un lord anglais. Seule concession à son univers créatif, une paire de lunettes mauves donnait à son visage parcheminé une touche de modernité.

— Mathieu Perrin… Sans doute l'étudiant le plus brillant que j'ai eu à côtoyer durant toute ma carrière, lâcha-t-il en secouant la tête. Quelle tristesse. Et quelle perte pour la profession.

Il semblait sincèrement affecté par la mort de son ancien élève. Chloé avait maintenant pris le parti de la considérer comme un acquis et la lui avait annoncée en prenant des gants. Elle avait mentionné qu'il s'agissait sans doute d'un meurtre, sans plus d'explications. Si l'universitaire était bien placé pour commenter le travail de Perrin, elle voyait mal, en revanche, comment il saurait ce qui avait poussé le tueur à cramer ses viscères après lui avoir fait avaler du sans plomb.

— En quoi puis-je vous aider ? demanda-t-il avec un sourire poli.

— Mathieu Perrin opérait sur un marché très spécifique. Celui de l'écoconstruction. Il est possible qu'il ait été tué en raison d'un projet sur lequel il travaillait.

— Qu'est-ce qu'il avait de si particulier, ce projet ?

— Je l'ignore pour l'instant. Mais il a peut-être un rapport avec son mémoire de fin d'études.

— Vous parlez de son hypothèse d'implantation d'un complexe de survie en Antarctique ?

Vingt ans plus tard, il s'en souvenait encore. Pas de doute, le thème l'avait marqué.

— C'est ça, répondit Chloé. Comme vous dirigiez le master, j'ai pensé que vous pourriez m'en apprendre un peu plus sur ce sujet.

Vernay s'adossa à son fauteuil. Ses gestes étaient lents, mesurés, comme son élocution.

— Je crains que vous ne fassiez fausse route. Il s'agissait purement et simplement d'une utopie.

Chloé encaissa le coup.

— Vous voulez dire que ce n'est pas faisable ?

— Pas en l'état de nos mentalités.

La réponse déstabilisa la commandante mais la formulation ambiguë employée par Vernay méritait néanmoins qu'elle s'y attarde.

— Vous pouvez m'expliquer ?

L'enseignant hocha la tête avec une sorte de gourmandise. À l'évidence, il adorait transmettre.

— Perrin avait imaginé un concept original mixant les principes constructifs de la cité autonome et ceux du complexe de survie. Une ville entière, propre, capable de fonctionner durablement en totale autarcie, et surtout susceptible d'être implantée en milieu hostile, en l'occurrence l'Antarctique. Et là, chapeau. Il était parvenu à mettre en place des solutions aussi innovantes que stupéfiantes.

Chloé perçut une pointe de fierté dans sa voix. Le vieux prof avait permis à une jeune pousse prometteuse de se transformer en une fleur magnifique. Le rêve de tout enseignant.

Il poursuivait avec le même enthousiasme.

— Je ne sais pas si vous réalisez, mais il avait à peine vingt-trois ans quand il m'a présenté ce travail. À une époque où ce type d'urbanisme de crise n'était pas encore à la mode. Depuis, avec le réchauffement climatique, quelques grands noms du métier s'y sont intéressés. De mon point de vue, aucun ne lui arrive à la cheville.

— Vraiment ? Et en quoi dépassait-il ses confrères ?

Vernay ajusta ses lunettes sur son nez. Un geste théâtral qu'il devait faire quand il s'apprêtait à dispenser sa science.

— C'est une chose de fantasmer, entama-t-il d'un ton sévère. D'imaginer sur le papier la cité du futur.

C'en est une autre de la construire. Même le grand Norman Foster s'y est cassé le nez avec Masdar City, sa ville verte dans le désert d'Abou Dhabi. Le chantier a pris des années de retard.

On revenait dans le cœur du sujet. La faisabilité de ces projets.

— Le talon d'Achille de toutes ces stars, expliqua l'enseignant, c'est l'ego. Ils veulent marquer leur temps, laisser leur empreinte dans l'histoire de l'architecture. Comme les Égyptiens avec les pyramides. Résultat, ils nous pondent des concepts improbables, jolis à regarder mais impossibles à réaliser. Je vais vous montrer. Vous comprendrez mieux.

Le professeur se leva avec une énergie insoupçonnée, comme porté par une colère ancienne. Il alla exhumer un gros bouquin d'une pile d'ouvrages qui traînait dans un coin, le tendit à Chloé et se rassit dans son fauteuil.

— Allez-y. Feuilletez. Vous allez voir jusqu'où vont leurs délires.

La commandante ouvrit le livre, intitulé simplement *L'Urbanisme de demain*. Il rassemblait des dessins hyper léchés, tous plus réalistes les uns que les autres, visions séduisantes qu'avaient leurs concepteurs de ce que seraient nos habitats. Immeubles aux allures de lianes torsadées, entièrement recouverts par une végétation luxuriante. Dômes de verre en forme de collines alanguies. Coupoles semblables à de grandes vasques, suspendues dans les airs par de longs câbles d'acier. Corolles de métal disposées en bouquet, soutenues par de fins piliers plantés dans la mer et reliées par des passerelles végétales…

— Impressionnant mais pas vraiment sérieux, commenta Vernay avec à présent une touche d'ironie dans la voix. Ça pourrait juste servir de décor à un film d'anticipation.

Chloé referma l'ouvrage.

— Vous m'avez expliqué que ces projets étaient beaucoup moins intéressants que celui de votre élève. C'est en raison de son implantation en milieu hostile ?

— Pas uniquement. Contrairement aux autres, Perrin était un pragmatique. Ce qu'il avait conçu n'était pas une simple vue de l'esprit. C'était techniquement et financièrement réalisable.

La policière était perdue. Après avoir parlé d'utopie, Vernay avait l'air de suggérer que c'était jouable.

Elle creusa encore, histoire d'y voir un peu plus clair.

— Ça doit quand même coûter très cher ce genre de plaisanterie. Et les contraintes sont énormes.

— En effet. Mais c'est faisable. À condition de ne pas trop attendre.

Chloé sentit qu'il allait aborder le nœud du problème.

— Le coût n'est pas le véritable obstacle, développa-t-il. L'argent, ça se trouve. Surtout quand on n'a plus le choix. La principale difficulté serait l'acheminement des matériaux.

— Pourquoi ?

— Le mémoire de Perrin prenait pour postulat que notre planète deviendrait inhospitalière. D'où la nécessité de bâtir une cité autonome dans un lieu encore capable de l'accueillir, et qui disposerait d'assez de ressources pour lui permettre de fonctionner sur le long terme. Le hic, c'est que si le système s'écroulait, il ne serait plus possible de transporter quoi que ce soit.

On ne pourrait donc plus aménager des zones encore vierges et par définition difficiles d'accès, comme celle où Perrin avait localisé son projet.

— Il faudrait anticiper, c'est ça ?

— Et c'est là que le bât blesse. La fin du monde n'est pas certaine et personne ne prendrait aujourd'hui le risque d'investir dans des installations d'envergure seulement dédiées à la survie, tout au moins sur Terre. Les milliardaires soi-disant concernés par l'avenir de la planète préfèrent se tourner vers l'espace. C'est tout aussi délirant mais beaucoup plus rentable, a fortiori quand on peut y inclure des satellites.

— En d'autres termes, le marché n'est pas mûr, synthétisa Chloé.

— Si tant est qu'il le soit un jour. L'être humain a tendance à se voiler la face. Les mentalités évoluent mais il a toujours du mal à accepter le fait que tout ce que nous avons bâti finira un jour par disparaître. Encore moins qu'il en sera le responsable. Alors il imagine des moyens de prolonger un peu plus cette illusion. Les écocités que je vous ai montrées en sont un bon exemple. Elles sont prévues pour limiter nos émissions de gaz à effet de serre tout en restant dans la droite ligne de ce que nous connaissons déjà.

— Que voulez-vous dire ?

— Comprenez bien. Ces constructions, à commencer par celle de Foster, ne sont pas imaginées pour affronter une apocalypse annoncée mais pour essayer de l'éviter en limitant la casse. Bâtir une ville entière dont la finalité serait seulement la survie, comme l'avait imaginé Perrin, reviendrait à accepter l'idée que les jeux sont faits et que la planète est déjà foutue. Fort heureusement, l'homme en est incapable. C'est bien pour cette raison que son complexe en Antarctique était une utopie.

Le discours du vieux prof se tenait. Sa conclusion n'arrangeait pas les affaires de Chloé pour autant. Il venait de lui signifier que le dossier GE ne pouvait pas concerner la construction d'une arche de Noé. Personne, à l'heure actuelle, ne l'aurait financée.

Une sensation de frustration envahit la policière. Trop de facteurs convergeaient dans la même direction. Même s'il ne s'agissait pas d'une cité-refuge conçue pour accueillir des survivants après la catastrophe finale, le dossier dérobé chez l'architecte était forcément corrélé à sa mort.

Elle tenta le tout pour le tout.

— Le projet qui a coûté la vie à Mathieu Perrin était référencé GE. Ça vous parle ?

Vernay fronça les sourcils, comme s'il évaluait la question. Puis il nia de la tête.

— Non. Ça ne me dit rien.

Échec et mat. La piste collapsionniste se refermait et il allait falloir tout reprendre de zéro.

— Vous avez l'air déçue, lança le professeur avec un petit sourire compatissant.

— Pour être honnête, j'espérais autre chose.

— Je suis désolé. J'aurais aimé vous apporter des réponses différentes mais la situation est ce qu'elle est. En revanche, je peux peut-être vous donner une dernière information.

— Laquelle ?

— Ça vaut ce que ça vaut, mais Perrin était du genre têtu. Il était convaincu qu'un jour, il réussirait à bâtir sa ville. Nous avions échangé sur le sujet à plusieurs reprises, bien après qu'il avait quitté l'école. Je pensais qu'il avait entendu mes arguments et qu'il s'était fait une raison mais il a peut-être continué à poursuivre cette chimère.

Une porte s'entrebâillait. Chloé tenta de l'ouvrir en grand.

— Comment ? Vous venez de m'expliquer que personne ne l'aurait suivi dans une telle aventure.

— Je n'en ai pas la moindre idée. Ce que je sais, c'est qu'il avait envisagé plusieurs possibilités avant de s'arrêter sur celle qu'il estimait la plus réaliste.

— C'était laquelle ?

— La très haute montagne. Au-dessus de 3 000 mètres. Un environnement glaciaire encore préservé et relativement accessible. Selon lui, construire en altitude était la seule option permettant de surmonter les perturbations climatiques qui nous attendent.

Le choix d'un tel site était raccord avec ce que Chloé avait appris sur l'architecte. Son mémoire de fin d'études. Ses chalets écoresponsables. Sa passion pour les cimes. Tout le ramenait à cet univers de pureté.

Elle quitta l'universitaire avec un sentiment mitigé. Dans le principe, l'état des mentalités n'aurait pas permis à Perrin de réaliser son rêve. Pourtant, il n'avait jamais vraiment lâché l'affaire. Se pouvait-il qu'il ait trouvé des associés assez barrés pour financer son obsession ? Des collapsionnistes, convaincus comme lui de l'imminence du Grand Effondrement et suffisamment riches pour investir plusieurs milliards d'euros dans la construction de cette folie ?

Chloé était consciente de la fragilité de cette hypothèse. Elle impliquait trop de contraintes, de risques, pour un résultat dont la rentabilité était plus qu'aléatoire. Mais en dépit de ces obstacles, elle sentait que c'était la piste la plus solide. Celle qui permettrait d'emboîter les pièces du puzzle et de donner une cohérence à son enquête.

Comment tirer le fil ?

Remonter jusqu'aux commanditaires et donc à l'assassin ?

Elle avait exploré l'univers de la victime.

Elle devait à présent se concentrer sur celui du tueur.

34

Après avoir récupéré sa voiture, Chloé avait branché le Bluetooth et écouté sa boîte vocale. Rien. Pas l'ombre d'un message. À croire que son enquête n'intéressait qu'elle.

Elle se rappela qu'on n'était que lundi. Que les hostilités avaient débuté à peine soixante-douze heures plus tôt et qu'il y avait eu le week-end. Un temps mort pendant lequel les gens normaux, flics compris, levaient le pied. Après tout, c'était son choix de bosser le dimanche. Elle ne pouvait pas reprocher aux autres de ne pas en faire autant.

Pour ne pas perdre de temps, Chloé avait pris la décision de rentrer à Marseille afin de rédiger les PV correspondant à ses dernières investigations. Dès qu'elle aurait obtenu son mandat, elle le déléguerait à ses collègues grenoblois qui se chargeraient d'aller taper la perquise du bunker de Perrin. Après tout, ils étaient aussi payés pour ça.

Elle quitta le parking et remonta à la surface. Files ininterrompues de voitures. Klaxons agressifs. Trafic sursaturé. En fin d'après-midi, les rues de sa ville natale évoquaient des artères en souffrance charriant un flux épais de métal.

Chloé essaya de positiver. Grenoble était à trois heures de sa ville d'adoption mais avec ce bordel, elle allait devoir en ajouter une de plus avant d'arriver chez elle. Elle devait mettre cette pause à profit pour se recentrer un peu. Prendre de la distance avec cette saloperie de job qui lui bouffait la tête. Et la meilleure façon de le faire était d'écouter de la musique.

Elle alluma la radio, branchée en permanence sur MFM. Chloé adorait la variété française. De la chansonnette comme la qualifiaient ses parents. Les textes étaient parfois faciles, comme les musiques, mais les morceaux de Goldman, Obispo ou Zazic touchaient son âme jusqu'à l'écorce.

Elle se laissa aller quelques minutes sur un titre de Calogero. Coincée sur une avenue censée la conduire à l'autoroute, elle roulait au pas en se laissant porter par les paroles avec la sensation que le monde avait soudain perdu de sa brutalité. Puis, sans transition, un flash d'info la ramena sur terre. Guerre en Ukraine, inflation, montée en flèche des extrémismes... Que du bonheur.

La tentative de création de la ZAD de Sainte-Soline, dans les Deux-Sèvres, capta son attention. Des militants écologistes s'étaient opposés à la création de mégabassines destinées à l'agriculture intensive. Affrontement avec les gendarmes. Blessés. Le ministre de l'Intérieur avait lâché le terme d'écoterrorisme. Le site avait été évacué mais les médias s'y intéressaient encore.

Pas moyen d'y échapper. Chloé avait beau se raisonner, les forces obscures de l'univers la ramenaient à son affaire. Elles venaient de lui signifier qu'elle n'avait pas une minute à perdre.

Elle appela Masson.

— Latour. Je ne vous dérange pas ?

— Jamais.

Toujours aussi prévenant. Chloé sentit néanmoins que sa posture avait changé. Il n'était plus dans la séduction. Son ton était celui d'un partenaire sincère, prêt à se mettre en quatre pour l'assister au mieux.

— Vous en êtes où, avec la moto ?

— J'allais justement vous appeler.

— Pour me donner de bonnes nouvelles ?

— Oui et non.

En matière d'investigations criminelles, rien n'était jamais limpide. Ou très rarement. Le contraire aurait été trop simple.

— Je vous écoute.

— Ça n'a pas été évident. J'ai dû insister pour que la PTS repasse au crible le périmètre de la scène de crime. Elle était super contaminée mais ils ont quand même réussi à isoler quelques empreintes de pneus.

Ago avait vu juste. Même si une armada de véhicules avait labouré la zone, ça valait le coup de le tenter.

Masson continuait :

— Le problème, c'est qu'elles correspondent à dix modèles différents, tous à crampons et susceptibles d'être montés sur n'importe quelle bécane.

Fausse joie. « Oui et non », avait dit le lieutenant. Chloé passa la première. La file de voitures avançait au ralenti, par saccades. Comme son enquête à cet instant.

— Les immats ?

— C'est pire. Il y a plus de cent mille motos de cross ou d'enduro immatriculées sur tout le territoire. Sans compter celles qui ne sont pas homologuées.

De quoi y passer des mois. Chloé se demandait où était la bonne nouvelle.

Masson dut percevoir ses doutes. Il avait gardé le meilleur pour la fin.

— On a peut-être une chance du côté des garages. J'ai fait la liste de ceux qui entretiennent ce type d'engins. Il n'y en a que quatre sur Grenoble. Le coin où vivait et travaillait la victime.

L'enchaînement pouvait sembler cohérent. Mais il y avait quand même une écharde dans cette logique.

— Rien ne prouve que le tueur vienne de là.
— Si. Justement.

Chloé serra ses mains sur le volant. Un geste incontrôlé.

— On a un témoin, précisa Masson.
— Un témoin ?
— J'avais lancé un appel pour retrouver la bécane. Un chasseur s'est manifesté. Il rentrait chez lui en voiture et il a vu un homme charger une Husqvarna sur une remorque.
— C'est une moto de cross ?
— La marque la plus vendue. Il l'a reconnue tout de suite, son fils a la même. Une FC 450 Heritage, le dernier modèle. Celle-là était orange et jaune.
— C'était où ?
— Le type était garé sur une aire de repos de la D554 qui mène à Barjols, à une dizaine de kilomètres de l'entrée du chemin de la bergerie. Comme il était

près de 22 heures et que le véhicule tracteur était un gros Hummer de couleur noire, ça a attiré son attention.

Chloé ne s'était pas trompée. Le tueur avait pris la sortie de secours. Une piste forestière qu'il avait dû repérer. Elle lui avait permis de s'évanouir dans la nature en passant par-derrière et de retrouver sa caisse qui l'attendait un peu plus loin.

Un coup de Klaxon la fit sursauter. La file avançait. Elle rattrapa son retard et demanda avec une sorte de fièvre :

— Il a donné un signalement du conducteur ?

— Grand, plutôt costaud. C'est tout ce qu'il a retenu.

— Il a pu voir la plaque de la moto ?

— Elle n'en avait pas. Soit elle a été volée, soit elle n'est pas homologuée.

— Et le Hummer ?

— Le témoin est passé trop vite. Il a juste pu relever le numéro du département.

— 38 ?

— 38.

L'Isère.

Chef-lieu, Grenoble.

Chloé sentit une flambée dans ses veines.

— Vous avez la liste des garages ?

— Je vous l'envoie par mail. Au fait, j'ai eu la confirmation pour Perrin. Vous aviez raison, il s'agit bien de lui. L'ADN correspond.

La commandante étira un sourire de satisfaction.

— OK. Je vous rappelle dès que je peux.

Elle raccrocha avant qu'il n'ait le temps de lui demander si elle avait encore besoin de ses services. Puis elle parqua sa voiture sur un emplacement de livraison et consulta la liste des garages adressée par Masson.

De toute évidence, elle n'en avait pas fini avec sa ville natale.

35

Chloé avait commencé par le concessionnaire.

Le lieu de vente se trouvait de l'autre côté de l'autoroute, dans la commune périurbaine de Fontaine. Après s'être extirpée du centre-ville, elle avait traversé une succession d'espaces pavillonnaires coincés au milieu des barres d'immeubles et des constructions industrielles. Puis, au bout d'une demi-heure de trajet – elle hésitait toujours à actionner son gyrophare quand elle n'était pas sur ses terres –, elle avait atterri dans une petite zone commerciale où se serraient quelques entrepôts en tôle.

Celui qui abritait la concession Husqvarna était sans doute le plus imposant. Un gros cube de métal noir, calé entre deux autres revendeurs de motos, dans ce qui ressemblait à un spot dédié à ce sport.

Elle pénétra dans le showroom. Des dizaines d'engins rutilants s'alignaient en plein milieu, dans une ambiance aseptisée qui sentait le cuir et le caoutchouc. Décorant les murs, de grands portiques abritaient tenues, gants, casques et autres accessoires. Un vrai supermarché, briqué à mort, très éloigné de l'idée que se faisait la commandante d'un garage où l'on faisait de la mécanique.

Elle présenta son badge à une hôtesse d'accueil, une blonde pulpeuse digne d'une pub pour magazine de motards. La fille l'orienta vers un autre comptoir, planqué au fond de la boutique.

Le type qui gérait le SAV n'avait pas vraiment l'allure d'un champion de motocross. Son look avachi et ses lunettes retenues par une chaîne lui donnaient plutôt celle d'un archiviste.

— Une FC 450 orange et jaune ?

— C'est ça, confirma Chloé.

— Non. J'vois pas. Le modèle d'origine est blanc, avec un liseré bleu.

— Elle a pu être repeinte.

— Ça, c'est sûr. Mais nous, on fait pas la peinture.

Pas vraiment coopératif. Le magasinier avait les yeux rivés sur un écran et notait des références en lui parlant.

— Cet engin a été préparé pour les compétitions, poursuivit la commandante en essayant de conserver son calme. Il est possible qu'il ne soit pas homologué.

— Alors il y a encore moins de chance qu'il soit passé chez nous. On s'occupe juste des révisions.

Inutile d'insister. Ici, le leitmotiv était la vente et l'entretien. Rien d'autre. Elle regarda sa montre. Le temps filait et il lui restait encore trois garages à voir.

— Vous savez qui serait le plus à même de modifier une Husqvarna à Grenoble ?

— Allez voir Gérard Motos. On lui envoie tous les clients qui veulent trafiquer leur bécane.

Un des préparateurs mentionnés dans la liste de Masson. Avec un peu de chance, ce serait peut-être le bon.

18 h 30. Retour voiture et trajet en sens inverse. Le garage était à l'est de la ville, au fond d'une petite rue qui longeait le parc Paul-Mistral. Cette fois, Chloé enclencha son deux-tons. Plus le moment de faire la timide. Elle devait arriver à destination avant la fermeture.

Boostée par la sirène, la traversée de Grenoble ne lui prit cette fois qu'un quart d'heure. Un véritable chemin de croix dans un trafic toujours aussi chargé. Enfin, après avoir grillé plusieurs feux rouges et pris deux sens interdits, elle atteignit son but.

Gérard Motos était un boui-boui bien pourri dissimulé derrière une vitrine sale. Un vrai capharnaüm sentant l'huile de vidange, jonché de pièces détachées, d'outils, de motos désossées et de moteurs ouverts en deux. Épinglés aux murs, des posters de champions en pleine action servaient de décoration. L'ambiance, à l'opposé de celle du complexe aseptisé que Chloé venait de quitter, évoquait le repaire d'un passionné.

Un type en combinaison grise était assis par terre devant un pot d'échappement. La policière se fraya un chemin parmi les arbres à cames et les carburateurs pour arriver jusqu'à lui.

— Bonjour. C'est vous le gérant ?

L'homme releva la tête. Pas plus de trente ans, regard-sourire, visage maculé de traînées sombres. Chloé eut la vision d'un mineur remontant d'une galerie.

— Non, c'est mon père.

Gérard Motos. Le prénom, pas vraiment actuel, devait être celui du fondateur.

— Je peux le voir ?

— Il n'est pas là, répondit-il en se mettant debout. Je peux peut-être vous renseigner ?

Le garçon était sympathique. Sa gentillesse naturelle n'avait rien de commercial. C'était celle d'un artisan à l'ancienne, amoureux de son métier et du travail bien fait, soucieux de satisfaire sa clientèle. Une espèce en voie de disparition, digne de figurer dans un musée.

Chloé déclina son identité et présenta son badge.

— Je cherche une Husqvarna FC 450 orange et jaune. Vous l'avez peut-être préparée.

Le jeune homme plissa le front.

— Effectivement. J'en ai repeint une avec ces deux couleurs.

Une lueur d'espoir. La policière essaya de ne pas s'emballer.

— Une seule ?

— Oui. Un modèle pour circuit. Je l'ai modifié de A à Z.

— Il était homologué ?

— Non. Le client voulait que je personnalise sa bécane. Je ne trouvais pas ça terrible mais j'ai aussi accepté d'ajouter une flamme sur le réservoir.

Le témoin était passé trop vite. Il avait eu une vue d'ensemble mais n'avait pas fait attention à ce détail.

— Vous avez ses coordonnées ?

— Je dois pouvoir vous les trouver.

Il se dirigea vers un semblant de bureau planqué à l'arrière de l'atelier. Quelques recherches sur un ordinateur qui traînait au milieu d'un fatras de papiers et il revint avec un Post-it.

— Serge Falco. Je vous ai mis l'adresse et le téléphone.

Trop beau pour être vrai. En dépit de toutes ses précautions, le tueur avait laissé un indice dans son sillage. Un caillou blanc qui allait conduire Chloé jusqu'à lui.

Elle courut à sa voiture. Entra les coordonnées dans le GPS. Le Freney-d'Oisans, la petite commune où habitait Falco, était à deux pas du barrage du Chambon, au pied de la route qui grimpait à la station de ski des Deux Alpes.

Pas plus de soixante bornes.

Elle y serait en moins d'une heure.

36

Chloé déboula dans le village aux alentours de 20 h 30. Quelques maisons à peine, regroupées sous la flèche d'un clocher qui paraissait piquer le ciel. Celle de Falco était tout au bout, en lisière de la départementale.

Elle se gara sur le parking d'une auberge-restaurant, à une centaine de mètres de l'objectif. Pas un chat. Silence de mort. Des lumières faiblardes filtraient de rares fenêtres, donnant la sensation d'une gigantesque veillée funèbre.

Elle mit son portable en mode silence, comme avant chaque intervention, et sortit de la voiture. Puis elle se dirigea vers la bâtisse, une construction de bonne taille dont les murs de pierre sèche luisaient dans la clarté d'une lune montante. Aucun Hummer à l'horizon. Juste une Jeep Wrangler couverte de boue garée devant l'entrée. Les volets étaient clos mais le son étouffé d'une musique provenait de l'habitation. L'oiseau était au nid.

Chloé dégaina son flingue. La fatigue s'était envolée, chassée par les tombereaux d'adrénaline qui se déversaient dans ses artères. Vue, odorat, ouïe… Chacun de ses sens était comme augmenté, prêt à lui indiquer dans la seconde la présence d'un danger.

Elle ignora la porte principale et fit le tour de la maison, à la recherche d'un accès plus discret qui lui permettrait de prendre le suspect par surprise. En vain. Une unique ouverture donnait sur l'arrière, dans une petite rue sombre. Sans doute celle du garage, à en croire le rideau métallique flambant neuf qui le protégeait. L'attelage dont Falco s'était servi pour se rendre à la bergerie était peut-être planqué là-dedans, mais tenter de le forcer reviendrait à ameuter le quartier.

Plus le choix. Elle allait devoir attaquer frontal. La perspective la fit chanceler. Les interpellations musclées, c'était le truc d'Ago. Pas le sien. Elle n'avait sorti son arme qu'une petite dizaine de fois tout au long de sa carrière et, fort heureusement, elle n'avait pas eu à s'en servir.

Elle songea à appeler du renfort. De mémoire, la brigade de gendarmerie la plus proche était au Bourg-d'Oisans. Il y en avait peut-être une aux Deux Alpes mais elle n'en était pas certaine. Dans tous les cas, il leur faudrait au minimum une demi-heure pour lui prêter main-forte. C'était peut-être jouable, à condition que le suspect ne décide pas de se faire la malle.

Un cliquetis caractéristique coupa court à ses tergiversations.

— Tu bouges plus ! Tu lèves tes mains bien haut et tu te tournes vers moi !

Chloé s'exécuta, cœur dans la gorge. Elle aperçut, à une dizaine de mètres, la silhouette d'un homme en partie avalée par la nuit. Grand, épaules larges, bien campé sur ses jambes dans la pénombre de la ruelle. Pas moyen de voir son visage mais la corpulence correspondait à la description fournie par le témoin. Le fusil de chasse qu'il braquait sur elle était quant à lui parfaitement identifiable. Double canon. Calibre 35. Sûrement chargé avec des balles pour le gros gibier. À cette distance, si le coup partait, ce serait un carnage.

— Pose ton flingue par terre. Lentement.

La commandante laissa glisser son SIG sur le sol. Elle avait peur. Elle était en colère. À force d'hésiter, elle s'était fait avoir comme une débutante.

— Approche un peu que je voie ta gueule.

Chloé s'avança, bras toujours au-dessus de sa tête. Son esprit tournait à cent à l'heure, à la recherche d'une issue.

— Une gonzesse ! s'exclama le costaud quand elle s'immobilisa devant lui. Et mignonne, avec ça. T'as de la veine que j'aie pas tiré à vue, ma belle. Ça aurait été dommage de fracasser un si joli minois.

Chloé sentit de façon confuse que quelque chose clochait. Le type était un peu lourdingue mais n'avait pas le comportement d'un tueur psychopathe.

— Maintenant, tu vas me suivre gentiment et on va appeler les gendarmes.

— Les gendarmes ? s'étonna la policière.

— Tu croyais quoi ? Que j'allais te laisser filer ?

— Attendez… Vous êtes bien Serge Falco ?

L'homme lui lança un regard surpris.

— Tu connais mon nom ?

— Vous êtes le propriétaire d'une Husqvarna FC 450 orange et jaune ? Un modèle préparé pour les circuits ?

— J'étais. On me l'a volée.

Chloé respira mieux. L'impression de décalage s'expliquait. Même si elle s'était plantée, elle n'allait pas finir avec une balle dans la tête.

Falco, en revanche, était devenu plus suspicieux.

— Comment tu sais ça ?
— Commandante Latour. Brigade criminelle de Marseille. Je suis ici dans le cadre d'une enquête.

L'homme la jaugea d'un autre œil.

— Qu'est-ce qui me dit que c'est vrai ?

Chloé descendit lentement sa main vers sa poche.

— Holà ! se méfia le type en relevant son canon. Doucement !

— Tout va bien. Je sors juste mon badge.

Elle poursuivit son geste au ralenti et lui montra l'insigne. Falco abaissa aussitôt son fusil.

— Putain de merde. J'suis désolé. Depuis qu'on m'a braqué ma bécane, je suis un peu nerveux. J'étais aux toilettes quand je vous ai aperçue de la fenêtre. Je vous ai vue rôder dans la ruelle et j'ai cru que ces enfoirés remettaient ça.

— Je peux aller récupérer mon arme ?

— Bien sûr.

Elle alla prendre son SIG et revint vers Falco. La nuit était glaciale mais l'incident avait chauffé son sang. Elle avait la sensation de bouillir.

— Vous dites qu'on vous a volé votre moto ?

— Y a quinze jours. Ils ont forcé la porte du garage pendant que je dormais. Depuis, j'ai fait installer le rideau métallique.

— Vous avez déposé une plainte ?

— À votre avis ? Mais sans vouloir vous vexer, j'y crois pas trop. Ma Husq doit déjà être en pièces détachées à l'heure qu'il est.

Pas vraiment, songea Chloé. La moto était planquée quelque part et la piste venait de s'arrêter net. Elle réfléchit à un moyen de rebondir. Une seule idée lui vint.

— Il faut être qualifié pour piloter ce type d'engin ?
— Tout dépend de l'utilisation. Mais oui. On ne peut pas s'en servir sur la route, vu que c'est pas homologué. Et sur les sentiers, faut maîtriser un minimum.
— Comment on apprend ? Il y a des centres ? Ils donnent des cours ?
— La plupart du temps, les amateurs se forment sur le tas. En général, ils ont déjà une base VTT. Mais il y a aussi deux ou trois clubs sur la région.
— Où ?
— Le plus proche est au Bourg-d'Oisans. C'est là que je pratique. Ça me permet d'avoir une licence et de faire du circuit.

L'assassin devait connaître. Forcément. C'était sans doute dans ce centre qu'il avait jeté son dévolu sur la Husqvarna, identifié son propriétaire et attendu le bon moment pour la voler. Avec un peu de chance, il y avait peut-être même fait ses armes puisqu'il avait l'air d'évoluer sur la zone de Grenoble.

— Vous avez leurs coordonnées ?
— MCH. Moto Cross Hub. Vous pouvez pas vous tromper.

Chloé enregistra l'information en se demandant où elle allait pouvoir passer la nuit. Le club n'ouvrirait que demain matin et elle comptait bien y être à la première heure.

Elle posa une dernière question, pour la forme.

— Un grand balaise qui roule en Hummer, vous l'avez déjà croisé, là-bas ?

Falco secoua la tête.

— Ça ne me dit rien. C'est en rapport avec l'affaire du guide ?

— Quel guide ?

— Celui qu'on a trouvé raide gelé dans le massif de la Meije. Le journal disait qu'on l'avait assassiné. Vous enquêtez bien là-dessus, non ?

Chloé nia de la tête.

— Non. Il s'agit d'autre chose.

— Ah... Comme vous êtes de la criminelle, j'ai pensé que vous étiez là pour ça.

La commandante coupa court. La tension était redescendue, tout était dit et elle commençait à avoir froid. Elle retourna à sa voiture et alluma le chauffage. Elle aurait tué pour un hôtel, un gîte, n'importe quoi du moment qu'il y aurait de l'eau chaude et un lit.

Elle prit son portable. Google allait lui trouver ça en deux-deux. Mais pas tout de suite. Une pastille rouge lui annonçait un message en attente.

« Bornan. Contactez-moi dès que vous pouvez. J'ai des informations très importantes à vous communiquer. »

Enfin une marque d'intérêt. C'était stupide, mais l'idée de sentir qu'une équipe était derrière elle pour la soutenir lui faisait du bien.

Elle rappela dans la foulée.

— Latour. Vous avez essayé de me joindre ?

— Où êtes-vous ?

— Au Freney-d'Oisans.

— Où ça ?

— Un bled, sur la route qui mène au col du Lautaret.

— Qu'est-ce que vous foutez là-bas ?

— Je suis sur une piste. Elle passait par Grenoble et m'a amenée jusque-là.

— C'est loin du village de La Grave ?

Le nom fit tiquer la commandante. Pas parce qu'elle y était déjà allée dans sa jeunesse pour faire du ski hors-piste. C'était là que Romain Fabre, l'ami-client de la victime, s'était laissé convaincre par Perrin de lui construire un chalet.

— Une quinzaine de bornes.

Silence. Le divisionnaire avait l'air d'assembler des données.

— Parfait, finit-il par reprendre. Le fait que vous ayez atterri dans ce coin paumé va dans le sens de nos dernières découvertes.

— De quoi parlez-vous ?

— La semaine dernière, des surfeurs sont tombés sur le corps congelé d'un guide, dans le massif de la Meije. La victime était entièrement nue.

Le crime dont venait de lui parler le motard. Chloé ne voyait pas le rapport.

— Il s'agit d'un meurtre et le *modus operandi* est très proche de celui de votre histoire d'incendie.

— Le tueur lui a fait avaler du sans plomb ?

— De l'azote.

Chloé accusa le coup. Le poison n'était pas le même mais le résultat devait être similaire. Une destruction totale des organes internes accompagnée de souffrances terrifiantes.

— Cabrera est déjà sur place. Il a été mis sur le coup par le procureur de Gap. Je veux que vous y alliez tout de suite.

Cabrera. La nouvelle n'était pas forcément bonne. Elle n'avait jamais bossé avec lui et le connaissait peu mais sa réputation le précédait. Une tête brûlée, ancien de la BAC Nord, qui la jouait perso et ne s'embarrassait pas avec le règlement. Violent, borderline, coureur et limite macho, il représentait tout ce que Chloé abhorrait. Ce capitaine de police dirigeait le deuxième groupe, celui qui aurait dû hériter du dossier si le barbecue de Barjols avait été allumé par des trafiquants de stupéfiants. Mis à part les dealers qui lui servaient d'indics, il ne frayait avec personne.

— Je veux aussi que vous me teniez informé, ajouta Bornan. En temps réel, cette fois. Les médias sont en train de faire monter la sauce. Un journaliste a subodoré le lien entre les deux affaires. Il prépare déjà un article.

— Ce sera fait.

Elle raccrocha avec une sensation de libération. La piste qui l'avait conduite jusqu'ici en croisait une autre suivie par Cabrera. Le tueur leur avait donné rendez-vous à leur intersection, dans un petit village perdu au fond d'une vallée montagneuse.

Et cerise sur le gâteau, elle avait les mains libres.

Elle lança une recherche pour trouver son point de chute.

La Grave. Deux cent soixante-seize habitants, un seul hôtel ouvert.

En espérant qu'ils aient une chambre pour elle.

VII

37

Des corps intacts. Des visages lisses. Des yeux clos.
Les cadavres retrouvés dans la crevasse semblaient plongés dans un sommeil catatonique. Un puits sans fond qui figeait leurs membres et conférait à leurs traits une expression étrange. Leur peau, d'une pâleur translucide, leur donnait des allures de vampires. Pas la moindre trace de putréfaction, comme s'ils étaient morts la veille. Le froid les avait préservés de la corruption, à l'image de ces êtres humains cryogénisés qui attendent des jours meilleurs avec l'espoir de ressusciter.

Paul détourna le regard avec un sentiment de malaise. Les photos prises par les gendarmes étaient d'une netteté terrifiante. Elles dévoilaient chaque détail de ces fantômes surgis des limbes avec une précision clinique. Des hommes exclusivement, livrés nus à la glace comme des paquets de viande. Qui étaient-ils ? Que faisaient leurs dépouilles dans cette caverne inaccessible ? Comment avaient-ils atterri là et depuis quand y étaient-ils coincés ? Avec un peu de chance, ces questions trouveraient une réponse si on parvenait à les identifier.

Le policier se massa les yeux. Un début de migraine cognait ses tempes. La fatigue accumulée pendant son excursion de la veille, le manque de sommeil et la vision de ce cauchemar se combinaient pour lui donner envie de gerber. On ne s'habitue pas à l'horreur. Même avec l'expérience, les années, les flics les plus endurcis doivent prendre sur eux pour vivre avec.

Il alla se refaire un café. Le cinquième depuis son retour à la brigade. Paul était obligé de l'admettre, ses bonnes résolutions ne faisaient pas le poids face à son addiction.

Il reprit sa place derrière le bureau de Chabot et posa sa tasse devant lui. L'enquête prenait un tour inattendu. Un élément nouveau, et pas des moindres, venait de s'inviter dans la partie. Il se pouvait qu'il n'ait aucun rapport avec l'assassinat du guide mais la présence de ce cimetière à cet endroit précis avait de quoi interroger.

Après être remonté à la surface, Paul avait fait part à Lou de sa découverte. Elle l'avait engueulé copieusement, puis ils étaient descendus jusqu'au PC de campagne installé près de l'endroit où on avait trouvé Fernel. Jansen avait rassemblé les effectifs et déclenché la procédure de récupération des restes.

Les hommes du peloton avaient investi les lieux avec du matériel. Arrivés dans la crypte, ils avaient dénombré une quarantaine de corps, tous dans le même état impeccable. Ils les avaient extraits un par un pour les ramener à l'air libre, empruntant le chemin pris par Paul lorsqu'il s'était engouffré dans la cavité. Une opération de grande ampleur, qui avait nécessité l'intervention de gendarmes spécialisés en spéléo, venus tout droit de Marseille afin de les épauler.

La brèche située près de la cascade avait également été explorée. Sans résultat. Elle s'enfonçait dans les profondeurs du glacier et ne semblait conduire nulle part. Les grandes manœuvres s'étaient achevées en fin d'après-midi, dans un ballet d'hélicos qui avaient rapatrié les sacs mortuaires à l'IML de Gap.

Le capitaine replaça les clichés dans l'enveloppe. Il n'avait pas trouvé l'abri qu'il espérait localiser, celui qui aurait dû servir de camp de base à la victime et à son assassin. Au lieu de ça, il avait mis au jour des macchabées supplémentaires et donné des sueurs froides à son copain le procureur. Cette découverte allait attiser le feu des médias. Ils mettraient la malédiction en avant pour faire grimper les tirages. De l'irrationnel pur qui brouillerait les cartes un peu plus.

Paul avala son expresso d'une traite et tenta de mettre de l'ordre dans ses idées. Fernel connaissait l'existence de cette sépulture. C'était pour cette raison qu'en bon catho, il l'avait sanctifiée en plaçant une croix à l'aplomb de la crevasse. Était-il tombé dessus par hasard en cherchant un endroit où se réchauffer ou, plus inquiétant, se pouvait-il que sa mort ait un rapport avec ces cadavres ?

Si tel était le cas, l'enquête prendrait une nouvelle dimension. Il ne serait plus question de traquer un psychopathe lambda, mais le tueur en série qui aurait fait le plus grand nombre de victimes de toute l'histoire du crime français.

Le flic en tira aussitôt les conséquences. En premier lieu, cette configuration impliquait que l'assassin s'était déjà rendu dans cette zone. Sachant qu'il allait tuer Fernel, lui avait-il montré la crypte par pure perversité ?

En deuxième lieu, pourquoi cette différence de mode opératoire ? Les victimes avaient été exécutées d'une balle dans la nuque et balancées dans une crevasse. Le tueur aurait pu supprimer le guide de la même façon et le planquer au même endroit, mais il avait choisi une méthode plus complexe et l'avait abandonné bien en aval.

Enfin, il était difficile d'admettre qu'il avait abattu une quarantaine de personnes dans le seul but d'assouvir une vengeance, pour les punir de quelque chose, ou bien pour un mobile religieux. Ça faisait beaucoup trop de monde. Il était encore plus difficile de croire qu'il les avait planquées là par pure folie.

Alors quoi ?

Paul se laissa aller dans son fauteuil. Plus il réfléchissait, plus le tableau s'obscurcissait. Il ne tenait qu'une piste sérieuse, celle de la communauté survivaliste, et pour l'instant elle était encore floue. Il pressentait également que cette histoire de malédiction avait dû jouer un rôle dans le choix de ce lieu de sépulture. C'était la garantie que personne ne viendrait y fourrer son nez.

La porte s'ouvrit sur le visage rond et souriant d'un Chabot en pleine forme. Cheveux humides, rasé de près, il respirait la fraîcheur du type qui vient de sortir de sa salle de bains.

— Vous êtes matinal, lança-t-il d'un ton enjoué.

Paul jeta un regard fatigué sur sa montre. 7 heures. Le jour ne s'était pas encore levé et il avait passé la nuit dans ce fauteuil pourri à rédiger les différents PV. Vu le nombre de cadavres, une flopée de gendarmes était aussi restée jusqu'aux aurores afin de l'assister dans cette tâche. Le brigadier devait être le seul à avoir pris le temps de roupiller.

Chabot dut sentir l'agacement du capitaine. Il agita un listing et annonça avec entrain, sans doute pour montrer qu'il bossait lui aussi :

— On a eu le retour des fadettes. Elles sont arrivées pendant que vous étiez dans le massif.

Paul leva un sourcil intrigué.

— Et ?

Le gendarme alla se faire couler un café. Il marchait d'un pas posé, celui du propriétaire des lieux.

— Fernel passait peu d'appels et en recevait encore moins. Des livreurs, quelques clients, le bureau des guides. Et bien sûr, ses parents et son petit copain.

Toujours le même désert relationnel. Jusque-là, rien de neuf.

— Vous les avez contactés ?

— On a appelé tous ceux qui n'avaient pas été auditionnés. Ça n'a rien donné.

Encore un coup dans l'eau. Paul sentit néanmoins que Chabot n'en avait pas terminé.

— On a quand même levé un lièvre, annonça-t-il en venant s'asseoir face au flic.

Le brigadier porta la tasse à ses lèvres. Il prenait son temps, comme s'il voulait ménager son effet.

— Je vous écoute, s'impatienta le capitaine.

— Un type qui organise des stages de survie. Cédric Peyrot. Il est basé à La Salle et Fernel l'a contacté à plusieurs reprises. Vu le profil, j'ai préféré vous en parler avant de l'interroger.

Paul soupira.

— Je l'ai déjà entendu. C'est tout ce que vous avez ?

Le petit bonhomme se tassa dans son siège. Son cinéma était tombé à plat.

— Il y a aussi un numéro masqué, ajouta-t-il d'un ton prudent.

Le capitaine se redressa.

— Un numéro masqué ?

— Il revient à intervalles réguliers. Trois ou quatre fois par semaine.

— Et c'est maintenant que vous me le dites ?

— On a essayé de le tracer. Ça ne correspond à rien. Il y a peut-être eu un bug sur sa ligne.

Paul ne croyait pas aux faits fortuits. Encore moins aux erreurs. Il allait devoir approfondir ça lui-même.

— Donnez-moi le listing.

Le gendarme posa les fadettes sur le bureau. Trois pages à peine, la totalité des communications de Fernel sur une durée d'un an, période de conservation légale des données par les opérateurs. Paul plia le document en quatre et le glissa dans la poche arrière de son jean.

— L'azote ? Vous en êtes où ?

— On y travaille.

Manière de dire qu'il n'avait pas encore levé le petit doigt sur ce sujet. Le capitaine laissa filer. Il n'avait pas la force de se prendre la tête avec ce bras cassé.

— Tardez pas trop. Et tenez-moi informé de l'avancée des autopsies.

Chabot hocha le menton et s'éclipsa. La journée s'annonçait mal. Paul avait la forme d'un zombie et l'enquête était au point mort. Mais pas question pour autant de se tourner les pouces.

Il prit son téléphone et composa le numéro de Malika. Déjà trente-six heures qu'il lui avait demandé d'identifier l'administrateur du site qui organisait les stages de survie extrêmes auxquels Fernel avait peut-être participé. C'était le moment de la relancer.

— Salut, c'est moi.
— Tu tombes bien, j'allais t'appeler.
— Alors ?
— J'ai les coordonnées de ton mec.

Paul sentit un regain d'énergie le parcourir. Il attrapa un stylo qui traînait sur le bureau.

— Vas-y. Je note.
— Jean-Jacques Gauthier, 87, Grande-Rue, à Briançon. Il avait un pseudo, Rambo, mais on n'a eu aucun mal à l'identifier. Tu veux son téléphone ?
— Envoie.

Il griffonna les numéros, tout en se disant qu'il irait rendre visite au survivaliste sans s'annoncer. Il était encore tôt. Avec un peu de chance, il le prendrait au saut du lit.

— Merci, ma grande. Heureusement que t'es là.
— Au fait, t'as eu Bornan ?
— Il a essayé de me joindre.
— Il veut te parler d'une affaire. D'après ce que j'ai compris, elle ressemble pas mal à la tienne.

L'intérêt de Paul monta d'un cran.

— Un précédent ?
— Plutôt une concomitance. On vient de trouver trois macchabées calcinés dans une bergerie à Barjols, dans le Var. Celui qui a craqué l'allumette en a forcé

un à avaler du sans plomb. Il l'a littéralement cramé de l'intérieur.

Le feu. La glace. Aussi destructeurs l'un que l'autre. Le fait d'avoir forcé les victimes à ingérer ces éléments créait une concordance dans la signature. Peut-être une piste symbolique à creuser, liée à la nature ?

— Il t'a dit autre chose ?

— Non. Mais j'te conseille de le rappeler rapidos. Il n'est pas à prendre avec des pincettes en ce moment.

Paul était dans le même état. Crevé, frustré, sur les nerfs. Il était curieux de savoir ce que Bobo allait lui raconter mais préférait attendre avant de se manifester auprès de son supérieur. Si on les mettait en contact, deux piles atomiques en fusion ne pouvaient que faire des étincelles.

Malika sentit son épuisement.

— T'as l'air fracassé. Tout va bien ?

— J'ai passé la journée d'hier à crapahuter sur le glacier et j'ai quasiment pas dormi. En termes de pêche, j'ai connu mieux.

— T'as trouvé quelque chose ?

— Pas ce que je cherchais. À la place, je suis tombé sur un charnier.

— Un charnier ?

— Il était bien planqué au fond d'une crevasse. Les corps étaient congelés comme des poissons panés.

— C'est ton tueur ?

— Possible. Pour l'instant, je ne suis sûr de rien.

La voix de Paul s'était éteinte sur les dernières syllabes. La fatigue, mais également le découragement face à un dossier qui commençait à prendre une tournure vertigineuse.

Il demanda en guise de conclusion :
— Qui s'occupe de l'affaire du Var ?
— Chloé Latour.
— La Reine des neiges ?
— En personne.

38

La Grande-Rue tronçonnait le vieux Briançon de part en part. Principale artère de la ville haute, elle était coincée entre deux rangées d'immeubles anciens dont les façades ocre et jaunes évoquaient celles des bourgades montagnardes du Piémont. Sa forte déclivité, sa perspective débouchant sur un sommet enneigé, procuraient l'illusion quand on s'y promenait de monter à l'assaut de l'Everest.

Paul avait été contraint de garer sa Harley devant la porte fortifiée, seul point d'entrée permettant d'accéder à l'ancienne citadelle construite par Vauban. Flic ou pas flic, ce sanctuaire entouré de murs d'enceinte était protégé par une barrière interdisant l'accès aux véhicules. Pas de planton à proximité et ni le temps ni l'envie de chercher un municipal pour se la faire ouvrir. Il était déjà près de 8 heures et les montagnards se levaient tôt. Le capitaine n'avait pas une minute à perdre s'il voulait avoir une chance d'attraper son oiseau avant qu'il ne s'envole.

Il avala au pas de course la centaine de mètres qui le séparaient de son objectif. Le meilleur moyen de se réchauffer, après un trajet en bécane au départ de La Grave qui lui donnait la sensation d'avoir été plongé dans un bain d'eau glaciale.

Il remarqua au passage que les boutiques de souvenirs étaient encore fermées. Pas un chat. Pas un bruit. Les rares cafés ouverts en cette saison commençaient à peine leur service. Une impression de léthargie planait dans l'air, comme si les habitants s'étaient donné le mot pour hiberner jusqu'au printemps.

Le bâtiment était un bel ouvrage en pierre de taille capable de résister aux froids les plus aigus. Un magasin de sport au rez-de-chaussée et cinq étages de bonne hauteur, empilés les uns sur les autres sur une surface étroite à la façon d'un campanile. Tourisme oblige, il semblait avoir été rénové de fond en comble pour afficher l'image pimpante qu'on attendait de lui.

Paul pressa le bouton de l'Interphone. Une voix autoritaire claqua dans son oreille à la façon d'un fouet.

— Oui ?
— Police ! Ouvrez !

Un silence. Suivi d'un bruit sec. Un hall se profila, exigu, repeint en blanc, qui sentait la cire et le salpêtre. Il actionna un interrupteur. Pas d'ascenseur, seulement un escalier. La boîte aux lettres accrochée au mur lui indiqua que Gauthier créchait au troisième.

Paul monta les marches à pas lents. Ses genoux le faisaient souffrir, une des conséquences désagréables des pirouettes effectuées la veille.

Il arriva à l'étage. Le survivaliste l'attendait sur le palier, bras croisés dans une posture martiale. Petit, nerveux, il portait un survêtement kaki orné d'un écusson sur lequel était brodé le blason du 7e BCA, le bataillon de chasseurs alpins. Un diable, soufflant dans un cor de chasse.

— C'est pour quoi ?

La tronche allait avec le ton. Des traits taillés à la serpe, un regard fixe qui dégageait une puissance maîtrisée. La coupe à la tondeuse, peau à blanc jusqu'à la calotte crânienne, accentuait la dureté de son visage. Une vraie tête de furieux, le genre qui ne rigole pas.

— Capitaine Cabrera, se présenta Paul en lui montrant son badge. J'ai quelques questions à vous poser.

L'homme jeta un œil suspicieux sur la plaque. La présence d'un poulet sur le pas de sa porte n'avait pas l'air de lui faire plaisir. Pour autant, ses pupilles d'un noir d'encre n'exprimaient aucune peur.

Il acquiesça d'un bref mouvement de tête et fit un pas de côté. Ses mouvements étaient fluides, semblables à ceux d'un chat. Il économisait chacun de ses gestes, comme s'il gérait son énergie en permanence.

En entrant dans l'appartement, Paul eut l'impression de revenir des années en arrière, à l'époque de son service militaire. L'endroit où vivait Gauthier ressemblait à sa chambre d'officier, quand après avoir effectué la formation des EOR, il s'était tapé douze mois au 4e régiment d'infanterie de marine basé à Fréjus. Un lit en fer, un petit bureau, deux armoires Ordex et des malles en métal composaient l'unique mobilier de ce décor spartiate, le tout disposé avec rigueur et rangé au millimètre. La température ne devait pas excéder seize degrés. Raccord avec l'ambiance, elle laissait penser que la pièce n'était jamais chauffée.

Paul amorça la discussion.

— Vous êtes dans l'armée ?

— J'étais. Adjudant-chef Gauthier. En retraite du 7ᵉ BCA.

Le type avait la cinquantaine. L'âge où, après avoir servi le drapeau une petite trentaine d'années, les soldats décrochaient et se reconvertissaient dans une activité plus cool. Gauthier ne faisait pas partie de cette race. Tendu comme un arc dans sa tenue de sport, il semblait prêt pour un parcours du combattant.

— Qu'est-ce que vous voulez ?

— Vous parler d'un groupe Facebook. Les Dingos de la Rando.

— Connais pas.

Ça partait mal. Il allait falloir durcir le ton et avec ce genre de fondu, le pire était envisageable. Paul s'approcha de lui et planta son regard dans le sien. Il le surplombait d'une bonne tête mais l'autre n'avait pas l'air intimidé.

— Je vais vous rafraîchir la mémoire. Administrateur : Jean-Jacques Gauthier, alias Rambo. Officiellement, page de rencontre pour randonneurs. En vrai, organisation de stages de survie extrêmes pour amateurs de sensations fortes.

Le militaire se raidit. Sa façon d'encaisser le coup.

— Et après ?

— Je sais que vous n'êtes pas en règle et je m'en tape. Je ne suis pas venu contrôler votre activité.

L'ancien chasseur alpin se détendit un peu. De « garde à vous », il était passé à « repos ».

— Quoi, alors ?

— J'appartiens à la brigade criminelle. J'enquête sur le meurtre de Lucas Fernel, le guide qu'on a trouvé congelé dans le Cirque du Diable.

L'adjudant-chef changea d'expression. Une sorte de respect venait d'éclore dans ses yeux, mélangé à de l'affliction.

— J'ai lu le journal. Sale histoire. Y paraît que le tueur lui a fait bouffer de l'azote.

La presse avait déjà l'info. Il allait falloir mettre les bouchées doubles.

— Il est venu s'entraîner avec vous ?

Une demi-seconde d'hésitation. Assez pour mettre la puce à l'oreille du flic.

— Il est venu, oui ou non ?

Gauthier crispa ses mâchoires et siffla entre ses dents :

— Affirmatif. Y m'avait donné que son prénom mais je l'ai reconnu sur la photo.

Paul sentit l'excitation le gagner. Fernel avait bien tapé à cette porte. Avec un peu de chance, il avait croisé son assassin quand il l'avait ouverte.

— Quand ?

— L'hiver dernier. Il a suivi trois stages.

— Et depuis ?

— Plus de nouvelles. L'été, ça le branchait pas. Son truc, c'était de se les geler.

Gauthier avait le front bas, mais il se souvenait de tout. La seule façon de tenir un business borderline où la paperasse était contre-indiquée.

Paul s'écarta de lui et fit quelques pas. Il avait toujours aussi froid.

— Parlez-moi de ces stages. Ça se passe où ?

— La montagne est grande. On a l'embarras du choix.

— Le Cirque du Diable est au programme ?

Le survivaliste se tendit.

— Vous êtes en train de me dire que j'aurais un lien avec la mort de ce type ?

— Je veux simplement savoir si vous l'avez emmené là-bas.

L'autre secoua la tête.

— C'est le seul endroit où j'vais pas.

— La malédiction ?

— Appelez ça comme vous voulez. Faut pas s'approcher. Trop dangereux. La preuve. Votre guide a tenté le coup et il est pas revenu.

Déduction implacable. De façon involontaire, Fernel avait contribué à renforcer la légende.

Paul changea de sujet.

— Vous prenez combien de participants par session ?

— Pas plus de quatre. Au-delà, ça devient compliqué. Les objectifs sont personnalisés. On les définit ensemble avant d'y aller.

— Un vrai travail d'équipe, commenta le flic.

Le chasseur alpin eut un sourire glacial. La remarque n'avait pas l'air d'être à son goût.

— Quand on est en mouvement pendant une semaine à plus de 3 000 mètres d'altitude avec seulement sa bite et son couteau, c'est vital de pouvoir compter sur les autres.

Paul hocha la tête en signe d'approbation. Il marchait sur des œufs mais devait avancer. Il s'assit sur une des malles et amena la suite en douceur.

— Sûr que ça doit créer des liens.

— Les liens de la survie. Les plus solides.

— Vous vous rappelez les autres ? Ceux qui étaient avec Fernel ?
— Affirmatif.
— Vous avez leurs coordonnées ?
— Juste les prénoms.

Pas de nom, pas d'adresse et sans doute paiement en liquide. La nature de la prestation, illégale, devait aussi conduire ces masochistes à préférer la discrétion.

— Donnez-les-moi.

Paul nota les infos dans son iPhone, pour la forme. Il n'irait pas loin avec ça. Il releva néanmoins la récurrence d'un survivaliste qui avait participé à toutes les sessions effectuées par Fernel.

— Ronin ? C'est qui ce type ?
— Aucune idée. Il s'est pointé avec le guide.
— Ils ne se sont pas rencontrés sur vos stages ?
— Négatif. Ils se sont inscrits ensemble.

Le flic déglutit. Un survivaliste qui connaissait déjà Fernel. Qui l'avait accompagné dans ses expériences délirantes. Cette proximité pouvait laisser penser que ce Ronin était l'assassin. Elle créait une connexion directe avec la victime, bien plus déterminante que l'hypothèse de la rencontre fortuite envisagée au départ.

Paul demanda, afin d'asseoir sa conviction :

— Il pratiquait le surf ?

Le militaire haussa les sourcils. Un mouvement presque imperceptible.

— Comment vous le savez ?
— Donc vous confirmez.
— Le surf, l'escalade, le parapente. Et il avait l'air d'être balaise dans les trois. Le guide aussi, d'ailleurs. Ils en parlaient tout le temps.

Paul sentit des picotements dans sa nuque. Les chances qu'il soit sur la bonne piste venaient encore de prendre du poids.

— Que pouvez-vous me dire sur lui ?

— Un sacré gaillard. J'ai l'habitude des gars burnés mais lui, c'était du jamais-vu.

— À ce point ?

— Il n'avait peur de rien. Il fallait même que je le calme pour la sécurité du groupe. À mon avis, c'est un professionnel.

— Un professionnel de quoi ?

— Du combat.

— Qu'est-ce qui vous fait penser ça ?

— Sa façon de parler. Son attitude. J'ai fréquenté des salopards dans son genre toute ma carrière. Il a le profil d'un commando des forces spéciales. Une unité d'élite, en tout cas.

De mieux en mieux. Paul savait que l'assassin était fort, résistant, déterminé. À présent, le portrait s'agrémentait de qualités bien plus dangereuses.

Il se leva et reprit sa déambulation en se frictionnant les mains. Il avait l'impression que la température avait encore chuté et que de la buée sortait de sa bouche quand il parlait. Gauthier, lui, n'avait pas l'air d'en souffrir. Au contraire. Le froid le stimulait. Droit comme une lance, il n'avait pas bougé d'un centimètre.

— Ronin avait déjà expérimenté le survivalisme ?

— Ça, c'est sûr. Et pas qu'un peu. J'avais rien à lui apprendre.

— Physiquement, il ressemble à quoi ?

— Une bête. Un mètre quatre-vingt-dix. Dans les cent dix kilos. Et en même temps très fluide pour un mastard de sa corpulence. Il doit avoir dans les quarante balais.

La description correspondait à l'idée que Paul s'était faite de l'assassin. Aux qualités physiques qu'il lui avait prêtées. Elle restait néanmoins trop vague pour en faire quelque chose.

— Son visage ?

— Rien de spécial. Brun. Coupe de cheveux réglementaire. Une tronche de combattant.

— Pas de cicatrices, de tatouages ?

— Pour les tatouages, j'en sais que dalle. On s'est pas foutus à poil. En revanche, il avait une petite cicatrice au-dessus de la bouche. Très fine. On la voyait à peine.

Premier signe distinctif. Pas de quoi sauter au plafond mais qui permettrait peut-être d'amorcer les contours d'une identification.

— Vous pensez que c'est lui ? demanda l'adjudant d'un ton neutre.

— C'est possible.

— Pourquoi il aurait tué son pote ? Et de cette façon, en plus ? Ils avaient l'air très proches.

— Parce que c'est un taré.

Gauthier opina lentement, comme s'il prenait soudain conscience de quelque chose.

— Je me disais bien qu'y avait un truc qui déconnait chez ce type.

— Quoi ?

— Il souriait tout le temps, même quand c'était super dur. Et son regard n'était pas net.

— Pas net comment ?

— Vide. Et quand je dis vide, c'était pire que ça. Comme un reptile. Je pense aussi qu'il avait un œil de verre. Le gauche. C'était bien fait mais je l'ai repéré. J'suis pas vraiment impressionnable. Pourtant, ce mec me foutait les jetons.

Cette caractéristique n'avait rien de surprenant. La plupart des tueurs en série souffraient d'une carence émotionnelle. Une absence totale d'empathie qui leur donnait parfois des allures de robot. Le port d'une prothèse oculaire pouvait en revanche se révéler intéressant.

— Faites gaffe quand vous le choperez, ajouta Gauthier. À mon avis, il est pas du genre à se laisser faire.

— Merci pour le conseil. Je ferai attention.

Paul laissa le survivaliste dans son frigo et alla récupérer sa Harley au pas de course. Il était transi jusqu'aux os mais son cerveau tournait à plein régime. Il avait à présent la conviction que Ronin était l'homme qui avait tué Fernel. Un gladiateur à sang froid, taillé pour fracasser les chairs. Avec un tel physique, il devait être facilement repérable.

Les révélations du chasseur alpin avaient cependant soulevé de nouvelles questions. Comment des individus aussi différents avaient-ils pu se rencontrer ? Devenir amis ? C'était le mariage de la carpe et du lapin. Et que s'était-il passé pour que Ronin décide de supprimer Fernel en le faisant agoniser dans des souffrances aussi atroces ?

Paul n'avait qu'une certitude.

La victime et son assassin étaient beaucoup plus proches que ce qu'il avait pensé. Compte tenu du caractère du guide, de son penchant quasi pathologique pour la solitude, il était peu probable qu'ils aient noué cette amitié au travers de leur passion des sports extrêmes, ou même du survivalisme.

Il y avait autre chose.

Un lien plus obscur, qui les avait réunis avant de les opposer.

Et c'était peut-être là que se trouvait la clef de l'enquête.

39

La route du retour était encore plongée dans l'ombre. Une ombre synonyme de danger.

À trois semaines de l'hiver, le soleil au plus bas peinait à réchauffer l'asphalte. Des plaques de glace émaillaient le parcours, éclats de miroir brisé qui scintillaient dans la lueur du phare et contraignaient Paul à conduire prudemment. Point positif, il y avait peu de circulation. L'heure matinale et l'intersaison se conjuguaient pour réduire le trafic à la portion congrue.

Il dépassa Chantemerle, la première des trois communes les plus connues de Serre Chevalier, et s'engagea dans la longue ligne droite qui menait à Villeneuve-La Salle. Exténué, transi, le flic ne pensait plus à son enquête. Il ne voyait pas non plus que la neige tombée pendant la nuit avait transformé le paysage pour l'envelopper dans une cape de coton. Ni qu'une couche aussi fine que du talc saupoudrait les champs et révélait le tracé des pistes, des lanières d'un blanc immaculé qui formaient de grandes trouées entre les arbres. Il luttait simplement contre le froid, muscles contractés et dents serrées à s'en faire éclater l'émail.

Il franchit la distance en moins d'une minute, porté par le ronflement du moteur et la sensation grisante de la vitesse. Puis il réduisit son allure en entrant dans le village, le traversa au ralenti et accéléra de nouveau. Pas un seul véhicule en vue, hormis un gros SUV qui venait de quitter la station essence et d'apparaître dans son rétroviseur.

Paul n'y prêta pas attention. Accroché au guidon comme un marin à son gouvernail, il essayait de juguler les tremblements qui le parcouraient. Des vagues violentes, incontrôlables, qui prenaient toute la place et lui donnaient l'impression qu'une armée de mouches bourdonnaient sous sa peau.

Il rétrograda en abordant les premières courbes. Une lumière orangée commençait à éclairer les sommets, déposant sur les crêtes balayées par le vent une poudre aux reflets mordorés. Même si la température de l'air gâchait la fête, Paul avait conscience de vivre un instant magique. Le 4 × 4 s'était fait la malle. Il était seul. Le soleil se levait et la beauté du site était à couper le souffle.

Quelques minutes plus tard, il déboula au Monêtier. À partir de ce point, la route changeait de configuration. La vallée se creusait, les falaises se rapprochaient, le tracé devenait sinueux. Il devait mobiliser toute son attention sur la conduite, les angles d'attaque, les trajectoires, à l'image d'un pilote de grand prix négociant en permanence les difficultés d'un circuit.

Il aborda les premiers lacets en douceur. Plus il prenait de l'altitude, plus le froid s'intensifiait. À présent, il transperçait ses gants. Chaque fois qu'il débrayait,

Paul avait la sensation qu'on lui plantait des clous dans les phalanges.

Un coup de Klaxon agressif le fit sursauter. Le capitaine évita de justesse l'embardée et lança un regard dans le rétro. Un SUV noir lui collait au cul, à moins d'un mètre de sa roue arrière. Il crut reconnaître la voiture qu'il avait vue un peu plus bas, quand il avait quitté Villeneuve. À cette distance, il était maintenant en mesure d'identifier le modèle. Un Hummer de conception récente, rapide, massif, parfaitement adapté à ce type de topographie. Des traînées de boue séchée maculaient la calandre, comme s'il avait fait le Paris-Dakar.

Qu'est-ce qu'il voulait, ce taré ? La départementale était déserte. Il n'avait qu'à enclencher la troisième et le doubler tranquille. La puissance du véhicule le permettait.

Paul ne chercha pas à comprendre. Il se rabattit sur la droite afin de le laisser passer. Sans résultat. Le conducteur le serrait toujours. Il s'excitait sur son Klaxon, dans le pur style du connard qui croit que la route lui appartient.

En temps normal, le capitaine aurait fait en sorte d'immobiliser cet abruti sur le bas-côté, de le faire descendre de sa putain de caisse et de le recadrer à sa façon. Mais pas aujourd'hui. Il n'avait pas assez de jus pour se prendre la tête. Il se contenta de ralentir en faisant un moulinet avec le bras, histoire de lui montrer qu'il pouvait le dépasser sans problème. En vain. Le Hummer semblait vouloir rester derrière lui. Il continuait à le titiller, pare-chocs à la limite du point de contact, en actionnant sa corne de brume comme un malade.

Paul essaya de conserver son sang-froid. S'il n'arrêtait pas ses conneries, ce type allait finir par le foutre par terre. Ou pire. À cet endroit, les virages s'accrochaient à la montagne. Seul un petit muret le séparait du précipice. Une mauvaise chute et il pouvait se retrouver cent mètres plus bas.

Le Hummer était toujours dans sa roue. Dans une portion de ligne droite, il déboîta brutalement et partit comme une fusée. Pas moyen d'apercevoir la bobine du chauffard, toutes les vitres étaient fumées. Ni de relever le numéro de la plaque. Elle était tellement sale que chiffres et lettres étaient dissimulés sous une épaisse couche de terre.

Paul lança un juron qui se perdit dans le bruit du vent. Le 4 × 4 avait déjà disparu, avalé par les lacets qui se resserraient au fur et à mesure de la montée.

Le flic se cramponna aux poignées de sa Harley et se concentra de nouveau sur la route. L'incident avait au moins eu le mérite de le sortir de sa torpeur. Il percevait maintenant l'environnement avec clarté, comme s'il venait soudainement de dessoûler.

Le grand tunnel qui précédait le col se profila enfin. Plus qu'une dizaine de kilomètres à se fader et il serait au chaud. Il envoya la sauce et entra dans le boyau en faisant un boucan de tous les diables. Le bruit des pots se répercutait sur les murs de béton, lui donnant l'impression de piloter un dragster.

La traversée se passa en un éclair. Il ressortit du tube comme un boulet de canon et freina pour aborder une succession d'épingles à cheveux.

C'est à cet instant qu'il le vit. Surgi de nulle part, le Hummer lui faisait face. Il était immobilisé à une cinquantaine de mètres, au centre de la chaussée. Pleins phares allumés, il semblait vouloir l'hypnotiser.

Paul n'eut pas le temps de se demander ce qu'il foutait là. Le SUV enclencha la première et fonça sur lui en faisant fumer la gomme de ses pneus. La moto n'avait pas perdu beaucoup de vitesse. Dans trois secondes, il le percuterait de plein fouet.

L'esprit du policier passa en mode binaire. Vivre ou mourir, rien d'autre. S'il maintenait sa trajectoire, il courait droit au choc frontal. Vu le rapport de force, il était certain d'y passer.

Restait deux options.

D'un côté, la paroi.

De l'autre, le ravin.

Il balança la bécane en direction du parapet. L'aile droite du monstre frappa sa roue arrière de toute sa puissance, faisant faire un tête-à-queue à la Harley. Elle se coucha sur le flanc dans une gerbe d'étincelles pendant que Paul était projeté dans le vide.

Le vol plané dura une éternité. Une parenthèse au cours de laquelle des images fracturées se percutèrent dans son cerveau. Un corps disloqué. Du sang. Des gyrophares et des camions du SMUR. Des médecins agenouillés tentant de le réanimer. Une housse en plastique qui se referme sur lui.

Cette fois, c'était la bonne. Il allait se fracasser vingt mètres plus bas et ne s'en sortirait pas. Après tous les risques qu'il avait pris dans sa vie, les bastons, les fusillades, il allait clamser comme un con sur cette route de montagne. Seul, sans dire au revoir à personne. Sans avoir rien construit. Transmis. Sa mère ne s'en remettrait pas. Elle le suivrait sans doute très vite. Pour lui, c'était l'idée la plus insupportable.

L'atterrissage fut brutal. Un coup de barre de fer dans les côtes, suivi aussitôt de plusieurs autres, dans les reins, les coudes, les genoux et le crâne. Un vrai passage à tabac.

Paul dévala la pente en priant pour ne pas percuter un obstacle. Il portait son casque, son blouson en cuir était renforcé par une armature mais il pouvait encore se briser la nuque.

Il se contracta au maximum en essayant de se mettre en boule, comme dans une bagarre de rue quand on n'a pas le dessus. Ses muscles étaient sa meilleure armure. À condition qu'il ne tombe pas dans les pommes. Une douleur fulgurante venait d'exploser dans sa jambe droite, comme si on lui avait planté un tisonnier au plus profond des chairs.

La chute fut longue. La forte déclivité ne permettait pas de l'interrompre, ni même de la freiner. Paul rebondissait entre les pierres telle une boule de flipper, incapable de contrôler quoi que ce soit. À chaque contact avec le sol, une nouvelle déchirure. Une nouvelle souffrance. Il avait l'impression d'être attaqué par un ours dont les griffes lui labouraient le corps.

Enfin, au bout d'une longue minute, il sentit que le manège ralentissait. Il parcourut encore quelques mètres et s'immobilisa sur le ventre.

Pendant un temps inquantifiable, il resta dans un état de sidération totale, à l'image d'un dormeur émergeant d'un cauchemar. Ses idées étaient confuses mais il avait conscience d'une évidence. Il avait eu de la chance.

Il n'était pas mort. Ne s'était pas évanoui. Il était juste sonné, incapable pour l'instant de remuer le petit doigt.

Puis d'autres pensées s'agitèrent. On avait tenté de l'éliminer. Ronin ? Ce serait le plus logique. Il était sur le point de l'identifier. Cet enfoiré devait l'observer depuis son arrivée à La Grave. Il l'avait laissé faire pendant un temps, s'était sans doute senti en danger en voyant le policier remonter jusqu'à Gauthier.

Une décharge d'adrénaline gicla dans ses veines. Il devait se remuer. Vite. Le tueur allait certainement descendre pour s'assurer que le boulot était bien terminé. Quand il s'apercevrait que la cible était toujours vivante, il ferait le nécessaire.

Paul roula sur le côté. La rotation lui arracha un gémissement. Une fois sur le dos, il s'assit avec peine et fit l'état des lieux. À première vue, rien de cassé. Des plaies aux jambes, dont une assez profonde qui pissait le sang. Peut-être une luxation de l'épaule, sans doute des ecchymoses un peu partout. Ses fringues étaient déchirées mais l'équipement avait fait le job.

Il retira son casque avec précaution. Pas de vertige. Aucune douleur à la tête. Il lança un regard vers le haut. Il se trouvait à la base d'un grand champ d'éboulis émaillé de plaques de neige. La départementale était dissimulée par un aplomb qui cassait la perspective à une centaine de mètres au-dessus de lui.

Premier réflexe, son arme. Mâchoires crispées, il sortit son SIG du holster accroché sous son aisselle. Puis il essaya de se lever en prenant appui sur ses mains. La souffrance irradia dans son corps. La multitude d'impacts avait traumatisé la moindre de ses cellules et des flashs de douleur éclataient sous sa peau à chaque mouvement.

Pas le temps de s'apitoyer. Il se redressa en grimaçant. Scanna de nouveau le périmètre. Impossible de savoir si son agresseur était en train de le rejoindre pour l'achever. Il n'y avait que le soleil. Une boule de lumière blanche surgie de derrière les cimes qui l'aveuglait et brûlait ses rétines.

Il fouilla dans sa poche, à la recherche de ses Ray-Ban. Une bouillie de verre lui écorcha les doigts. Pareil pour son téléphone. L'écran était en mille morceaux et plus le moindre signe de réception. Le constat était raide. Pas moyen d'appeler du renfort et pas question de remonter pour affronter son agresseur. Il n'en aurait pas la force. Il n'avait qu'une option s'il voulait se tirer de ce guêpier. Descendre encore. Tenter de rejoindre le fond de cet entonnoir et se déplacer à l'abri des blocs de roche qu'il apercevait au loin. Avec un peu de chance et beaucoup de volonté, il finirait par rejoindre le village du Monêtier.

Il allait se mettre en marche quand un caillou explosa à moins d'un mètre de sa botte. Suivi d'un autre. Le tueur n'avait pas perdu de temps. Il était déjà sur lui. Et toujours pas moyen de repérer sa position.

Paul se jeta dans le raidillon sans réfléchir. Il était à découvert, en contrebas du tireur, en position de faiblesse. L'autre allait le shooter comme un lapin.

Nouvel impact. Plus proche. Le capitaine songea à un fusil. Au vu de la puissance, du gros calibre. Peut-être un semi-automatique de l'armée avec lunette de visée.

Il se mit à courir en zigzag, en espérant que ce tracé aléatoire perturberait le chasseur. En fait de course, il s'agissait plutôt de bonds. Emporté par la pente, Paul sautait entre les pierres comme un cabri pendant que les balles sifflaient à ses oreilles. La douleur avait disparu. Idem pour la fatigue. L'adrénaline chauffait son sang, bandait ses muscles, affûtait ses perceptions. Il n'était plus qu'un bloc de volonté, un animal traqué luttant pour sa survie.

Un choc d'une violence inouïe lui laboura le bras gauche. Impression d'avoir été attaqué avec une masse. Puis une brûlure flamba sous sa peau. Un projectile venait de l'atteindre. Sans s'arrêter de fuir, il glissa sa main sous son cuir.

Rouge de sang.

Un vertige le fit chanceler. Il trébucha et s'étala de tout son long dans la caillasse. Pas le moment de tomber dans les vapes. Il se releva en titubant et reprit sa course folle, porté par l'énergie du désespoir. Son avenir était écrit. Un mort en marche, voilà ce qu'il était à cet instant. Mais hors de question de renoncer. Sur le ring, quand les coups pleuvaient, qu'il était à la limite du K-O, il n'avait jamais abandonné. Quitte à rejoindre les vestiaires sur une civière.

Pendant un instant, l'orage se calma. Paul songea que le tireur était en train de recharger. Il avait dû lui balancer une trentaine de pruneaux, le maximum que pouvait contenir le magasin sur ce type de fusil.

Il continua à cavaler. Il était à bout de forces. Ses poumons brûlaient. Son bras le lançait. Autant de sensations qu'il percevait de façon lointaine, comme amorties par de la ouate.

Une nouvelle bastos le frôla. Le tireur avait refait le plein. Paul se dit que la prochaine allait faire mouche quand il aperçut les premiers rochers qui jalonnaient le fond de la vallée. Une vision floue, semblable à un mirage. Dans ce rêve éveillé, ils n'étaient plus qu'à une quarantaine de mètres.

Un espoir fou monta en lui. S'il parvenait à les atteindre, il pourrait se mettre à l'abri. Il accéléra. Un sprint à l'arrache, avec les dernières forces qu'il lui restait.

Vingt mètres. Le sol se dérobait. Le monde vacillait. Paul n'avait conscience que d'une chose. Son agresseur avait dû comprendre la manœuvre. Il le canardait à présent sans s'arrêter, en rafales. Un feu nourri, de moins en moins précis, l'ultime opportunité de flinguer sa proie avant qu'elle ne s'échappe.

Dix mètres. Paul n'entendait plus rien. Ne voyait plus rien. Le monde se résumait à ces masses de granit qui lui tendaient les bras. Sa seule porte de sortie. Son unique chance de salut.

Plus que quelques enjambées. Le moment de vérité. Ça passe ou ça casse. Il plongea vers l'avant. Emporté par l'élan, il fit plusieurs roulades avant de s'immobiliser. Puis, dans un dernier sursaut, il rampa jusqu'aux rochers.

Le temps se figea. Adossé à la pierre, Paul reprenait ses esprits et son souffle en remerciant le ciel et le manque de précision du tireur de l'avoir épargné. Il n'était pas encore sorti d'affaire mais il avait redistribué les cartes. Pour le choper, le tueur devrait venir le débusquer. Et là, c'est lui qui s'exposerait.

Des minutes s'écoulèrent. Volées à la mort et aux ténèbres. Les tirs avaient cessé. Un silence lourd enveloppait la montagne, encore épaissi par la neige qui mouchetait le sol. De temps à autre, le flic risquait un œil prudent dans l'un des interstices qui séparaient les blocs.

Personne.

Il se prit à y croire. Ronin, si c'était lui, était un professionnel. Il savait que la fenêtre venait de se refermer. Sa cible était hors d'atteinte, la Harley était couchée sur le bord de la route et son Hummer devait être garé sur le bas-côté. Un automobiliste pouvait s'arrêter. Chercher à savoir ce qui était arrivé au motard. Il n'avait pas eu d'autre choix que de lâcher l'affaire.

Partie remise, songea Paul. Cet enfoiré ne tarderait sans doute pas à se manifester de nouveau. Il serra son SIG dans sa main et se remit debout. Un sentier de randonnée serpentait un peu plus bas. Il le conduirait forcément quelque part.

À condition qu'il ne s'écroule pas en chemin.

40

Des éclipses de lumière.

Paul les voyait danser devant ses yeux au rythme de ses pertes de conscience. Quand il refaisait surface, un ronflement assourdissant lui vrillait les tympans. Des formes floues l'entouraient, spectres évanescents dont il distinguait à peine les contours. Il entendait des mots qu'il ne comprenait pas, puis sombrait à nouveau dans un puits noir.

Enfin, au bout d'un temps sans consistance ni repères, il sortit de ces ténèbres. Il était allongé dans un lit d'hôpital, la nuque posée sur un coussin, entièrement nu sous une blouse d'opération. Une aiguille était plantée dans son avant-bras, reliée à une perfusion. Ses perceptions étaient encore brouillées mais il ne ressentait aucune douleur. Il était bien, détendu, comme quand il faisait la planche dans l'eau calme d'une piscine.

Cet état de grâce ne dura pas. Des flashs désordonnés venaient brutalement de l'assaillir, et avec eux une puissante sensation d'oppression. Le Hummer qui percute sa bécane. Le vol plané par-dessus le parapet. Son corps meurtri par la chute dans le champ d'éboulis. Sa course sous les balles et celle qui l'avait atteint.

Il releva le fin paravent de tissu vert qui protégeait son intimité. Un bandage enserrait son bras gauche. Un autre entourait sa jambe droite. Une multitude de coupures lacéraient ses chairs. Des taches bleues marbraient sa peau, virant parfois au jaune. Les conséquences de l'agression qui dessinaient la carte de sa souffrance.

D'autres souvenirs s'agrégèrent. Le rempart de roches qui lui avait sans doute sauvé la vie. Sa marche chaotique le long de ce sentier désert, dans un état semi-comateux où chaque pas était une épreuve. Ce chalet isolé sur lequel il était tombé au moment où il pensait que tout était perdu. Le visage de cet homme qui lui avait ouvert la porte et l'avait rattrapé de justesse à l'instant où il s'était évanoui.

Que s'était-il passé ensuite ? Paul n'en avait pas le moindre souvenir.

Il prit appui sur ses coudes et se redressa un peu. Ses gestes étaient lents, gauches, ceux d'un camé qui s'est envoyé son shoot. Il aurait dû souffrir le martyre et pourtant ce n'était pas le cas. Le liquide translucide qui coulait dans son sang ne devait pas y être pour rien.

Un faux mouvement arracha le cathéter. Suivi aussitôt d'un bip strident. Le capitaine eut à peine le temps de réaliser qu'une infirmière faisait irruption dans la chambre. Elle évalua le problème en un regard, s'approcha du malade et récupéra la fine tige de métal qui traînait sur le sol.

— Il faut faire attention, lança-t-elle d'un ton maternant. Vous auriez pu vous faire mal.

Elle devait avoir la trentaine et lui parlait comme à un gosse. Paul ne releva pas. Il avait d'autres priorités.

— Où on est ?

— Au centre hospitalier de Briançon.

— Je suis là depuis quand ?

— Environ trois heures.

Il n'était pas resté très longtemps dans le potage. Plutôt bon signe.

— Comment je suis arrivé ici ?

— Avec l'hélicoptère de la gendarmerie. Ils vous ont déposé aux urgences en fin de matinée.

Le type sur qui il était tombé avait sans doute prévenu les secours. Vu son état, Jansen avait envoyé un hélico pour l'évacuer.

— J'ai été opéré ?

— Ce n'était pas nécessaire.

— Même pour la balle ?

— Elle a effleuré le muscle sans toucher l'os. Vous avez eu de la chance.

— Et pour le reste ?

— Des ecchymoses, des plaies un peu partout, dont une assez profonde à la jambe droite et une petite luxation de l'épaule. Rien de vraiment grave. Vous avez perdu beaucoup de sang et vous étiez en état de choc mais on vous a transfusé à temps. Tout rentrera très vite dans l'ordre.

La fille répondait mécaniquement. Elle sortait une nouvelle aiguille de son emballage stérile.

— Allez, finit-elle par lancer avec autorité. Montrez-moi vos jolies veines.

— Y a quoi là-dedans ? demanda le flic en désignant la poche en plastique suspendue à un trépied.

— Un petit cocktail de remise en forme. Antibiotiques à large spectre, anxiolytique, analgésique. Tout ce qu'il vous faut pour vous rétablir.
— L'antidouleur, c'est de la morphine ?
— C'est ce qu'il y a de plus efficace.
Paul n'en doutait pas. Mais pas question de rester défoncé plus longtemps. L'enquête était loin d'être terminée.
— On oublie le cocktail. Il faut que je sorte d'ici tout de suite.
Il bascula ses jambes dans le vide et s'assit sur le rebord du lit. Un vertige le fit chanceler. Il ferma les yeux et entendit la voix de la fille qui le sermonnait :
— Soyez raisonnable. Vous avez besoin de ces médicaments et vous n'êtes pas en état de vous lever.
— Les gendarmes sont encore là ?
— Il y en a un devant votre porte.
— Vous pouvez lui demander de venir ?
— Il faut d'abord…
— S'il vous plaît.
L'infirmière soupira. Elle tourna les talons et disparut en faisant claquer ses Crocs. Dix secondes plus tard, un deuxième classe à peine sorti de l'école entrait dans la chambre. Il se mit au garde-à-vous et adressa à Paul un salut militaire.
— Mon capitaine.
— J'ai besoin que vous me rameniez à La Grave.
— Je ne sais pas si…
— C'est un ordre.
Le ton du policier, impératif et sans appel, déstabilisa la bleusaille.

— Il faut quand même que j'en réfère au colonel Jansen.

— Faites chauffer le moteur. On l'appellera en route.

Le gamin salua de nouveau et disparut. Paul lança un regard sur ses fringues bien pliées sur une chaise. Son jean était en lambeaux, le cuir de son blouson était déchiré par endroits, mais ce n'était pas ce qui l'inquiétait. Il anticipait la difficulté qui consisterait à les remettre.

Il rassembla ses forces et se leva lentement.

Après tout ce qu'il venait d'endurer, ce n'était pas une séance d'habillage qui allait l'arrêter.

41

Le pandore le déposa à son hôtel.
Paul avait besoin de se changer avant de se rendre à la brigade où Jansen l'attendait. Il l'avait appelé de l'estafette, à partir d'un portable acheté en sortant de l'hôpital, dans lequel il avait inséré sa carte SIM récupérée dans l'épave du précédent. Le colonel n'avait pas fait de commentaires sur la façon dont le policier avait faussé compagnie aux médecins. C'était sa décision et il la respectait.
Concernant l'attaque, Jansen avait déjà pris les choses en main. Il avait fait venir de Lyon une équipe de techniciens de la PTS, qui avaient ratissé la zone à la recherche d'indices. Ils n'avaient trouvé aucune empreinte de pompes en raison de la nature pierreuse du terrain. En revanche, ils avaient pu récupérer des douilles, aussitôt acheminées au labo par un motard de la gendarmerie. Tout le monde était conscient de l'urgence. On venait de tirer sur un flic. Le dossier était prioritaire.
Avant de raccrocher, Jansen l'avait averti de l'arrivée de Latour. La commandante avait débarqué à La Grave

pendant qu'on le recousait. Elle lui avait parlé du triple meurtre sur lequel elle travaillait, dont l'un présentait de nombreuses similitudes avec le leur. Paul avait appris l'existence de cette enquête connexe par Malika. Il s'était juste dit que si la Reine des neiges avait fait le déplacement, le lien entre les deux affaires était vraiment sérieux.

Pour autant, cette perspective de collaboration ne l'enthousiasmait pas. Il préférait éviter les plans à plusieurs. Ego, pouvoir, incompatibilité des caractères… Les occasions de conflit étaient légion. De plus, Latour n'était pas vraiment le genre de flic avec laquelle il rêvait de bosser. Une bourgeoise en tailleur, limite pète-sec, qui savait à peine comment marchait son flingue et prenait tout le monde de haut. Sans parler du fait qu'elle était sa supérieure. Il devrait la jouer fine pour ne pas la laisser prendre l'ascendant.

Sur un plan pratique, Jansen lui avait également indiqué qu'une dépanneuse s'était chargée de sa Harley et l'avait déposée dans un garage à Briançon. La violence du choc l'avait réduite en miettes. Une raison supplémentaire de choper Ronin et de lui faire cracher ses dents.

Il salua la patronne d'un signe de tête et monta directement dans sa chambre. Annie Delran lui lança un regard inquiet. Elle devait se demander ce qui était arrivé à son client mais l'air fermé du capitaine la dissuada de le questionner.

Le policier se déshabilla avec précaution. Les effets de la morphine se dissipaient. Il retrouvait sa lucidité. En contrepartie, une douleur sourde s'invitait à la table. Elle se faufilait dans chaque interstice de son corps pour lui rappeler qu'il revenait de loin. D'ici une heure, il allait déguster.

Il essaya de ne pas y penser et enfila des vêtements propres. Jean noir. Col roulé noir. Veste à capuche, noire également. L'été, quand la température grimpait, Paul troquait son pull contre un tee-shirt sans pour autant changer la couleur de son look. Une dégaine qu'il assumait depuis l'adolescence et que son job de flic lui avait permis de conserver.

Trois coups frappés contre la porte le firent sursauter. La squaw. Elle n'avait pas pu s'empêcher de venir aux nouvelles. Il enfila son blouson, manière de dire qu'il était sur le départ, et lui ouvrit.

La phrase qu'il avait préparée pour l'éconduire en douceur resta coincée dans sa gorge. Ce n'était pas Annie Delran sur le palier. Il avait devant lui une jolie blonde en trois-quarts sombre et en Converse qui le fixait en souriant.

— Latour ?

— Jansen m'a dit que vous étiez rentré à l'hôtel.

Paul ne s'attendait pas à la voir si vite. Encore moins ici. Il lui renvoya un sourire qui ressemblait plutôt à une grimace.

— Ce n'était pas la peine de vous déplacer. Je comptais me rendre à la gendarmerie.

— J'ai pensé que vous alliez rester un peu au calme, le temps de vous remettre.

Elle souriait toujours. Pour lui montrer qu'elle était là dans un esprit de collaboration ? À moins que ce ne soit pour faire passer la pilule si elle s'apprêtait à lui annoncer qu'elle prenait le relais.

— Entrez.

La commandante passa devant lui. Un léger parfum de savon à la fleur d'oranger flottait dans son sillage. Frais. Très agréable. Paul crut reconnaître celui du gel douche fourni par l'hôtel, mêlé aux arômes de sa peau.

Il demanda, pour vérifier :

— Vous avez pris une chambre dans ce bouge ?

Elle acquiesça, un peu embarrassée.

— J'espère que ça ne vous dérange pas.

Le flair du policier ne l'avait pas trompé. L'odeur d'une femme, lorsqu'elle n'était pas travestie par des fragrances trop capiteuses, avait toujours été pour lui le plus puissant des stimulants.

Il évacua cette pensée aussi vite qu'elle lui était venue. Jamais au boulot. Et d'après les rumeurs, Latour n'aimait pas les hommes.

— Pas de souci. L'auberge est assez grande pour nous deux.

Ils restèrent silencieux quelques secondes, debout l'un en face de l'autre sans savoir quoi se dire. La situation était étrange. Ils se connaissaient sans se connaître, faisaient partie de la même brigade mais pas du même groupe, et ils se retrouvaient dans cet hôtel perdu, en terrain neutre, réunis par les circonstances sur une affaire hors du commun.

De plus, la classe innée de Chloé déroutait Paul. Il n'avait pas l'habitude de fréquenter des nanas dans son genre. Ni dans sa vie professionnelle ni dans sa vie privée. Il se la représentait seulement au travers des on-dit, préjugés négatifs véhiculés par les jaloux de la boîte. Pourtant, dans cette proximité sans fard, sa distance, son élégance, suscitait chez lui un sentiment inattendu. Un mélange d'intérêt, de méfiance et de respect, qui l'avait conduit naturellement à éviter le tutoiement habituel qui se pratiquait couramment entre collègues.

Il prit sur lui pour briser la glace.

— Je peux vous proposer un café mais ce ne sera pas de l'expresso.

— Rien, merci.

Il désigna la chaise près de la fenêtre et se servit machinalement une tasse. Le jus noir était froid, datait de la veille, mais il en avait besoin pour combattre les restes de morphine qui couraient dans ses veines.

Il l'avala d'une traite, comme un médicament, s'en resservit un autre et s'assit à l'extrémité du lit sans retirer son cuir. La commandante s'installa également et croisa les jambes. Elle était toujours enveloppée dans son manteau. Deux flics sur la défensive, qui s'observaient avant de s'embarquer pour une destination à risque.

— Il paraît que vous êtes bien amoché, lança Chloé au bout d'un temps.

— Ça aurait pu être pire.

— Vous vous sentez comment ?

— Je tiens le coup.

Elle approuva d'un signe de tête mais son regard disait le contraire. Il exprimait une compassion sincère qui déstabilisa le capitaine. Sous son allure glaciale, la Reine des neiges dissimulait une bonne dose d'empathie.

— Jansen vous a briefée ? demanda Paul pour embrayer sur le sujet qui les réunissait.

— Nous avons fait un point complet.

— Qu'est-ce que vous en pensez ?

— Que j'ai bien fait de venir.

Le ton de sa voix le rassura. Contrairement à ses projections, il n'avait rien de directif ou de condescendant. C'était celui d'une partenaire venue partager ses billes. Il acquiesça d'un petit mouvement de menton et entra dans le vif du sujet.

— Expliquez-moi pourquoi.

42

Latour lui raconta son enquête.

Le triple meurtre de Barjols. La façon très particulière dont Mathieu Perrin avait été assassiné. La piste qui l'avait menée jusqu'à cet architecte branché écologie et proche des milieux collapsionnistes.

Elle évoqua ensuite le projet GE, un concept de cité autonome implantée en très haute montagne et destinée à accueillir une poignée d'élus après le Grand Effondrement. Un rêve improbable qui avait été conçu de A à Z par Perrin et l'avait conduit à sa perte.

Enfin, elle parla du Hummer immatriculé dans l'Isère, celui avec lequel le tueur avait transporté la Husqvarna dont il s'était servi pour traverser les bois jusqu'à la bergerie et mettre le feu aux trois victimes.

Paul l'écoutait avec attention, trempant de temps à autre ses lèvres dans ce qui ressemblait de plus en plus à du vieux marc. Il établissait au fur et à mesure les connexions avec sa propre enquête.

Au-delà de la similitude des *modus operandi* du meurtrier, une correspondance déjà énorme, et du modèle de 4×4 peu répandu qu'il utilisait, ce qui confirmait qu'on avait affaire au même homme, on retrouvait chaque fois l'idée d'une confrontation de l'individu avec des conditions extrêmes. La notion de lutte contre les éléments planait au-dessus des deux dossiers, abordée de façon différente mais dont la finalité restait la même.

Survivre.

Gros bémol dans l'histoire de Latour, le complexe imaginé par Perrin ne collait pas avec l'état actuel de nos mentalités. Trop en avance. Ou simplement trop angoissant. Quoi qu'il en soit, il s'agissait d'une utopie aux coûts démesurés que personne n'aurait pris le risque de financer.

Pourtant, elle avait l'air persuadée qu'il s'agissait de ça. L'architecte semblait ne pas y avoir renoncé et la seule mission qu'il avait conservée depuis qu'il s'était consacré au projet GE – la construction d'un chalet – se trouvait ici, à La Grave. L'existence de ce petit chantier pouvait laisser penser que Perrin voulait avoir un point de chute sur place, afin de surveiller discrètement l'évolution du programme qui l'intéressait vraiment.

Selon Latour, ces éléments mis bout à bout commençaient à avoir la gueule d'un mobile. Un mobile qui supplantait tous ceux que Paul avait envisagés. Des gens, quelque part dans le massif et sur la base d'un projet conçu par Perrin, avait mis sur pied une opération de grande envergure. Même si ça paraissait délirant, infaisable, ils avaient mobilisé des moyens colossaux pour édifier une arche dans la montagne. Leurs intérêts et ceux de l'architecte avaient dû diverger, ce qui les avait conduits à le faire supprimer par un pro.

Le capitaine n'était qu'à moitié convaincu. Tout ça ressemblait à un délire conspirationniste. De plus, la signature du tueur détonnait dans le tableau. Des mises à mort complexes, très éloignées d'une simple exécution effectuée à titre purement professionnel. Elle révélait l'existence d'un rituel pervers, une volonté de terroriser ses victimes, de les faire souffrir. Un nettoyeur n'aurait jamais fait ça. Il se serait contenté d'une balle. Enfin, pourquoi aurait-on voulu assassiner l'architecte alors qu'il était à l'origine du projet ?

Paul préféra garder ses doutes pour lui. Latour avait la réputation d'être une excellente enquêtrice. Probablement meilleure que lui. Les fils qu'elle tirait les conduiraient forcément quelque part.

— Vous en concluez quoi ?

La commandante se leva. Elle alla se planter devant la fenêtre et laissa son regard dériver sur les cimes.

— Que nos deux affaires n'en sont qu'une. Et qu'elles nous ramènent au même endroit.

— Le Cirque du Diable ?

— C'est là qu'on a retrouvé le guide. Là aussi que vous avez découvert ce charnier. Un secteur de haute montagne, isolé, inaccessible. Exactement le type d'environnement où Perrin imaginait construire sa base survivaliste. Je ne pense pas que ce soit une coïncidence. De plus, la légende qui l'entoure permettrait de tenir les curieux à distance.

Paul avait déjà pensé à cet aspect mais sa réflexion ne concernait que les cadavres, pas l'existence d'un chantier qu'on aurait voulu dissimuler.

Il fit remarquer à Latour :

— Des travaux de cette ampleur, ça aurait dû se voir. J'y suis allé. Il n'y a rien.

Elle se retourna et affirma d'un ton convaincu :
— Parce qu'ils n'ont pas encore démarré.
— Le projet n'en serait qu'à la phase d'étude ?
— C'est le plus probable.

Le capitaine eut une moue dubitative. Même si elle n'en était encore qu'à l'état embryonnaire, une perspective aussi colossale ne pouvait pas passer inaperçue. Il aurait fallu analyser le site, le disséquer, recueillir suffisamment de données permettant à l'architecte d'y implanter sa vision utopique. Ces préparatifs auraient impliqué des va-et-vient d'hélicos remplis de géomètres et autres techniciens capables de fournir à Perrin le socle sur lequel il aurait dessiné son plan fou. Pourtant, personne n'avait rien signalé de tel…

Encore une fois, Paul garda ces remarques en réserve. Il y avait tellement d'incohérences dans cette affaire que l'impossible était peut-être envisageable. Il souleva une autre objection, plus évidente, à laquelle il pensait depuis le début.

— Qu'est-ce qu'on fait du tueur ? Sa façon d'assassiner ses victimes ne cadre pas avec ce type de scénario.

Chloé fit quelques pas. Elle évoluait avec grâce mais Paul percevait la force de sa détermination. Une tige de métal dans un écrin de soie.

— Je sais, finit-elle par concéder. Mais je suis sûre qu'on brûle. On ne tire pas à la légère sur un flic. Vous vous êtes beaucoup trop approché de lui. Et donc de ceux pour lesquels il travaille. C'est pour cette raison qu'il a tenté de vous éliminer.

— Ça ne répond pas à ma question. Pourquoi ce rituel ?

— Il est perturbé. C'est une évidence. Il profite peut-être des opportunités que lui offrent ses employeurs pour assouvir ses pulsions.

L'occasion fait le larron. L'hypothèse se tenait. Restait à déterminer ce que le feu et la glace signifiaient pour ce dingue.

— Un rituel lié à la nature, précisa Paul. Aux éléments. Sa personnalité est construite autour de valeurs physiques basées sur le courage, la force et la survie. Il doit rejouer quelque chose.

— Vous pensez à quoi ?

Le capitaine se souvint du portrait dressé par Gauthier, l'ancien chasseur alpin reconverti dans le survivalisme.

— C'est un soldat d'élite. Très entraîné et complètement fondu. On peut supposer qu'il a été confronté à l'horreur de la guerre. Il a dû vivre des situations qui ont pu créer chez lui un traumatisme.

Chloé revint s'asseoir sur la chaise. Elle se pencha vers l'avant et fronça les sourcils.

— Un soldat d'élite ? Jansen ne m'a pas parlé de cet aspect.

— Il n'est pas au courant et ce n'est encore qu'une hypothèse. Elle est apparue ce matin, avant que cet enfoiré n'essaie de me buter. Il conduisait un Hummer noir, sans doute le même que celui que vous avez identifié. Je pense aussi qu'il s'est servi d'un fusil semi-automatique de fabrication militaire.

— Ça cadrerait avec le couteau qu'il a utilisé pour égorger deux des victimes trouvées dans la bergerie. C'est peut-être un couteau de combat, pas de chasse. Vous avez pu voir à quoi il ressemblait ?

Paul lui donna l'ébauche d'une description. Pas de première main, il n'avait pas pu distinguer son agresseur, mais celle fournie par le chasseur alpin, incluant la cicatrice au-dessus de la lèvre et la prothèse oculaire. La précision lui fit comprendre avec un temps de retard pourquoi, même avec une lunette de visée, les tirs étaient aussi approximatifs.

— Une telle infirmité n'est pas compatible avec une affectation militaire opérationnelle, pointa Chloé. A fortiori pour un professionnel de ce calibre.

— Il a dû se faire virer après avoir perdu son œil, ce qui expliquerait qu'il ait cherché un autre emploi.

La commandante opina.

— Ce qui est certain, c'est que son handicap ne l'empêche pas de surfer dans une zone à haut risque, de se jeter dans le vide avec un parapente en portant des kilos de matériel et de piloter une moto de cross en pleine nuit sur un terrain accidenté.

Paul songea que ce type possédait des qualités d'adaptation peu courantes. Il avait réussi à compenser sa mutilation pour rester performant, ce qui le rendait d'autant plus dangereux.

Il se leva à son tour et alla se resservir une tasse. La caféine commençait à faire son effet. Son cœur battait plus vite. Ses perceptions s'affûtaient et de nouveaux éléments lui revenaient.

— Autre chose. Il se fait appeler Ronin. À tous les coups un pseudo, mais assez original pour être pris en compte.

— Ronin, vous dites ?

— Ça vous évoque quelque chose ?

— Dans le Japon féodal, les rōnins étaient des samouraïs déchus. Des guerriers d'exception qui n'avaient aucun maître et se louaient au plus offrant.

— Vous avez étudié l'histoire du Japon ?

— Je fais du yoga. Ça m'a amenée à lire quelques bouquins.

Paul lui lança un regard intrigué. La Reine des neiges n'était décidément pas une flic comme les autres. Elle s'intéressait à des sujets dont tout le monde se tapait, à commencer par lui. Il la poussa à développer.

— Les rōnins étaient des mercenaires ?

— Des parias. Exclus de la société parce qu'ils avaient failli. Ils erraient de ville en ville, devenant des voleurs et des assassins, ou combattant pour leurs seuls idéaux. On leur a souvent associé l'image du preux chevalier défenseur du faible et de l'opprimé. Vous n'avez pas vu le film de Kurosawa, *Les Sept Samouraïs* ?

Paul préférait les Avengers. Un autre genre de héros, dont les motivations étaient au fond très proches. Il éluda la question afin de ne pas passer pour un débile.

— Un guerrier. Jusque-là, c'est cohérent. Mais sans maître, ça voudrait dire qu'il opère en solo et pas pour une organisation.

— Pas forcément. Certains rōnins avaient choisi la voie du banditisme. On peut supposer que notre homme a pris cette direction et qu'il a loué ses services au plus offrant après avoir été chassé de l'armée.

Un silence s'installa, comme si chacun méditait dans son coin pour assembler les éléments dont ils disposaient sur ce tueur aux allures de surhomme.

— Le charnier ? finit par lancer Paul. Vous pensez que c'est lui ?

— Ça fait beaucoup de victimes pour un seul type, même pour un meurtrier exceptionnel.

— On est d'accord.

— En revanche, je crois que ces morts sont quand même liés à notre affaire. Ne me demandez pas de quelle façon, pour l'instant, je n'en sais rien.

Le capitaine partageait cette analyse. Une analyse qui le conduisait dans la même impasse.

— Qu'est-ce qu'on fait ?

— Je continue sur ma lancée, vous sur la vôtre.

— Vous commencez par quoi ?

— Un club de cross, au Bourg-d'Oisans. La moto utilisée par le tueur a été volée à un de ses membres. Et vous ?

— La gendarmerie. Il faut que je voie Jansen.

Elle quitta sa chaise et se dirigea vers la porte.

— Parfait. On échange nos numéros de portable et on fait un point toutes les trois heures.

Pour la première fois depuis le début de leur entretien, Latour avait pris un ton impératif. Elle dut s'en rendre compte et rattrapa le coup aussitôt.

— Si ça vous va, bien sûr.

Paul hocha la tête en étirant un petit sourire.

— Ça me va.

43

16 heures.

Le jour commençait à décliner. Les ombres s'allongeaient, donnant aux sommets enneigés la teinte bleutée d'un champ de lavandes. Paul avait de moins en moins envie de retourner à la gendarmerie et de se taper un tête-à-tête avec le colonel. Il avait tenu le coup devant Latour, mais la réalité le rattrapait. Son corps n'était qu'une plaie. Une grosse fatigue venait de lui tomber dessus.

Le contrecoup d'une journée en enfer.

Il serra les dents à l'idée de ressortir, ferma son blouson jusqu'au col et récupéra les quelques objets personnels qu'il avait posés sur la table avant de se changer. Pièces de monnaie, transpondeur de la Harley, portefeuille, badge... Il s'arrêta sur la feuille pliée en quatre. Le listing des fadettes. Il avait survécu au tsunami.

Il l'ouvrit machinalement. Des numéros, des dates, des heures, des noms et des adresses. Pour une fois, Chabot avait bien fait le job. Il avait contacté tous les opérateurs afin d'obtenir les coordonnées de chacune des personnes avec lesquelles Fernel avait communiqué.

Comme indiqué, un appel masqué avait été reçu à intervalles réguliers, en moyenne une fois tous les deux jours.

Il s'assit sur le lit. Une idée venait de germer dans son esprit. Peut-être la solution pour découvrir qui était ce mystérieux correspondant. Tant pis pour Jansen. Il l'attendrait encore un peu.

— Salut, mon Pierrot. T'as une minute ?
— Toujours pour toi, ma poule.

Pierre Catelin était membre du HAMC, le Hells Angels Motorcycle Club, que Paul avait rejoint en achetant sa Harley. Une bande de passionnés qui organisaient des *rides* sur les routes de Provence, très éloignés des *bikers* ultra-violents dépeints dans la série américaine *Sons of Anarchy*. Ses potes se déguisaient en loubards, s'échangeaient les bons plans sur les bécanes et faisaient beaucoup de bruit mais aucun d'eux n'aurait fait de mal à une mouche. Accessoirement, Catelin bossait chez Orange. Ingénieur télécom surdoué, il avait déjà permis au capitaine de débrouiller plusieurs cas difficiles.

— J'ai besoin que tu me traces plusieurs appels. Tu peux faire ça ?
— C'est quoi le souci ? N'importe quel blaireau peut y arriver.
— Faut croire que non.

Soupir dans l'appareil. Le cerveau de Catelin fonctionnait comme une fibre optique, à la vitesse de la lumière. Il n'arrivait pas à comprendre que ce ne soit pas le cas de ses collègues.

— File-moi le numéro de la ligne. Je me démerde pour le reste et je te rappelle dès que c'est fait.

Paul énonça les chiffres et glissa pour conclure :

— Au fait, je me suis crashé.
— Merde... Tu t'es pas fait trop mal ?
— Ça va aller, mais la bécane est morte. Il faut que j'en trouve une autre rapidos.
— La même ?
— Tant qu'à faire.
— Je me rancarde.

Le flic raccrocha. Connaissant son lascar, il n'aurait pas longtemps à attendre. Ni pour la Harley ni pour le reste. Avant de replier le listing, il le parcourut à nouveau, cette fois avec plus d'attention. Il n'avait pas eu l'occasion de le faire jusque-là et un détail avait peut-être échappé à Chabot.

Les numéros d'appel étaient classés par ordre chronologique, en commençant par les plus récents. Aucune aspérité sur les deux premières pages. Les noms que le brigadier avait identifiés ne lui disaient rien.

Il passa à la dernière feuille, sans trop y croire. Au bout de trois lignes, il décocha un bâillement. La lecture de ce pensum l'endormait. Il avait de plus en plus de mal à se concentrer sur les caractères minuscules qui dansaient devant ses yeux.

À l'instant où ses paupières se fermaient, une décharge électrique le réveilla d'un coup. Un prénom venait de jaillir de cette obscurité, tel un point lumineux déchirant les ténèbres pour brûler sa rétine.

Colas.

Celui d'un des surfeurs que Lou lui avait présentés.

Le fort en gueule qui se donnait des airs de bûcheron et avait juré ses grands dieux ne pas fréquenter Lucas Fernel.

Appels et SMS avaient été passés dix mois plus tôt de La Grave et les Colas ne couraient pas les rues. A fortiori ceux qui résidaient au Casset. Neuf chances sur dix que ce soit lui.

Pourquoi avait-il menti ?

VIII

44

— On a eu le retour de la balistique.

Jansen affichait une mine fermée. L'analyse des douilles récupérées dans le périmètre de la fusillade s'était déroulée au pas de charge, mais quelque chose semblait le déranger.

— Ça n'a pas l'air de vous réjouir, s'étonna Paul.

— Les balles proviennent d'un HK 416 F. Le frère jumeau de ceux-là.

Le colonel désigna les quatre fusils-mitrailleurs noirs alignés sur le mur, protégés par une vitre fermée à clef. Des modèles quasi neufs du nouveau fusil d'assaut de la gendarmerie, exposés comme des trophées dans le bureau de Chabot. Légers, compacts, ils étaient équipés d'un chargeur trente coups capable de balancer sept cents pruneaux de 5,56 mm en moins d'une minute et d'une aide à la visée. Parfait pour tous types d'interventions en milieu hostile ou en cas d'affrontement de haute intensité. Idéal également pour allumer un flic dans un champ d'éboulis.

La PTS connaissait bien le HK 416 F. Adopté depuis des lustres par toutes les unités d'élite, il faisait pour ainsi dire partie des meubles. Cette familiarité expliquait sans doute pourquoi les techniciens de la scientifique l'avaient identifié si vite. Elle justifiait aussi le malaise de Jansen. Il devait penser que le tueur était peut-être un gendarme et cette idée le perturbait.

— C'est cohérent, laissa tomber le policier.

Le colonel s'emporta.

— Une arme utilisée par notre corps ? Vous trouvez ça cohérent ? Autant me dire tout de suite que le meurtrier est de chez nous !

— Pour l'instant, rien ne prouve que ce fusil appartienne à l'un de vos collègues. En revanche, le fait qu'il s'agisse d'un équipement militaire de pointe va dans le sens de ce que j'ai appris.

Paul lui fit part des infos fournies par Gauthier, l'ancien chasseur alpin reconverti dans l'organisation de stages survivalistes en haute montagne. Le tueur, qui se faisait appeler Ronin, en avait suivi un avec Fernel. D'après l'adjudant-chef, il avait le profil d'un soldat surentraîné. Et ce genre de profils, de nombreux régiments spécialisés dans les missions à risque en recrutaient.

Jansen se détendit un peu. Après tout, le pire n'est jamais sûr. Paul lui donna une autre raison de ne pas broyer du noir.

— De toute façon, quelle que soit son arme, il ne doit plus faire partie des effectifs.

— Comment pouvez-vous en être sûr ?

— Il a perdu son œil gauche et porte une prothèse oculaire. A priori, ça devrait le rendre inapte au service.

Le colonel haussa les épaules.

— Ça ne changera rien. Si c'est un des nôtres, on va se faire étriller.

Les explications du capitaine n'étaient pas parvenues à le rassurer totalement. Paul lui laissa le temps de se reprendre. Il se foutait pas mal de l'impact que pourrait avoir une telle hypothèse sur le petit monde merveilleux des pandores. Il voulait juste arrêter le salopard et avec l'identification du HK, le colonel venait de lui refiler une info en béton.

Il réattaqua au bout de quelques secondes. Il avait quitté le cocon douillet de sa chambre et s'était traîné jusqu'à la brigade pour débriefer Jansen, autant mettre toutes ses billes sur la table.

— J'ai fait un point avec Latour. Je suppose que vous êtes également au courant pour son enquête.

— Nous en avons parlé, répondit le colonel d'une voix lasse. Un projet de construction dans le massif. Un genre de ville perchée sur le glacier, si j'ai bien compris. Entre nous, c'est difficile à croire.

— Moi aussi, j'ai eu du mal. Mais ça pourrait se tenir s'il n'en est qu'à la phase d'étude.

Jansen se leva brusquement du fauteuil dans lequel il était installé et marcha de long en large dans le bureau de Chabot. Sans doute une façon de chasser la tension qui le colonisait.

— Quand on veut à tout prix démontrer quelque chose, affirma le gendarme d'un ton dur, on cherche tous les moyens pour faire coller sa thèse au fait. Mais les faits sont têtus. Comme la montagne. Si personne n'a jamais envisagé de bâtir quoi que ce soit au-dessus d'une certaine altitude, ce n'est pas pour rien. C'est tellement évident qu'il serait complètement stupide d'y consacrer la moindre étude.

— Je suis d'accord, concéda Paul. Seulement il y a d'autres faits, aussi indiscutables. Mathieu Perrin était fasciné par ce type de constructions extrêmes, notamment en milieu glaciaire. Il avait même fait un mémoire sur le sujet et d'après ce que je sais, il n'avait jamais abandonné l'idée de réaliser son rêve.

— Ça ne prouve pas qu'il y soit arrivé.

— Ni qu'il n'était pas en train d'essayer. Il avait laissé tomber son activité habituelle pour travailler sur un projet au nom duquel il a été éliminé. Un projet suffisamment abouti pour que son assassin vienne récupérer les plans chez lui afin d'en faire disparaître toutes les traces.

— Rien ne dit qu'il s'agissait de ça.

— Rien, en effet. Mais les victimes étaient persuadées que le Grand Effondrement était sur le point de se produire. Chacune à sa façon, elles cherchaient des solutions pour affronter l'épreuve. Et pour un architecte, édifier une base de survie est sans aucun doute la plus appropriée.

Jansen fit une moue. Il continuait d'arpenter la pièce, tête baissée et bras croisés dans le dos.

— Votre collègue a évoqué le Cirque du Diable en tant que site d'implantation. Si on adhère à sa thèse, ce serait le plus logique. Mais il n'y a rien là-bas. Vous êtes bien placé pour le savoir, vous y êtes allé.

Il contrecarrait chaque argument avancé par le policier. Paul ne lui en tint pas rigueur. À cet instant, le militaire n'était qu'un concentré de négativité.

— On est peut-être passés à côté de quelque chose, suggéra le flic.

— Le secteur a été quadrillé. On n'a pas trouvé le moindre indice.

— On cherchait un abri. Pas des repères. Si on part du principe que le projet n'en est qu'au stade préliminaire, il est possible que Perrin ait fait des relevés. Notamment pour identifier les zones à risque. Avant de construire une maison, on réalise toujours une étude de sol.

En prononçant cette phrase, Paul eut un flash.

— La croix.

— Quelle croix ?

— Celle qui était plantée au-dessus de la crevasse. J'ai d'abord pensé que c'était lié au charnier mais il s'agit peut-être d'autre chose.

— Le repère dont vous parliez ?

— Oui. Et il est possible qu'il y en ait d'autres.

Le colonel haussa les sourcils.

— Pourquoi avoir utilisé une croix ?

— Peut-être par ce que Fernel travaillait pour Perrin et qu'il effectuait des repérages. Il est tombé sur la crevasse et n'avait sans doute plus que ça sous la main pour signaler le danger.

Cette fois, Jansen soupira de façon ostensible. Les théories de Paul étaient loin de le convaincre.

— Il faut y retourner, insista le flic.

Le militaire revint s'asseoir. Il paraissait soudain épuisé.

— Ça fait bientôt une semaine que mes hommes sont sur le pont. Ils n'en peuvent plus.

— On va faire appel à l'armée. Le 4e régiment de chasseurs alpins sera parfait pour ça. Ils sont basés à Gap.

Jansen n'avait plus la force de résister. Il opina d'un air fatigué.

— Comme vous voudrez. Mais je vous le redis. Cette piste ne conduira nulle part.

Paul n'arriverait pas à le convaincre de l'intérêt de cette nouvelle hypothèse. Il avait obtenu ce qu'il voulait. C'était l'essentiel.

Il enchaîna sur autre chose.

— Vous avez avancé sur l'azote ?

— Ça ne donne rien. On en trouve dans le commerce. Des bonbonnes d'un litre. N'importe qui peut s'en procurer.

Chabot aurait pu s'en rendre compte plus tôt. Encore une preuve de son incompétence.

— Il n'y a rien non plus sur l'existence de crimes similaires, poursuivait Jansen. Le *modus operandi* du tueur est unique.

Chou blanc aussi de ce côté-là. On ne peut pas gagner à tous les coups.

— Latour vous a parlé du Hummer ?

— J'ai lancé une recherche.

— L'assassin conduisait ce type de véhicule quand il m'a attaqué. Je n'ai pas pu relever le numéro de la plaque mais c'est sûrement le même, immatriculé dans l'Isère. Il ne doit pas y en avoir beaucoup.

— On le saura vite.

— Faites aussi établir un portrait-robot. Diffusez-le partout.

Le colonel fit préciser :

— Vous avez pu voir notre homme ?

— Il était trop loin. Mais le type qui organise les stages de survie m'a fourni une description.

Paul lui répercuta les informations. Jansen les nota sur une feuille de papier et laissa tomber d'un ton dubitatif :

— C'est vague.

Le militaire décrochait. Il devait être obnubilé par ce qu'il avait appris, par le séisme que l'appartenance possible du tueur au corps de la gendarmerie n'allait pas manquer de provoquer.

Paul jeta un coup d'œil à sa montre. 17 heures bien tassées. Le bon timing pour aller cueillir Colas, l'ami de lycée de Lou reconverti dans la plomberie. Après avoir passé sa journée à réparer bidets et lavabos, le surfeur devait être rentré chez lui.

— Vous pouvez me prêter un véhicule ?

— Nous n'avons pas de moto.

— Je sais aussi conduire une voiture.

— Dans ce cas, il doit y avoir une estafette de disponible.

Le flic ne se voyait pas débarquer dans un utilitaire bleu marine avec le sigle « Gendarmerie » peint en gros sur le capot. Question discrétion, il y avait mieux.

— Je préférerais quelque chose de plus passe-partout.

Jansen lui lança un regard affligé.

— Demandez à Chabot. Je crois qu'il a un petit SUV.

Paul acquiesça et se leva. La douleur flamba aussitôt dans sa jambe.

— Vous avez des antidouleurs dans votre pharmacie ?

— Voyez aussi avec Chabot. C'est sa brigade. Pas la mienne.

45

Une fois de plus, Chloé avait béni son GPS.

Il l'avait guidée depuis la sortie du Bourg-d'Oisans sur un itinéraire tortueux qui l'avait conduite jusqu'au site, un immense champ de bosses gagné sur les mélèzes à grands coups de bulldozers.

Les propriétaires du Moto Cross Hub n'y étaient pas allés de main morte. Pas un arbre à la ronde. Des monticules de terre disséminés un peu partout. Des trous béants qui déformaient le sol. L'environnement avait été mutilé en profondeur et ressemblait à la lune. Par contraste, le bruit qui transperçait les vitres de la Mini était assourdissant. Des pétarades aiguës montaient de toutes parts, produisant une symphonie inaudible dont les vibratos déchiraient les tympans.

Chloé tourna la tête vers les glissières de sécurité. Des pilotes tournaient sur le circuit, sanglés dans des combinaisons en cuir et visages dissimulés derrière des casques. Ils se poursuivaient à fond la caisse en soulevant des brumes de poussière brune, alternant virages en dévers et tremplins artificiels qui les propulsaient dans les airs pour les faire atterrir dix mètres plus loin. Dans le soleil couchant, leur look et leurs postures lui firent songer à des cyborgs. Des créatures improbables, fusion de l'homme et de la machine, qui se tenaient debout sur les cale-pieds et dont les bras semblaient être une prolongation du guidon.

Elle longea un grand hangar de tôle et se gara sur un terre-plein, au milieu d'une ribambelle de 4 × 4, de vans et de remorques. Trois conteneurs étaient posés à même le sol, collés les uns aux autres et percés de fenêtres.

La policière grimpa les marches qui menaient au bloc central et entra sans frapper. Surprise en découvrant l'intérieur. Les modules avaient été reconditionnés pour créer un espace unifié, tout en longueur, dont les allures de loft détonnaient dans cet environnement rustique. Pas un bruit. Meubles bas. Écrans plats. Consoles de jeux. Plusieurs paires de lunettes de réalité virtuelle étaient posées sur une table. L'ensemble donnait le ton de ce club du futur. Le cross du XXIe siècle, mis au goût du jour par la technologie 3.0.

Un blondinet bien enrobé – pas plus de vingt-cinq ans – était allongé dans un canapé italien. Il avait retiré ses chaussures, portait un jean slim et un petit pull moulant qui le boudinaient et le faisaient ressembler à un startuper. Il décolla les yeux de la BD dans laquelle il était plongé et se leva d'un bond, comme si Chloé l'avait pris en faute.

— Je peux vous aider ?

La policière se présenta en lui montrant son badge.

— Vous êtes le gérant ?
— Oui.
— J'ai quelques questions à vous poser.
— Vous avez un mandat ?

L'incongruité de la demande surprit Chloé.
— Pourquoi, vous avez quelque chose à cacher ?
— Vous êtes sur une propriété privée. Si vous voulez m'interroger, va falloir me montrer un mandat.

L'aplomb du gamin était hallucinant. Il racontait n'importe quoi mais le faisait en toute bonne foi. À force de regarder des conneries à la télé, il devait se croire dans une série Netflix.

La policière changea de ton.

— Écoute-moi bien, mon grand, et ouvre tes oreilles, je ne répéterai pas. J'enquête sur un meurtre. Je t'entends où je veux et quand je veux. Alors tu me réponds gentiment ou je t'embarque illico, je te colle en garde à vue et je ferme ton bazar.

Le blondinet ne devait pas s'attendre à ça. Il leva les mains en signe de paix et étira un sourire qui se voulait décontracté. Quelle que soit la menace, hors de question de perdre la face.

— Pas la peine de s'énerver. Fallait le dire plus tôt que vous étiez sur la piste d'un tueur.

Il parlait maintenant avec une pointe d'exaltation dans la voix, comme si tout ça n'était qu'un jeu.

— Il est possible que le suspect soit venu s'entraîner dans ton centre.

— Wahou ! C'est flippant ce que vous dites. Vous avez son nom ?

— Ronin.

— Ronin quoi ?

— C'est tout ce que je sais.

Le startuper se dirigea vers un ordinateur et martela son clavier.

— J'ai rien.

— Il a dans les quarante ans. Très grand, très athlétique. Il porte une prothèse oculaire et a une petite cicatrice au-dessus de la lèvre.

— Putain, c'est un vrai film d'horreur, votre truc. Vous êtes vraiment sûre qu'il a rôdé dans le coin ?

— C'est ce que j'essaie de savoir. Il roule dans un Hummer noir immatriculé dans l'Isère. Ça te parle ?

L'autre secoua la tête en signe de négation.

— Non. Pour être franc, les clients, c'est la partie de mon associé. Moi, je m'occupe de la com et des réseaux sociaux.

En clair, ce qui permettait de buller tranquille pendant que son pote forait dans le dur.

— Vous voulez que je lui dise de venir ?

— C'est ça. Et dis-lui aussi de se magner les fesses.

Le gamin passa un appel. Pas avec un téléphone, mais avec un talkie. Le réseau devait être fluctuant dans cet endroit paumé. Il avait fallu trouver des solutions.

Pendant qu'elle attendait, Chloé s'approcha de la fenêtre. Sur le circuit, les pilotes continuaient leur ronde imperturbable. Elle repensa à Cabrera. Le seul flic de France qui utilisait une Harley dans le boulot. Il devait avoir de sacrés états de service pour qu'on le laisse faire. Elle aurait dû lui demander de l'accompagner. Il aurait été comme un poisson dans l'eau avec tous ces motards.

Au bout de quelques secondes, elle aperçut la silhouette d'un homme qui sortait du hangar. Jeune, à en juger par l'allure. Il franchit au pas de course la distance qui le séparait des conteneurs et débarla dans la pièce.

— Qu'est-ce qui se passe ?

Le type avait le même âge que son associé. Mais pas le même look. Sec comme une trique, cheveux coupés à ras, un concentré de puissance et d'énergie. Il était enveloppé dans une combinaison en cuir rouge bardée de logos et portait de grosses bottes renforcées. Plastron, coudières, genouillères et épaulettes en Kevlar complétaient le déguisement et lui donnaient des airs de stormtrooper.

Chloé expliqua les raisons de sa présence. Le coureur hocha la tête avec gravité.

— Je me souviens de lui. Un mec un peu zarbi. Il n'avait pas le gabarit pour faire du motocross. Trop lourd. Mais il maîtrisait quand même bien le sujet.

La policière s'électrisa.

— Que pouvez-vous me dire sur lui ?

— Il est venu le mois dernier. Il envisageait de faire un stage de perfectionnement. Je lui ai fait visiter le club et je lui ai proposé plusieurs formules.

— Il a donné suite ?

— Non. Il a un peu discuté avec les pilotes qui étaient là, emprunté une bécane pour faire un tour de piste et il est reparti une heure plus tard. Je ne l'ai jamais revu.

Pas étonnant. Ronin avait eu le temps de repérer la Husqvarna, peut-être même de l'essayer et par là même d'identifier son propriétaire. Aucune raison de s'attarder.

Chloé était frustrée. Elle venait d'obtenir la confirmation que l'assassin était passé par là mais n'était pas plus avancée pour autant.

— Il n'y a pas un détail qui vous a marqué ?

— Comme quoi ?

— Où il a appris à piloter, l'endroit où il habite, la moto qu'il utilise... C'est le genre de trucs dont on parle quand on vient s'inscrire dans un nouveau club.

Le stormtrooper se gratta la tête. Pendant qu'il réfléchissait, la policière jeta un regard vers son associé. Le blondinet s'était déjà replongé dans sa BD.

— Pas lui, en tout cas, finit par répondre le motard. Il était focus sur le centre.

Rien à gratter de ce côté-là. Ronin avait fait en sorte de ne laisser filtrer aucune info qui aurait permis de le tracer. Une fois de plus, Chloé se retrouvait dans un cul-de-sac.

Elle allait repartir quand le pilote lui balança de quoi espérer à nouveau.

— Attendez... Il y avait peut-être un truc. J'sais pas ce que ça vaut, mais...

— De quoi s'agit-il ?

— Un autocollant de la Légion étrangère sur le pare-brise avant de sa caisse. Un cercle, avec une flamme argentée.

— Vous êtes sûr que c'était ça ?

— C'était écrit dessus.

Chloé n'en croyait pas ses oreilles. Elle cherchait un soldat d'élite et les légionnaires appartenaient à cette catégorie. Des machines à tuer, préparées pour affronter les pires situations. Ils étaient insensibles à la douleur et prêts à se sacrifier si on leur en donnait l'ordre. Sans parler du fait que la Légion était une unité parachutiste. Chacune de ces caractéristiques collait au millimètre avec le profil établi par Cabrera.

Quant au pseudo, il pouvait très bien être celui qu'il avait pris quand il s'était engagé. Ce corps très spécifique, composé pour l'essentiel de volontaires étrangers, permettait à ses recrues d'endosser une nouvelle identité. Nouveau nom, nouvelle vie. Comme la plupart de ces soldats au profil atypique, les rōnins fuyaient un passé trouble.

Chloé abandonna les jeunes entrepreneurs et retourna au pas de course à sa voiture.

La Légion.

Cette fois, elle tenait du concret.

46

— Tu m'as raconté des conneries.

Paul se tenait dans l'encadrement de la porte, masse sombre et inquiétante en partie dissimulée par la nuit. Il fixait le copain de Lou d'un air méchant.

— Des conneries ? Sur quoi ?
— Le guide. Lucas Fernel.

Le flic poussa Colas et entra en force dans la bicoque. Personne. Il n'était pas encore 18 heures. Ses potes devaient vaquer à leurs occupations en attendant de se retrouver pour une nouvelle soirée défonce.

— Tu peux m'expliquer ? Parce que là, j'comprends que dalle, rétorqua le surfeur.

Toujours aussi sûr de lui. Le jeune homme avait croisé ses bras sur sa poitrine et toisait Paul sans ciller.

— Tu le connaissais. Et pas que de vue. Alors maintenant, t'as intérêt à me dire la vérité.

Colas prit un air offusqué. Fidèle à son style d'homme des bois, il portait encore une grosse chemise de laine, cette fois à carreaux noirs et blancs.

— Non mais c'est quoi, ce délire ? Tu débarques chez moi, tu m'agresses gratos et tu voudrais en prime que je t'avoue un truc qui existe pas ?

Paul n'avait pas la patience d'écouter ses jérémiades. La douleur rampait sous sa peau, à peine atténuée par les comprimés de codéine qu'il venait d'avaler. Chabot lui en avait refilé une boîte avec les clefs de sa Dacia.

Il s'approcha de Colas et pénétra dans sa zone d'intimité, son visage à portée de souffle du sien. Vu sa personnalité, le loustic ne comprenait qu'une seule chose.

La loi du plus fort.

— Colas Letertre, c'est bien toi ?

— Et après ? répondit le simili-bûcheron d'un air bravache.

Paul tira le listing de sa poche et lui mit sous le nez.

— Tu sais ce que c'est ?

— J'en ai pas la moindre idée.

— Les communications téléphoniques de Fernel sur une année. Celles passées à partir de son portable. Regarde les lignes surlignées en jaune.

Colas posa ses yeux sur le document. Son assurance s'effrita dans la seconde.

— Ah, ça…

— Quatre appels en deux semaines. Et quinze SMS. Tout ça, il y a un peu moins d'un an. Tu peux m'expliquer ?

Le snowboardeur recula. Il sortit une clope de sa poche et l'alluma en essayant de la jouer cool.

— Ça date pas d'hier. J'avais zappé.

— J'vais te croire.

— C'est la vérité. J'te jure.

Paul refit un pas vers lui, réduisant de nouveau l'écart.
— Et maintenant ? Ça te revient ?
— Vaguement, ouais.
— Je t'écoute.

Cette fois, Colas tourna le dos au capitaine, la seule façon d'échapper à son emprise. Il fit quelques pas et s'assit dans le fauteuil défoncé où il avait ses habitudes.

— Il cherchait des spots de surf. C'était pour son boulot.
— Quels spots ?
— Des trucs un peu chauds. Fernel avait un client qui avait envie de se faire peur. Comme il n'était pas de la vallée, il m'avait demandé de le rancarder.

Le flic fit aussitôt le lien avec le secteur dans lequel on avait retrouvé le guide.

— Le Cirque du Diable, par exemple ?

Colas aspira une grosse taffe sur sa clope avant de laisser tomber avec un petit sourire :

— Quand même pas.

La réponse sonnait faux. Comme l'expression qui venait de s'afficher sur son visage. En dépit de son aplomb, le surfeur suait le malaise.

Paul attrapa une chaise et vint s'installer face à lui, ses genoux à quelques centimètres des siens. Il se pencha vers l'avant, plaqua ses mains sur les cuisses du jeune homme et le cadra droit dans les yeux.

— Tu mens. C'est là-bas que tu l'as emmené.
— Quoi ?
— Je pense même qu'il avait entendu parler de ce coin et qu'il t'a demandé de le lui montrer.
— N'importe quoi. L'endroit porte la scoumoune. Je risque pas d'y foutre les pieds.

Le malaise de Colas montait en puissance. Une preuve de son mensonge, aussi évidente que si son nez s'était allongé.

— Comme tu veux.

D'un geste vif, le policier lui saisit l'entrejambe. Serra. L'autre poussa un gémissement.

— Merde, qu'est-ce que tu fous ?

En guise de réponse, Paul augmenta la pression.

— Putain, arrête ! couina le gamin. Tu vas me les broyer !

— C'est rien à côté de ce que je vais te faire si tu continues à me prendre pour un con. Alors dis-moi la vérité. Et fais-le vite, je commence à perdre patience.

— OK ! Je vais tout te raconter ! Mais lâche-moi, bordel !

Le policier lui donna un peu de mou, sans pour autant le libérer.

— T'as trois secondes.

— C'est vrai. On y est allés ensemble. Mais vu ce qui est arrivé à ce type, j'avais pas trop envie que ça se sache.

— De quoi t'avais peur ?

— Que tu me fasses chier. Avec les flics, on sait quand ça commence, jamais quand ça finit.

Le ton, comme l'argument, sonnait juste. Colas était un rebelle dans l'âme. Il haïssait l'ordre établi et se méfiait de ceux qui essayaient de le faire respecter. Logique qu'il ait préféré garder pour lui son *ride* avec Fernel, dans une zone dangereuse qui s'était transformée en scène de crime.

— T'aurais mieux fait de tout cracher d'un coup. On n'en serait pas là. Maintenant, tu vas me dire pourquoi il s'est adressé à toi.

— Il avait entendu parler du Cirque. Du fait que c'était un spot super tendu. Il ne voulait pas prendre le risque de se ramasser dans une crevasse.

— Mais pourquoi toi ?

— On n'est pas nombreux à surfer à ce niveau. Encore moins à connaître le massif. Il s'était renseigné sur mon compte et il avait appris que j'y étais déjà allé.

— Qui l'a rancardé ?

— Fabrice. C'était le seul à qui j'en avais parlé.

Le mollusque défoncé jusqu'aux yeux. Le complice de tous les coups foireux. Normal qu'il soit dans la confidence.

— J'sais pas ce qui lui a pris d'aller raconter ma life à ce type, continuait Colas. Je lui avais bien dit de fermer sa gueule.

— T'avais peur de te faire gronder par les gendarmes ?

— Je m'en cogne de ces blaireaux. C'est à cause de Lou. Elle avait déjà dans l'idée d'être la première à se faire le Cirque et j'avais pas l'intention de lui gâcher le plaisir. D'autant que je comptais pas y refoutre les pieds.

Grande gueule, déviant sur les bords, mais se souciant avant tout de la peine qu'il pouvait faire à ses amis. Une attention qui rattrapait le reste et que Paul respectait. Quant à son pote l'amibe, il avait dû oublier la consigne vu qu'il planait en permanence.

— Pourquoi t'as accepté d'y retourner ? enchaîna Paul

— J'avais besoin de blé. Il payait super bien. Enfin, son client payait super bien. C'est lui qui a allongé le fric.

La théorie de Latour. Des gens capables d'investir des centaines de millions d'euros dans un projet dément. L'hypothèse d'un Fernel envoyé en éclaireur pour étudier le site devenait sérieuse.

— C'était quand ?

— L'hiver dernier. En janvier.

— Vous y êtes allés comment ?

— Son client nous a prêté un hélico. On s'est fait dropper sous le pic Jarry. Ensuite, on a tracé.

— C'était quoi, cet hélico ? Quel modèle ?

— J'y connais rien. Je me rappelle juste qu'il y avait six places.

— La couleur ?

— Blanc. Avec un dessin sur le fuselage.

— Quel genre de dessin ?

— Un logo. Comme deux W, mais à l'envers.

Celui d'une société ? Une nouvelle piste à creuser. L'importance des moyens mis à disposition plaidait encore pour une implication de ceux qui pilotaient le projet dont lui avait parlé Latour.

Paul relâcha sa prise et s'adossa à sa chaise.

— Vous avez aussi sauté de la falaise ?

— Ouais, répondit Colas en se massant les testicules.

Son client était preneur de ce petit plus. Fernel voulait être certain que c'était faisable.

La boucle était bouclée. Paul avait maintenant la certitude que le guide était mouillé jusqu'au cou dans cette histoire de construction dans la montagne. Il avait débarqué à La Grave six mois avant ce *ride* sauvage, pris le temps de s'intégrer au paysage, puis était parti en mission commandée pour le compte de ceux qui tiraient les ficelles du projet GE. Sa tâche, effectuer des repérages dans le Cirque du Diable. C'était sans doute à cette occasion qu'il était tombé sur le charnier et avait signalé l'endroit avec une croix. On ne construit pas sur des tombes, ça porte malheur.

Quoi qu'il en soit, il y avait fait sa dernière incursion avec le tueur, ce qui consolidait encore la thèse de sa participation à ce délire de ville survivaliste. Au fond, rien de surprenant compte tenu de la mentalité du guide.

Paul se leva. Il avait obtenu ce qu'il voulait, et même plus. La confirmation d'une implication de Fernel dans le projet GE et la certitude que le Cirque du Diable en était l'épicentre. À présent, toutes les pistes convergeaient vers ce secteur.

Il ordonna en forme de conclusion :

— T'éloigne pas trop les prochains jours. Je pourrais encore avoir besoin de toi.

— Où tu veux que j'aille ? À Tahiti ?

Il avait retrouvé sa morgue. L'interrogatoire musclé de Paul ne l'avait pas plus traumatisé que ça.

— J'peux te demander un service ? ajouta-t-il avant que le flic ne passe la porte.

— Dis toujours.

— Parle pas à Lou de mon *ride*. J'voudrais pas qu'elle pense que... Enfin, tu vois ce que je veux dire.

Paul soulagea ses craintes d'un petit signe de tête.

— J'cafterai pas. T'as ma parole.

47

Il lui restait encore une personne à rencontrer avant que la journée s'achève. Sans doute celle qui était la mieux placée pour lui parler de la topographie du massif. D'après les quelques informations que Chloé avait récoltées sur le Web, Pauline Lemoine, chargée de mission à la SATG, la Société d'aménagement touristique de La Grave, supervisait la construction du troisième tronçon des télécabines de la Meije. Ingénieure spécialisée dans les études d'implantation, elle saurait si l'édification d'un complexe d'envergure pouvait être envisagée dans le Cirque du Diable.

La policière parqua sa Mini devant la gare du téléphérique. La scientifique lui avait donné rendez-vous à son bureau, à l'intérieur du bâtiment, un grand hangar de tôle fermé pendant l'intersaison.

Elle se dirigea vers l'entrée de service et composa le code d'accès fourni par téléphone. La porte de fer s'ouvrit dans un claquement, dévoilant un escalier éclairé par des leds. Après une volée de marches, Chloé se retrouva sur le quai d'embarquement. Une lumière terne baignait la zone, diffusée par des ampoules de sécurité.

Personne. Les quelques employés qui assuraient la permanence étaient déjà rentrés chez eux.

Elle leva les yeux, comme attirée par le vide qui se déployait au-dessus de sa tête. Vingt mètres sous plafond. Des poutres énormes. Et partout, comme un tracé de chemin de fer, le maillage complexe des rails sur lesquels évoluaient les bennes. Peintes de couleurs acidulées, elles étaient parquées sagement dans l'ombre en attendant le retour des grimpeurs.

La commandante repéra le panneau « Direction ». Elle toqua pour la forme et entra dans un espace de travail occupé aux trois quarts par une grande table de réunion. Des vitres immenses, taillées en biseau dans la pente de la toiture, dessinaient un collier de fenêtres qui courait le long des murs. La nuit, maintenant bien installée, les avait transformées en miroirs dans lesquels l'éclairage de plusieurs rampes de spots reflétait chaque détail de la salle.

— Madame Lemoine ?

Assise dans un coin, derrière un bureau imposant où s'entassaient parapheurs et dossiers, l'ingénieure leva les yeux. La fille était encore plus jeune que ce que Chloé avait imaginé. Gros pull de laine, pas de maquillage et coupe à la garçonne. Une responsable de terrain qui n'avait pas l'air de se soucier de son allure.

— Je suppose que vous êtes la policière qui m'a téléphoné ce matin ?

Elle avait quitté son fauteuil pour accueillir la visiteuse. Poignée de main franche, regard direct et sourire sincère. Chloé songea à une passionnée. Elle en avait le naturel et n'avait sans doute pas choisi ce job par hasard.

— Commandante Latour. Merci de me recevoir.
— Vous m'avez parlé d'arrêter un assassin. Un monstre qui a torturé et tué un guide. Si je peux vous aider, je le ferai avec plaisir.

Au-delà de l'empathie, habituelle chaque fois qu'il était question d'un crime de sang, Chloé perçut la solidarité qui unissait tous les professionnels de la montagne. Peu importait leur métier, leur activité, ils appartenaient à la même communauté. La mort de l'un des leurs les affectait à titre personnel, comme s'il s'agissait d'un membre de la famille.

Pauline Lemoine proposa à la policière d'aller s'asseoir. Les deux femmes s'installèrent à la table de réunion, elle aussi jonchée d'une forêt de papiers.

— J'ai cru comprendre que vous aviez participé à l'élaboration du dossier d'appel d'offres concernant le troisième tronçon du téléphérique de La Grave, entama Chloé.

— En effet. Je me suis occupée de la partie implantation.

— J'imagine que vous avez disséqué chaque morceau de roche afin de déterminer les meilleurs points d'ancrage ?

— Sur le tracé envisagé uniquement. Entre le col des Ruillans et le dôme de la Lauze.

La commandante visualisait à peu près. Dans une autre vie, quand elle était encore chez ses parents, elle avait pris le deuxième tronçon, s'était fait tracter par un téléski jusqu'à la base du pic de la Grave et avait descendu les vallons de la Meije dans deux mètres de poudreuse. Une zone ultra-fréquentée, incompatible avec le caractère dissimulé du projet GE.

— Et pour le reste ?
— Le reste ?
— Les autres secteurs. Vous les avez analysés ?
Pauline Lemoine nia de la tête.
— De façon superficielle. Dans le cadre des études d'impact.

Chloé aurait dû s'y attendre. Les industriels qui plantaient des pylônes en pleine montagne n'étaient pas des scientifiques. Encore moins des philanthropes. Ils ne cherchaient pas à comprendre l'environnement, seulement à le soumettre. Aucune raison de dépenser plus que le nécessaire.

Elle encaissa le coup et poursuivit. Elle était venue valider ses déductions, toutes les infos seraient bonnes à prendre.

— Comme vous le savez, la victime a été découverte dans le Cirque du Diable. Quel type de données avez-vous sur ce site ?
— Des données environnementales, comme pour l'ensemble du massif. Elles nous permettent d'intégrer le projet dans son milieu naturel.
— Mais encore ?
— Quelques photos. Des analyses géologiques. Climatiques. L'état de la faune, celui de la flore...

La technicienne interrompit son inventaire et demanda :
— Que cherchez-vous exactement ?

Chloé sentit qu'il était temps de préciser les choses.
— J'ai besoin de savoir s'il serait envisageable d'implanter des constructions pérennes à cet endroit.

Pauline Lemoine fronça les sourcils.
— Quel genre de constructions ?

— Un complexe, de la taille d'un gros village, complètement autonome et capable d'accueillir des centaines, voire des milliers de personnes, pour une durée illimitée. En clair, une base de survie.

L'ingénieure eut un sourire incrédule.

— Vous plaisantez ?

— C'est très sérieux.

Elle réfuta l'hypothèse de façon catégorique.

— Je ne vois pas comment ce serait possible. Il y aurait trop de contraintes.

— J'en suis consciente. Mais réfléchissez quand même.

— Ce serait sans doute le pire emplacement pour y bâtir quelque chose. La pente est trop raide dans la partie supérieure et lorsqu'on descend un peu, on tombe tout de suite sur le glacier. Ses mouvements font bouger les crevasses et le sol d'assise ne serait pas suffisamment solide. Sans parler de l'acheminement. Le site est ceinturé par des falaises. Il faudrait apporter tout le matériel par voie aérienne.

Chloé serra les dents. Elle ne pouvait accepter que son enquête tourne court. Elle s'était peut-être plantée sur la localisation – il se pouvait que celle de la scène de crime et du charnier ne soit pas la même que celle du projet GE – mais elle restait convaincue que l'architecte avait choisi les montagnes de la Meije pour donner vie à son rêve.

— Est-ce qu'il y aurait un autre secteur dans le massif, au-dessus de 3 000 mètres, qui pourrait accueillir un chantier de ce type ? insista-t-elle.

— Il faudrait déjà éliminer les aires recouvertes par le glacier. Ce serait trop instable, surtout avec le processus de fonte qui s'accélère. Ensuite, celles qui sont dans la trajectoire des coulées d'avalanche ou des chutes de roches. Et bien évidemment, toutes les parois. Plus vous montez, plus ces trois catégories de topographie se rencontrent fréquemment. Au-dessus de l'altitude que vous venez de mentionner, on peut dire que c'est la norme.

Pauline Lemoine attrapa un Mac qui traînait au milieu des papiers et martela le clavier.

— Je dois avoir l'avis de l'Autorité environnementale dans le dossier d'appel d'offres du troisième tronçon. Il y a une photo très explicite.

Au bout de quelques secondes, elle tourna l'écran vers Chloé. Une prise de vue aérienne montrait l'ensemble du massif. Sommets, glaciers et gares de téléphérique y étaient repérés par des flèches avec leurs noms et altitudes.

— Comme vous pouvez le constater, tous les secteurs qui vous intéressent sont peu ou prou dans cette configuration. Il n'y en a aucun qui réunirait les critères permettant d'y implanter des constructions, a fortiori de l'envergure de celles dont vous me parlez. Même les refuges sont accrochés à des éperons rocheux pour des raisons de stabilité.

Dans sa partie supérieure, la montagne n'était qu'une succession de pics et d'arêtes vives, qui s'alignaient à perte de vue à la façon d'un électro-encéphalogramme. Elle semblait dégueuler des rivières de bave rigidifiée, dont les coulées formaient un peu plus bas d'immenses étendues blanches constituant le socle du glacier. Quel que soit l'endroit, il était difficile d'envisager d'y bâtir quoi que ce soit.

Cette fois, c'était plié.

Non seulement le Cirque du Diable n'était pas adapté, mais il n'y avait pas le moindre emplacement, tout au moins au-dessus de 3 000 mètres, susceptible d'accueillir le délire éco-survivaliste de Mathieu Perrin.

Chloé remercia la jeune femme et retourna à sa voiture. Elle s'appuya sur la carrosserie et inspira à pleins poumons l'air froid qui descendait des cimes. Pas un bruit. Impression d'être seule au monde. Les conditions parfaites pour mettre de l'ordre dans ses idées.

À ce stade de l'enquête, il lui restait deux options. La première, il allait falloir chercher ailleurs. Peut-être plus bas, dans un secteur moins exposé, une zone où des modules de survie auraient eu la possibilité de ne pas se disloquer chaque fois que le glacier frissonnait.

La seconde, faire confiance à Perrin. L'architecte était un génie dans son domaine. Il avait dû anticiper ces difficultés. Réfléchir à la parade qui permettrait de les contourner.

Bien qu'elle soit de plus en plus impossible à concevoir, la commandante privilégiait toujours cette dernière hypothèse. Elle continuait de croire que le collapsionniste était resté fidèle à sa vision de départ. Celle d'une implantation en très haute altitude, dans un secteur permettant de résister au réchauffement climatique, même si tous les spécialistes qu'elle avait rencontrés la pensaient impossible.

Si Perrin avait résolu l'équation, ce dont elle était persuadée, le Cirque du Diable repasserait en tête de liste des sites envisageables.

48

Ils étaient installés dans la salle où Annie Delran servait les petits-déjeuners. La patronne de l'hôtel avait dressé une table chaleureuse, agrémentée d'une jolie nappe en tissu blanc. Elle avait même allumé des bougies. L'ensemble créait une ambiance intime qui aurait pu laisser penser à un dîner entre amoureux. Seule fausse note, une puissante odeur de fromage fondu planait dans la pièce et rendait l'air irrespirable.

Paul avait été surpris de voir Latour commander une raclette. Il l'aurait plutôt imaginée se nourrir de salades bios, de tofu et autres délices végétariennes aux saveurs recherchées. Pendant qu'elle enchaînait les portions de tomme, il l'observait du coin de l'œil en se demandant comment elle pouvait en engloutir autant sans prendre le moindre gramme.

— Vous aimez vraiment ce genre de bouffe ? demanda-t-il d'un air dégoûté.

— Ça me rappelle des souvenirs.

— Heureux, je suppose ?

Chloé eut une expression nostalgique.

— Mes parents avaient un appartement à la montagne. On y passait toutes nos vacances d'hiver. Quand on était là-bas, je ne mangeais que ça.

— Vous êtes skieuse ?

Elle hocha la tête en plaçant un nouveau morceau dans l'appareil.

— J'en ai beaucoup fait à l'époque où j'habitais à Grenoble. Surtout du hors-piste.

— Et aujourd'hui ?

— Disons que je suis passée à autre chose.

Son visage s'était assombri. Paul pressentit que le passé de Latour charriait son lot de douleurs et de renoncements. On ne sait rien des gens, si ce n'est ce qu'ils veulent bien nous montrer. Les blessures les plus profondes sont invisibles. Leurs cicatrices ne saignent pas.

Il piqua un morceau de viande grillée dans son assiette. Annie – la squaw lui avait demandé de l'appeler par son prénom – cuisinait pour lui depuis son arrivée. Elle commençait à connaître ses goûts. Ce soir, plus que jamais, elle lui avait préparé du *light*.

— Vous seriez encore capable de vous taper un couloir ?

Chloé retrouva son sourire.

— Comme celui qui part du pic Jarry ?

— Par exemple.

Ils avaient échangé sur leurs dernières avancées et possédaient maintenant la conviction qu'en dépit de tous les obstacles, le Cirque du Diable était bien l'endroit qu'ils cherchaient.

— J'ai l'intention de fouiller le secteur de fond en comble, affirma-t-elle avec sérieux. Quelles que soient les difficultés. Je dois être sur le terrain si je veux superviser une des étapes les plus cruciales de mon enquête.

— Vous voulez dire, *notre* enquête.

Elle sourit de plus belle et se prépara un nouvel assortiment jambon-fromage fondu.

— Bien entendu.

Paul la regarda enfourner son mélange dans sa bouche. À cet instant, elle avait tout d'une gamine qui se délecte d'une friandise. Plus il la découvrait, plus il l'appréciait. Franche, intelligente, sportive, et surtout naturelle. Il percevait également dans ses yeux l'existence d'une fêlure, de celles qui rendent les êtres humains intéressants. Sa froideur apparente en était sans doute la conséquence. Dans un métier comme le leur, elle n'avait eu d'autre choix que de se forger une armure.

— Jansen a lancé la réquise mais il va falloir patienter, reprit le capitaine. Le régiment de chasseurs alpins de Gap est en manœuvre. Ils ne pourront se rendre sur le site que dans deux ou trois jours.

Chloé hocha la tête, sans cesser de mastiquer.

— Ça nous laissera le temps de nous concentrer sur les autres versants de l'enquête.

Paul approuva.

— Récapitulons. On a deux éléments qui peuvent nous faire penser que le tueur était peut-être un légionnaire. L'autocollant et le fusil d'assaut, puisque le HK 416 F équipe toutes les unités d'élite depuis un bon moment. Dans le cas contraire, il nous restera le Hummer, le portrait-robot et le logo sérigraphié sur le fuselage de l'hélico.

— Il y a aussi ce numéro masqué sur les fadettes. Vous croyez que votre ami pourra l'identifier ?

— S'il n'y arrive pas, personne ne pourra.

Elle opina, se servit un verre d'eau et l'avala d'une traite. Puis elle se cala dans son dossier et poussa un soupir d'aise.

— J'ai trop mangé.

— Moi aussi.

Paul avait à peine touché à son assiette. La codéine avait anesthésié la douleur mais également bloqué son appétit.

Ils restèrent quelques instants sans dire un mot. Un silence partagé, choisi, qui n'avait rien de gênant. Ils s'étaient jaugés et chacun d'eux savait maintenant qu'il pouvait faire confiance à l'autre.

Annie Delran profita de cette pause pour débarrasser. Elle proposa un dessert que tous les deux refusèrent pour se rabattre sur une tisane – vu son état, Paul venait de se laisser convaincre par Latour qu'une verveine était plus adaptée qu'un café.

Pendant que la squaw préparait les infusions, Chloé sortit de son sac un petit stylo et un calepin puis commença à griffonner.

— Qu'est-ce que vous faites ? demanda le capitaine.

Elle lui tendit la feuille de papier.

— J'essaie de reconstituer le motif qui était peint sur l'hélico.

Paul observa le dessin. Latour avait tracé deux W et les avait placés côte à côte. Il se souvint des paroles de Colas et le retourna. Positionnées dans l'autre sens, les lettres lui évoquèrent d'abord des A, la barre horizontale en moins, entrelacés et accolés les uns aux autres. Les initiales du nom de la société à qui appartenait l'appareil ? L'emblème d'une entreprise de construction ? Ou peut-être des montagnes... Une image stylisée des sommets, pour un opérateur puissant spécialisé dans les projets en altitude.

Ce fut comme un flash. Ce sigle lui en rappelait un autre, inscrit sur une des boîtes aux lettres de l'immeuble où habitait Lucas Fernel. Celle d'une société, la SCI Annapurna, que Paul avait supposé être la propriétaire de l'ensemble des appartements loués en Airbnb dans la bâtisse.

— Je crois que j'ai déjà vu ce dessin, affirma-t-il.

— Vraiment ? Où ça ?

Il expliqua. Chloé l'écouta en sirotant la verveine que l'hôtelière venait de poser sur la table. Puis elle hocha la tête.

— Ça peut tenir la route. Si Fernel était également impliqué dans le projet GE, il est tout à fait envisageable qu'un logement ait été mis à sa disposition.

— Il faut trouver à qui appartient cette boîte. Elle fait peut-être partie d'un groupe plus important, de la taille de celui que nous cherchons à identifier. Ça pourrait expliquer qu'elle utilise le même logo.

— Je vais vérifier sur Infogreffe.

— Ne vous embêtez pas avec ça. Je m'en occupe.

Elle lui lança un regard amusé. Elle ne devait pas imaginer qu'un cow-boy dans son genre sache utiliser ce type d'outils. Puis elle jeta un coup d'œil à sa montre et se leva.

— Je suis morte. On se dit à demain ?

— 8 heures ?

— Plutôt 10 heures. Je ne suis pas du matin. Et si vous voulez un conseil, vous devriez prendre un somnifère et en profiter pour dormir aussi. Une bonne nuit de sommeil, il n'y a rien de mieux pour se remettre d'aplomb.

Paul la regarda s'en aller, silhouette longiligne qui se déplaçait avec la grâce d'un ange blond. Ils avaient à peu près le même âge. Faisaient le même métier. Enquêtaient sur la même affaire. Pourtant, sa singularité crevait les yeux. Elle détonnait dans ce monde vérolé où lui avait trouvé ses marques. Comme une fleur blanche qui aurait poussé sur un gros tas de fumier.

Soudain, le flic se sentit sale. Une crasse ancienne, amassée depuis des lustres, enkystée au plus profond de ses chairs. Il avait exorcisé sa violence en traquant des ordures. Et d'une certaine façon, ces ordures avaient déteint sur lui.

Mais aussi paradoxal que cela puisse paraître, il se sentait aussi plus pur. Latour avait réussi, sans même s'en rendre compte, à lui rappeler que toute cette pourriture n'avait rien à voir avec lui. Elle l'affrontait en restant ce qu'elle était et lui montrait ainsi qu'il existait une autre voie.

Il avala une gorgée d'infusion et reposa sa tasse aussitôt. Dégueulasse. Avant de rejoindre ses pénates, il fit un petit détour par la cuisine et demanda à Annie de lui préparer un déca. Il avait beau apprécier sa collègue, la verveine n'était vraiment pas faite pour lui.

IX

49

Paul n'avait pas eu besoin de somnifère.

Les émotions de la veille, ajoutées aux antidouleurs dont il s'était gavé, l'avaient tout de suite plongé dans un sommeil profond. Il s'était réveillé naturellement aux alentours de 7 h 30 avec la sensation que la souffrance avait diminué. Après une douche prudente, il avait constaté que ses blessures commençaient à cicatriser. Il avait changé ses pansements, s'était habillé, puis il était descendu à la salle à manger où il avait avalé un solide petit déjeuner.

Il était maintenant dans sa chambre, installé derrière la table où il avait posé son Mac, une tasse de café soluble à portée de main, un cigarillo dans l'autre. Le soleil se levait. Le ciel était limpide. L'appli météo de son portable annonçait − 10 °C. Une température à rester calfeutré pour consulter Infogreffe et découvrir qui se cachait derrière la SCI Annapurna.

Il cliqua sur le site des tribunaux de commerce et entra le nom dans la page d'accueil. Mauvaise surprise, pas moins de vingt-cinq sociétés civiles immobilières avaient choisi cette dénomination. Il les passa en revue une par une. À la quinzième, il trouva ce qu'il cherchait. Une SCI Annapurna avait son siège social à La Grave (05), 12, rue du Grand-Chemin. L'adresse de l'immeuble où Lucas Fernel avait loué son appart.

Le flic téléchargea le K-bis. La fiche d'identité de la société indiquait qu'elle avait été créée douze ans plus tôt, le 23 septembre 2010, avec un capital de trente mille euros.

Jusque-là, rien de transcendant.

Il descendit encore d'une ligne pour découvrir le nom du gérant et dut s'y reprendre à deux fois afin de s'assurer qu'il avait bien lu.

Stéphane Gastaud.

Né le 4 septembre 1978 à Briançon.

Demeurant 8, rue du Téléphérique, à La Grave.

Paul tira une bouffée sur son cigarillo et le reposa dans le cendrier. Gastaud. Le toubib naturopathe chez qui habitait Lou. L'ami d'enfance de son père.

Qu'est-ce que ça voulait dire ?

Il téléchargea les statuts. Une info tout aussi surprenante apparut aussitôt. La SCI Annapurna avait été fondée par deux associés égalitaires. Le premier n'était autre que Stéphane Gastaud, ce qui en soi était logique puisqu'il en était le gérant. Le nom du second, en revanche, acheva de rendre Paul perplexe.

Il s'appelait Franck Bardon.

Le père de Lou avait donc fait partie de l'aventure. Si l'acquisition en commun d'un immeuble pouvait se justifier puisque le guide de haute montagne et le médecin se connaissaient depuis toujours, cette association prenait dans le contexte une tournure plus étrange.

Paul récupéra son cigarillo dans le cendrier. Éteint. Il le ralluma, aspira une grosse taffe et le reposa juste après. Ce matin, l'odeur du tabac répandue dans la chambre lui suffisait.

Il reprit sa lecture. Un changement important était survenu en août 2020 au sein de la SCI. Gastaud ne possédait plus que 10 % du capital. Le reste appartenait depuis cette date à une société immatriculée à Londres, la FINANCO Ltd, Bardon lui ayant également vendu ses parts, dans leur totalité.

Le flic leva la tête, parcouru par une sorte de fièvre. Que s'était-il passé ? Pourquoi l'arrivée de ce nouvel associé ? Sa dénomination laissait penser au monde de la finance. Des argentiers de la City, habitués des salles de marchés et des opérations spéculatives. Pour quelle raison auraient-ils pris des participations ultra-majoritaires dans une obscure société civile immobilière planquée dans une vallée perdue de la montagne française ? Ça n'avait aucun sens. Sauf si on considérait qu'il s'agissait du groupe d'investisseurs dissimulés derrière le projet GE.

Du calme. Rien, pour l'instant, ne validait cette hypothèse. De plus, la présence de Gastaud dans un schéma aussi énorme que celui imaginé par l'architecte ne cadrait pas. Même s'il avait du blé, qu'est-ce qu'un simple médecin de campagne serait venu faire dans un plan pareil ?

Le capitaine se massa les tempes. La seule façon de savoir était de vérifier qui se cachait derrière la FINANCO. Les renseignements mentionnés sur Infogreffe étant trop minces pour l'éclairer, il ne lui restait plus qu'à tenter le coup sur Google.

Il entra les rares données dont il disposait dans le moteur de recherche.

Rien.

Il ravala sa déception. Même si la Toile était une source d'information extraordinaire, le système avait ses limites. Pour que l'algorithme fasse émerger un lien, il fallait au minimum que les éléments s'y rapportant soient mis en ligne. Une société, si elle ne souhaitait pas communiquer, pouvait très bien rester dans l'ombre. A fortiori quand elle était localisée à l'étranger. Son ADN n'était consultable que sur réquisition officielle et il était nécessaire d'entreprendre des démarches compliquées pour obtenir le passe-droit. Sans parler du fait que Paul ne captait pas un mot d'anglais et que ses compétences en matière de finance se résumaient au livret A qu'il avait ouvert pour sa mère.

Il créa un dossier dans son ordinateur et y classa les documents récupérés auprès du registre du commerce. Puis il ouvrit sa boîte mail afin de les adresser à Malika. Sa coéquipière préférée était du genre sociable. Elle aurait peut-être dans sa manche un de leurs collègues de la brigade financière. Les experts-comptables en uniforme qui luttaient contre la criminalité en col blanc seraient les plus à même de tracer la FINANCO.

Il lui communiqua également les coordonnées de la SCI Annapurna, en lui demandant de faire une recherche dans le FICOBA, le fichier des comptes bancaires. De cette façon, il saurait si des apports d'argent avaient été effectués récemment.

Après avoir compressé et expédié le dossier, il alla se resservir un café. Bientôt 10 heures. Latour n'allait pas tarder à se manifester. Paul savait déjà ce qu'il allait lui proposer après lui avoir fait part de ses avancées. Une visite impromptue au cabinet de Stéphane Gastaud, le seul associé de la SCI Annapurna qu'il avait sous la main. Le flic avait l'intention de le cuisiner à sa façon et si ce qu'il subodorait était vrai, il lui ferait cracher le morceau.

Trois coups tapés contre la porte lui firent tourner la tête. La Reine des neiges était précise comme une horloge. Paul posa sa tasse et alla lui ouvrir.

— Bien dormi ? demanda Chloé d'une voix tonique.
— Comme un loir.

Le capitaine remarqua qu'elle avait troqué son manteau de citadine contre une grosse doudoune d'alpinisme. Tous les commerces étant fermés, Annie avait dû lui prêter de quoi affronter le froid.

— Je viens d'avoir Jansen, annonça-t-elle. Il nous attend à 10 h 30 pour une visio.

Au ton, Paul sentit qu'il y avait du nouveau.

— Une visio ? Avec qui ?
— L'IML de Gap. Ils ont terminé l'autopsie des premiers corps.

50

Jansen avait bien fait les choses.

Il avait apporté de Briançon un écran digne d'un home cinéma et l'avait installé dans la pièce de repos de la brigade. Un kit de visioconférence était posé sur une table, avec caméra grand angle, enceintes et hub USB reliés à un PC portable. Trois chaises avaient également été prévues, afin de leur permettre de suivre la réunion dans de bonnes conditions.

Avant de s'asseoir, Chloé communiqua au colonel la principale information de la veille. Le fait que le tueur était probablement un ex-légionnaire lui arracha un petit sourire. L'étau se resserrait et, cerise sur le gâteau, l'honneur de la gendarmerie était sauf. Une bonne journée en perspective.

Les enquêteurs prirent place. Jansen pianota sur le clavier. Le nouvel emblème de la gendarmerie, une sorte de faux qui avait remplacé depuis peu la grenade à huit flammes, apparut à l'image. Puis un visage se matérialisa, avec à l'arrière-plan le décor glacé d'une salle d'autopsie. Après les vérifications techniques habituelles, le gendarme présenta les deux flics au toubib.

— Docteur Cohen, annonça le médecin à son tour. On peut dire que vous avez fait une sacrée découverte.

Le légiste avait la cinquantaine usée des forçats du bistouri. Bajoues épaisses, regard tombant, il faisait penser au chien Droopy. Le ton de sa voix accentuait encore le côté dépressif de son physique. Il véhiculait une sorte de tristesse enkystée, comme si sa vie n'était qu'une succession d'épreuves.

— On vous écoute, répondit Paul en se penchant vers le moniteur.

— On sait déjà que les victimes sont toutes mortes de la même façon. L'autopsie l'a confirmé, elles ont été exécutées d'une balle dans la nuque. Là où ça devient intéressant, c'est qu'il est quasiment certain qu'elles ont été abattues sur place. Leur état de conservation exceptionnel aurait été incompatible avec un quelconque transport.

Les deux flics échangèrent un regard. Une première réponse venait de tomber, qui posait de nouvelles questions. Les avait-on forcées à marcher jusqu'à leur tombe ou s'y étaient-elles rendues de leur plein gré ?

— Le froid a figé très rapidement le processus de décomposition, expliqua Cohen. Comme si on les avait cryogénisées. En vingt ans de carrière, je n'avais jamais vu ça.

Sans prévenir, il se leva et attrapa son ordinateur portable. L'image, maintenant cadrée sur sa blouse, s'agita au rythme de ses pas. Puis l'angle s'inversa, découvrant une table d'autopsie sur laquelle un corps était étendu de tout son long.

— Je viens de refermer ce sujet. Regardez, c'est incroyable. Il est en meilleur état que *La Doncella*, la momie de la cordillère des Andes.

La dépouille étendue sur l'Inox était celle d'un homme d'une trentaine d'années. Il avait les cheveux noirs, un nez épaté, des mâchoires proéminentes. Loin d'être émaciés, comme c'est le cas pour la plupart des restes momifiés, ses traits encore pleins avaient conservé une élasticité surprenante. L'ossature charpentée, les épaules larges, la profondeur de la cage thoracique étaient celles d'un colosse. Sans la cicatrice qui courait sur son torse, un Y indiquant qu'il venait d'être ouvert en deux, vidé de ses tripes et recousu, on aurait pu croire qu'il dormait.

Paul chercha à comprendre.

— Comment c'est possible ?

— Une conjonction de facteurs, expliqua le toubib de sa voix triste. L'intensité du froid, bien sûr. L'absence de rayonnement lumineux. Sans doute aussi l'écosystème de la crevasse.

Le flic n'arrivait pas à détacher ses yeux de cette vision surréaliste. Il avait déjà étudié les clichés pris par l'IJ mais la caméra donnait à ce tableau macabre un relief supplémentaire. L'apparence du cadavre avait également évolué depuis qu'on l'avait sorti de la cavité. Sa peau avait perdu son aspect translucide pour prendre une teinte brunâtre. Des boursouflures le gonflaient par endroits. Des taches jaunes étaient apparues sur son corps et son visage. Autant de signes qui donnaient l'impression que la grande roue de la putréfaction s'était remise à tourner.

Cohen avait dû lire dans les pensées du capitaine.

— Le froid bloque le travail des bactéries. Dès qu'on repasse à une température normale, elles reprennent du service. Il s'ensuit une dégradation plus ou moins rapide des organes internes et des tissus externes. D'ici un mois, il n'y aura plus que les os. Néanmoins, j'ai eu le temps de constater que ces gens étaient des travailleurs manuels. Le cal sur leurs mains est caractéristique.

Chloé intervint.

— Vous avez pu dater leur mort ?

— C'est très aléatoire. La congélation brouille les cartes. A fortiori quand les corps sont aussi préservés. Mais j'ai pu établir une fourchette.

— On vous écoute.

— Sur les trente-sept que vous m'avez amenés, j'en ai déjà autopsié la moitié. Deux portaient une prothèse dentaire amovible en vulcanite, un matériau façonné à base de caoutchouc sulfurisé. On a arrêté de l'utiliser depuis 1950, l'époque où on a découvert les résines acryliques.

— Ce qui signifie qu'ils auraient été assassinés depuis plus de soixante-dix ans ?

— En gros, oui.

Ceux-là, en tout cas, n'avaient pas été supprimés par Ronin. Cette révélation allait à l'encontre de la théorie des deux flics, celle de l'existence d'un lien entre le charnier et le projet GE.

— Ce n'est pour l'instant qu'une hypothèse, poursuivait le légiste, mais je suis convaincu qu'à peu de chose près, toutes ces personnes sont mortes au même moment, dans les années 1940.

— Qu'est-ce qui vous fait croire ça ? questionna Paul.

— J'ai fait une autre découverte.

Les trois enquêteurs tendirent l'oreille. La caméra bougea à nouveau. Puis le visage de Cohen s'encadra en gros plan sur l'écran.

— J'ai pu récupérer des fragments de projectile qui s'étaient coincés dans la colonne vertébrale d'une des victimes. Je les ai expédiés à Lyon et j'ai eu leur retour ce matin.

Il chaussa une petite paire de lunettes et martela son clavier avant de relever la tête.

— Voilà... D'après la PTS, c'est du 9 mm Parabellum.

— Un des calibres les plus répandus sur le marché, s'impatienta Chloé. Où voulez-vous en venir ?

— Ils ont également analysé ses caractéristiques. Poids, composition, performance... Sans entrer dans les détails, la signature isotopique a permis de retrouver la marque et d'identifier le projectile. Il s'agit de cartouches perforantes fabriquées entre 1935 et 1942 en Allemagne, par les usines Polte, à Magdebourg.

La commandante fronça les sourcils.

— La même époque...

Cohen opina d'un air grave. Puis il reprit d'un ton encore plus douloureux.

— Ce n'est pas tout. D'après les stries relevées sur le métal, il a été tiré par un Luger P08, le semi-automatique standard de l'armée allemande.

Tout le monde comprenait où les amenait Cohen. Ils le laissèrent poursuivre pour en avoir la certitude.

— Voilà ce que je pense, s'aventura le toubib. Pour moi, il s'agit d'une exécution collective. Ces gens ont été abattus de sang-froid par des soldats allemands, à l'époque où ils occupaient la région. Ce qui ferait remonter leur mort au second conflit mondial.

Un silence ponctua ses paroles. Cette conclusion terrifiante ravivait des spectres ensevelis sous la poussière du temps.

Cette fois, ce fut à Paul d'intervenir :

— Attendez une minute. Une des victimes a été abattue avec de vieilles munitions tirées par une pétoire de collection et vous en déduisez que ce charnier serait le résultat d'un crime de guerre ?

Cohen planta son regard dans la caméra.

— Vous avez déjà entendu parler des *Einsatzgruppen* ?

— Non. Qu'est-ce que c'est ?

— Les unités mobiles d'extermination du IIIe Reich, précisa Chloé. Des SS pour la plupart, chargés de liquider les opposants au régime nazi, à commencer par les Juifs.

Le légiste valida.

— Ces bouchers ont été les instruments de ce que l'on a appelé la « Shoah par balles ». La première étape du processus. Ils ont ensuite utilisé des camions à gaz itinérants jusqu'à ce qu'ils mettent au point leurs foutus camps. Je connais bien le sujet. Mes grands-parents sont morts à Auschwitz.

Une rage froide affleurait maintenant dans sa voix. Cette affaire venait de lui faire remonter le temps. D'une certaine façon, les monstres qui le hantaient depuis toujours venaient de s'incarner.

Les trois enquêteurs restèrent silencieux. Comme un hommage muet rendu à la mémoire de tous ces innocents assassinés au nom d'une idéologie absurde.

Après quelques instants, Jansen interrompit le recueillement d'une voix douce.

— Merci, docteur. Nous allons étudier cette option.

Cohen opina d'un air lointain, comme s'il sortait d'un songe noir.

— Je devrais avoir terminé d'ici demain matin. Je vous tiendrai au courant de mes conclusions.

Son visage s'effaça, laissant la place au logo de la gendarmerie. Des secondes s'égrenèrent, lourdes, chargées. Tout le monde réfléchissait à l'hypothèse soulevée par le toubib.

— Qu'est-ce que vous en pensez ? attaqua Paul.

Jansen alla se servir un verre d'eau. Il avait les joues rouges du type qui venait de se prendre un coup de chaud.

— Je connais Cohen depuis longtemps. Il a de bonnes intuitions.

— S'il s'agit d'une exécution collective, pourquoi avoir opéré à une telle altitude ? Avec toutes les difficultés que ça implique ?

— Je l'ignore, admit le gendarme. Mais il y a sûrement une explication.

Laquelle ? Trop de paramètres ne cadraient pas. Une chose, dans ce fatras de suppositions, semblait néanmoins évidente. La légende du Cirque du Diable était née à cette époque, celle des grands-parents d'Annie Delran. Un lieu maudit. Un passage vers les enfers. Le démon qui avait donné son nom au site était peut-être bien réel. Il portait un uniforme vert-de-gris sur lequel était cousue une croix gammée.

Chloé prit la parole, de façon plus rationnelle.

— Et si les nazis avaient mené une de leurs expériences pseudo-scientifiques ? Une étude en conditions réelles, afin d'éprouver la résistance au froid du corps humain ?

Paul s'adossa à sa chaise.

— Alors pourquoi avoir abattu leurs cobayes d'une balle dans la nuque ? S'ils voulaient tester leurs limites, il valait mieux les laisser crever lentement en prenant des notes.

— Ils n'étaient pas cohérents. Pas au sens où nous l'entendons.

— Vous oubliez aussi un détail. Le Cirque du Diable n'est accessible qu'en hélico. Je ne suis pas sûr qu'on en ait utilisé pendant la Seconde Guerre mondiale.

Jansen hocha la tête.

— C'est juste. Les premiers engins vraiment opérationnels ne sont apparus qu'après. À partir de 1945.

— Ce qui impliquerait que les SS aient escaladé des parois de niveau 9 avec une quarantaine de prisonniers, en déduisit Cabrera. C'est tout simplement impossible.

Le constat était frappé au coin du bon sens. Il engendra un nouveau silence puis Chloé émit une suggestion.

— Il y a peut-être un autre accès.

— Lequel ? rétorqua Paul. Le cirque est entièrement clos.

— Un tunnel. Creusé par les Allemands sous la falaise. La crevasse se trouve juste en dessous. Il est possible qu'ils soient tombés sur elle en débouchant de l'autre côté.

— La cavité a été fouillée de fond en comble. Il n'y avait aucun autre tunnel que celui que j'ai emprunté.

— Le glacier bouge en permanence. La galerie s'est peut-être refermée et a bloqué le passage.

L'explication pouvait se tenir. Il y avait néanmoins un obstacle que Paul mit en avant.

— Ils auraient dû forer dans de la roche dure sur plusieurs centaines de mètres. Pas évident. Surtout à une telle altitude.

— Ce genre de difficulté ne leur faisait pas peur. Hitler se prenait pour un bâtisseur. À l'image des empereurs romains. Il a fait construire des ouvrages pharaoniques dans des conditions qui défient l'entendement.

Latour avait réponse à tout. Sa curiosité, ses connaissances, lui fournissaient du carburant lui permettant d'envisager toutes sortes de configurations.

Paul souleva une ultime objection, de pure logique.

— Quel aurait été l'intérêt d'accéder à ce site ? Il n'y a rien.

Jansen revint s'installer à la table et apporta son éclairage.

— On domine toute la vallée de cet endroit. Sur un plan purement militaire, l'emplacement aurait été parfait pour y installer des batteries antiaériennes.

— Ce qui pourrait aussi apporter une explication rationnelle à la présence de ces cadavres, compléta Chloé. Il s'agissait peut-être de main-d'œuvre pour leur chantier.

— Un chantier qui n'a pas démarré, releva le capitaine. Il n'y avait aucun vestige de quoi que ce soit.

— Les Allemands ont dû être pris de vitesse. Sans doute parce qu'ils avaient perdu la guerre et que ces travaux ne servaient plus à rien. Ce qui pourrait indiquer pourquoi ils ont abattu les ouvriers sur place.

Cette dernière pierre parachevait l'édifice. Elle pouvait permettre de valider la théorie du légiste et d'expliquer de façon plus précise pourquoi Ronin n'avait pas pu commettre ces crimes.

— Admettons, concéda Paul. Mais si Cohen a vu juste, le charnier n'a aucun lien avec notre affaire.

Chloé fit une moue, comme si elle ne parvenait pas à accepter cette conclusion.

— Le charnier, peut-être pas. En revanche, s'il y a bien un tunnel, Perrin devait en connaître l'existence. Comme Ronin, Fernel, et tous ceux qui sont impliqués dans le projet GE. Ça expliquerait pourquoi le guide a placé une croix au-dessus de la crevasse. Sans ça, il y avait une chance sur un million pour qu'il tombe dessus.

Paul opina.

— Ça pourrait aussi expliquer comment il prévoyait d'acheminer machines et matériaux jusqu'au Cirque du Diable. L'accès est plus facile sur le versant opposé, celui qui est situé de l'autre côté de la falaise est.

Jansen secoua la tête.

— Des suppositions. Quoi que vous en pensiez, je reste persuadé qu'il est techniquement impossible d'implanter des constructions d'une telle ampleur sur ce site.

Chloé ne rétorqua pas. Le colonel campait sur cette position depuis le début. Et pour l'instant, les avis des spécialistes qu'elle avait consultés allaient dans son sens.

Elle se tourna vers Paul.

— Vous êtes allé sur Infogreffe ?

— Ce matin.

Il leur fit part de ses trouvailles. L'association Bardon-Gastaud dans la SCI Annapurna. Le rachat de la quasi-totalité du capital par la société londonienne FINANCO. La gérance conservée malgré tout par le naturopathe.

— Le médecin de La Grave ? s'étonna Jansen. Qu'est-ce qu'il vient faire là-dedans ?

— Je comptais aller le lui demander, répondit le capitaine.

Il lança un regard en direction de Chloé.

— Vous venez avec moi ?

Elle déclina d'un mouvement de tête.

— J'ai des appels à passer. Vous me raconterez.

51

À peine dehors, Chloé appela Masson. Il avait tenté de la contacter pendant la visio, sans laisser de message.

— Latour. Vous avez essayé de me joindre ?

— C'est pour le couteau, annonça le flic de Draguignan. Le rapport de la PTS est arrivé hier soir.

— Ça dit quoi ?

Une pause, comme si le lieutenant cherchait dans ses notes. Puis il expliqua.

— Il s'agit d'un poignard de type Bowie. Lame fixe de vingt centimètres en acier inoxydable, crantée, avec un traitement noir dit *stonewash*. Sans doute de la marque italienne Maserin.

— C'est un couteau militaire ?

— Une arme tactique, en tout cas. Assez polyvalente pour servir au combat et à la survie.

Jusque-là, tout collait. Chloé posa la question qui lui brûlait la langue.

— Il est utilisé par la Légion étrangère ?

Un temps. Puis Masson lâcha d'un ton gourmand :

— On dirait que vous avez pas mal avancé.

— Pas mal, oui. Maintenant, répondez-moi. Est-ce que ce poignard fait partie de l'équipement de ce corps ?
— Probable.
— Vous n'avez pas vérifié ?
— Bien sûr que si. Seulement, il n'y a pas de couteau réglementaire dans l'armée française. Chaque unité, voire chaque soldat, choisit celui qu'il veut utiliser.

Un coup pour rien. L'arme blanche ne viendrait pas corroborer ce qu'elle avait appris. Il allait falloir se contenter de l'écusson et du HK.

— Au fait, reprit le lieutenant. Vous avez retrouvé la Husqvarna ?

La policière n'avait pas envie de passer des plombes à lui faire un compte rendu. Elle avait d'autres chats à fouetter. Mais c'était grâce à lui qu'elle avait pu remonter jusqu'au MCH et au blason collé sur le pare-brise du Hummer. Elle lui devait bien deux mots d'explication.

— Elle avait été volée. Son propriétaire m'a rancardée sur un centre de motocross, au Bourg-d'Oisans. Le tueur y était passé pour repérer l'engin. Il y avait un autocollant de la Légion étrangère sur sa voiture.

Masson poussa un petit sifflement admiratif.

— Ben dites donc. Vous n'avez pas chômé.
— C'est pas encore gagné.

Elle remercia le flic de Draguignan en promettant de le tenir au courant et raccrocha. La prochaine étape se profilait. Pourtant, elle hésitait encore sur le chemin à prendre.

La solution la plus simple serait d'appeler. Mais de façon intuitive, elle pressentait que les képis blancs n'allaient pas lui ouvrir leurs placards si facilement. Elle pouvait aussi demander à Bornan de lui obtenir une commission rogatoire, ce qui prendrait du temps et elle n'en avait pas. Il faudrait donc collecter les infos en direct, en étant suffisamment roublard pour les soutirer en dehors du cadre légal. Pour ce genre de mission, Ago était le meilleur et il était déjà sur place.

— C'est moi.

— T'as l'air en pleine bourre, répondit le lieutenant. Tout va bien ?

La voix de son second de groupe vibrait dans l'écouteur. Proche, limpide, comme s'il prenait le soleil à côté d'elle, adossé nonchalamment à l'estafette garée devant la caserne.

— Je dois vérifier un truc urgent. Mais là, j'suis un peu loin.

— T'es où ?

— La Grave. Près de Briançon.

— Qu'est-ce que tu fous là-bas ?

Elle expliqua rapidement. L'évolution de son enquête. Le meurtre dans la montagne. Le lien entre son affaire et celle de Cabrera. Enfin, les pistes qu'ils suivaient, dont celle de la Légion.

— Tu bosses avec ce type ? grinça Ago pour toute réponse.

— Depuis hier.

— Fais gaffe. Il est pas net, ce mec.

— Qu'est-ce qui te fait dire ça ?

— C'est un opportuniste. Il roule pour lui. Si ça l'arrange de te doubler, il se gênera pas.

Chloé n'avait pas la même perception du personnage. Plus maintenant, en tout cas. C'était un flic à part, qui traçait sa route à sa façon et ne s'embarrassait pas avec les codes, mais c'était tout sauf un tordu. Au contraire.

Elle avait découvert un homme posé, prévenant, qui l'avait écoutée plus qu'il n'avait parlé et s'était comporté en véritable partenaire. À aucun moment, elle n'avait ressenti une menace. Ni même un fond de vice qui aurait pu justifier qu'elle se méfie.

Elle subodorait en revanche qu'Ago n'était pas clair. Il y avait dans sa voix une dureté qui évoquait de la jalousie.

— T'inquiète, tenta-t-elle de l'apaiser. Je vais le surveiller de près. Si je sens que ça dérape, j'le louperai pas.

Son second poussa un grognement. Il n'était qu'à moitié convaincu.

— Ton truc à vérifier ? reprit-il d'un ton maussade. C'est quoi ?

— J'ai besoin que tu ailles à Aubagne, au siège de la Légion. Il faudrait s'assurer que Ronin a fait partie de leurs effectifs et obtenir sa véritable identité.

— Impossible.

— Pourquoi ?

— J'suis à Lyon. J'ai posé un jour pour m'occuper de Mathéo. On a rendez-vous avec un nouveau toubib dans une heure.

Hors de question d'insister. Priorité à la famille.

— Pas de souci, répondit Chloé d'un ton compatissant. J'espère que ça va bien se passer.

Elle raccrocha. Vu le timing, il ne lui restait plus qu'à faire le job elle-même. Elle consulta sa montre. Il était un peu plus de midi. Elle pouvait être sur place dans trois heures.

52

La voiture de Gastaud était garée sur le perron.

Paul rangea la Dacia de Chabot à côté du SUV Mercedes et marcha vers l'entrée. Midi trente. Hormis la caisse du toubib et le Toyota à plateau qu'il prêtait à Lou, aucun véhicule sur le parking. Comme l'indiquait la plaque, le cabinet fermait à l'heure du déjeuner.

Il appuya sur la sonnette. Pas de réponse. Il réitéra plusieurs fois, pour le même résultat. Gastaud était sans doute monté chez lui pour manger un morceau, histoire de se détendre un peu avant ses consultations de l'après-midi.

Le flic contourna la bâtisse et trouva l'escalier extérieur. Il avala les marches avec facilité, à peine gêné par sa blessure à la jambe. Les urgentistes avaient fait du bon boulot. Son bras allait mieux également, ce qui lui avait permis de réduire la codéine au strict minimum. Vingt-quatre heures après son passage à l'hosto, il se sentait quasiment opérationnel.

Il sonna à nouveau, sans succès. Après deux tentatives, il actionna la poignée et constata que la porte n'était pas fermée à clef.

Il entra dans le chalet. Personne. Aucun bruit. Les lambris qui habillaient les murs renforçaient encore le silence, comme si les lattes de bois verni contribuaient à l'isoler de la fureur du monde.

Il appela.

— Il y a quelqu'un ?

Pas de réponse.

— Docteur Gastaud ? Lou ?

Toujours rien. Le médecin avait dû aller faire un tour à pied. Pareil pour la surfeuse. Elle était sans doute allée s'aérer.

Le flic déambula dans le salon. Une fois encore, l'aisance dans laquelle vivait le naturopathe l'interpella. À présent, il ne voyait plus dans ce luxe la conséquence d'une simple réussite professionnelle ou d'un legs de famille. Il songeait à la FINANCO, à son rachat des parts sociales de la SCI Annapurna, à l'hélicoptère. Si Gastaud était impliqué dans le projet GE, il en avait déjà tiré des avantages.

Paul emprunta l'escalier qui conduisait au deuxième. Il appela à nouveau pour annoncer sa présence, au cas où l'un des occupants serait dans sa chambre et ne l'ait pas entendu arriver. Mais rien. Juste le glissement de ses bottes sur le parquet ciré.

Il ouvrit les portes une par une. Chambres. Salles de bains. Bureau. Et toujours pas un chat. Par acquit de conscience, le capitaine grimpa au troisième, l'étage où Gastaud avait aménagé ses installations de bien-être. Désert aussi. Les pièces de relaxation étaient vides, comme la salle de sport et le sauna.

Il redescendit d'un niveau et retourna dans le bureau. La baraque était toute à lui. C'était l'occasion de vérifier s'il pouvait y dégotter des documents intéressants.

La pièce baignait dans un noir d'encre. Les volets fermés laissaient supposer que le médecin n'y avait pas mis les pieds de la journée. Le flic alluma la lumière. Tapis épais. Livres alignés sur des rayonnages. Photos de montagne aux murs. Un décor chaud, cosy, à l'image du chalet.

Il s'assit derrière une table en acajou sur laquelle était posé un ordinateur. La bécane était sous tension, mais pas moyen de consulter les fichiers. Un mot de passe en protégeait l'accès. Paul parcourut le tas de papiers empilés dans la bannette. Factures. Feuilles de remboursement. Doubles d'ordonnances. Prospectus en tout genre et dépliants pour des stages de *ressourcing*... Vu le foutoir, le généraliste n'avait pas l'air de se préoccuper de sa paperasse.

Il ouvrit les tiroirs, souleva les cadres, sonda la bibliothèque. En vain. Le gérant de la SCI Annapurna était lisse comme un champ de neige fraîche. Il n'avait rien laissé chez lui de susceptible de le relier au projet GE.

Paul fouilla rapidement le reste de la maison. Sans plus de résultat. Gastaud semblait être célibataire. En tout cas, aucun objet ne permettait de révéler l'existence d'une présence féminine ou d'une quelconque famille. Et pas de photos personnelles non plus, hormis une sur laquelle il posait avec Lou quand elle avait quinze ans devant un gâteau d'anniversaire. Un couple se tenait à côté d'eux et souriait à l'objectif. Une brune aux traits doux dont les yeux pétillaient de bonté. Un homme au regard clair et au visage buriné, qui portait un pull rouge sur lequel était cousu l'écusson des guides de l'Oisans.

Franck Bardon et sa femme, à tous les coups. Les amis de toujours. Les seuls qui aient droit de cité dans cette intimité ultra-fermée.

Le flic termina son tour par ce qui ressemblait à un salon de lecture. Un espace conçu pour la détente et l'abandon, occupé aux trois quarts par une immense radassière émaillée de gros coussins. Des ouvrages de médecine chinoise s'empilaient sur un guéridon, dont l'un évoquait les vertus curatives des plantes. Posées juste à côté, des fioles d'huiles essentielles que Gastaud devait s'appliquer le soir pour se relaxer.

De toute évidence, l'homme ne vivait que pour son métier. Une passion qui occupait chaque espace de son existence. Le peu de temps qu'il lui restait était consacré à la course en montagne, comme l'attestaient les recueils illustrant les plus belles ascensions du massif de la Meije.

Paul s'affala dans un canapé. Une heure de foutue en l'air. Lou n'était pas encore revenue, il n'avait pas pu mettre la main sur Gastaud et sa perquisition n'avait rien donné. Les consultations reprenaient dans trente minutes. Il n'y avait plus qu'à attendre, en espérant que le toubib rapplique.

Puis il se souvint de l'escalier intérieur. Le passage privé qui reliait directement le rez-de-chaussée aux étages. Le cabinet médical était le seul endroit qu'il n'avait pas encore exploré. C'était peut-être dans ce sanctuaire que l'homme cachait ses secrets...

Il retrouva l'accès et descendit les marches. Sans surprise, la salle d'attente était vide. Il se dirigea vers la pièce dans laquelle le naturopathe recevait ses patients. Fit jouer la poignée et poussa la porte.

Une impression étrange le saisit aussitôt. Fondée sur son instinct et des années à côtoyer le pire. Il sortit son arme par réflexe. La pointa vers l'avant en position de tir. Puis, sans s'exposer, il embrassa l'espace d'un regard circulaire. Pas un mouvement. Pas un bruit. Chaque chose semblait être à sa place. Une lumière chaude ricochait sur les murs, renforçant un peu plus la sensation de tranquillité qui émanait du lieu.

Pourtant, le flic percevait une présence. Quelqu'un était là, planqué. Il pouvait sentir les ondes que dégageait son corps. Des arcs lourds, chargés de tension, qui dérivaient dans l'air et plombaient l'atmosphère.

Paul envoya un ballon-sonde :

— Police !

Le silence pour toute réponse.

— Montre-toi ou je viens te chercher !

Toujours pas de réaction. Le capitaine tendit l'oreille. Il essayait de capter un bruit, n'importe lequel, afin de localiser sa cible. Froissement de tissu. Respiration. Cliquetis d'une arme...

En vain. Il n'entendait que le son de son propre souffle. En écho, celui de son cœur qui martelait ses tempes.

Il s'avança, flingue toujours au bout du bras. La sensation de ne pas être seul se renforça. Regard rapide sur la gauche. Lit d'examen. Matériel médical. Toise et balance. Schémas grandeur nature de l'appareil digestif... Le coin où Gastaud auscultait ses patients paraissait plongé dans une gangue de formol. Il tourna la tête vers la droite. Petit bureau. Chaises. Fauteuil en cuir à large dossier.

Tout était figé.

Un détail lui sauta soudain au visage. Paul n'y avait pas fait attention quand il avait scanné la pièce un peu plus tôt mais le fauteuil était retourné, face à la baie vitrée.

Un signal s'alluma sous son front. Il s'approcha, toujours prêt à tirer, sachant déjà que son arme ne lui serait d'aucune utilité.

D'un geste sec, il fit pivoter le siège.

Gastaud y était assis, immobile, nuque reposant sur l'appuie-tête. Il le fixait en silence, yeux écarquillés, comme s'il avait été surpris par l'arrivée du policier. Une expression que le flic connaissait bien et qui ne devait rien à l'étonnement.

Il s'agissait seulement de la conséquence physiologique d'une mort par asphyxie, lente, progressive, à l'occasion de laquelle les paupières de la victime restaient souvent ouvertes. Les globes oculaires gonflés, striés de rouge et prêts à sortir de leurs orbites allaient dans le même sens. Comme la présence d'un trait sanguinolent qui barrait le cou du toubib. La marque de la lame qui avait fendu ses chairs en profondeur, le faisant s'étouffer dans son sang tout en sectionnant ses cordes vocales pour l'empêcher de hurler.

53

Chloé était arrivée à Aubagne aux alentours de 15 heures.

Les conducteurs qui s'écartaient sur son passage devaient se demander si on tournait un film. Une Mini Cooper calée à plus de cent quatre-vingts kilomètres-heure sur la file de gauche, qui balançait des éclairs bleus et blancs avec le panneau POLICE en guise de pare-soleil, ils ne devaient pas imaginer que ça puisse exister.

Elle arrêta sa voiture devant l'entrée principale de la caserne Vienot. La maison mère de la Légion étrangère était située à la périphérie de la ville, en bordure de l'autoroute. Elle se planquait derrière un mur épais sur lequel étaient inscrits en lettres d'or le nom et le numéro du 1er régiment étranger qui y était basé, ainsi que celui du haut commandement de ce corps, le COMLE, véritable but de sa visite qui se trouvait aussi ici. Posté devant une barrière métallique, un cerbère en tenue de combat faisait office de comité d'accueil.

La policière présenta son badge et annonça le motif de sa venue. Le légionnaire – treillis, fusil d'assaut en bandoulière et béret vert sur trogne fermée – examina ses papiers à la loupe. Sans la quitter des yeux, il entra dans une guérite et passa un appel. Il revint vers elle au bout de quelques secondes et lui désigna un bâtiment, à une centaine de mètres, en lui indiquant sur un ton sec qu'on l'y attendait.

Chloé s'engagea sur une allée de goudron qui remontait en pente douce entre deux étendues de pelouse. Massifs de fleurs, bosquets taillés de près, dégagements et perspective. Pas un chat. Le site, émaillé de petites constructions d'à peine deux étages, évoquait plus un campus universitaire en période creuse qu'une base militaire. Il avait quelque chose de bucolique, d'apaisant, à rebours de l'image d'austérité véhiculée par la Légion.

Elle se gara sur un parking et se dirigea vers un gros bloc de béton blanc. Une plaque en cuivre lui confirma qu'elle était au bon endroit. Le COMLE était la tête pensante de la Légion. Essentiellement administratifs, ses services sauraient si Ronin avait fait partie des effectifs.

Le hall donnait le ton. Spacieux, clair, des murs immaculés sur lesquels étaient épinglées des affiches à la gloire de la Légion. Incrustées côte à côte dans le plâtre, les deux devises séculaires du corps d'élite.

« HONNEUR ET FIDÉLITÉ »
« *LEGIO PATRIA NOSTRA* »

Un soldat était assis derrière une banque d'accueil. Boule à zéro. Visage inexpressif. Chemise à manches courtes de couleur beige pigmentée d'écussons et laissant voir des avant-bras couverts de tatouages. La chanson de Piaf résonna dans la tête de Chloé : « Il était mince, il était beau. Il sentait bon le sable chaud, mon légionnaire... »

Le planton la salua d'un signe de tête. Il contrôla à nouveau son identité et lui demanda la raison de sa présence.

— Il s'agit d'une enquête criminelle, répéta la commandante. J'ai besoin de m'entretenir avec un responsable du COMLE.

Le tatoué opina d'un air vide et attrapa un téléphone. Pendant qu'il discutait avec l'autorité compétente, la policière l'observa à la dérobée. Français approximatif. Accent prononcé, difficile à cerner. Qui était-il ? D'où venait-il ? La Légion accueillait dans ses rangs plus de cent cinquante nationalités. Des combattants au passé parfois trouble, qui avaient renié leur patrie pour se fondre dans le creuset de leur nouvelle appartenance.

— On va venir chercher vous, annonça-t-il après avoir raccroché. Je prendre portable, papiers, arme. Règlement.

Chloé lui remit ses affaires sans discuter. Elle attendit à peine quelques minutes avant qu'un autre militaire pointe son nez.

— Commandante Latour ?
— Oui.
— Veuillez me suivre.

Ils avalèrent une succession de couloirs. L'impression d'ensemble était celle de locaux administratifs où des soldats en uniforme déambulaient dossiers sous le bras dans une ambiance studieuse. Chloé se fit la réflexion qu'elle n'avait croisé aucune femme depuis son arrivée.

Même pas dans ces bureaux. De toute évidence, la parité n'était pas encore de mise dans cet univers purement masculin.

Enfin, ils s'arrêtèrent devant une porte. Une petite pancarte mentionnait le nom du haut gradé qui se trouvait derrière. Général Pierre Ladrey de Honnecourt. Commandant en chef du COMLE. La présence de la brigade criminelle dans l'enceinte avait dû affoler la fourmilière. Le Père Légion recevait Chloé en personne.

Son chaperon toqua à coups timides contre le panneau de bois. Une voix ferme monta derrière la cloison, claquant à la façon d'un tir d'honneur.

— ENTREZ !

Pierre Ladrey de Honnecourt avait la classe discrète et éthérée des vieilles familles françaises. Grand, mince, un brin nonchalant, il y avait dans sa stature quelque chose de gaullien. Une sorte de hauteur, de détachement, liés sans doute à l'idée qu'il se faisait de la France. Son visage fin, creusé de rides profondes et surmonté d'un casque de cheveux gris, était celui d'un meneur d'hommes. Il reflétait son engagement, sa détermination, une habitude du commandement enracinée depuis toujours au plus profond de ses gènes.

— Je vous en prie. Prenez place.

Courtois. Prévenant. Un gentleman, prêt à emmener Chloé valser au grand bal annuel de la Légion. Il portait la même tenue que ses subordonnés, cravate verte en plus. Les barrettes multicolores et les nombreuses médailles cousues sur le tissu témoignaient de ses états de service. Le képi blanc, couvre-chef légendaire de la Légion, était accroché à un portemanteau, à côté du béret vert des régiments étrangers parachutistes.

La policière ne se laissa pas endormir. Il y avait dans son ton un accent directif, quasi comminatoire, qui n'avait rien de romantique. La dureté du personnage se reflétait aussi dans son regard, deux billes d'un bleu acier qui la scrutaient d'un air glacial.

Elle s'installa sur la chaise désignée par Ladrey, face à un grand bureau surchargé de parapheurs. De son siège, elle apercevait par la fenêtre le début d'un terrain de foot. Sortis de nulle part, une vingtaine de troufions en survêtement kaki s'échauffaient en trottinant sur l'herbe. Des cris étouffés franchissaient la vitre, signe qu'un match se préparait.

Elle croisa les jambes et redressa son buste. Toute cette testostérone qui dérivait dans l'air la mettait mal à l'aise. Elle se sentait de trop, pas à sa place, comme quand elle se rendait dans un centre de détention pour hommes afin d'interroger un détenu. Et toujours pas le moindre visage féminin pour atténuer cette impression.

— Merci de me recevoir, mon général.

— Que puis-je pour vous ? demanda-t-il en retournant s'asseoir dans son fauteuil.

— Je travaille sur une affaire criminelle. Je...

— C'est ce que j'ai cru comprendre, la coupa-t-il. Et le sujet est suffisamment grave pour que je m'en entretienne avec vous en tête à tête. Mais je dois d'abord m'assurer que vous disposez de toutes les autorisations nécessaires.

Le sujet était vite venu sur la table. Chloé décida de jouer franc-jeu. Non seulement parce que les conditions procédurales de son intervention étaient facilement vérifiables, mais aussi en raison de la personnalité de Ladrey. Vu le personnage, il l'aurait tout de suite senti.

— Pas au sens strict, avoua-t-elle. J'opère dans le cadre d'une enquête de flagrance. Sous le contrôle du procureur de la République. Je n'ai pas de commission rogatoire mais je dispose de pouvoirs…

— J'en suis convaincu, l'interrompit-il à nouveau. Mais vous êtes dans une enceinte militaire. Et n'en déplaise à certains, c'est un lieu privé. Si vous voulez que nous collaborions, il me faut un document officiel.

Le général était d'un calme olympien. Il n'avait pas l'air de vouloir retenir quoi que ce soit mais il souhaitait que tout soit bien carré. Chloé acquiesça pour lui montrer qu'elle comprenait. Elle allait maintenant devoir la jouer fine si elle voulait obtenir ce qu'elle était venue chercher.

— Il ne s'agit pas d'une perquisition, précisa-t-elle. Et personne ne sera placé en garde à vue. Je cherche seulement des renseignements à propos d'une de vos anciennes recrues.

— Votre suspect ?

— C'est ça.

— Qu'a-t-il fait exactement ?

— Il a commis au moins quatre meurtres. Peut-être plus.

Un blanc. Le général demanda d'un ton grave :

— Un tueur en série ?

— Pas au sens propre du terme. Il travaille pour une organisation. Mais son *modus operandi* s'en rapproche. Il a égorgé deux de ses victimes avec une lame de combat, en a brûlé une autre après lui avoir fait avaler de l'essence, et a congelé la dernière de l'intérieur en remplissant son estomac d'azote liquide. Il a aussi tenté de supprimer un capitaine de police avec un fusil d'assaut.

Ladrey secoua la tête. La liste était impressionnante, même pour lui. Il avait surtout du mal à accepter qu'un homme qu'il avait eu sous son commandement ait pu devenir un tel monstre.

— Un de mes anciens légionnaires impliqué dans une affaire aussi… terrible ? Vous êtes sûre de ce que vous avancez ?

— Certaine, affirma Chloé pour être convaincante. Nous sommes remontés jusqu'à lui et il le sait. Il nous manque juste son identité pour l'arrêter. Si nous n'agissons pas rapidement, il y a toutes les chances qu'il nous échappe.

La policière enfonçait le clou avec méthode. Elle pariait sur les valeurs du militaire. Son code d'honneur. L'idée qu'il n'allait pas laisser s'enfuir un criminel sous prétexte de respecter quelques articles de procédure.

Le général recula dans son siège. Il paraissait embarrassé.

— D'accord, finit-il par concéder. Je vais vous aider. Mais je tiens à ce que ce soit fait dans les règles.

— Je rédigerai un PV d'audition et je le joindrai au dossier.

— Parfait. Que pouvez-vous me dire sur cet assassin ?

Elle donna sa description physique, sans oublier la petite cicatrice au-dessus de la lèvre et l'œil de verre qui avait peut-être signé la fin de sa carrière militaire. Puis elle évoqua ses compétences en sports extrêmes et en survivalisme.

Quand elle eut terminé, le général fit une moue.

— C'est tout ce que vous savez ?
— Nous avons aussi découvert qu'il se fait appeler Ronin.

Cette fois, le regard de Ladrey s'éclaira.

— Ronin... Comme les samouraïs sans maître ?

Il avait tout de suite fait le rapprochement. Chloé se demanda si sa culture martiale avait été acquise à l'école des officiers ou par simple curiosité personnelle.

— Il y a certainement un rapport, affirma-t-elle.
— Pas de nom de famille, je suppose ?
— Nous ne le connaissons pas. De toute façon, il s'agit forcément d'un pseudo. Peut-être celui qu'il a pris lorsqu'il est entré dans la Légion.

Le général planta ses coudes sur le bureau et rétorqua d'une voix sèche :

— Si c'est le cas, ça n'a rien d'un pseudo. Il s'agit d'une identité déclarée, accordée par dérogation et prévue par la loi. C'est notre fierté de pouvoir donner une seconde chance à ceux qui l'endossent. Certains légionnaires la conservent toute leur vie.

Sujet sensible. Chloé rétropédala en douceur.

— Naturellement. Vous pensez le retrouver avec ces informations ?
— Nous pouvons essayer.

Il décrocha son téléphone. Trois secondes plus tard, un soldat entrait dans le bureau, au garde-à-vous et le doigt sur la couture du pantalon. Jeune, l'air vif, sans doute l'aide de camp de Ladrey.

— Mon général !
— Repos, lieutenant. J'ai besoin que vous me fassiez une petite recherche.
— De quoi s'agit-il ?

— D'un de nos camarades. Il a quitté la Légion mais son dossier a dû être classé quelque part.

— Comment s'appelle-t-il ?

— Je n'ai qu'un prénom. Ronin. Il s'agit peut-être d'une identité déclarée.

— Quel régiment ?

— Je n'en sais rien.

— Vous connaissez son grade ?

— Non.

— La date à laquelle il a cessé de faire partie de nos effectifs ?

— Non plus.

L'aide de camp serra les dents.

— C'est plutôt vague, mon général. Je ne vous garantis pas de...

Chloé intervint.

— Il porte une prothèse oculaire. Il est possible qu'il ait perdu son œil pendant qu'il était chez vous. Le gauche.

Le troufion eut un sourire crispé.

— Gauche ou droit, je crains que cette information ne nous soit pas d'une grande utilité. Elle fait partie de son dossier et il faut d'abord que je mette la main dessus.

— Faites au mieux, conclut son supérieur. Et faites-le tout de suite, c'est une urgence.

— À vos ordres !

Il s'éclipsa. Ladrey se leva, signe que l'entretien était terminé.

— Je pense que nous avons fait le tour. Je ne suis pas là souvent. Mon agenda est surchargé.

— Merci pour votre aide, mon général.

Le gradé se contenta d'un hochement de tête. Il avait accompli son devoir. Rien d'autre à ajouter.

— Vous pouvez attendre dans le couloir. Il y a des canapés. Si nous avons quelque chose, ça devrait aller vite.

Il raccompagna Chloé jusqu'à la porte et lui adressa une dernière directive.

— Je compte sur vous pour me tenir au courant des résultats.

Puis il précisa en lui tendant la main :

— Et pour le procès-verbal.

54

Paul avait passé l'après-midi à s'occuper de l'assassinat de Gastaud. Premières constatations, levée de corps, audition des voisins immédiats… Le chalet du toubib grouillait de gendarmes. La nouvelle cellule de TIC basée à Gap était aussi sur place, quatre silhouettes pataudes emmaillotées dans des combinaisons stériles. Les techniciens en identification criminelle de la gendarmerie photographiaient le cabinet médical sous tous les angles. Ils effectuaient des prélèvements, prenaient des mesures…

Adossé à un mur, le capitaine les regardait s'agiter avec une sorte de détachement. Pas besoin de toute cette débauche d'énergie pour savoir ce qui s'était passé. Ni pour deviner qui était l'auteur de ce crime ou pour quelle raison celui-ci avait été commis. Toutes les réponses s'étaient imposées à l'instant même où il avait découvert le cadavre.

Ronin avait tué Gastaud en lui tranchant la gorge, mode opératoire similaire à celui employé pour supprimer les deux zadistes qui se planquaient avec Mathieu Perrin au fond de la bergerie. Cette exécution rapide, sans fioritures ni mise en scène, indiquait que le meurtrier avait privilégié l'efficacité. Il était venu nettoyer le terrain, sans doute dans l'urgence, et n'avait pas eu le temps de se faire plaisir.

Le constat en amenait deux autres. Numéro un, Gastaud jouait un rôle important dans cette histoire. Numéro deux, la fourmilière était en ébullition. Après avoir demandé à Ronin d'éliminer le flic qui les collait d'un peu trop près, les commanditaires du projet GE avaient remis le couvert avec le gérant de la SCI Annapurna. Cette fois avec succès.

De toute évidence, les choses étaient en train d'évoluer. Si on s'en était pris au toubib, c'est qu'il représentait maintenant une menace. Il y avait donc toutes les chances pour que la SCI soit impliquée dans cette affaire, ce qui confirmait que la FINANCO l'était aussi puisqu'elle en était devenue l'associée ultra-majoritaire.

Ce nouveau meurtre renforçait les convictions de Paul. Le lien qu'il pressentait, faisant des financiers londoniens les grands ordonnateurs des délires architecturaux de Perrin, devenait de plus en plus certain.

Il songea à Lou. Elle n'était toujours pas rentrée et ne répondait pas non plus au téléphone. La surfeuse n'était pas du genre à être scotchée à son portable, mais il lui avait laissé plusieurs messages lui demandant de le rappeler et pas de retour. Dans le contexte, ce silence commençait à l'inquiéter. Si elle était sur place quand Ronin avait débarqué, le pire était à craindre.

Paul essaya de ne pas sombrer dans la parano et sortit du chalet. Le corps du médecin ayant déjà été transporté à l'IML, sa présence sur la scène de crime, à ce stade de la procédure, n'était plus d'une grande utilité. Il avait déjà relaté à Jansen les circonstances dans lesquelles il avait trouvé Gastaud, lui avait fait part de son analyse sur les raisons de ce meurtre et donné ses directives pour la suite. Il fallait à présent passer la vie du toubib au crible.

À l'extérieur, l'ambiance était à peine moins tendue. Une dizaine de véhicules de secours, d'estafettes de la gendarmerie et de voitures banalisées occupaient le parvis. Attirés par le sang, des civils du SRPJ de Gap avaient fait le déplacement. En pure perte. Paul leur avait signifié sans ménagement que ce mort faisait partie intégrante de son enquête.

Il s'éloigna de la cohue et attrapa son téléphone. Quelques instants à tuer, autant les rentabiliser. Il appela Malika.

— T'as eu mon mail ?

— Je m'en suis occupée tout de suite, répondit sa coéquipière.

— Alors ?

— Compliqué. J'ai pu obtenir quelques infos sur la FINANCO en passant par la BF. Pour avoir la totale, il faut faire une demande via SIENA.

Les lourdeurs du système. La brigade financière n'avait accès qu'aux données de base, disponibles pour le commun des mortels à condition de savoir où chercher. Si on voulait creuser, il fallait saisir une des agences européennes de lutte contre la criminalité internationale. Europol était l'une d'entre elles et SIENA – *Secure Information Exchange Network Application* –, la plateforme qui permettait à tous les enquêteurs des pays membres de la saisir.

— Tu l'as faite ?

— Ce matin. J'attendais leur retour avant de t'appeler.

Paul aurait pu patienter longtemps. Dès qu'on sortait du périmètre franco-français, la procédure prenait des plombes.

— Donne-moi déjà ce que tu as récolté.

— La FINANCO est un fonds d'investissement. Il a été créé en juillet 2020.

Des financiers. Une société constituée un mois à peine avant le rachat de la quasi-totalité des parts de la SCI Annapurna. Sans doute spécifiquement pour le projet GE. Paul avait vu juste.

— Sur quel type d'opérations se positionnent-ils ?

— Ils font ce qu'on appelle du *private equity* sur les sociétés non cotées.

— Traduction ?

— D'après ce qu'on m'a expliqué, ce sont des fonds privés qui opèrent sur le marché du capital-risque. Ils regroupent des investisseurs venus d'horizons différents, afin d'avoir une plus grande force de frappe et de diluer les aléas liés à leurs placements.

— Tu peux préciser ?

— Ils interviennent sur des boîtes qui ont besoin d'argent frais. Certains fonds subventionnent même la recherche et le développement. C'est ce qui s'est passé notamment avec les premières start-up d'Internet. Des milliards d'euros ont été injectés dans des sociétés qui n'avaient aucun actif. Seulement des rêves et un vague business plan pour les réaliser.

En plein dans le mille. Si la SCI Annapurna avait servi de support au projet GE, et même si comme le pensait Latour il n'en était qu'à la phase d'étude, la société gérée par Gastaud avait dû se procurer un gros paquet de pognon pour s'assurer de sa faisabilité. La FINANCO avait joué le rôle de grand argentier, en espérant sans doute multiplier sa mise une fois les projections validées, le chantier commencé et les premières places dans la base de survie vendues à prix d'or.

Une question s'imposait néanmoins. Que s'était-il passé pour que des costumes-cravates opérant dans les salles de marchés se transforment en meurtriers ? Un détail avait dû merder dans le plan de la FINANCO. Un plan de toute évidence pas très net, que ses actionnaires ne souhaitaient pas voir exposer au grand jour.

— Oh ? T'es là ?

La voix de Malika ramena Paul à la réalité. Gyrophares. Uniformes. Cordons de rubalise. Et encore un paquet de zones d'ombre à éclaircir.

— Je gambergeais. Tu as pu obtenir le nom des responsables ?

— Pas encore. Ce fonds opère sous couvert d'anonymat. Actionnaires, conseil d'administration, président… Tous les intervenants sont protégés. Ils se cachent derrière un homme de paille qui représente la société vis-à-vis de l'extérieur. Et si tu te poses la question, je l'ai contacté. Il s'appelle John Fletcher. C'est un avocat d'affaires, associé d'un des plus gros cabinets de la place. Il m'a carrément ri au nez quand je lui ai décliné ma qualité.

— C'est légal, ce truc ?

— 100 % casher. Pour obtenir la levée de ce secret, il faut passer par Europol.

Retour à la case départ. Paul fit quelques pas pour évacuer sa frustration. Les salopards qui avaient commandité les meurtres étaient à portée d'interpellation. Seul un voile de paperasse le séparait d'eux.

— J'ai fait aussi ta recherche FICOBA sur Annapurna, continuait Malika. Elle possédait déjà un compte bancaire au Crédit agricole mais en a ouvert un autre à la HSBC en septembre 2020. Depuis, tiens-toi bien, plus de cent millions d'euros ont transité dessus.

Septembre 2020, peu après l'arrivée de la FINANCO dans le capital. Des fonds sans doute destinés à financer les études préparatoires du projet GE. Le terme employé par Malika fit néanmoins réagir le policier.

— Pourquoi transité ?

— Le blé a été viré en plusieurs versements depuis la Barclays Bank, à Londres. Il est resté en France jusqu'à la semaine dernière et la plus grosse partie a été reroutée vers une banque privée, la Trust National, aux îles Vierges britanniques. Sur un compte à numéro.

Ce point ne collait pas. Pourquoi injecter des sommes colossales dans la SCI Annapurna dans le but de financer le projet GE, pour au final les transférer dans un paradis fiscal ?

— Tracfin n'a pas tiqué ? s'étonna Paul.

— La banque n'a pas fait de déclaration de soupçon, répondit sa coéquipière.

Étrange, songea-t-il. Avec de tels montants, le service de renseignement qui luttait contre les circuits financiers clandestins aurait dû être mis dans la boucle.

— Il y a autre chose, ajouta Malika. On a trouvé quelques règlements faits à des fournisseurs, dont un conséquent. Quinze millions d'euros, effectué au mois de septembre 2022 au bénéfice d'une agence d'architecture de Grenoble. MP Architecture. Ça te parle ?

L'agence de Mathieu Perrin. Le lien entre l'architecte et les financiers était à présent établi.

— Je te laisse. Tiens-moi au jus dès que tu as du nouveau.

Le capitaine venait d'avoir une idée. Il y avait peut-être un moyen de remonter rapidement jusqu'aux dirigeants de la FINANCO et de tirer tout ça au clair. Il consulta la liste de ses derniers appels et lança le numéro.

— C'est encore moi.
— Tu as du nouveau ?

Deux heures plus tôt, Paul avait contacté Conte afin de le tenir au courant de l'assassinat de Gastaud. Le procureur de Gap avait ouvert une nouvelle enquête de flagrance et l'avait jointe à celle qui concernait Lucas Fernel. Ils avaient ensuite fait un point rapide sur les derniers éléments découverts par les flics et sur les nouvelles pistes qui se dessinaient.

Dont celle de la FINANCO.

Avec ce que lui avait appris Malika, Paul s'était dit qu'il était temps de le mettre à contribution. En tant que magistrat du parquet, Conte aurait certainement le pouvoir de faire accélérer le processus auprès de ses homologues londoniens.

— Peut-être, annonça le capitaine. Mais j'ai besoin de ton aide.

— Je t'écoute.

Il recracha ce que lui avait dit sa coéquipière et lui fit part du point de blocage lié aux procédures de coopération des polices européennes. Si on voulait obtenir la totalité des infos rapidement, il fallait passer par la bande.

Conte eut du mal à dissimuler son enthousiasme.

— Beau boulot. Laisse-moi quelques heures.

Paul raccrocha. Attendre. Encore. Le lot de toutes les enquêtes. Il pensa de nouveau à Latour. Elle aussi, il l'attendait. Elle avait disparu depuis plus de trois heures et personne ne savait où elle était. Après en avoir terminé avec la scène de crime, il lui avait laissé deux messages, et toujours pas de réponse.

Il tenta encore une fois de la joindre. Cinq sonneries. Répondeur. Qu'est-ce qu'elle foutait, bon sang ? Quand ils s'étaient séparés, elle était juste censée passer quelques coups de fil. Il laissa un troisième message, toujours le même mais en plus insistant. Comme dans les précédents, il lui demandait de le contacter de toute urgence.

Ronin avait commis un nouveau meurtre.

La nouvelle méritait d'être annoncée de vive voix.

55

La recherche n'avait pas été si difficile.
La Légion ne jetait rien.
Grâce aux archives numérisées du COMLE, l'aide de camp de Ladrey avait trouvé une dizaine d'identités déclarées utilisant le mot Ronin au cours des vingt dernières années. La période pendant laquelle le tueur aurait eu l'âge requis pour intégrer le corps. Il lui avait ensuite suffi de décortiquer les dossiers de ces engagés pour découvrir celui qui avait perdu un œil. Il n'y en avait qu'un seul. Après avoir édité les quelques pages qui concernaient ce légionnaire, il les avait placées dans une enveloppe qu'il avait remise à la policière.

Tout ça en moins de trente minutes. Et avec le sourire.

Chloé avait récupéré arme, papiers et portable à l'accueil puis était retournée au pas de course à sa voiture. Elle avait claqué la portière et s'était calée dans son siège, afin de prendre connaissance du parcours de Ronin à la Légion étrangère.

Premier contact, la photo. Crâne rasé. Mâchoire carrée. Nez droit. Bouche fine plissée dans une moue conquérante et surmontée d'une petite cicatrice.

Une tronche à la Bob Denard, au milieu de laquelle étaient plantées deux billes noires qui évoquaient des puits sans fond. Quand le cliché avait été pris, sans doute avant son incorporation, Ronin avait encore ses deux yeux.

Elle entama la lecture. Le nom qu'il avait pris était Musashi. Celui du samouraï le plus célèbre du Japon féodal. Un rōnin, maître du katana, le sabre japonais, et duelliste hors pair. Chloé connaissait son histoire pour l'avoir lue dans un livre prêté par sa prof de yoga.

Le choix de ce patronyme, quasi redondant avec le prénom, confirmait l'attrait de l'assassin pour l'imagerie brutale véhiculée par ces mercenaires d'un autre temps. Des solitaires, vagabonds mis au ban de la société, experts dans l'art de tuer et insensibles aux souffrances de leurs ennemis. Leur vie était placée sous le signe du bushido, la voie du guerrier, qui constituait le code des samouraïs. Honneur et loyauté en étaient les deux principaux piliers. Comme à la Légion. Ronin avait seulement occulté le fait que ce code prônait également des vertus telles que la bienveillance ou la compassion. Des valeurs incompatibles avec ses pulsions et la façon dont il les avait assouvies.

Chloé poursuivit. L'information qui l'intéressait avant tout se trouvait juste en dessous, avec l'ensemble des éléments de l'état civil initial.

Le tueur s'appelait en réalité Richard Herbert. Il avait vu le jour le 12 mai 1981 à l'hôpital de Briançon, de parents agriculteurs domiciliés à la ferme du Pinet, à Cervières, une petite commune rurale située à une dizaine de kilomètres de son lieu de naissance. La même adresse fournie lors de son incorporation, signe qu'il n'avait pas encore quitté le nid quand il s'était engagé.

Ce salopard était un Haut-Alpin, songea Chloé. Il avait passé son enfance à l'ombre des montagnes, ce qui expliquait ses compétences en matière de glisse, de sports extrêmes et de survivalisme. Une fois encore, cette découverte la ramenait dans le périmètre où se déroulait son enquête.

Elle passa à son parcours. Sans profession déclarée, il avait signé son premier contrat en 2001. Il venait d'avoir vingt ans. Seize semaines de formation au BIE – bureau instruction et emploi – du 4e RE à Castelnaudary, en tant que simple soldat. Six mois au 2e régiment étranger de parachutistes à Calvi, où il avait appris à se jeter dans le vide. Puis il était parti à Nîmes pour intégrer le 2e REI, régiment étranger d'infanterie, celui dont le blason argenté représentait une flamme à sept branches posée sur un anneau de métal.

Le même que celui collé sur son pare-brise.

Bien noté, Ronin était vite passé caporal. Il avait participé en tant que chef de patrouille à plusieurs OPEX, des opérations extérieures menées en territoire étranger. Visiblement taillé pour le combat, il s'était distingué pour la première fois au Tchad en 2008, dans le cadre du déploiement de la force européenne EUFOR Tchad/RCA, dépêchée par le Conseil de sécurité des Nations unies pour sécuriser un camp de réfugiés du Darfour. Tombé dans une embuscade à la frontière soudanaise, il avait massacré une dizaine de rebelles à lui tout seul et sauvé la mise à ses hommes. On lui avait remis la médaille militaire à cette occasion, ce qui en faisait un des plus jeunes de son régiment à l'avoir obtenue.

La suite était dans la même veine. Toujours en quête de barouds, Ronin-Herbert avait réussi à se faire affecter par le jeu des détachements au soutien d'autres régiments d'infanterie déployés par la France sur des zones de conflit. Le nom des missions auxquelles il avait participé parlait à Chloé. Tous les médias s'en étaient fait l'écho. 2011, *Harmattan* en Libye. 2013, *Serval* au Mali. 2014, *Barkhane* au Sahel et *Chammal* en Syrie. Chaque fois, ses états de service étaient exceptionnels. Un héros de guerre qui avait été promu sergent, caporal et enfin caporal-chef, le plus haut grade auquel il pouvait aspirer en qualité de soldat du rang.

La blessure qui lui avait coûté l'œil gauche était survenue en 2016. Un accident stupide, occasionné par l'explosion de son fusil d'assaut lors d'un tir d'entraînement. Un éclat de métal avait perforé sa rétine et mis un terme à sa carrière de combattant.

On y est, songea Chloé. Par solidarité – la Légion est une famille –, ses supérieurs l'avaient d'abord affecté à des missions de surveillance intérieure. L'opération *Sentinelle* notamment, mise en place après les attentats terroristes de janvier 2015 qui avaient frappé *Charlie Hebdo* et la supérette casher de la porte de Vincennes.

Son infirmité avait néanmoins fini par le rattraper et on l'avait exclu de façon définitive des missions opérationnelles. Il avait été muté en mars 2018 au BIE de Castelnaudary, en qualité d'instructeur chargé de faire comprendre aux nouvelles recrues ce que la Légion attendait d'elles. D'une certaine façon, il était revenu à la case départ. Pour un type de sa trempe, la boucle avait été bouclée de la pire façon qui soit, ce qui l'avait amené deux ans plus tard à présenter sa démission.

Chloé leva les yeux du document. Le portrait qu'elle découvrait collait avec le personnage. Un assassin professionnel, endurci, compétent, capable de s'adapter à toutes sortes de terrains. Un point important n'apparaissait cependant pas dans le CV de Ronin.

Celui qui concernait sa pulsion meurtrière.

Les légionnaires étaient des tueurs en puissance. On ne s'engage pas pour rien. Mais ils tuaient sur ordre, avec des armes de guerre, dans un cadre défini et sans torturer leurs adversaires.

Richard Herbert, lui, déroulait une partition spécifique. Trop spécifique pour ne pas avoir de sens. Son rituel était l'aboutissement d'une névrose profonde enracinée dans son histoire. Une folie qui l'accompagnait sans doute depuis toujours et qui l'avait peut-être conduit à s'engager dans la Légion pour l'assouvir enfin.

Avait-il fait d'autres victimes en les gavant de kérosène, de sable ou d'autre chose pendant qu'il crapahutait au fin fond du désert ? Possible. Dans le feu de la guerre, quand les cadavres s'empilent et que les exactions sont monnaie courante, personne ne s'intéresse à la façon dont l'ennemi est mort.

Chloé replaça les feuilles dans l'enveloppe. Elle n'avait pas encore toutes les réponses mais connaissait maintenant l'identité du tueur. Il n'y avait plus qu'à déclencher les grandes manœuvres pour essayer de le coincer.

Elle prit son portable. Plusieurs messages en attente. Tous de Cabrera. Tous lui demandant de le rappeler d'urgence, sans plus de détails.

Elle s'exécuta aussitôt.

— Latour. Vous avez essayé de me joindre ?

— Vous êtes passée où, bordel ?

Le capitaine était nerveux. C'était la première fois qu'elle le sentait dans cet état. Sa disparition inopinée ne devait pas y être pour rien.

— Aubagne. À la Légion étrangère.

— Qu'est-ce que vous foutez là-bas ?

— Je sors d'un entretien avec le commandant en chef du COMLE. J'ai le nom du meurtrier.

Un blanc. Puis la voix de Cabrera refit surface, toujours aussi tendue.

— Comment vous êtes-vous débrouillée ?

— Il m'a suffi de demander.

— Vous auriez pu m'avertir.

La tension du capitaine ne retombait pas. Chloé fit profil bas. Elle l'avait joué perso. Normal qu'il soit furax.

— Vous avez raison. J'aurais dû.

Elle n'ajouta rien. Elle s'excusait, à lui de faire l'autre moitié du chemin.

Il la fit rapidement et demanda d'un ton plus calme :

— Comment s'appelle-t-il ?

— Richard Herbert. Il a passé vingt ans dans la Légion et a perdu son œil pendant un exercice d'entraînement. Contrairement à ce qu'on pensait, il n'a pas été viré. Juste affecté à des missions de surveillance et d'instruction. Ça ne devait plus l'intéresser, du coup il a démissionné.

— Depuis quand ?

— Octobre 2020. Je vous envoie son dossier, vous aurez tout.

Elle photographia les pages avec son portable et les lui adressa par SMS.

Puis elle reprit :

— Son dernier domicile connu est à Cervières, un petit village, à une dizaine de kilomètres de Briançon.

— Toujours le même coin.

— Toujours.

— Vu l'ancienneté, l'adresse ne doit plus être d'actualité.

Chloé partageait cet avis. Une piste froide qui méritait néanmoins d'être exploitée.

— C'est aussi celle de ses parents. Il y habitait encore quand il s'est engagé. Si c'était son seul point de chute, il est possible qu'il y soit passé quand il est retourné à la vie civile. Ils pourront peut-être nous aider.

— On y va. Je demande aussi au proc de lancer un mandat de recherche.

— Parfait. Je vous rejoindrai en début de soirée.

— Faites vite, répondit Cabrera. On a un nouveau cadavre sur les bras.

Chloé sentit son cœur s'accélérer. C'était sans doute pour cette raison que le capitaine l'avait traquée au téléphone.

— Un autre meurtre ? De qui s'agit-il ?

— Stéphane Gastaud, le gérant de la SCI Annapurna. Il a été égorgé à la va-vite dans la matinée. J'ai trouvé son corps à son cabinet médical quand je suis allé chez lui.

— Merde...

— Ce n'est pas tout. On n'a plus de nouvelles de Lou Bardon depuis au moins cinq heures.

— Vous pensez que c'est lié ?

— J'espère que non.

La commandante laissa planer un silence. Cabrera essayait de rester positif mais elle captait son inquiétude. Il enchaîna avant qu'elle n'ait le temps d'approfondir.

— L'assassinat de Gastaud confirme l'implication d'Annapurna et de la FINANCO dans le projet GE. J'ai obtenu quelques infos sur cette société. Il s'agit d'un fonds privé qui fait du capital-risque. Ces investisseurs injectent des tonnes de blé dans des start-up à fort potentiel. Ils ont viré plus de cent millions d'euros à Annapurna depuis septembre 2020. C'est pile-poil le profil des gens que nous recherchons.

Les pions s'alignaient, comme à la parade. Chloé devait le reconnaître, le flic aux allures de *biker* s'était bien débrouillé. En quelques heures, il avait apporté la touche finale au versant financier de l'enquête.

— Ce n'est pas tout, poursuivit le capitaine. Cet argent a été utilisé pour payer les frais courants et les honoraires de Mathieu Perrin. Il y a deux mois, Gastaud lui a fait un virement de quinze millions d'euros.

Leurs projections devenaient des certitudes. L'architecte avait bien trouvé les financements lui permettant de poser les premiers jalons de son délire. Un délire qui lui avait rapporté gros mais auquel il n'avait pas survécu.

— En revanche, il y a un truc qui ne colle pas, précisa Cabrera. La plus grande partie de ce fric a été reroutée par le toubib vers un compte à numéro ouvert aux îles Vierges britanniques.

Effectivement, ce schéma n'avait aucun sens. Pourquoi avoir transféré les fonds en France, si l'objectif final était de les faire atterrir dans un paradis fiscal ?

Elle posa la question suivante :

— Vous avez les noms des actionnaires de la FINANCO ?

— Ils se dissimulent derrière une sorte d'intermédiaire. Si tout se passe bien, je ne devrais pas tarder à les obtenir. Et peut-être aussi l'identité de celui qui a ouvert le compte bancaire aux îles Vierges.

Chloé ne chercha pas à creuser. L'essentiel était qu'il réussisse.

— On verra ça quand je reviendrai. Si vous avez du nouveau pour Ronin ou ses employeurs, tenez-moi au courant. Et prévenez-moi aussi si vous retrouvez la jeune femme.

— Je n'y manquerai pas, *commandante*.

L'intonation avec laquelle il avait mentionné son grade la fit tiquer. Elle avait été trop directive avec lui. La force de l'habitude. Cette fois, pourtant, elle ne fit rien pour rattraper le coup. Plus assez d'énergie pour ça. Elle n'avait pas dételé depuis dix jours et ses batteries étaient à plat.

Elle enclencha la première et prit le chemin de la sortie. La perspective de se farcir trois cents bornes supplémentaires pour retourner à La Grave la déprimait d'avance.

Mais pour l'instant, pas le choix. Elle allait devoir serrer les dents encore un peu, en espérant que le marathon se termine vite.

56

Paul retourna au pas de course dans le chalet.

Le meurtrier était identifié. On savait qui il était, d'où il venait, et peut-être par où il était passé.

Maintenant, le compte à rebours était lancé.

— Ah, vous êtes là ! s'exclama Jansen en l'apercevant. Je vous cherchais.

Sur la scène de crime, l'ambiance était retombée comme un soufflé. Le corps de Gastaud étant parti à l'IML, il ne restait plus qu'une poignée de pandores qui regardaient les TIC ranger leur matériel.

Le flic marcha vers le colonel.

— J'étais au téléphone.
— Des nouvelles de Lou Bardon ?
— Non, de Latour.

Jansen plissa le front. La disparition de la surfeuse commençait à devenir préoccupante mais pour l'instant, il n'y avait rien à faire. Paul le savait aussi. Si le tueur l'avait enlevée, c'était sur lui qu'ils devaient se concentrer.

— On sait qui est Ronin, annonça-t-il sans préambule.

La révélation provoqua un appel d'air. Le gendarme ne devait pas en croire ses oreilles.

— Vous avez sa véritable identité ?

— Notre homme s'appelle Richard Herbert. Latour est allée au siège de la Légion, à Aubagne. On lui a remis une copie de son dossier militaire avec photo, état civil complet et même l'adresse où il était domicilié quand il s'est engagé.

— Elle date de quand ?

— Vingt ans. Il y a peu de chances pour qu'il y soit encore mais ça vaut quand même le coup d'aller voir. C'est celle où habitent ses parents.

Jansen approuva.

— Ça se trouve où ?

— À Cervières. La ferme du Pinet. Vous connaissez ?

Nouveau hochement de tête du militaire.

— Je vois à peu près où c'est. Si on part tout de suite, on peut y être dans moins d'une heure.

— Laissez-moi une minute. Le temps de transférer le dossier au procureur.

Pendant que le colonel rassemblait ses troupes, Paul adressa le fichier à Conte tout en lui indiquant qu'il se rendait avec les gendarmes au dernier domicile connu de Richard Herbert. L'enquête venait de faire un nouveau pas de géant. Une avancée qu'il devait à Latour. Elle avait tiré le fil qui les avait conduits jusqu'à Ronin et s'était débrouillée pour faire parler ses supérieurs. Tout ça en un temps record, dans un contexte où le silence était la règle et en court-circuitant la procédure.

Respect.

Il quitta le cabinet médical et retourna sur le parvis. Le jour s'éteignait. Plus un chat. Jansen et ses hommes avaient déjà fait mouvement vers leurs véhicules, abandonnant la scène de crime dans un calme étrange, proche de la sidération.

Le flic se dirigea vers le Renault Scénic du colonel. Un 4 × 4 Nissan attendait à côté, rempli de gendarmes. Phares allumés. Moteurs en marche. Gyrophares en action. L'armada était prête à partir.

Il ouvrit la portière arrière et s'installa à côté du gradé. Un signe de main au chauffeur. Le convoi se mit en route en direction de l'objectif.

Paul profita du trajet pour fournir à Jansen les dernières pièces du puzzle. On avait à présent la certitude d'un lien qui unissait tous les protagonistes de cette affaire, dont Gastaud. Il n'y avait plus qu'à attendre le retour des autorités britanniques pour connaître les noms de ceux qui avaient orchestré l'opération. Et comprendre pourquoi les capitaux de la FINANCO avaient été reroutés vers un paradis fiscal.

Quand il eut terminé son exposé, le colonel prit la parole. Cohen avait poursuivi les autopsies des corps retrouvés dans la crevasse, et en avait isolé un dont le profil ne correspondait pas à ceux déjà analysés. Son anatomie était celle d'un homme ordinaire, alors que tous les autres, bien qu'amaigris, avaient une ossature charpentée. Par-dessus tout, il portait une hanche en plastique. Et d'après le modèle, elle avait été posée récemment. On avait donc un cadavre qui n'entrait pas dans le périmètre de la théorie avancée par le toubib.

Paul ne fit pas de commentaire. Il laissa aller sa nuque sur l'appuie-tête et ordonna ses pensées. Cette nouvelle donnée rebattait les cartes. Elle permettait de reconsidérer l'hypothèse d'un lien existant entre le charnier et le projet GE. Il y avait en effet toutes les chances pour que le légionnaire ait assassiné cet homme pour les mêmes raisons que celles l'ayant conduit à commettre les meurtres précédents. Le mode opératoire ayant encore changé, restait à découvrir ce qui l'avait poussé à reproduire les méthodes utilisées par les *Einsatzgruppen*.

Quant au fait que cette victime ait été retrouvée dans cet endroit inaccessible, il confirmait que Ronin-Herbert connaissait l'existence de la grotte glaciaire. La question était néanmoins de savoir pourquoi il l'avait planquée là et comment il l'y avait emmenée. Quelles que soient les réponses, la conclusion était la même.

Le Cirque du Diable était l'épicentre de toute l'affaire.

— On y sera dans cinq minutes, annonça Jansen.

Paul jeta un œil par la fenêtre. La nuit était tombée. Une nuit épaisse et froide à peine éclaircie par la lune. Elle les enveloppait comme un linceul et pas un lampadaire pour deviner ce qui se cachait derrière. Juste le ruban d'asphalte se découpant dans la lueur des phares.

Le convoi parcourut encore deux kilomètres et s'immobilisa devant une barrière, au bout d'une impasse qui semblait donner sur des champs. Un panneau de bois délabré indiqua au policier qu'ils étaient arrivés.

« Ferme du Pinet
Fromages de brebis
Production/Vente »

Ils garèrent les véhicules à l'entrée de l'exploitation. C'était peu probable, mais si Ronin était là, autant lui faire la surprise et ne pas lui laisser l'occasion de s'échapper.

Briefing rapide. La petite troupe passa sous la clôture. En file indienne et l'arme au poing, ils s'avancèrent sur un chemin recouvert d'une fine couche de neige dure. Au bout, ombres dans l'ombre, se découpaient des bâtiments.

57

La baraque ressemblait à celles qui peuplent les films d'horreur. Lourde, imposante, sans doute construite il y a des siècles à en juger par les façades de pierre et l'épaisseur des murs. Elle se dressait dans les ténèbres en plein milieu de nulle part, avant-poste des enfers hanté de démons et de goules.

Volets clos. Aucun véhicule sur l'esplanade. Pas un bruit. Pas même un aboiement ou le bêlement lointain d'une bique qui aurait capté la présence des intrus. Comme si bêtes et occupants avaient déserté la ferme.

Les hommes de Jansen prirent position. Un groupe emmené par le colonel encercla la bâtisse, pendant qu'un autre se dirigeait vers de petites constructions situées un peu à l'écart. Sans doute la partie réservée à l'élevage des ovins et à la fabrication de produits laitiers. La consigne était claire. Pas de lampe. Communication réduite au seul langage des signes. Les gendarmes progressaient à pas feutrés, silhouettes furtives dissimulées par l'obscurité.

Paul s'était réservé l'entrée principale. Il s'approcha, flingue pointé devant lui. Se colla au mur pour éviter de se faire tirer comme un lapin au cas où le tueur l'aurait entendu venir. Puis il martela le gros panneau de bois avec son poing.

— Police ! Ouvrez !

Le silence pour toute réponse.

— La maison est cernée ! Sortez !

Rien. Le flic posa sa main sur la poignée, un vieux pommeau de métal rouillé jusqu'à la garde. Il le tourna lentement, puis exerça une légère pression vers l'avant. La porte recula en émettant un couinement aigre.

Il l'entrebâilla et regarda à l'intérieur. Noir total. Et toujours aucun signe de vie. De toute évidence, Ronin n'était pas ici. Ses parents non plus. L'air n'avait pas cette densité particulière qui révèle la présence d'un être humain, même planqué derrière un rideau. Comme si une chape de plomb l'avait figé.

Paul se glissa dans l'ouverture. Aussitôt, une odeur familière lui sauta aux narines. Diffuse, ancienne, sorte de parfum d'ambiance dont les traces planaient autour de lui. Elle mélangeait senteur d'étable et vieux ragoût, pour créer une signature olfactive originale qui lui en rappelait une autre. Celle de la ferme où était née sa mère, à Corleone dans la campagne de Palerme. Elle l'y avait emmené un paquet de fois pour les vacances d'été quand il était gamin.

Il actionna l'interrupteur. La pièce qu'il découvrit, une sorte de salon-salle à manger aussi étouffant qu'étriqué, était surmontée d'un plafond bas soutenu par des poutres. Grande cheminée. Meubles de belle taille protégés par des draps blancs. Au fond, un escalier aux marches escarpées grimpait jusqu'à une trappe qui devait mener aux combles. Une impression d'abandon emplissait l'atmosphère. Elle évoquait ces maisons secondaires endormies par l'hiver, qui attendent l'été pour revenir à la vie.

Un tour rapide lui confirma que l'endroit était désert. Idem pour le reste du rez-de-chaussée. Les pièces adjacentes, des chambres pour la plupart, ne semblaient pas avoir été occupées depuis des lustres. Les matelas étaient nus. Pas de linge dans les armoires. Température glaciale. L'unique salle de bains n'avait pas non plus l'air d'être utilisée. L'émail, en grande partie ébréché, était couvert d'une épaisse couche de poussière.

Il retourna dans l'entrée. Jansen était déjà là, encadré par trois gendarmes. Il avait dû apercevoir la lumière et s'était dépêché de rappliquer.

— On a fait le tour. Il n'y a personne.
— Pareil ici.
— Il n'est jamais venu, affirma le colonel. Et ses parents n'y habitent plus.

Paul n'aurait pas été aussi péremptoire. Même si la baraque semblait inoccupée, l'électricité fonctionnait. Quelqu'un payait donc les factures. De plus, la porte n'était pas verrouillée. Une configuration courante dans le coin mais qui ne collait pas avec la perspective d'un lieu abandonné.

Il désigna la trappe.

— Je ne suis pas encore monté là-haut.

Jansen secoua la tête.

— Vous ne trouverez rien. C'est un grenier à foin. Il y a une grande ouverture à l'arrière, avec un système de poulie afin de hisser les bottes.

— On va aller voir ça.

Paul emprunta une torche à un gendarme et escalada les marches. Il poussa le panneau et prit pied sur un plancher de lattes vermoulues. Des effluves de paille l'assaillirent, puissants, entêtants, comme s'il se promenait dans un champ de blé.

Il balaya l'espace avec sa lampe. Deux bonnes centaines de mètres carrés, soit la superficie du rez-de-chaussée. D'énormes rouleaux d'herbe compactée y étaient entreposés, occupant les trois quarts de la surface. À en juger par la sécheresse des brins, ils devaient dormir là depuis des années.

Par précaution, le flic sortit à nouveau son arme. Puis il s'avança au milieu des bottes empilées les unes sur les autres de chaque côté de l'axe central. Le sol grinçait. Les planches de bois ployaient sous son poids. Paul avait l'impression de marcher sur des œufs. À chaque pas, il redoutait de passer au travers.

Il arriva au bout sans avoir repéré un seul signe de vie. L'ouverture dont Jansen avait parlé n'était qu'à quelques mètres. Une immense fenêtre vide qui donnait sur la nuit, coupée en deux par une corde au bout de laquelle pendait un gros crochet de métal.

Le capitaine allait faire demi-tour quand un éclair gris jaillit sur sa gauche. Il braqua flingue et torche dans sa direction, prêt à tirer au premier mouvement suspect. Personne. Juste un lit de camp déployé face aux étoiles.

Il inspecta la zone. Rien d'autre. Pas le moindre vestige d'une quelconque présence humaine. Ce couchage de fortune était-il celui dans lequel Ronin avait passé ses nuits ? Ça lui ressemblait bien. À force de dormir à la dure, il devait avoir pris des habitudes. Il préférait peut-être le côté spartiate de cette chambre improvisée et l'eau glaciale des torrents au confort d'un vrai lit et d'un bain chaud. Quoi qu'il en soit, s'il s'était servi de la maison familiale comme camp de base, il avait pris le soin de ne rien oublier derrière lui avant de se faire la malle.

Paul redescendit. Tous les gendarmes qui faisaient partie de l'expédition, Jansen compris, s'étaient rassemblés dans la grande pièce du bas.

— Alors ? l'interrogea le colonel.

— Quelqu'un a installé un lit de camp au fond du grenier.

— Ronin ?

— Ce serait le plus logique. Il est à côté du palan. Une issue de secours idéale en cas de besoin.

Jansen opina.

— Quoi qu'il en soit, il n'est plus là. La partie exploitation est hors service. Il n'y a que du vieux matériel.

Paul tiqua.

— Quel genre de matériel ?

Un des gendarmes lui fit un compte rendu. Ils avaient trouvé dans le hangar où était située la bergerie toutes sortes d'outils destinés aux brebis. De quoi les faire bouffer, les traire et même les soigner. Une salle plus petite y était accolée, accessible de l'intérieur, avec armoire d'affinage, fromagère, moules et frigos. L'ensemble de ces installations, plus qu'obsolète, semblait dater d'une autre époque.

— On y retourne, ordonna Cabrera.

— Mes hommes ont déjà tout vérifié, rétorqua le gradé.

— Une intuition. Il faut que j'en aie le cœur net.

La troupe se remit en mouvement, direction les bâtiments où les parents d'Herbert avaient pris soin de leur élevage. La partie qui intéressait Paul était celle où ils avaient transformé le plomb en or. L'atelier où avait eu lieu la transmutation, permettant au lait originel de se changer peu à peu en fromage.

Il y entra le premier, suivi de près par Jansen et ses hommes. Dans le faisceau de sa torche, les vestiges d'une activité artisanale disparaissant sous la poussière du temps. Carrelage blanc sur les murs. Paillasse en céramique. Sol en lino. Tout semblait terne, usé, prêt à se disloquer au moindre souffle. La taille et l'épaisseur des toiles d'araignées laissaient supposer que le complexe avait fermé ses portes depuis un paquet d'années.

Paul farfouilla au milieu de ces reliques sous le regard intrigué des militaires. Après quelques minutes, il s'accroupit et enfila une paire de gants en nitrile. Puis, du bout des doigts, il attrapa un objet posé dans un coin et le montra au colonel.

— Voilà ce que je cherchais.

Jansen observa le trophée. Il s'agissait d'un entonnoir en métal, d'un diamètre équivalent à celui d'une assiette à dessert, dont le tuyau rigide était d'une longueur d'environ trente centimètres. Ses hommes étaient passés à côté mais le fils d'agriculteur qui sommeillait toujours en lui savait de quoi il s'agissait.

— Un instrument vétérinaire. On s'en sert pour nourrir les bêtes lorsqu'elles sont malades et refusent de s'alimenter.

— Comme une gaveuse ?
— À peu de chose près.
Pas besoin de développer. Jansen avait compris.
— On va envoyer ça au labo, lança Paul. Je mets ma main à couper qu'on va y relever des traces d'azote.

X

58

La sonnerie de son portable le réveilla en sursaut.

Paul alluma la lampe de chevet et attrapa son téléphone. 6 heures. L'heure des interpellations. Sans doute celle à laquelle Conte avait l'habitude de commencer sa journée.

— T'es tombé du lit ? marmonna le flic d'une voix pâteuse.

— Désolé de t'appeler si tôt. J'ai contacté un de mes homologues à Londres. Il va lancer une demande de levée du secret bancaire aux îles Vierges britanniques.

Le procureur était fébrile. Il parlait fort, avec une pointe d'excitation dans le ton.

— C'est pas garanti, mais je le connais. Il fera tout ce qui est en son pouvoir pour obtenir le nom du titulaire du compte à numéro. En attendant, il m'a fourni l'identité des actionnaires de la FINANCO.

Paul se redressa. Ses pensées se rassemblaient peu à peu.

— Je t'écoute.

— On dénombre une vingtaine d'investisseurs. Financiers, artistes, industriels, entrepreneurs numériques, propriétaires fonciers... Douze nationalités différentes et un seul point commun : le fric. Il n'y a que des multimillionnaires.

— Ils sont *clean* ?

— Plus ou moins. Le seul qui fait vraiment désordre est une banque. La Banca Popular, basée au Costa Rica.

— Qu'est-ce qu'elle a de spécial, cette banque ?

— Elle est liée à un cartel. Celui de Jalisco Nouvelle Génération.

Une décharge électrique. Le CJNG était un cartel mexicain, sans doute le plus puissant, le plus brutal parmi toutes les organisations criminelles recensées dans le monde. Il avait dévoré celui de Tijuana et se tirait la bourre avec son frère siamois de Sinaloa pour contrôler le marché de la coke. La relève d'Escobar, en pire.

— Des narcos ? s'étonna le flic. Bordel, ça veut dire quoi ?

— Ils disposent de capitaux colossaux. Ils ont peut-être voulu s'acheter un ticket pour le monde de demain.

Peu probable. Paul connaissait par cœur la mentalité de ces enfoirés. Des pragmatiques qui vivaient dans le présent et n'avaient qu'une boussole, leur business. Il ne les voyait pas s'embarquer dans une telle aventure par simple peur du Grand Effondrement.

Une idée le percuta, qui pourrait expliquer pas mal d'incohérences.

— Et si c'était du lessivage ?

Conte marqua un temps d'arrêt. L'option semblait le prendre de court.

— Du lessivage ? Toute cette histoire dans le seul but de dissimuler une opération de blanchiment ?

— C'est un projet énorme. Il permettrait de justifier de tels transferts de fonds.

Nouveau silence. Le proc gambergeait.

— Ça pourrait coller, finit-il par admettre. Le montage financier correspond.

— Les méthodes également. Je ne vois pas de simples investisseurs se transformer en meurtriers d'un coup de baguette magique.

— Si tu as raison, les autres actionnaires ne devaient pas non plus savoir qu'ils s'étaient associés avec le diable. La Banca Popular aura joué son rôle de paravent et ils n'y ont vu que du feu.

Paul s'assit sur le rebord du lit. Il était complètement réveillé.

— Quoi qu'il en soit, un truc a dû foirer. Le cartel a été contraint de mettre un terme à l'aventure et a décidé de faire le ménage.

— Sans doute. Sauf qu'a priori, Ronin ne fait pas partie de leurs effectifs.

— Ils ont pu le recruter pour l'occasion, suggéra le policier.

— En général, ils préfèrent employer des gars à eux. À mon avis, ils ont plutôt profité du fait qu'il était déjà impliqué dans l'opération.

— Tu crois qu'il bossait déjà pour les autres ?

— Et pas qu'un peu, confirma Conte. On a identifié le P-DG de la FINANCO. C'est un Français. Il s'appelle Éric Herbert.

— Herbert... Comme...

— Son grand frère, oui. On a vérifié.

Heureusement que Paul était assis. Le big boss de la société londonienne, cheville ouvrière de toute l'histoire, était le frangin de Ronin. Rien que ça. Deux profils aux antipodes l'un de l'autre, unis par un lien viscéral pour accomplir le mal. Étaient-ils de mèche avec les trafiquants ou s'agissait-il encore d'autre chose ?

— Tu as lancé un mandat de recherche ?

Un blanc. Une seconde de battement qui fit tiquer le policier.

— Ça n'a pas été nécessaire, lâcha le procureur un peu embarrassé.

— Comment ça ?

— On l'a interpellé à son domicile aux alentours de 20 heures. Il a été placé en garde à vue.

— Tu aurais pu me prévenir, grinça le capitaine.

— J'ai eu les infos en début de soirée. Je ne voulais pas te déranger après la journée que tu venais de te taper. D'autant que tu étais sur la piste du tueur. Comme Herbert habite à Grenoble, je me suis dit que ce serait plus simple de faire intervenir des gars du SRPJ. Et entre nous, j'ai bien fait. Il allait se faire la malle.

Du pipeau. Un simple appel et Paul aurait pu parcourir la distance en moins de deux heures. Mais Conte n'avait pas voulu prendre le moindre risque, a fortiori celui de dépasser l'heure légale des interpellations. Il avait dû balancer une réquisition au parquetier de permanence pour qu'il envoie tout de suite des flics sur place.

Le capitaine préféra laisser tomber. La messe n'était pas encore dite et le gros morceau restait à venir.

— Où se déroule la GAV ?

— Au commissariat central. La perquisition vient juste de se terminer et Herbert y a été transféré. Je leur ai demandé de t'attendre pour démarrer les interrogatoires.

D'où cet appel aux aurores. Conte devait se sentir péteux de l'avoir laissé sur la touche. En le mettant dans la boucle avant le début des hostilités, il devait espérer que la pilule serait moins dure à avaler.

— Et toi ? glissa le procureur. Ça a donné quoi, la ferme des parents ?

— La baraque avait l'air abandonnée. Mais notre homme y est passé. Le courant était branché.

— Tu as trouvé quelque chose ?

— Un lit de camp dans le grenier à foin. On a aussi mis la main sur l'entonnoir vétérinaire qui a peut-être servi à manipuler l'azote.

— L'arme du crime ? Chapeau.

Conte tentait de se rattraper. Un compliment à deux balles dont Paul se tapait comme de sa première chemise. Un autre sujet le préoccupait.

— On a un nouveau problème.

— Lequel ?

— Lou Bardon. La gamine qui a découvert le corps de Lucas Fernel. Elle habitait chez Gastaud et on ne l'a pas revue depuis hier.

— Tu penses que…

— Je lui ai laissé plusieurs messages. Elle ne répond pas. Si elle était dans le chalet quand Ronin a égorgé le toubib, il a très bien pu l'enlever afin de couvrir sa fuite.

Silence. Cette perspective avait de quoi inquiéter le magistrat et compliquait encore la donne.

— Tu as déployé le filet ? demanda Paul.

— Dès que j'ai pris connaissance de ton message. Tous les effectifs de gendarmerie disponibles sur l'Isère, les Hautes-Alpes et la Savoie sont réquisitionnés. La photo du tueur est dans les voitures de patrouille. Des barrages routiers sont installés dans un rayon de deux cents kilomètres autour de La Grave. Les gares et les aérodromes sont surveillés. Il n'ira pas bien loin.

Les mesures mises en place étaient à la hauteur du gibier. Mais Paul n'y croyait pas. Ronin était bien trop malin pour se laisser serrer comme un vulgaire voleur. Trop entraîné également. La Légion lui avait appris à se fondre dans le décor. À disparaître. À l'heure qu'il est, il devait déjà être à l'abri quelque part.

Chaque Herbert en son temps. On en tenait un, il les aiderait peut-être à retrouver l'autre. En espérant qu'il ne soit pas trop tard pour Lou.

— Je file à Grenoble, conclut le capitaine. On va déjà voir ce que nous raconte son frère.

— J'ai fait quelques recherches sur lui. Je te les envoie.

Paul raccrocha. La page d'accueil de son téléphone apparut et les icônes d'applications s'affichèrent sur l'écran. Un point rouge sur celle des SMS indiquait une notification en attente.

Pierrot, son pote de chez Orange. Il lui avait écrit à 4 h 18. Le spécialiste des télécoms était un insomniaque invétéré. Il avait choisi le télétravail pour cette raison, ce qui lui permettait de passer ses nuits sur son ordinateur et ses journées à somnoler devant la télé.

« J'ai ta réponse. Appelle quand tu veux. »

Le flic s'exécuta. Avec un peu de chance, le *biker* du dimanche n'était pas encore affalé au fond de son canapé.

— Salut, ma poule, lança une voix enjouée.

— J'te réveille pas ?
— T'inquiète, j'suis pleine bourre. T'as eu mon message ?
— Je viens de le lire. Alors, ça dit quoi ?
— Téléphone satellite et cryptage militaire. Je comprends pourquoi les autres nazes ont bloqué.
Du matériel réservé à l'armée. En plein dans la sphère de Ronin.
— T'as le nom de l'utilisateur ?
— Une référence, c'est tout. Celle de l'appareil qui a envoyé les appels. J'y ai passé des heures carrées et j'ai tout essayé. Y a zéro moyen de décrypter le numéro.
Pas grave. Avec ce que Paul venait d'apprendre, il y avait toutes les chances pour que ce téléphone soit celui du légionnaire.
— T'es le plus fort. Fais-moi suivre ce que tu as.
— Avant que j'oublie, ajouta l'informaticien. J'ai peut-être trouvé ta nouvelle bécane.
— La même ?
— En mieux.
Un petit bonheur était toujours bon à prendre, surtout dans ce contexte. Paul laissa Pierrot à ses écrans et jeta un coup d'œil à sa Fitbit. La montre connectée indiquait 6 h 24. Il consulta machinalement l'application sommeil, comme chaque fois qu'il se réveillait. 65 sur 100. Encore un score de merde. Décidément, l'air de la montagne ne lui réussissait pas.

Il s'habilla rapidement et parcourut le dossier constitué par Conte. Puis il appela Jansen pour l'informer des dernières avancées. Boîte vocale. Vu l'heure, le colonel était peut-être en train de boire son café.

Il lui laissa un message et regarda par la fenêtre. La voiture de Latour était garée devant l'hôtel. Elle avait dû rentrer tard et se coucher directement. Il sortit dans le couloir et se dirigea vers sa chambre. Elle n'apprécierait pas, mais hors de question d'aller interroger le suspect sans elle.

59

Chloé avait demandé trente minutes à Cabrera.

Le temps de sauter dans ses fringues et d'avaler un thé avant de le retrouver dans le hall de l'hôtel. Le minimum syndical pour émerger de la courte nuit dont il l'avait tirée de force.

En quittant la Légion, la commandante n'avait pas pu résister à la tentation de faire un saut chez elle. Ni à celle de prendre un bain et de se laver les cheveux. Elle avait enfilé des vêtements propres – et surtout chauds –, mis un peu d'ordre dans son appartement et repris la route en début de soirée. Le détour lui avait bouffé trois heures, ce qui l'avait fait arriver à La Grave un peu après minuit.

Le désagrément d'un réveil aux aurores s'était néanmoins vite dissipé quand Cabrera lui avait appris la nouvelle. On savait qui tirait les ficelles de la FINANCO. Un autre Herbert, frère aîné du premier, que le SRPJ de Grenoble avait serré la veille à son domicile. Les noms des investisseurs avaient été dévoilés, dont un qui était susceptible de tremper dans le trafic international de stupéfiants. Les Anglais s'activaient également pour obtenir l'identité du propriétaire du compte bancaire ouvert aux îles Vierges.

Seconde raison de ne pas tirer la tronche, il y avait un cadavre plus récent parmi ceux découverts dans le charnier. Encore très certainement une victime de Ronin, ce qui créait cette fois un lien direct entre la fosse commune et le projet GE. Cette connexion confortait l'hypothèse d'une implantation de la cité survivaliste dans le Cirque du Diable, mais ne répondait pas à la question centrale de toute l'affaire. Comment s'y était pris l'architecte pour résoudre les difficultés qui rendaient ce chantier a priori impossible ?

Seul ombre dans ce tableau enthousiasmant, on n'avait toujours pas de nouvelles de la gamine. Lou Bardon s'était évaporée depuis bientôt vingt-quatre heures, et plus le temps passait, plus l'hypothèse qu'elle ait croisé la route de Ronin devenait une certitude.

Sur le trajet, Chloé s'était laissé conduire. Elle avait serré les dents en confiant sa Mini à Cabrera, mais elle devait consulter le dossier d'Éric Herbert avant de l'interroger. Le capitaine l'ayant déjà parcouru, il lui avait proposé de prendre le volant et lui avait prêté son ordinateur afin qu'elle puisse le lire. Une lecture instructive, qui lui avait permis de se faire une idée du personnage.

Les fichiers de la police n'avaient pas entendu parler du président de la FINANCO. Ceux de la justice non plus. Il n'avait jamais été arrêté, condamné, ni même impliqué de près ou de loin dans une quelconque magouille. Un homme au-dessus de tout soupçon, parfait pour ne pas attirer l'attention des autorités financières.

En revanche, le Web savait qui il était. Inscrit sur la plupart des réseaux sociaux, il publiait régulièrement des contenus ciblés, choisis avec soin pour le mettre en valeur. Un homme moderne, en phase avec son époque, dont l'existence était mise en scène afin de susciter l'admiration et l'envie.

LinkedIn, le réseau social professionnel sur lequel on pouvait évaluer en un clin d'œil les compétences de ses contacts, détaillait son parcours. Éric Herbert avait un profil de commercial. Et le physique qui allait avec. La photo épinglée sur sa page montrait le visage d'un homme à la quarantaine dynamique, affûtée. Des cheveux noirs dont l'implantation basse formait un V, une barbe taillée et des sourcils fournis lui donnaient l'allure d'un loup. Pour adoucir son image, il souriait de toutes ses dents.

Pourtant, en dépit de ses efforts, on percevait dans ses yeux une détermination sans faille. Le genre de type qui devait passer par la fenêtre quand on lui claquait la porte au nez. Cette énergie à l'état brut façonnait ses traits et même si l'impression d'ensemble était différente, impossible de ne pas voir la ressemblance avec son frère. Dans son domaine, Éric Herbert était un *killer*. Un homme d'affaires redoutable, qui ne devait pas s'embarrasser avec les règles et encore moins avec la morale.

Malin, ambitieux, le fils de paysans avait quitté la ferme familiale après son bac pour se lancer dans la vie active et mener une brillante carrière dans l'immobilier. D'abord dans la vente, comme simple courtier dans une agence de Briançon, puis en tant que responsable région du réseau ORPI, secteur Alpes du Sud. Ensuite dans la promotion, en créant sa propre boîte à Grenoble, Immo Gold, spécialisée dans la construction et la vente de chalets haut de gamme, 100 % écolos.

Chloé se souvenait d'avoir vu passer ce nom quand elle avait consulté les dossiers clients de Perrin. Cette société faisait partie des promoteurs avec lesquels il travaillait. C'était sans doute de cette façon que les deux hommes s'étaient connus, raison pour laquelle l'architecte avait dû se tourner vers Herbert pour essayer de faire aboutir son projet délirant.

Côté vie privée, Facebook et Instagram fournissaient toutes les indications permettant de cerner sa personnalité. Célibataire, sans enfants, il collectionnait les copines avec lesquelles il fréquentait les spots bling-bling où il passait tout son temps libre. Courchevel bien sûr, à quelques pas de chez lui, mais aussi Saint-Tropez, Dubaï, Miami... Il postait des photos de lui au restaurant, dans des soirées *hype*, sur des plages à la mode ou en train de faire du ski. Un flambeur, toujours en compagnie de célébrités.

Enfin, le dossier mentionnait son appartenance à un club de décideurs très fermé, « Le Cercle », qui comptait dans ses rangs la plupart des grands patrons français ainsi que tous les responsables des sociétés cotées, banques, compagnies d'assurances, et autres salaires à six chiffres qui constituaient le haut du panier des entreprises hexagonales. La bio figurant sur sa fiche n'apportait rien de plus à ce que Chloé savait déjà, mais cet écosystème VIP confirmait la qualité du réseau relationnel d'Herbert. Une toile d'araignée dont les ramifications s'étendaient au-delà des frontières, qui lui avait sans doute permis de rencontrer les investisseurs qui allaient injecter des fonds dans la FINANCO.

Après avoir terminé sa lecture, Chloé s'était assoupie. L'heure matinale, le bercement du roulis et les mots qui défilaient sous ses yeux avaient eu peu à peu raison de sa vigilance. La sonnerie d'un téléphone venait de la réveiller en sursaut. Elle percevait dans un demi-brouillard l'écho lointain d'une conversation.

— Ils se connaissaient ?
— On l'a appris par une amie de Gastaud. Annie Delran.
— Bardon aussi ?
— Aussi.
— OK. Merci pour l'info.

Les voix se turent. Chloé se redressa et arrangea ses cheveux.

— C'était qui ?
— Jansen.

Cabrera ajouta :

— Désolé de vous avoir réveillée. J'ai dû mettre sur haut-parleur à cause de la route. Ça tourne trop.

Elle lui adressa un sourire endormi, sans une once de reproche.

— Qu'est-ce qui se passe ?
— Je lui avais demandé de creuser le profil de Gastaud. Il a trouvé de nouveaux éléments qui le relient à Éric Herbert.
— En plus de la FINANCO ?
— Ils se sont connus au lycée Jules-Ferry, à Briançon. Avec Franck Bardon, ils formaient un trio inséparable.

Chloé raccrocha les wagons. Cette information expliquait comment la SCI Annapurna était tombée sous la coupe du fonds d'investissement londonien. Le toubib n'avait pas eu besoin de chercher des financiers capables de renflouer sa société. Ils étaient venus à lui naturellement, par l'intermédiaire de son ami d'enfance.

— Vous pensez que Bardon était au courant ?

Le capitaine secoua la tête.

— Je n'en sais rien.

On verrait ça plus tard. Et de toute façon, le père de la gamine qui avait découvert le corps de Fernel ne faisait plus partie de la société civile immobilière. Sans parler du fait qu'il était mort. Même s'il avait été impliqué dans le projet GE, ça ne changeait plus grand-chose.

Elle regarda l'horloge de bord.

8 h 30.

Ils avaient quitté l'autoroute pour pénétrer dans la ville. Les rues s'animaient. Un soleil froid rampait sur les trottoirs. Tout semblait net, clair, rempli d'une énergie puissante qui la galvanisait.

Elle se sentait d'attaque pour aller cuisiner l'homme d'affaires.

La salle d'interrogatoire se trouvait en sous-sol. Une pièce aveugle, meublée d'une table en fer et de trois chaises placées de part et d'autre. Un ordinateur attendait, prêt à enregistrer la déposition. Une caméra accrochée dans un angle filmait tout ce qui se passait. Pour compléter le dispositif, un miroir sans tain occupait un pan de mur.

Debout derrière la vitre, Latour et Cabrera observaient leur client. À côté d'eux, la commissaire Françoise Bigot et deux des nuiteux qui avaient procédé à l'interpellation. La boss du SRPJ, tailleur strict, foulard Hermès et grosses lunettes à monture rouge qui la faisaient ressembler à une dame patronnesse, était descendue leur rendre une petite visite de courtoisie.

— Il est à vous.

— Merci pour votre collaboration, répondit Chloé.

— Il n'y a pas de quoi. C'est une grosse prise. Inattendue pour le moins et qui va agiter le Landerneau.

L'implication de ce notable dans une affaire aussi sordide l'embarrassait. À Grenoble, Éric Herbert était une personnalité. Le *golden boy* de l'immobilier avait contribué à valoriser l'image que voulait se donner la ville. Celle d'une cité dynamique, tournée vers l'avenir et les valeurs écologiques qu'elle défendait. La chute promettait d'être brutale.

— La garde à vue a débuté hier à 20 h 45, expliqua Françoise Bigot. On lui a notifié ses droits et indiqué le motif. Il n'a pas souhaité appeler un proche et a été examiné par un médecin.

— Il a demandé un avocat ?

— On le lui a refusé.

— Pour quelle raison ?

— Le procureur a ouvert une procédure du chef de criminalité organisée.

Les soupçons de blanchiment qui pesaient sur la FINANCO justifiaient cette qualification. Elle avait aussi l'avantage de tenir les baveux à distance, tout au moins au début.

La commissaire poursuivait son débrief.

— Pour l'instant, il nie tout en bloc. Afin de ne pas perdre plus de temps, nous avons procédé à l'interrogatoire de personnalité.

— Vous avez fouillé son domicile ? intervint Cabrera.

— On a commencé par ça. Il n'y avait que son téléphone et un ordinateur portable qui présentaient un intérêt. J'ai mis quelqu'un dessus. Pour le reste, c'étaient ses affaires personnelles.

— Et son bureau ?

— J'ai envoyé une équipe le perquisitionner ce matin. Ils y sont encore.

Les flics du SRPJ ne trouveraient rien de plus. Ni au siège d'Immo Gold ni dans la mémoire numérique de ses écrans du quotidien. Son frère avait tué Perrin pour faire disparaître toutes les traces du projet GE. Herbert n'était pas assez bête pour laisser traîner des preuves derrière lui.

— Bon courage, lança la maîtresse des lieux en tournant les talons. Si vous avez besoin de quoi que ce soit, mon bureau est au troisième.

L'accueil était plus chaleureux que la première fois, quand Chloé avait utilisé une de leurs bécanes pour faire des recherches sur l'architecte. À ce moment-là, elle n'avait pas encore arrêté la star locale. On ne prête qu'aux riches.

— Une dernière chose, commissaire.

— Oui ?

— Faites en sorte que rien ne filtre. Nous avons encore un suspect dans la nature et il s'agit de son cadet. Il ne doit pas apprendre que nous avons appréhendé son frère.

— Je ferai mon possible. Grenoble est un village. Les nouvelles circulent vite.

Chloé le savait bien. C'était aussi pour cette raison que son père l'avait reniée. Il ne supportait pas l'idée que l'homosexualité de sa fille fasse l'objet de rumeurs, de ragots. Dans un milieu étriqué, fait de faux-semblants et de préjugés, ce genre de déviance ne passait pas.

— On s'y met ?

Cabrera l'avait ramenée au présent. Son présent. Celui d'une fonctionnaire de police habilitée à arrêter des gens. À les cuisiner pour leur faire avouer leur crime afin que le monde devienne un peu moins laid.

Chloé hocha la tête et se dirigea vers la porte de la salle d'interrogatoire d'un pas décidé.

— On s'y met.

60

— Vous vous appelez Éric Herbert, né le 16 octobre 1978 à Briançon. Profession, chef d'entreprise. Vous êtes célibataire et n'avez pas d'enfants.

Assise en face du promoteur, Chloé avait énoncé son identité en le cadrant droit dans les yeux. Cabrera se tenait à côté d'elle, l'air fermé, prêt à consigner ses déclarations. Les deux flics du SRPJ étaient restés planqués derrière le miroir sans tain, en cas de besoin.

Il avait été décidé que la commandante mènerait la danse. Le capitaine l'épaulerait. Il se chargerait de durcir le ton si ça se passait mal. Le classique « *good cop/bad cop* » qui avait fait ses preuves.

Herbert leur adressa un regard fatigué. Menotté à la table, traits tirés et dos voûté, il avait perdu la superbe qu'il affichait sur les réseaux sociaux. Ses fringues de prix – pull en cachemire blanc, jean haut de gamme, Timberland couleur paille – ne parvenaient pas à contrebalancer l'impression d'usure qu'il dégageait. Le loup de l'immobilier ressemblait à un chien battu. Il s'était recroquevillé sur lui-même dans l'attente du coup de bâton.

— Vous pouvez m'expliquer ce que je fais ici ?

— Vous êtes suspecté d'appartenir à une organisation criminelle qui a commandité plusieurs meurtres, répondit Chloé d'une voix calme.

L'homme d'affaires ricana.

— Alors c'est pas une blague. Et je peux savoir qui j'aurais fait assassiner ?

— Mathieu Perrin. Lucas Fernel. Stéphane Gastaud. Sans doute une quatrième personne que nous n'avons pas encore identifiée ainsi que deux victimes collatérales.

Il marqua un temps. Chloé venait de l'accuser d'avoir fait exécuter six personnes, mais pas moyen de savoir ce qu'il pensait. Au bout de quelques secondes, il réfuta les faits de façon catégorique.

— Je ne sais pas qui sont ces gens.

— Vraiment ? Vous avez pourtant travaillé avec Perrin.

— Je vous dis que je ne le connais pas.

— Un architecte. Il a réalisé plusieurs programmes immobiliers pour Immo Gold, la société dont vous êtes le président. Des chalets écolos haut de gamme dans des stations de ski huppées. La construction verte, c'était sa spécialité.

Herbert haussa les épaules.

— J'ai une cinquantaine de salariés et je fais bosser une bonne dizaine d'architectes. Je ne les connais pas tous. Il a dû être en contact avec mon directeur des opérations.

La partie s'annonçait difficile. Bien qu'amoindri, le promoteur avait encore de la ressource. Il allait se défendre bec et ongles et il faudrait le pousser dans ses retranchements pour obtenir des aveux.

— Très bien, laissa tomber Chloé. Stéphane Gastaud, vous ne le connaissez pas non plus ?

— Qui ?

— Le docteur Stéphane Gastaud. Le médecin de La Grave.

Il nia de la tête.

— Vous étiez ensemble au lycée Jules-Ferry, précisa-t-elle. À Briançon.

— Vous êtes sérieuse ?

— Répondez à ma question.

— Un type qui était à l'école avec moi quand j'avais quinze ans. Vous croyez que je me souviens de lui ?

Chloé sourit. L'argument était recevable. Inutile d'essayer de le combattre. Inutile également de creuser du côté de Fernel, du dernier mort de la crevasse, de l'activiste Julien Reyes et de sa copine zadiste. Pour l'instant, hormis le fait que son frère les avait tués aussi et ce n'était pas suffisant pour le mettre en examen, rien ne les reliait à Éric Herbert.

Elle fit une pause et demanda à Cabrera de noter les déclarations. Le capitaine s'exécuta, faisant confirmer à l'homme d'affaires que sa retranscription était conforme à ce qu'il avait dit. Puis elle changea de braquet et attaqua sur le versant financier. Avec tout ce qu'ils avaient sur lui de ce côté-là, Herbert aurait du mal à nier son implication.

— Parlons de la SCI Annapurna. Cette société vous dit quelque chose ?

— Rien du tout.

Pas un cillement. En dépit de sa fatigue, l'ancien agent immobilier avait conservé ses talents de super vendeur et toutes ses capacités à mentir avec aplomb. *Poker face.*

— Je vais vous rafraîchir la mémoire. Elle a été créée par Stéphane Gastaud et Franck Bardon, un autre de vos amis d'enfance. Il y a deux ans, un fonds d'investissement londonien, la FINANCO Ltd, en a pris le contrôle. Bardon s'est retiré mais Gastaud en a conservé 10 % et la gérance.

Elle laissa planer un silence, le temps que le scud fasse ses ravages. Herbert ignorait que les policiers étaient remontés jusque-là. Dans tous les placements en garde à vue, on attendait la première audition pour dévoiler les éléments à charge.

Le promoteur resta de marbre.

— En quoi cela me concerne-t-il ?

Même si le montage avait été découvert, il devait se croire protégé par l'écran de fumée qui garantissait l'anonymat des actionnaires.

Chloé accentua la pression.

— Nous avons contacté les autorités judiciaires britanniques. Elles nous ont communiqué la liste des investisseurs qui se cachent derrière la FINANCO. Ainsi que le nom de son président.

Herbert accusa le coup. Il n'en démordit pas pour autant.

— D'accord. C'est moi qui pilote ce fonds. Je ne vois pas ce qu'il y a de répréhensible à ça et encore moins le rapport avec ce que vous me reprochez.

— Vraiment ? Vous ne voyez pas ?

— Non.

Chloé demanda de nouveau à Cabrera de noter. Puis elle se pencha vers l'homme d'affaires.

— Alors dites-moi pourquoi votre copain de lycée, le docteur Gastaud, a cédé la quasi-totalité de ses parts dans la SCI Annapurna à un fonds d'investissement basé à l'étranger, qui semble en plus avoir été créé pour l'occasion et dont vous êtes le principal dirigeant. Et aussi pourquoi il a été égorgé deux ans plus tard à son cabinet, par le même tueur qui a éliminé Perrin, Fernel, et au moins trois autres personnes.

— Je n'en ai pas la moindre idée. La FINANCO fait beaucoup d'opérations. Je ne m'occupe que des gros *deals* et celui-là ne devait pas en faire partie.

Encore une réponse qui pouvait tenir la route. Chloé continua son pilonnage.

— Un investissement de cent millions d'euros, ce n'est pas assez gros pour vous ?

— Dans notre business, ce chiffre n'est pas significatif. Je n'ai pas le temps de gérer les petits dossiers. Je vous l'ai dit.

La commandante n'en attendait pas moins. Elle prit un air navré et abattit son joker.

— Vous auriez dû. Ça vous aurait évité d'être poursuivi pour blanchiment en bande organisée et de risquer dix ans de prison.

Herbert prit un air offusqué.

— Du blanchiment ? Qu'est-ce que vous me chantez ?

— L'argent investi dans la SCI Annapurna a été transféré dans sa quasi-totalité sur un compte à numéro, dans une banque située aux îles Vierges britanniques. C'est pour le moins étrange de délocaliser des fonds en principe destinés au développement d'une société pour les dissimuler ensuite dans un paradis fiscal. Vous ne trouvez pas ?

Cette fois, le promoteur blêmit. Il essaya de s'en sortir tant bien que mal.

— Jusqu'à preuve du contraire, ce n'est pas la FINANCO qui a effectué ce transfert.

— Le gérant de sa filiale s'en est occupé pour elle, ce qui revient au même. Et de toute façon, nous n'allons pas tarder à avoir le nom de la personne qui a ouvert le compte à numéro.

Elle bluffait. Tant qu'il n'était pas démontré que le blé avait été viré sur son ordre, les manipulations douteuses de Gastaud ne le concernaient pas. Quant à la levée du secret bancaire dans ces places financières offshores, elle n'était pas si évidente.

Elle fit une pause, le temps que Cabrera consigne les mensonges de l'homme d'affaires. Puis elle profita du flottement produit par sa dernière banderille et tenta le tout pour le tout.

— Je vais vous dire comment ça s'est passé, on gagnera du temps. Vous avez rencontré Mathieu Perrin dans le cadre des promotions de chalets écologiques que vous avez effectuées. Vous avez sympathisé et il vous a fait part de ses théories collapsionnistes ainsi que du rêve qui l'animait depuis toujours. La construction d'une cité dans la montagne pour y accueillir les survivants du Grand Effondrement. L'idée était bizarre mais vous y avez vu une opportunité. Celle de vous faire un paquet de fric en vendant ce concept à des gens pleins aux as. Des paranos prêts à payer le prix fort pour s'acheter une place dans l'arche de Noé.

Herbert secoua la tête.

— Une ville dans la montagne ? Vous êtes en plein délire.

— Pas tant que ça. Le climat se dérègle. Le monde va mal. Une petite partie de la population pense que la fin est proche et il y a parmi elle des personnes qui ont de gros moyens financiers. Quant à Perrin, même si les thèses auxquelles il adhérait sont loin d'être avérées, c'était un surdoué dans son domaine. Il avait déjà imaginé ce type de complexe quand il était à la fac et l'avait dessiné dans les moindres détails. Il vous en a parlé et vous avez décidé ensemble de lancer le projet GE. GE, comme Grand Effondrement.

— Tout ce que vous dites est absurde.

Le promoteur ne lâchait rien. Il devait connaître la musique et savait que les flics n'avaient aucun élément concret pour l'impliquer dans les assassinats ou une opération de blanchiment. Chloé n'était pas non plus du genre à laisser tomber. Elle poursuivit sur sa lancée.

— Il fallait d'abord trouver des partenaires capables d'investir dans un projet aussi hallucinant. Vous y êtes parvenu en actionnant votre cercle relationnel. Des personnes riches, influentes, toujours à l'affût d'une bonne affaire. Vous leur avez fait miroiter des superprofits et proposé de créer la FINANCO pour servir de support à l'opération. Un fonds privé basé à Londres, garantissant l'anonymat et qui pouvait mutualiser leurs investissements.

Herbert avait baissé les yeux. Il observait ses mains, comme si cette histoire ne le concernait pas.

— Vous devriez écouter, lança la commandante. C'est là que ça devient intéressant. Parmi ces investisseurs, il y en avait un lié au trafic international de stupéfiants. La Banca Popular, au Costa Rica, derrière laquelle se dissimule le cartel mexicain de Jalisco Nouvelle Génération. Vous les avez fait entrer dans le jeu en vous disant que c'était juste du business. Des centaines de millions d'euros en perspective. Seulement il y avait une contrepartie. Il fallait blanchir leur fric sale.

Le promoteur leva la tête, comme s'il sortait d'un songe.

— Un cartel ?

— Une organisation criminelle internationale qui produit et distribue des tonnes de drogue. Vous avez passé un pacte avec des narcotrafiquants, monsieur Herbert. Des assassins qui ont fait exécuter des centaines de gens et en ont empoisonné des milliers d'autres.

Silence. L'homme d'affaires semblait décontenancé.

— Ne me faites pas croire que vous ne le saviez pas, sourit Chloé.

— C'est des conneries. Vous bluffez.

Il était devenu livide. La peur se lisait maintenant dans son regard.

— Vraiment ? insista la commandante. Vous avez vérifié qui étaient vos actionnaires avant de vous associer avec eux ?

— Nos avocats ont collecté les renseignements d'usage. Tout semblait régulier.

— Ils auraient dû être plus diligents. Nous avons la preuve que cette banque est impliquée dans les activités du cartel.

Nouveau silence. Il commençait à réaliser que Chloé ne mentait pas.

— Je veux passer un accord, lança-t-il d'une voix blanche.

La policière n'était pas certaine d'avoir bien entendu.
— Qu'est-ce que vous avez dit ?
— Un marché, répéta-t-il d'un ton serré. Je veux conclure un marché.

Échange de regards entre les flics. Cabrera prit le relais.
— Quel marché ?
— Je vous raconte tout. En contrepartie, vous garantissez ma sécurité.

61

Herbert n'était plus le même homme.
On aurait dit qu'il avait vu le diable.
La fatigue d'une nuit en cellule et la tension de l'interrogatoire avaient cédé la place à une terreur absolue. Penché vers l'avant, mains jointes comme s'il priait, il fixait les policiers avec un regard de bête traquée.

— Vous vous trompez. Je n'ai jamais blanchi du fric pour un cartel. Je ne suis pas assez fou pour ça.

— Alors dites-nous ce qui s'est passé.

Après s'être concertés, Chloé et Cabrera avaient accepté le *deal*. Le promoteur bénéficierait d'une protection, à l'image de celle dont jouissaient les repentis. Le package incluait la promesse d'une indulgence pénale, une prime que les flics avaient réussi à négocier avec le procureur en échange d'aveux complets.

— C'était juste une arnaque, lâcha l'homme d'affaires dans un souffle. Cet argent, je n'ai fait que le voler.

La révélation provoqua un flottement. À présent, les deux policiers comprenaient pourquoi le promoteur avait voulu trouver un arrangement. Doubler un cartel équivalait à signer son arrêt de mort. Une mort lente, douloureuse, sans aucun moyen d'y échapper.

— Expliquez-nous, demanda Chloé avec douceur.

Elle devait le mettre en confiance, le rassurer. Cabrera avait aussi changé de posture. Il s'était mis en position d'écoute, ne consignait plus rien et avait gommé de son visage toute expression menaçante. Chacun à sa façon, ils voulaient lui montrer qu'ils étaient maintenant ses alliés.

Herbert prit une grande inspiration et se lança.

— Le projet GE. La ville dans la montagne. La création de la FINANCO et le rachat de la SCI Annapurna. J'ai tout organisé, jusqu'au détournement de sa trésorerie. Je n'ai jamais eu l'intention de construire quoi que ce soit. Je voulais seulement rafler la mise avant de disparaître.

— Vous avez plutôt bien réussi dans la vie, s'étonna Chloé. Pourquoi tout foutre en l'air ?

— Mes affaires vont mal. J'ai des dettes colossales et Immo Gold est sur le point de boire le bouillon. C'était ça ou une faillite retentissante qui m'aurait grillé définitivement.

Façon de voir les choses. Le promoteur avait préféré monter une carambouille plutôt que d'affronter ses responsabilités.

Il précisa, pour se justifier :

— Je n'ai escroqué que des gens extrêmement riches. L'argent ne représente rien pour eux. Ils étaient d'accord pour l'investir dans une affaire improbable parce qu'ils sont persuadés que notre système est en passe d'exploser. Ils se foutaient pas mal de l'aspect économique du projet. La seule chose qui comptait pour eux était d'avoir une place de choix dans un complexe où ils pourraient survivre au Grand Effondrement.

— Des collapsionnistes ?

— Ou des visionnaires. Question de point de vue. Leur fortune leur donne accès à des informations qui échappent au commun des mortels. Ils connaissent le dessous des cartes, les véritables enjeux des crises que nous traversons. Notamment climatique. Ils savent à quel point tout est lié et quelles conséquences peuvent se produire lorsque ces catastrophes convergeront.

— On dirait qu'ils vous ont convaincu.

Il étira un sourire.

— Les théories de Mathieu étaient très angoissantes et je dois reconnaître qu'elles m'avaient fait réfléchir. Mais pas au point de me laisser embarquer dans ce délire conspirationniste. Elles m'ont juste permis d'avoir cette idée. Je m'étais dit que si je pouvais être déstabilisé, d'autres le seraient aussi.

Il l'appelait maintenant par son prénom. Le projet GE avait dû rapprocher les deux hommes.

— La suite vous a donné raison, affirma Chloé.

Il opina d'un air blasé.

— J'ai commencé par tâter le terrain avec des gens que je connaissais personnellement. Des ultra-riches dont la mentalité pouvait coller avec ce que j'allais leur proposer. Ils ont mordu à l'hameçon et en ont parlé autour d'eux. Ça a fait boule de neige.

L'explication clarifiait un point. Chloé s'enquit, pour être sûre :

— Je suppose que la Banca Popular faisait partie des pièces rapportées ?

— Ils m'ont été présentés par un ami. Grosse surface financière. Réservation de plusieurs unités de survie. Un partenaire en or qui a été un des premiers à mettre la main à la poche. Ils n'ont jamais rien fait qui aurait pu m'amener à me méfier d'eux.

Les narcos devaient sans doute attendre le bon moment. Celui où le projet monterait en puissance, où les besoins financiers deviendraient colossaux. Leur pognon se fondrait dans la masse et ils pourraient le sortir de la lessiveuse sans que personne s'en rende compte.

— Ensuite ? le relança la commandante.

— Il me fallait du concret pour rassurer tout le monde et déclencher le processus. J'ai demandé à Mathieu de dessiner les premiers plans et de chercher à quel endroit on pouvait implanter les constructions.

— Il était au courant de vos magouilles ?

— Pas vraiment, non. Mathieu était un pur. Il était convaincu par toutes ces conneries. Je lui avais fait croire que je partageais sa vision. Qu'ensemble, nous allions jeter les bases d'une nouvelle société.

— Pourquoi les Alpes françaises ? Il y a beaucoup de montagnes dans le monde.

— Je vous l'ai dit, je n'avais pas l'intention d'aller au bout de l'opération. Je devais juste faire croire qu'elle démarrait afin de débloquer les financements. Comme je connaissais bien le massif de la Meije, c'était l'option la plus simple.

— Et vous avez choisi le Cirque du Diable ?

Herbert parut surpris.

— Envisagé seulement. Mais comment le savez-vous ?

— C'est là qu'on a trouvé la première victime. Lucas Fernel. Un guide de La Grave.

Un éclair de colère flamba dans le regard du promoteur. Il semblait découvrir ce qui s'était passé. Il se reprit et enchaîna sans commenter.

— Ce site aurait été parfait. Mais il n'a pas fait l'affaire. Ni aucun autre parmi ceux que nous avions sélectionnés. Les contraintes étaient telles que pas un ne pouvait les absorber.

Toujours le même constat. Pourtant, le projet GE n'avait pas été abandonné.

— Qu'avez-vous fait ? demanda Chloé.

— Les actionnaires de la FINANCO avaient versé les premiers fonds, ceux destinés à lancer les études préliminaires. Le temps passait et ils s'impatientaient. Je m'étais résolu à étendre le périmètre à d'autres pays quand nous avons fait une découverte inattendue.

— Laquelle ?

— Un tunnel. De l'autre côté de la falaise qui ferme le Cirque du Diable à l'est. Nous sommes tombés dessus pendant les prises de relevés topographiques.

La policière s'accrocha à sa chaise. Son intuition était la bonne.

— Expliquez-nous.

— Compte tenu de l'endroit, l'existence de ce passage nous a paru étrange. Nous l'avons exploré et il nous a conduits jusqu'à une infrastructure dissimulée à l'intérieur de la montagne.

— Quel genre d'infrastructure ?

— Des dizaines de salles taillées dans la roche. Immenses, bétonnées, reliées par un réseau de couloirs. Il n'y avait que les fondations et quelques équipements, comme si la construction avait été abandonnée en cours de route. C'était complètement dingue, mais j'avais enfin trouvé la solution. Il me suffisait de prendre quelques photos et de les montrer à mes investisseurs. Avec les nouvelles projections 3D réalisées par Mathieu, j'avais de quoi les faire patienter.

Chloé frémit. La réponse qu'elle cherchait venait de se dévoiler. Celle qui permettait de passer outre aux difficultés s'opposant au projet. Ce n'était pas sur la montagne que Perrin avait projeté d'édifier sa cité.

C'était à l'intérieur.

Une ville protégée des caprices du glacier, forteresse inexpugnable pour affronter la fin des temps et dont les bases avaient déjà été posées par d'autres.

Elle demanda, afin de faire valider la suite du raisonnement qu'elle avait eu :

— Vous savez qui a réalisé cet ouvrage ?

— Il a été construit par les Allemands pendant l'Occupation.

La commandante avait tout juste. Cette explication confirmait aussi la théorie de Cohen à propos des cadavres retrouvés dans la crevasse. Des ouvriers amenés sur place pour servir de main-d'œuvre, abattus d'une balle de Luger dans la nuque avant que le chantier ne soit abandonné. Herbert était-il au courant ?

— Vous saviez aussi qu'ils avaient laissé un charnier sous le glacier ? le questionna Chloé.

Le promoteur baissa la tête. Il semblait mal à l'aise.

— Oui…

— Et ça ne vous a pas dérangé ?

— Je n'y étais pour rien. Et de toute façon, il n'a jamais été question d'occuper ce site.

Inutile d'insister, il était incapable d'assumer. Pour mener son plan à bien, Herbert avait fermé les yeux sur l'horreur.

— On a fouillé le Cirque du Diable de fond en comble, s'étonna Cabrera. Comment se fait-il que personne ne nous ait parlé de ce complexe ?

— Parce que personne n'était au courant à La Grave, répondit l'homme d'affaires en relevant le menton. Les nazis avaient emprunté un autre accès pour s'y rendre. Une brèche, située de l'autre côté du pic Jarry et accessible à partir de Saint-Christophe, un village qui se trouve en aval. À cette époque, les moyens de communication n'étaient pas les mêmes. Et puis c'était la guerre. Les gens étaient recroquevillés dans leur coin. Plus tard, après la Libération, un paquet d'alpinistes sont retournés grimper là-bas. Ils sont tous passés à côté. L'entrée du tunnel est bien dissimulée et notre découverte est seulement due au hasard.

— Comment avez-vous compris de quoi il s'agissait ?

— Mathieu était un obsessionnel. Il a fait des recherches pour en savoir plus sur la structure de la construction. Comme il n'avait rien trouvé en France, il est allé fouiner ailleurs. Notamment en Allemagne. Il a mis la main sur des archives qui mentionnaient l'existence d'un projet de base secrète, initié entre 1942 et 1944 dans le massif de la Meije. Il s'agissait d'édifier un super bunker entièrement autonome destiné à accueillir une plateforme de fabrication et de lancement de missiles V2.

Jansen n'était pas passé loin, songea Chloé. Du Cirque du Diable, on dominait toute la vallée. Une position élevée, idéale pour tester les bombes volantes que les Allemands cherchaient à mettre au point.

Elle reprit le fil de l'histoire. Trop de questions n'avaient pas encore trouvé leur réponse.

— Vous êtes passé par la SCI Annapurna. La FINANCO ne suffisait pas ?

— En tant que fonds d'investissement, cette société n'avait pas vocation à gérer l'opérationnel. Seulement à apporter les financements. De plus, mes actionnaires souhaitaient rester discrets. Ils ne voulaient pas être assimilés à une bande d'illuminés se préparant à affronter l'apocalypse. Il nous fallait une structure capable de répondre à ces deux impératifs. La SCI existait déjà, elle était localisée au bon endroit et ses deux associés étaient mes potes de lycée. Je ne pouvais pas trouver mieux.

À cet instant, les planètes s'étaient alignées. En homme d'affaires avisé, le promoteur avait surfé sur l'opportunité.

— Je n'ai pas eu de mal à les faire adhérer, précisa-t-il. Stéphane avait des dettes et après ce qui lui était arrivé, Franck cherchait une porte de sortie. Je leur ai donné la possibilité de réaliser leur souhait à tous les deux.

— En les achetant avec un paquet de fric ?

Il balaya la pique d'un sourire.

— Vous n'y êtes pas. Stéphane était un écolo convaincu. Même s'il avait toujours besoin de blé pour financer son train de vie, le projet l'a tout de suite séduit. Quant à Franck, il voulait se racheter auprès de sa fille. Cet argent était pour elle. Et de toute façon, là où il avait prévu d'aller, il n'en avait plus besoin.

Cabrera intervint.

— Certains pensent qu'il avait décidé de se suicider. C'est ce qu'il a fait ?

Nouveau sourire, avec cette fois une pointe de mépris.

— J'ai l'impression que vous n'avez pas tout capté.

— Qu'est-ce qu'on aurait dû capter ?

— Franck n'a pas disparu dans une crevasse. Il faisait partie du projet. Son job était de surveiller le site.

Les deux flics ne s'attendaient pas à celle-là. Ils restèrent silencieux une poignée de secondes, le temps de digérer l'information. Puis Chloé demanda :

— Pour quelle raison a-t-il fait croire à sa disparition ?

— Pour que Lou ne puisse pas refuser ce qu'il lui offrait. Un héritage, c'était plus acceptable qu'un don pour une gamine qui avait renié son père. Il n'attendait plus rien de la vie et la montagne, c'était son truc. S'y retirer ne lui faisait pas peur.

— Vous l'avez fait assassiner, lui aussi ?

Il secoua la tête en signe de négation. Une lassitude profonde était revenue l'assaillir.

— Je vous le répète, je ne suis pas un meurtrier. Je n'ai fait assassiner personne. Pas plus Franck que les autres.

Herbert semblait sincère. Un mensonge à ce stade, même pour s'éviter des années de placard supplémentaires, aurait pu faire capoter l'accord passé avec les flics. Au regard de la menace qui pesait maintenant sur ses épaules, le jeu n'en valait pas la chandelle.

Pourtant, Ronin avait fait au moins six victimes, toutes liées au projet.

Que s'était-il passé ?

C'était le moment d'aborder le sujet.

62

Les policiers avaient suspendu l'interrogatoire quelques minutes. Ils avaient fait apporter de l'eau et un sandwich au promoteur, une autre façon de lui signifier qu'ils étaient à présent dans le même camp. Après l'avoir laissé reprendre des forces, Chloé repassa à l'attaque.

— Si nous parlions de votre frère, à présent.
— Richard ?
— Ou Ronin Musashi, si vous préférez, le nom qu'il avait pris dans la Légion étrangère. C'est bien votre frère, n'est-ce pas ?
— En quoi vous intéresse-t-il ?
— Nous avons toutes les raisons de penser qu'il est l'auteur de tous ces meurtres.

L'homme d'affaires s'enfonça dans sa chaise. Il ne paraissait pas vraiment surpris par ce que Chloé venait de lui révéler. Seulement dévasté.

— Alors c'est lui l'assassin que vous cherchez ?
— Ça n'a pas l'air de vous étonner.
— D'une certaine façon, non.
— Pourquoi ?

— Parce que Richard est un tueur. Parce que c'est sa nature et qu'il ne peut rien faire contre.

— Et vous avez quand même fait appel à lui ?

Herbert poussa un profond soupir. Il s'était encore tassé, comme écrasé par un fardeau trop lourd pour lui.

— C'est mon frère. Il avait besoin de moi.

Son flottement, quand il avait appris l'existence de la série de crimes, s'expliquait à présent. Le promoteur ignorait que son frangin avait pris l'initiative d'éliminer au moins six personnes. Une décision guidée par la folie d'un psychopathe, dont les conséquences avaient fait vriller son plan bien huilé.

— Je ne lui ai jamais demandé de tuer quelqu'un, poursuivait Herbert comme pour se justifier. Je n'avais aucune raison de le faire. Mathieu était sous contrôle et Richard devait juste récupérer discrètement des plans dans son ordinateur. Une simple sécurité, au cas où ça tourne mal. Quant au guide, Lucas Fernel je crois, il ne représentait aucun danger. Il était seulement chargé d'accompagner nos experts dans le massif et n'avait aucune idée de l'arnaque que j'étais en train de monter.

— Gastaud ?

— C'était mon ami. Il ne m'aurait jamais trahi et Richard le savait.

Sa voix se brisa. Il devait réaliser à quel point il avait merdé. Son pote était mort, et même s'il n'avait pas voulu ça, il en était d'une certaine façon responsable.

Chloé laissa le temps à Cabrera de consigner ces nouvelles révélations. Pendant qu'il martelait son clavier, elle essaya de reconstituer le cheminement qui avait conduit Ronin à commettre ces atrocités.

Son frangin l'avait envoyé récupérer des documents compromettants chez Perrin. Sans doute avant qu'il ne le tue, non pas après comme Chloé l'avait pensé au départ. Il avait dû attendre que l'architecte quitte son domicile pour pénétrer à l'intérieur en forçant le toit-terrasse. Mais Perrin avait dû revenir plus vite que prévu, ce qui l'avait sans doute déstabilisé. Dans le feu de l'action, sa pulsion meurtrière l'avait submergé. Pour la légitimer, il s'était raconté que supprimer les témoins était le meilleur moyen de ne courir aucun risque.

Sauf que sa proie avait réussi à lui échapper.

Ronin avait fait le job et effacé les traces du dossier GE, mais quelque chose avait vrillé en lui. Sa soif de tuer activée, il devait à tout prix l'étancher. Alors, il avait cherché un autre gibier. Fernel était tombé dans le piège qu'il lui avait tendu. Un crime ritualisé, préparé avec soin, qui révélait l'aspect irrépressible de ses penchants pervers. Perrin avait suivi plus tard, quand le légionnaire avait fini par mettre la main sur lui. Un meurtre organisé également, dans la même veine que le premier, agrémenté cette fois d'un bonus inattendu quand il s'était retrouvé face aux deux activistes. Enfin, Gastaud. Le toubib s'était fait surprendre à son cabinet, sans doute comme la dernière victime retrouvée dans le charnier, qui elle, s'était fait coincer dans la montagne. Le temps lui manquant, Ronin avait dû se contenter de les exécuter de façon plus conventionnelle.

Un point, pourtant, intriguait la commandante.

— Mathieu Perrin a essayé de se cacher. Pourquoi n'est-il pas plutôt allé voir la police ?

— Sans doute parce que je l'avais piégé.

— Comment ?

— Les études préliminaires étaient achevées et les plans d'aménagement de la base avaient été dessinés. Il ne restait plus qu'à enclencher la phase chantier, celle qui impliquait de mettre un terme à l'opération et de disparaître avec le fric. J'ai d'abord raconté un bobard à Mathieu pour justifier qu'on allait devoir tout abandonner. Il m'a suffi de prétexter que j'avais des difficultés à réunir les fonds. J'avais juste négligé un détail. Il n'était pas question pour lui de laisser tomber.

Le contraire aurait été surprenant. C'était le rêve de sa vie. Il devait être prêt à tout pour le réaliser.

— J'ai eu peur qu'il aille démarcher lui-même mes associés, poursuivait Herbert. Ça aurait fait désordre et ils auraient pu se douter de quelque chose. J'ai dû lui expliquer. Puis j'ai demandé à Stéphane de virer une grosse somme sur son compte. Assez importante pour laisser penser qu'il était mouillé dans l'opération jusqu'au cou.

L'architecte s'était sans doute senti coincé. D'un côté la taule, de l'autre une mort annoncée dont l'instrument était Ronin. Il avait choisi une troisième voie en essayant de disparaître avec le blé du promoteur.

Cette conclusion en amena une autre.

— Le compte à numéro, c'est le vôtre ?

— Il appartient à une société dont Stéphane et moi sommes les deux seuls actionnaires. Nous l'avons ouvert il y a six mois, après que je lui ai dévoilé le plan que j'avais mis en place. Il m'en a d'abord voulu, puis il s'est fait une raison. L'argent arrondit toujours les angles. Il a viré la trésorerie de la SCI Annapurna aux îles Vierges quand je lui ai donné le feu vert.

— Près de cent millions d'euros transférés dans un pays qui est sur la liste noire des paradis fiscaux. Votre banque n'a pas tiqué ?

— J'avais pris les devants. Le compte était censé financer un projet de promotion hôtelière sur l'île d'Anguilla. Les dossiers techniques étaient prêts et vu les commissions qu'il me facture, mon banquier s'est montré accommodant. Je lui ai expliqué que nous étions à la bourre. Il a accepté de régulariser la paperasse plus tard.

Le sacro-saint pouvoir du fric. Chloé avait appris avec son job qu'en dépit de tous les garde-fous imposés par la réglementation sur les circuits financiers douteux, les plus fortunés, ceux qui avaient les moyens de verser des pots-de-vin ou de se payer des spécialistes de l'optimisation fiscale, n'avaient aucun mal à se faufiler entre les mailles.

Elle demanda encore :

— Et Franck Bardon ? Vous l'avez mis dans le coup, lui aussi ?

— Je lui ai tout avoué mais il a refusé de nous suivre. L'argent ne l'intéresse pas et les îles encore moins. En fait, plus rien ne l'intéresse. Il vit là-haut depuis bientôt deux ans, en totale autarcie. Quoi qu'il arrive, il ne reviendra plus.

Sauf si on allait le chercher. En tant que gardien du temple, il aurait sûrement des choses à raconter.

Chloé fit une pause. Quelques minutes, pendant lesquelles Cabrera synthétisa les aveux du promoteur. L'histoire touchait à sa fin. Les zones sombres s'étaient éclairées les unes après les autres. Toute cette affaire se résumait à une magouille pitoyable qui avait eu pour conséquence l'assassinat d'au moins six personnes.

Un dernier pan de l'enquête restait cependant à préciser.

— Revenons à votre frère, enchaîna Chloé quand le capitaine eut terminé d'acter la déposition. Vous savez ce qu'il a fait ?

— Il a tué plusieurs personnes. Vous me l'avez déjà dit.

— Je ne vous ai pas expliqué de quelle façon.

Herbert avala sa salive. Il devait connaître l'animal et s'attendait sans doute au pire.

— Je ne suis pas sûr d'avoir envie de le savoir.

— Pourtant, il va falloir.

Elle expliqua les différents *modus operandi*. Les égorgements. L'ingestion d'azote et la mort par le froid. Celle de sans plomb et la carbonisation des corps. Et enfin la balle dans la nuque.

Le promoteur poussa un profond soupir.

— Il m'avait juré que tout ça était terminé.

— Il avait déjà fait ce genre de choses ?

— Quand nous étions plus jeunes. Mais ce n'est pas sa faute. Le seul responsable, c'est notre père.

Chloé sentit que l'homme s'apprêtait à lui livrer les ressorts d'une folie annoncée. Elle croisa les bras et le laissa raconter son histoire.

— Richard était très dur. À la douleur comme à la peine. Il ne baissait jamais les yeux quand le Vieux nous corrigeait. Ne pleurait pas quand il se blessait. La souffrance des autres ne l'atteignait pas non plus. Il paraissait dépourvu d'émotion, d'empathie. Comme s'il vivait dans une réalité parallèle. C'était peut-être à cause de son bec-de-lièvre. Il avait été opéré mais ça l'avait toujours complexé.

La cicatrice au-dessus de la lèvre. Elle venait de là. Herbert poursuivait son récit.

— Il n'y avait que l'exploitation qui l'apaisait un peu. Son rêve aurait été de la reprendre. Seulement ça ne s'est pas passé.

— Pour quelle raison ?

L'homme d'affaires se cala dans sa chaise, comme s'il avait besoin d'un appui pour aborder le sujet.

— Mon père n'était pas du genre commode. Il nous adressait à peine la parole, seulement pour nous donner des ordres. Ou des coups. Un vrai salopard que toute la famille subissait parce qu'il faisait bouillir la marmite.

Une colère sourde avait durci sa voix. Chloé visualisa les châtiments corporels, les corvées dans tous les sens, les humiliations… Une éducation d'une autre époque, dans un huis clos rural dominé par un tyran brutal. Le patriarche avait élevé ses fils comme il avait dû être élevé lui-même, à la schlague afin d'en faire des hommes. Ce climat de peur et de violence avait dû rapprocher les deux frères.

— J'ai vite compris que j'étais trop faible pour tenir tête à cet enfoiré. Ce qui n'était pas le cas de Richard. Il s'est toujours opposé à lui. Un conflit qui allait jusqu'à l'affrontement physique, même quand on était gosses. Pour le mater, le Vieux l'enfermait dans la bergerie. Il l'attachait à une chaîne au milieu des brebis. Mon frère y restait parfois plusieurs jours, avec juste un peu d'eau et un sac de patates pour s'alimenter. Ça ne changeait rien. Au contraire. Ces punitions ne faisaient que l'endurcir.

Il marqua une pause. La boîte de Pandore venait de s'ouvrir. Les images du passé sortaient des puits sombres dans lesquels il les avait reléguées.

— À cette époque, reprit-il, mes parents faisaient encore des foies gras et les vendaient sur les marchés. Quand Richard avait sept ou huit ans, mon père l'a obligé à assister au processus de fabrication. Depuis le gavage des canards jusqu'à leur éventration et au vidage des organes. Je crois qu'il voulait voir jusqu'où irait sa résistance. Comme mon frère ne bronchait pas, il lui a écrasé le visage dans les abats et le lui a maintenu jusqu'à ce qu'il suffoque. Tout ça pour rien. Richard était couvert de sang et d'intestins mais il lui tenait toujours tête.

La genèse d'une perversion. Le traumatisme originel, enfoui, purulent, qui avait sans doute créé le monstre qu'était devenu Ronin.

Herbert continuait à dérouler le roman familial.

— Une connerie de plus, vu le résultat. Après cet épisode, mon frère a basculé dans autre chose. Il s'amusait à faire éclater des grenouilles. Il les remplissait d'eau, les laissait quelques heures dans le congélateur et attendait que le froid fasse son effet. En se dilatant, la glace distendait les tissus. On les retrouvait le ventre ouvert et les boyaux à l'air...

Il laissa sa phrase en suspens. De nouveaux souvenirs l'assaillaient.

— Notre mère est morte peu de temps après, quand nous entrions dans l'adolescence. Une saloperie de lymphome. Richard n'a pas versé une larme. Il s'est contenté de disparaître pendant une semaine. D'après ce qu'il nous avait raconté en rentrant, il était parti dans la montagne. Seul et avec un simple Opinel.

Peut-être la première expérience survivaliste. D'autres suivraient, de plus en plus extrêmes.

— Après cette fugue, continuait le promoteur, il est passé à la vitesse supérieure. Il s'en est pris à des animaux plus gros. Écureuils, renards, chiens... Il les attachait et les remplissait avec tout ce qu'il trouvait. De l'eau, de l'huile, du ciment... Et bien sûr, de l'essence. C'était ce qu'il préférait. Il se régalait en regardant les bêtes s'enflammer vivantes.

— Votre père n'a pas essayé de l'en empêcher ? demanda Cabrera.

Le visage de l'escroc se ferma.

— Non.

— Pourquoi ?

— Richard avait pris vingt centimètres et trente kilos de muscles. Il avait peur de lui.

Un argument qui pouvait se comprendre. Le gamin était devenu un colosse. Dingue, par-dessus le marché. Une bombe à retardement dont l'explosion pouvait avoir des conséquences terrifiantes.

— Je me suis tiré de cet enfer dès que j'ai pu, reprit-il. J'ai trouvé un job, poursuivi mes études et mené ma barque ailleurs. Richard, lui, s'est accroché. Il a essayé de maîtriser la folie qui l'habitait en faisant du sport comme un malade. Ski, escalade, parapente, motocross... Chaque fois qu'il le pouvait, il partait se réfugier dans la montagne où il passait plusieurs jours dans des conditions hallucinantes. Il disait que ça le calmait. Quand il était là, il aidait à traire les bêtes, ramassait le fumier et acceptait de côtoyer le Vieux.

Il la voulait, cette exploitation. Quel que soit le prix à payer.

— Pourquoi ne l'a-t-il pas reprise ?

— Mon père ne lui faisait pas confiance. Cette putain de ferme, c'était toute sa vie. Elle était dans la famille depuis plusieurs générations et il ne voulait pas la confier à quelqu'un d'aussi instable. Il a préféré la mettre en vente.

Il s'interrompit, envahi par une poussée de tension. Chloé eut l'intuition qu'il n'avait pas encore tout dit. Un fardeau l'écrasait, que les années n'avaient pas allégé.

La policière l'encouragea à s'en défaire.

— Comment ça s'est fini ?

Herbert serra les dents, comme s'il voulait retenir le flot nauséabond qui se pressait au fond de sa gorge. Puis il lâcha dans un souffle :

— Au point où on en est. Et de toute façon, c'était il y a longtemps. Tout ça est prescrit.

— Prescrit ? De quoi parlez-vous ?

— Du meurtre de notre père. Quand il a compris qu'il n'aurait rien, Richard a pété un plomb. Il l'a égorgé avec son couteau de survie, a rempli son estomac avec le gasoil du tracteur et a fait cramer son corps derrière la bergerie.

Chloé frissonna. Cabrera avait froncé les sourcils. Ronin n'avait pas réussi à contrôler sa démence. Elle avait dû se développer tout au long de ces années, à bas bruit, pour exploser en une tornade de violence quand les remparts avaient cédé. C'était sans doute le premier crime d'une série qui en compterait de nombreux autres.

— C'est pour ça qu'il est entré dans la Légion ?

— Il m'a d'abord appelé. Il était paniqué. J'ai rappliqué dans la seconde et on a nettoyé les traces de ce qu'il avait fait. Puis je suis allé voir les gendarmes. Je leur ai expliqué que mon père avait disparu. Qu'il n'était plus le même depuis que notre mère était morte. Ils l'ont un peu cherché et ont rapidement laissé tomber. Qui se soucie d'un vieux paysan dépressif qui élève des brebis dans la pampa ?

— Richard vivait avec votre père. Il n'a pas été inquiété ?

— Nous avions raconté qu'il était parti faire un raid dans la montagne quand c'est arrivé. Tout le monde au village connaissait son goût pour le survivalisme. C'est passé comme une lettre à la poste.

— Alors pourquoi s'est-il engagé ?

— Parce qu'il avait confiance en moi et que je lui ai dit de le faire. Il avait les qualités nécessaires. Il serait cadré. J'ai pensé que c'était la meilleure façon de le protéger de lui-même.

L'aîné avait pris soin de son cadet. Deux gosses blessés, unis dans le malheur. Il l'avait aidé à maquiller le crime le plus atroce qui soit, un parricide, puis l'avait confié à une nouvelle famille où ses pulsions seraient canalisées. À l'évidence, le résultat n'avait pas été atteint. Pire, Ronin s'était-il servi de la Légion pour accomplir ses rituels ? Avait-il fait de nouvelles victimes pendant qu'il crapahutait sur les théâtres d'opérations ? À part lui, personne ne le saurait jamais.

La suite coulait de source.

— Vous l'avez récupéré quand il a quitté l'armée, affirma Chloé.

— Il ne savait pas où aller ni ce qu'il allait faire. Et il n'avait que moi. J'ignore pourquoi, mais je ne m'étais jamais résolu à vendre la ferme. Il s'y est installé. Comme le projet GE démarrait, je lui ai proposé un job.

— En tant que garde du corps ?

— Je dirais plutôt factotum. Le poste n'était pas défini.

— Vous n'aviez pas peur qu'il se laisse aller à ses penchants meurtriers ?

— Si. Mais je vous l'ai dit, je n'avais pas le choix.

— On a toujours le choix.

Herbert eut un sourire résigné.

— Pas là.

— Pourquoi ?

— Sans lui, je serais mort.

— Mort ?

— J'étais le plus faible. Comme mon père n'osait plus lever la main sur mon frère, il se défoulait sur moi.

Il souleva son pull. De petites marques blanches, en forme d'étoiles, constellaient son torse.

— Les seuls souvenirs qu'il m'ait laissés, expliqua Herbert. Les cicatrices des blessures faites par sa boucle de ceinture. À la dernière dérouillée, je devais avoir quinze ans. Il m'a cassé plusieurs os, quatre ou cinq dents, et envoyé à l'hôpital pour un trauma crânien. Si Richard n'était pas intervenu, il m'aurait probablement tué.

— Les médecins ne se sont pas doutés de ce qui s'était passé ?

— Le Vieux a raconté que je m'étais blessé en travaillant sur l'exploitation. Ma mère n'était plus là et j'avais trop peur pour le dénoncer. Alors on l'a cru.

— Et Richard ? Il n'a rien dit ?

— Il s'est toujours méfié de ce qui représentait l'autorité. À commencer par les gendarmes. En revanche, à partir de ce jour, il a fait en sorte que mon père ne m'approche plus.

— Comment ?

— Il lui a suffi de le menacer. Et je peux vous garantir qu'il avait déjà assez de répondant pour que ça fonctionne.

Une dette. Ancienne. Imprescriptible. Voilà pourquoi le promoteur avait pris le risque d'employer son petit frère. Pourquoi aussi il avait dissimulé le meurtre de leur père et réussi à le convaincre de s'engager dans la Légion.

Il lui devait tout simplement la vie.

Chloé fit une nouvelle pause pendant que Cabrera finalisait le PV. L'homme d'affaires avait tout avoué, et même davantage. Les charges qui pesaient contre lui s'allégeraient. Il serait poursuivi pour escroquerie, pas pour avoir appartenu à une organisation criminelle ou commandité une série de meurtres.

Ronin était le seul coupable de ces assassinats.

Et il courait toujours.

— Votre frère a pris la fuite, lui annonça la policière. Il est possible que Lou Bardon lui serve d'otage.

— Il a enlevé la fille de Franck ?

— On a toutes les raisons de le craindre.

Il secoua la tête. Ce dommage collatéral alourdissait encore le poids de sa culpabilité.

— Vous avez une idée de l'endroit où il pourrait se trouver ? enchaîna la commandante.

— Aucune. Il m'a appelé hier soir, vers 19 heures. Il était très tendu. Des gendarmes étaient venus à la ferme et l'avaient fouillée de fond en comble. Il était persuadé que les flics avaient découvert le pot aux roses. Qu'ils me cherchaient pour m'arrêter.

Un coup dans l'eau. Mais avec cet appel, on aurait le numéro de Ronin et on pourrait essayer de voir si son téléphone avait borné quelque part.

Quoi qu'il en soit, le légionnaire était sur place quand Cabrera et Jansen s'y étaient rendus. L'exploitation était vaste. C'était un pro. Il avait trouvé un moyen de se planquer et de leur échapper. Quant à ses crimes, il n'en avait toujours pas parlé à son aîné. À commencer par le plus frais, celui du naturopathe.

— Vous alliez le rejoindre quand on vous a interpellé, affirma Chloé. Vous aviez donc envisagé de vous enfuir ensemble ?

— Il avait réussi à me faire peur. Nous devions quitter la France dans quelques jours. Tout était sur les rails. J'ai seulement avancé la date.

— Gastaud devait venir avec vous ?

— C'était prévu, oui. Richard devait le prévenir.

Ronin n'en était plus à un mensonge près. Il avait déjà égorgé le médecin et se serait débrouillé pour servir un bobard crédible à son frangin.

— Comment comptiez-vous fuir ?

— Avec l'hélico de la SCI. Il est stationné dans un hangar, dans une autre partie de l'exploitation. Richard a appris à piloter quand il était dans l'armée et on devait tracer jusqu'en Croatie. J'ai un voilier là-bas. Il nous aurait permis de rejoindre les îles Vierges en toute tranquillité. J'ai dû repasser à mon domicile pour récupérer mon passeport. C'est là que vous m'êtes tombés dessus.

Ça s'était joué à peu de choses. L'appareil qui avait sans doute transporté Fernel et la dernière victime retrouvée dans le charnier les attendait, prêt à les emporter vers d'autres cieux. Un oiseau blanc, dont Ronin avait sans doute toujours été le seul pilote.

— Vous pensez que votre frère a suivi ce plan ?
— Je n'en ai aucune idée.

Tout était donc envisageable. Il allait falloir étendre le périmètre des recherches, contacter Interpol et lancer un mandat d'arrêt international. Une belle galère en perspective, avec en prime la crainte de découvrir le corps sans vie de Lou abandonné dans une forêt.

La policière préféra ne pas y penser. Elle n'avait jamais rencontré la jeune surfeuse mais Cabrera lui en avait parlé. Une gamine qui avait souffert, qui s'était reconstruite à la force du poignet pour essayer de survivre. Chloé aussi avait vécu ce schéma.

Par association, elle pensa à Franck Bardon. L'ermite reclus sous la montagne. L'ultime acteur de cette tragédie. En attendant de retrouver sa fille, il fallait mettre la main sur lui.

63

Sur instructions de Cabrera, Jansen et ses hommes étaient retournés à la ferme du Pinet. Ils avaient survolé l'exploitation avec des drones et repéré le hangar à bestiaux où les frangins Herbert parquaient leur hélico. L'appareil n'y était plus. À sa place, ils avaient trouvé une Husqvarna FC 450, celle utilisée pour rejoindre la bergerie où se cachait Perrin. Le Hummer était garé à côté d'elle, ce qui avait permis aux enquêteurs de reconstituer les premiers instants de la cavale du légionnaire.

Ronin avait entendu débarquer les gendarmes. Il s'était d'abord planqué. Puis, à couvert de l'obscurité, il avait récupéré son 4 × 4 quand ils étaient partis, sans doute garé à l'écart en prévision de ce type d'intrusion. Pendant qu'il rejoignait l'appareil, environ vingt minutes en roulant vite sur un chemin de terre, il avait contacté son frère. Un appel tendu pour le convaincre de mettre les voiles. Ne le voyant pas arriver, il avait envisagé le pire. Il s'était décidé pour un décollage immédiat, un vol nocturne en mode furtif dont il avait dû apprendre à maîtriser les spécificités à la Légion.

Deux questions se posaient à présent.

La première, où avait-il pu aller ? L'espace aérien avait été placé sous surveillance mais les radars qui le balayaient ne servaient plus à rien. Près de vingt-quatre heures s'étaient écoulées. Il devait déjà être loin.

La seconde, Lou était-elle avec lui ? La jeune surfeuse n'avait toujours pas refait surface. On n'avait trouvé aucune trace de sa présence dans les bâtiments où elle aurait pu être séquestrée ni même dans le Hummer. Pas de taches de sang non plus. L'hypothèse la plus probable était que Ronin était tombé sur elle en allant chez Gastaud et qu'il y avait vu une opportunité. Il l'avait enlevée, enfermée dans le coffre du 4 × 4 et sans doute embarquée dans l'hélico afin de couvrir sa fuite. Tout ça en faisant attention à ne pas laisser des indices derrière lui. Il fallait tout au moins l'espérer. S'il était maintenant hors de portée, un otage ne lui servait plus à grand-chose...

Sanglé sur son siège à côté de Latour, Paul jeta un regard par la verrière de l'hélico. 16 heures. Le soleil commençait à décliner. Des pans entiers de montagne glissaient progressivement dans l'ombre. Seuls quelques pics flambaient encore dans le couchant, comme s'ils avaient été plongés dans un bain d'or. Sous peu, les ténèbres les avaleraient aussi. Elles étendraient leur cape sur l'ensemble du massif et rendraient toute intervention impossible.

Les deux flics devraient donc attendre le jour pour que le Choucas de la gendarmerie vienne les récupérer. Une douzaine d'heures, pendant lesquelles ils seraient livrés à eux-mêmes et exploreraient la base secrète à la recherche de Franck Bardon.

L'appareil franchit une crête et entama l'approche. Paul reconnut sans mal le site. Il était venu trois jours plus tôt, quand il fouillait encore la zone avec Lou et qu'il était tombé sur le charnier. Le seul cadavre récent qui s'y trouvait avait été identifié le matin même, grâce au numéro de série de sa hanche en plastique. Il s'appelait Gilles Vautrin, un géologue d'une cinquantaine d'années résidant à Grenoble. La victime avait disparu depuis trois semaines et avait facturé des analyses de roches à la SCI Annapurna.

La voix du pilote le tira de ses pensées.

— Arrivée dans une minute.

Ils avaient survolé le Cirque du Diable et descendaient maintenant à faible allure sur le versant opposé, en direction d'une cuvette fermée à son extrémité par la falaise. Éric Herbert leur avait fourni les coordonnées exactes de l'entrée du tunnel, latitude et longitude, située à une vingtaine de mètres de l'endroit où ils allaient se poser.

L'hélicoptère atterrit dans une tempête de sel. Paul fit coulisser la glissière latérale et les deux flics sautèrent l'un après l'autre dans la neige. Sur ce coup, pas de piolets, broches à glace, cordes ou autres équipements spéciaux. Ce n'était pas nécessaire. Ils étaient seulement pourvus de vêtements de haute montagne, de grosses chaussures de randonnée et de torches tactiques à grande autonomie, indispensables pour progresser dans le noir si le complexe n'était pas alimenté en électricité. Ils avaient aussi emporté des talkies à fréquence dédiée, le site dans lequel ils allaient évoluer étant dans une zone blanche.

Ils attendirent que le Choucas ait disparu pour se mettre en marche. Le GPS leur donnait leur position ainsi que celle de l'objectif. Ce serait l'affaire de quelques minutes.

Ils parcoururent la distance en silence, s'enfonçant dans la poudreuse à chaque pas mais sans rencontrer de réelle difficulté. La zone était plane, pas de sérac ni de crevasse. Elle formait un plateau auquel on pouvait accéder par un défilé taillé à la hache au milieu des montagnes. Le chemin qu'avaient dû emprunter les Allemands pour faire monter matériel et ouvriers.

En arrivant devant le tunnel, ils eurent un choc. Un énorme panneau d'acier le protégeait, d'au moins quinze mètres de hauteur sur trente de large. Fermé. Ils comprirent également pourquoi il était resté dissimulé aux regards si longtemps. Un filet de camouflage en masquait l'existence. Pas le moindre bouton, levier ou trappe permettant d'actionner le mécanisme. Le système avait été conçu pour ne s'ouvrir que de l'intérieur. Comme le leur avait décrit Herbert, on accédait au bunker par un autre chemin.

— Il n'y a plus qu'à trouver l'entrée de service, lança Paul en observant le dispositif.

Les deux policiers longèrent la falaise sur leur gauche en scrutant la paroi. Très vite, ils tombèrent sur ce qu'ils cherchaient. Un deuxième filet, similaire au premier mais en beaucoup plus petit, était suspendu à la roche à hauteur d'homme.

Le capitaine l'écarta. Un corridor avait été creusé derrière, accessible par un encadrement de béton de la taille d'une porte. La grosse plaque de fer rouillé qui en avait tenu lieu gisait au sol, arrachée de ses gonds.

Le promoteur avait dû être contraint de la faire sauter pour pénétrer dans le tunnel.

Paul remarqua également, de chaque côté de l'ouverture, la présence d'un ancien dispositif encastré dans la pierre. Réservoir, tuyau d'alimentation, bec et allumeur. L'ensemble évoquait un lance-flamme. Sans doute pour éloigner d'éventuels curieux.

Il se souvint de la légende. Le cristallier qui en était à l'origine avait parlé d'une boule de feu avalant ses compagnons. C'était sans doute ce qui s'était passé mais le diable n'y était pour rien.

Ils se faufilèrent dans le passage. Quelques mètres à peine à la seule lueur de leurs torches, puis ils discernèrent une clarté qui filtrait à son extrémité. Le capitaine braqua son flingue vers l'avant. Latour avait aussi sorti son arme et la tenait le long de sa jambe. Ils marchaient à pas de loup, retenant leur respiration pour ne faire aucun bruit.

Ils arrivèrent sur un coude. La lumière s'était intensifiée. Ils entendaient à présent le ronronnement d'un générateur, signe que Bardon devait toujours être dans le coin.

Paul tendit son cou pour voir ce qu'il y avait derrière. Il recula aussitôt et chuchota :

— J'ai un hélico en visuel. Blanc. Six places. Sûrement celui que Ronin a utilisé.

Chloé jeta un coup d'œil. Un appareil flambant neuf était parqué à une trentaine de mètres, au milieu d'une salle gigantesque, sur une plateforme qui délimitait une aire d'atterrissage. Il fallait assurer pour se poser à cet endroit, mais la dimension du panneau de métal qui protégeait l'entrée de la base permettait à un engin de cette taille de se glisser à l'intérieur.

— Qu'est-ce qu'il est venu foutre ici ? s'étonna la commandante.

— Finir le boulot avant de se tirer.

— Bardon ?

— Le dernier au courant de la magouille. Ronin a encore dû se raconter qu'il ne pouvait pas le laisser derrière lui.

— On appelle des renforts ?

— Trop tard. Il doit déjà faire nuit. On va devoir gérer ça en solo.

Ils éteignirent leurs lampes et s'avancèrent, SIG toujours en position d'assaut. La salle, ouverte à la dynamite dans la falaise et bétonnée dans son intégralité, avait la dimension d'un hall de gare. Une armature de métal la soutenait, arc de voûte digne d'une cathédrale et piliers monumentaux descendant jusqu'au sol. Des ampoules de chantier l'éclairaient d'une lumière maladive dont le reflet jaunâtre faisait miroiter les parois. Une ambiance gothique, pompeuse et bien flippante, comme l'affectionnaient les nazis.

Paul remarqua une ouverture dans le fond. Elle donnait sur un tunnel qui se perdait dans les entrailles de la caverne. Des rails y étaient installés, sur lesquels était encore positionné un convoi de wagonnets.

De toute évidence, rien n'avait été touché depuis l'époque où les soldats du Reich avaient entamé la construction de leur base secrète. Herbert n'avait pas dépensé un centime pour effectuer le moindre aménagement, ni pour démarrer les travaux programmés par Perrin. L'ensemble respirait la vétusté, l'abandon et l'oubli. Un cauchemar poussiéreux, enseveli dans les décombres de l'histoire.

Les policiers s'immobilisèrent devant l'hélicoptère. Pour l'instant, aucun signe du légionnaire. Ni de Bardon ou de Lou. Seulement le ronflement électrique du générateur et le clapotis anarchique de l'eau qui suintait des murs gris et tombait dans des flaques.

— Regardez, dit Chloé en désignant le logo. Trois A enchevêtrés. Le même nombre que dans le mot « Annapurna ».

Paul observa le sigle. Colas, le copain de Lou, avait parlé de deux W inversés. Il l'avait aperçu trop vite et le capitaine n'avait pas fait le rapprochement. À présent, il comprenait. Accolées et retournés, ces lettres se transformaient en A, la barre en moins.

Il ouvrit le panneau latéral et grimpa dans l'appareil. Un paquetage militaire était posé sur un siège, bourré comme un œuf. Ronin avait laissé ses affaires dans le cockpit, ce qui signifiait qu'il n'avait pas l'intention de moisir ici. Pourtant, ce salopard était encore là. Bardon n'était peut-être pas sur place quand il s'était pointé ? Il avait peut-être été obligé de l'attendre pour lui régler son compte ?

Une brillance attira l'attention du policier, au niveau du plancher. Il se pencha et ramassa une paire de lunettes de soleil à protections latérales. Son cœur fit un bond en reconnaissant celles de la surfeuse.

Il rejoignit aussitôt Latour et lui montra sa prise.

— Elles sont à Lou. Il y a aussi les affaires de Ronin.

Le soulagement se lut sur le visage de la commandante.

— Dieu soit loué. Elle est encore vivante.

— Espérons-le.

— Il y a de grandes chances. Ronin n'a pas encore mis la main sur Bardon. Il serait déjà reparti. Et ce n'est plus d'un otage qu'il a besoin. Il doit se penser tiré d'affaire. Ce qu'il lui faut maintenant, c'est un appât.

Paul opina. La thèse se tenait. Elle impliquait aussi une conséquence glaçante.

— Ce taré va les tuer tous les deux.

— Il n'est peut-être pas trop tard pour l'en empêcher.

— À condition de le loger.

La base avait l'air gigantesque. Herbert leur avait dit que Franck Bardon y avait installé un bivouac à l'intérieur, au bout de la galerie principale. C'était peut-être le lieu où Ronin retenait Lou et attendait sa proie. Mais pas la moindre indication pour se repérer. Ils allaient devoir suivre leur plan initial et s'enfoncer à l'aveugle dans les méandres de la construction.

— Il faut se dépêcher, lança Latour en s'avançant vers le tunnel.

Paul lui emboîta le pas. Il savait comme elle que chaque seconde comptait. Ronin avait redistribué les cartes. Et pour l'instant, il possédait tous les atouts.

64

Les flics s'engouffrèrent dans le boyau.

Un courant d'air glacial les enveloppa, charriant une forte odeur de terre, de métal et de pierre. Un mélange particulier, nimbé d'humidité, qui évoquait celui d'une mine. Les rails fixés au sol et les gaines courant sur les murs allaient dans le sens de cette comparaison. Les Allemands n'avaient pas eu le temps d'achever leur usine souterraine mais les fondations étaient là. Solides, abouties, édifiées dans les règles de l'art et prêtes à servir leur funeste projet.

Ils rallumèrent leurs torches et suivirent la voie ferrée en silence sur un sol que la condensation rendait glissant. Pas de lumière à cet endroit, comme si l'éclairage n'avait été rétabli que de façon partielle dans les secteurs qui le justifiaient.

Vingt mètres plus loin, le tunnel se divisait en deux. L'axe qu'ils avaient emprunté poursuivait sa route rectiligne devant eux en formant une pente douce. Son embranchement fuyait sur leur gauche, un tube un peu moins large qui se perdait dans le lointain et semblait traverser la falaise de part en part. Fort heureusement,

Perrin avait fait en sorte d'identifier chacune des galeries à partir de ce point. Des traces de peinture fluorescente permettaient de les repérer, comme sur les sentiers de randonnée.

Blanche d'un côté, rouge de l'autre. Seul hic, Herbert n'avait pas précisé celle qu'il fallait choisir.

— Qu'est-ce qu'on fait ? lança Paul.

— On se sépare, répondit Latour en sortant son talkie. On gagnera du temps. Mais pas question de la jouer perso. Le premier qui le localise prévient l'autre.

La commandante avait parlé d'une voix posée. Une voix que Cabrera commençait à connaître. Sa réaction n'était pas motivée par la peur. Elle assumait à l'évidence de se retrouver seule face à ce redoutable combattant. Elle voulait juste optimiser leurs chances de le mettre hors d'état de nuire.

Et celles de sauver Lou.

— Vous prenez lequel ? demanda Paul.

Latour était déjà positionnée devant le tunnel de gauche, celui identifié par un trait blanc. Elle le désigna du menton et rappela la consigne.

— On garde le contact. Quoi qu'il arrive.

Ils partirent chacun de leur côté. Paul n'était qu'à moitié rassuré de la laisser seule. Un instinct de protection véhiculé par sa culture latine depuis des générations, alors qu'il savait pertinemment qu'elle était assez forte pour se débrouiller sans lui. Elle le lui avait prouvé plus d'une fois.

Il progressa pendant quelques minutes dans la galerie, avec pour unique compagnie l'écho de ses pas claquant sur le sol. Des bruits de bottes, qui lui firent songer à celles qui avaient foulé cette pierre dans le passé et écrasé des visages dans un déferlement de haine.

Un nouvel embranchement le contraignit à s'arrêter. Quelle direction ? À ce stade, elles se valaient toutes. La base étant percée par un réseau de couloirs, le problème allait se poser à chaque fois, avec le risque de tourner en rond et de se paumer.

Le faisceau de sa lampe lui donna la réponse. Un trait bleu pour le tunnel de gauche, un rouge pour celui de droite. La couleur qu'il avait choisie depuis le départ, qui, au regard de sa récurrence, devait correspondre à la voie centrale et mener au refuge de Bardon.

Il décida de continuer sur cette route. Des bifurcations se présentaient à intervalles réguliers, jalonnées de marques spécifiques. Jaune, orangé, vert, mauve... Un véritable arc-en-ciel. Paul restait sur sa première idée et suivait l'axe rouge, avec maintenant la certitude d'être sur le bon chemin.

Au détour d'un coude, il déboucha sur une salle circulaire, toujours aussi monumentale. Il balaya l'espace avec sa torche. D'anciennes machines révélèrent leurs contours, ombres imposantes destinées au forage et au soutènement. Excavatrices, marteaux-piqueurs, godets... Les ingénieurs du Reich s'étaient débrouillés pour acheminer des tonnes de matériel lourd jusqu'ici. Une prouesse en termes techniques. Une horreur pour ce qu'ils en avaient fait.

Il marcha encore une dizaine de minutes dans un dédale de souterrains, suivant les repères auxquels il s'accrochait comme à un fil d'Ariane. Les couloirs, toujours plongés dans le noir, se séparaient en une myriade de ramifications qui donnaient la sensation de parcourir un labyrinthe. Des cavités immenses jaillissaient du néant, équipées de grosses infrastructures qui évoquaient celles d'une fonderie. Creusets de bronze. Moules. Fours... Les nazis n'étaient pas loin du but. Leur machinerie infernale s'apprêtait à tourner à plein régime pour produire ses missiles.

Au bout d'une longue ligne droite, l'épaisseur des ténèbres s'allégea. Une lueur tremblotante faséyait sur les pierres et les faisait briller d'un éclat noir.

De la lumière.

Le premier signe d'une présence humaine.

Le capitaine braqua son flingue vers l'avant et se dirigea vers la source avec prudence. Trente mètres plus loin, il déboucha sur une pièce très différente des autres. Une sorte de grand dortoir, dans lequel subsistaient des squelettes de paillasses alignées le long des murs sur des supports de bois. Au moins une centaine. Le lieu, faiblement éclairé, rappelait les installations sommaires dans lesquelles étaient parqués les prisonniers des camps de concentration.

Personne.

Paul s'avança. En passant devant les lits de fortune, il remarqua la présence de chaînes. Les entraves, rouillées par les années, avaient dû servir à attacher les ouvriers pendant les rares périodes où leurs geôliers les laissaient souffler.

Il fit encore quelques pas et arriva au bout de la salle de repos. Une sorte de bivouac y avait été aménagé, complètement anachronique. Tente de survie. Radiateurs électriques et plaques à induction. Lampes halogènes. Bloc de sono. De la haute technologie, branchée par une dérivation sur le système de câbles qui devait être relié au générateur central. Des livres et des CD-ROM étaient empilés sur une table, à côté d'une radio à ondes courtes.

Il y était.

Le nid que s'était fait Franck Bardon pour affronter ces conditions de vie précaires.

Et toujours aucun signe de Ronin.

Le flic s'approcha du campement de fortune, calibre relevé. Il s'arrêta devant la petite maison de toile. Ouvrit le pan de tissu qui en fermait l'accès.

La forme d'un corps apparut dans le faisceau de sa torche.

Cheveux blonds. Survêtement.

Lou.

Elle était allongée sur le côté, en chien de fusil, inerte.

Paul se glissa à l'intérieur de la tente. Posa deux doigts sur sa gorge.

Vivante.

La jeune femme sursauta. Elle tourna son visage vers l'arrivant, regard exorbité par la peur. Du ruban adhésif avait été posé sur sa bouche pour l'empêcher de crier.

Un borborygme s'échappa de sa gorge quand elle essaya de s'exprimer. Le capitaine mit un doigt sur ses lèvres pour lui faire signe de rester calme. Il l'aida à s'asseoir et remarqua les colliers de serrage qui entravaient ses chevilles et ses poignets. Il fit jouer le mécanisme afin de la libérer et retira son bâillon.

— Ça va ?

— J'ai froid..., chuchota la surfeuse d'une voix brisée.

— Il ne t'a pas fait de mal ?

— Non.

Déjà ça. Ses lèvres étaient blanches, des traînées sombres maculaient ses joues et son regard était terrifié, mais elle était saine et sauve.

— Tu sais où il est ?

Elle secoua la tête en signe de négation.

— Et ton père ? Tu l'as vu ?

— Mon père ?

Elle ignorait qu'il était toujours en vie. Ronin n'avait pas jugé utile de lui fournir cette information.

— Je t'expliquerai plus tard. D'abord, on se tire d'ici.

Il attrapa son talkie et contacta Latour.

— J'ai trouvé Lou. Elle est vivante.

— Vous êtes où ?

— Une sorte de dortoir. À une vingtaine de minutes de l'entrée principale. J'ai suivi le tracé rouge.

— Je vous rejoins.

— On va venir à votre rencontre. Faites attention. Ce salopard rôde dans le secteur.

Il coupa la communication. Attrapa la main de la surfeuse et l'aida à s'extirper de sa geôle. À l'instant où elle mettait le pied dehors, elle se figea.

— Votre parka…

— Qu'est-ce qu'elle a ?

— Il y a un point rouge qui se balade dessus.

Paul baissa les yeux. Le trait mortel d'une visée laser venait de se fixer sur son cœur. Il tendit son regard par-dessus l'épaule de la jeune femme, en direction de l'endroit où il prenait naissance. Ne vit d'abord que le puits sombre du tunnel par lequel il était arrivé. Puis, comme si l'obscurité s'animait, une forme s'en détacha.

Treillis noir. Casque de combat. Lunettes de vision nocturne et fusil d'assaut pointé vers l'avant.

Ronin.

Il venait de surgir du néant, spectre terrifiant sorti des entrailles de la nuit pour se matérialiser dans la lumière.

65

Il avait revêtu sa tenue des grands jours.

Celle des opés spéciales, qu'il enfilait à la façon d'une seconde peau pour s'infiltrer derrière les lignes ennemies. Toutes les unités d'élite en portaient pour se fondre dans la nuit et approcher l'objectif en restant invisible.

Le légionnaire marchait à pas lents. Jambes fléchies, buste courbé, arme à l'épaule… Comme sur un champ de bataille. Même dans cette position, sa stature impressionnait. Un géant, massif et dense, dont la corpulence n'obérait en rien la souplesse. Il braquait un HK 416 F dernière génération sur la poitrine de Paul, dans l'axe du rayon lumineux qui sortait de son viseur. Sûrement celui qui avait déjà servi à allumer le flic.

— Flingue. Talkie. Téléphone. Tu balances tout par terre et tu écartes bien les bras.

Ronin s'était immobilisé à trois mètres d'eux. Sa voix, déjà grave, était légèrement étouffée par la cagoule qui masquait son visage. Les caméras thermiques posées sur ses yeux ajoutaient une couche supplémentaire à son aspect déshumanisé. Une vraie machine de mort, qui avait maintenant repris sa progression tel un reptile en quête d'une proie. Ronin n'avait jamais vraiment quitté la Légion. En endossant cet uniforme, il redevenait seulement lui-même.

Paul obéit. Il s'était fait surprendre comme un bleu et n'avait pas l'avantage. Inutile de tenter quoi que ce soit dans l'immédiat.

Le tueur récupéra le SIG et écrasa les émetteurs à coups de rangers. Puis il remonta ses lunettes à infrarouge sur son casque et planta ses yeux dans ceux du policier. Son regard était celui d'un dingue. L'asymétrie provoquée par son infirmité en accentuait le côté inquiétant.

— Où sont tes potes ?

Ronin devait être dans les galeries lorsque Paul et Chloé s'étaient pointés. Il n'avait pas pu les entendre s'introduire dans le complexe. Trop loin. Il avait seulement repéré le flic quand il s'était approché, et s'était glissé dans la nuit pour le prendre à revers.

— Je suis seul, mentit le capitaine.

— Pourquoi t'as un talkie ?

— Les portables passent pas dans le coin. C'est juste au cas où je me perdrais.

— Prends-moi pour une truffe. Ce jouet ne porte pas à plus de mille mètres.

Le légionnaire connaissait le matériel. Il allait falloir trouver autre chose.

— Je te garantis qu'il n'y a personne. Je me suis fait déposer devant la base et l'hélico de la gendarmerie ne vole pas la nuit. On doit me récupérer demain matin.

— Arrête de m'enfumer. Si t'es sur mes talons, c'est parce que t'as serré mon frangin. Je parie qu'il a dû tout balancer. Il a jamais eu de couilles. Et toi, le gros malin, tu t'es dit que j'allais venir me terrer ici.

Son ton s'était durci. Son aîné l'avait laissé tomber et il lui en voulait à mort. Paul devait à tout prix rester calme pour être convaincant.

— On l'a interpellé, oui. Et t'as raison sur un point. Il a craché tout ce qu'il savait. Mais il n'avait aucune idée de l'endroit où tu étais.

— Alors qu'est-ce que tu fous là ?

— Je cherche Franck Bardon. Et j'ai l'impression que toi aussi. C'est pour ça que t'as pas encore buté sa fille.

Lou frémit. Elle avait peur. Elle devait aussi commencer à saisir l'incroyable vérité. Son père n'était pas mort. Il était ici, quelque part, et il jouait un rôle dans cette folie.

— Pourquoi j'le chercherais, ce taré ? aboya Ronin.

— T'as éliminé tous les témoins. Il n'y a plus que lui qui aurait pu avoir des choses à raconter.

Le légionnaire laissa filer quelques secondes, comme s'il évaluait l'explication. Puis il lança d'un ton indifférent :

— T'es pas si con, finalement. Dommage que ça change rien. Cette fois, j'te louperai pas.

Il releva le canon de son fusil. Paul allait se prendre une rafale en pleine poitrine et tout serait terminé.

Le flic cogita à la vitesse de l'éclair. Il devait gagner quelques minutes pour laisser à Latour le temps de rappliquer. Le plus simple était sans doute de provoquer Ronin. Ce genre de fondu carburait à la testostérone. Il avait aussi fait sienne la devise de la Légion dont l'un des deux mantras était l'honneur. En actionnant ces leviers, Paul parviendrait peut-être à lui donner envie de poser son arme et de l'affronter en combat singulier. Sa seule chance d'éviter une mort immédiate.

— Tu vas me flinguer ? Là, comme ça ?

— Je vais me gêner.

— Et elle ? demanda-t-il en désignant Lou du menton. Tu vas la flinguer aussi ?

— Toi, la fille, son père. Je vais tous vous fumer.

La perspective était prévisible mais l'annonce du verdict avait quelque chose d'irréel. Paul sentit la panique prendre possession de Lou. Il prit sa main et la serra pour essayer de la rassurer. Puis il continua sur sa lancée.

— Exécuter de sang-froid un type désarmé et une gamine. Pas très glorieux pour un soldat. Qu'est-ce que tu dirais de te battre comme un homme ? Juste toi et moi, à mains nues.

Ronin ricana derrière sa cagoule.

— Tu me prends pour un débile ? Si tu crois que tu vas m'avoir avec tes principes de merde. Tout ça, c'est terminé. J'marche plus.

La blessure était encore à vif. La Légion l'avait mis sur la touche et il s'était senti trahi. Résultat, il avait pris le contrepied des valeurs véhiculées par son ancienne famille. Pour lui, l'honneur n'était plus un sujet. Seule comptait l'efficacité.

Une mauvaise nouvelle pour le policier. Il devait changer de stratégie et essayer de faire parler Ronin. Pas évident vu le profil taiseux de ce taré mais c'était la seule façon à présent de retarder l'échéance.

— C'est toi qui vois. Je peux quand même te poser une question ?

— La dernière volonté du condamné ?
— Si tu veux.
— Vas-y. Et n'essaie pas de me la faire à l'envers ou je t'allume illico.

Le processus était enclenché. Il fallait maintenant le faire durer.

— Le premier embranchement dans le tunnel, entama Paul, il mène au Cirque du Diable ?
— Qu'est-ce que ça peut te foutre ?
— On a trouvé un charnier, là-bas. Une quarantaine de cadavres planqués dans une crevasse. Tous congelés.
— Ah ouais ?
— Fais pas l'étonné. Une de tes victimes était à l'intérieur. Gilles Vautrin. Un géologue. Exécuté d'une balle de Luger dans la nuque.

Pas de réponse. Ronin ne devait pas imaginer que les flics aient pu découvrir la crypte.

— Un de plus, un de moins…, finit-il par répondre. Y a plus d'un millier de macchabées sous cette putain de montagne.
— Des prisonniers tués par les Allemands, c'est ça ?
— À ce qu'y paraît.
— Vous êtes tombés dessus comment ?
— En explorant le périmètre. Il doit y avoir une trentaine de fosses communes sous la falaise. Ils devaient se dire que ça fouetterait moins en les mettant au frais.

L'horreur montait encore d'un cran. Ce n'était pas quelques dizaines d'hommes qui avaient été sacrifiés, c'était plusieurs centaines… Juifs, communistes, homosexuels, opposants… De la chair à chantier que les nazis avaient fait venir en quantités phénoménales. Le seul moyen de parvenir à un tel résultat. Éric Herbert devait aussi connaître l'étendue de cette boucherie puisqu'il savait pour le premier charnier. Il s'était bien gardé d'en parler pendant sa garde à vue, sans doute pour ne pas aggraver son cas.

— Et toi ? demanda Paul avec une pointe d'ironie. Tu as flingué ce pauvre type avec une vieille pétoire et tu l'as balancé sous la glace. Tu t'es pris pour un SS ?

Pas de réponse. Le capitaine sentit que sa pique avait porté. Il avait peut-être encore une chance de le mettre en rogne et de l'amener sur son terrain.

— Tu veux pas me dire ?
— Tes questions à la con, tu peux te les foutre au cul.
— J'en étais sûr. T'es un putain de facho. Une petite merde de nazillon.

Ronin secoua la tête. Son œil valide lançait des éclairs de haine pure.

— J'en ai rien à foutre de ces conneries. Il fallait faire le ménage et je l'ai fait. Point barre.

Il y croyait dur comme fer. Son esprit malade avait fabriqué de toutes pièces l'explication lui permettant de justifier ses actes.

Paul continua à exploiter le filon.

— Pourquoi cette crevasse en particulier ?
— C'est la plus proche. Un tunnel t'y amène direct.

Le scénario que Latour avait envisagé se révélait exact. Le glacier se situait dans le prolongement du complexe et les corridors percés dans la roche avaient ouvert des voies qui permettaient d'y accéder. Une fois à l'intérieur, les ingénieurs du Reich avaient dû tomber sur un réseau de galeries forées au fil du temps par le travail de l'eau. L'une d'elles menait à cette crypte souterraine. Et certainement à d'autres. Les gendarmes du peloton de haute montagne n'avaient pas poursuivi leur exploration assez loin pour s'en rendre compte.

Il déroula le fil. Des secondes gagnées sur la mort.

— Et le Luger ?

— Une expérience. Il y en avait des caisses entières. Je voulais voir si ces antiquités étaient aussi efficaces qu'on le disait.

Pourquoi pas ? Il avait passé sa vie à manipuler toutes sortes d'armes. Celle-ci, avec sa charge symbolique, avait dû le fasciner.

— Lucas Fernel. Il était avec toi quand tu as assassiné le géologue ?

— Il m'a juste aidé à le transporter.

— Il savait que tu l'avais buté ?

— Non. Ça, c'était mes affaires.

— Il s'est pas douté ?

— L'orifice d'entrée de la bastos était presque invisible. J'lui ai fait croire que le type avait eu un arrêt cardiaque. L'altitude…

— Il a pas tiqué quand tu lui a dit que t'allais l'enterrer dans la crevasse ?

— Je lui ai dit que c'était provisoire. Le temps qu'on s'organise pour le redescende sans que personne se doute de rien. Vu le côté secret du projet, il m'a cru.

D'où la croix placée à l'extérieur de la crypte. Il s'agissait bien d'un calvaire, comme Paul l'avait pensé au départ, pas d'un repère technique.

— C'est pour ça que tu l'as tué, lui aussi ? Pour faire le ménage ?

— T'as tout capté, mon grand.

— Vous aviez pourtant l'air d'être potes.

— Tu te goures. À une époque, j'avais des camarades. Des potes, j'en ai jamais eu. On s'est juste fait deux ou trois petites virées ensemble, histoire de pas perdre la forme. J'en avais rien à cirer de ce cul-bénit.

Le flic n'était qu'à moitié convaincu. Ils avaient partagé des expériences de survie en conditions extrêmes. Ce genre de trip créait des liens.

— Et lui ? Il pensait la même chose à propos de toi ?

Rictus, avec une once de mépris.

— Il aurait bien aimé qu'on soit copains. Y me léchait le cul chaque fois qu'on se voyait. Un sacré fayot. C'est peut-être parce que je lui avais appris quelques trucs.

La relation entre les deux hommes se précisait. Fernel avait dû voir en Ronin un mentor. Un spécialiste de la survie qui allait lui transmettre les ficelles de la discipline.

— Y a un truc qui m'échappe. Comment tu l'as convaincu de te suivre dans le Cirque du Diable pendant cette tempête ?

— On était ici quand elle s'est levée. Une météo idéale pour un petit raid survivaliste. Il était trop content d'y aller.

— Pourquoi tu l'as laissé à poil dans la neige ?

— Il voulait se présenter nu devant son Créateur. Il m'en avait parlé un paquet de fois.

— Une sorte de rituel funéraire ?

— Un délire, tu veux dire. La montagne. La pureté originelle. Sans rien autour de lui. C'est pour ça que j'ai récupéré son matos et ses fringues.

Même si Ronin était dépourvu d'empathie et ne se liait avec personne, il respectait le courage, la force de caractère. Fernel possédait ces qualités, raison pour laquelle il avait exaucé son dernier vœu.

— T'as quitté le Cirque en parapente ?

— Impossible. Avec le surpoids d'équipements j'étais trop lourd. J'ai dû remonter jusqu'au complexe.

Une option que Paul ne pouvait pas imaginer quand on avait découvert le corps. Il restait encore un point à éclaircir, sans doute le plus important.

— Il voulait aussi que tu remplisses son estomac d'azote liquide ?

Silence. Le légionnaire n'avait pas l'air de vouloir évoquer le sujet. Une configuration fréquente avec ce type de psychopathes. Même s'ils ne pouvaient y résister, leur pulsion les dérangeait.

Le flic appuya sur ce ressort. Peut-être une nouvelle chance de le faire disjoncter et d'affaiblir sa vigilance.

— T'as voulu te faire plaisir, mon salaud ? Comme avec Perrin. À part que lui, c'était du sans plomb.

— Maintenant, tu la boucles, s'énerva Ronin. T'as assez jacté.

— Dis-moi au moins comment tu t'y es pris. Tu les as menacés ? Assommés ? Ça m'étonnerait qu'ils aient ingurgité une telle quantité de poison de leur plein gré.

— Fernel était déjà dans les vapes. On avait passé plusieurs jours dehors, dans des conditions que tu peux même pas imaginer. Il avait atteint sa limite et c'était exactement ce que j'espérais. Je lui ai fait croire qu'on s'était perdus. Puis j'ai attendu qu'il soit complètement naze pour…

Il n'y arrivait pas. Le capitaine l'aida.

— Lui faire avaler de l'azote en lui disant que c'était de l'eau. C'est ça ?

Silence à nouveau. Comme un aveu indicible. L'absence de blessures liées à l'introduction de l'instrument vétérinaire dans la trachée du guide s'expliquait. Les premières gorgées avaient dû le tuer rapidement et congeler toutes les muqueuses. Il avait ensuite suffi à Ronin d'introduire le tube de métal en douceur et de déverser le poison à l'intérieur. Fernel avait quand même du réaliser ce qui se passait. D'où son regard terrifié.

— Et l'architecte ? C'était quoi le scénario ?

— T'as pas besoin de savoir.

— Laisse-moi deviner. T'avais aucune raison de prendre des gants avec lui. Tu devais même avoir la haine, vu qu'il t'avait déjà échappé une première fois. Tu l'as juste attaché et tu l'as forcé à avaler cette merde. Tu voulais qu'il comprenne ce qui allait lui arriver. Ensuite, t'as mis une mèche dans sa gorge et tu lui as foutu le feu.

— Va te faire enculer.

Il perdait pied, preuve que Paul avait fait mouche. Encore un coup de boutoir et la muraille allait s'effondrer.

— D'après ce que m'a dit ton frangin, t'avais commencé tes délires avec ton paternel. C'était le même entonnoir ? Celui qu'on a trouvé dans le labo où ton père fabriquait ses fromages ?

En guise de réponse, le légionnaire fit un pas en avant. Le flic ouvrit les bras en grand et s'approcha aussi. Quitte ou double.

— T'as toujours pas envie de me défoncer la gueule ? Parce que moi, ça me démange grave d'éclater la tienne.

Ronin s'immobilisa. Il hésita une seconde et recula.

— Tu m'auras pas comme ça, enfoiré. Je vais te balancer une bonne grosse bastos dans le buffet. Ça fera aussi bien l'affaire.

Perdu. Le légionnaire avait appris à évaluer les risques. Paul posa encore une question. Pour un ultime sursis.

— T'as loupé Perrin quand t'es allé chez lui. Ensuite, tu l'as traqué parce qu'il fallait aussi l'éliminer. La ZAD où il s'était réfugié a été attaquée. C'était toi ?

— Quelle importance ?

— Dis-le-moi. J'ai besoin de savoir.

— Je l'ai localisé en traçant son portable. Ce con l'avait laissé branché. Mais la ZAD, c'est pas moi. Il s'était déjà barré.

— Et la bergerie ?

— Toujours son téléphone. Il devait pas imaginer que j'étais capable de faire ce genre de choses. Il devait se croire à l'abri dans ce trou.

Mauvais calcul. Paul chercha encore une question. N'importe laquelle. Chaque minute de gagnée laissait à Latour une chance d'arriver à temps.

— La bécane, c'était le plus pratique pour y accéder ?

— Vu le terrain, y avait pas mieux.

— Et comme il n'était pas seul, t'as buté tout le monde.

— Deux dégénérés. Entre nous, c'était pas une grosse perte. Ils l'avaient suivi dans cette galère en espérant lui taxer du blé. J'te dis pas comment ils l'ont enfoncé pour essayer de sauver leur peau, ces bâtards.

Un dommage collatéral qui avait néanmoins permis de remonter jusqu'à l'architecte et au projet GE.

— Pourquoi tu les as égorgés ? Tu aurais pu leur faire boire de l'essence et te faire une petite gaufre supplémentaire, comme avec Perrin.

Ronin aboya derrière sa cagoule. On revenait sur le sujet tabou.

— C'est bon, maintenant ? T'as fini ?

Paul n'avait plus de cartouches en magasin. Cette fois, c'était vraiment terminé. Il lui restait pourtant une requête à formuler.

— Bute-moi si tu veux. T'as pas besoin de tuer la gamine.

— T'inquiète. J'vais pas le faire tout de suite. Elle peut encore m'être utile.

Un mur. Verrouillé dans sa violence, sa haine et sa folie. Paul adressa à Lou un regard désolé. Puis il planta ses pupilles dans celles de Ronin. Mourir debout, en fixant son adversaire droit dans les yeux. Il s'était toujours dit que ça finirait comme ça.

— Lâche ton arme ! Maintenant !

Tout se passa en un éclair. Latour, hors d'haleine, qui braquait son SIG sur le légionnaire. Ronin, qui faisait volte-face et tirait une rafale en direction de la commandante. Lou, qui poussait un hurlement. Paul enfin, qui profitait du flottement pour se jeter sur le tueur avec la rage du désespoir.

En une fraction de seconde, les cartes avaient été redistribuées.

Les deux hommes roulèrent à terre. Le capitaine avait percuté son adversaire avec toute la puissance de son élan, façon plaquage de rugbyman. Surpris, Ronin avait perdu son HK en tombant. La réception ne lui avait pas été favorable et le rapport de force s'était inversé.

Deux mains puissantes serraient maintenant le cou du colosse et l'empêchaient de respirer.

Le soldat s'accrocha aux avant-bras du flic. Il écarta les pinces qui l'étranglaient avec une facilité déconcertante et se dégagea d'un coup de tête. Puis il ripa sur le côté et, dans le mouvement, sortit le flingue qu'il portait à la ceinture.

Pas assez vite. Cabrera avait déjà crocheté son poignet. Il le frappa plusieurs fois de toutes ses forces contre le sol. L'autre céda, laissant échapper l'automatique qui glissa sous une paillasse. Ils se relevèrent ensemble et se firent face. Ils étaient à présent à armes égales, une lutte à l'ancienne, *mano a mano*.

Enfin presque. Ronin venait de faire jaillir un poignard de combat, dont la lame argentée brilla dans la lumière. Fil supérieur cranté, pointe effilée, au moins vingt centimètres de long sur quatre de large. Le Bowie qu'on avait identifié, aussi efficace que des balles quand on savait s'en servir.

Il avança vers Paul en faisant passer l'arme d'une main à l'autre avec dextérité. Le policier se prépara à l'assaut, observant le mouvement incessant du couteau. L'acier lançait des éclairs blancs, comme une promesse de mort. À la périphérie de ce ballet surréaliste, le capitaine entraperçut Latour. Elle était assise contre une paillasse, jambes allongées, et se tenait le ventre en grimaçant.

Ses mains étaient couvertes de sang.

L'attaque fut fulgurante. Paul l'évita d'une feinte de corps mais d'autres suivirent aussitôt. Trois, quatre tentatives, toutes parées de la même façon. Les deux hommes avaient l'air de danser un pas de deux dont l'issue ne faisait pourtant aucun doute. Si le flic n'arrivait pas à désarmer son adversaire, il finirait par se faire planter.

Un geste moins précis lui fournit l'occasion qu'il attendait. Il bloqua le bras du légionnaire avec ses mains à l'instant où la lame fondait sur lui. D'une clef de bras, il réussit à lui faire lâcher le poignard. Puis il se décala un peu et lui balança son genou dans le plexus. La douleur flamba aussitôt dans sa rotule, comme s'il l'avait tapée de toutes ses forces contre un mur. Le salopard portait un gilet en Kevlar.

Paul grimaça et recula d'un pas. Ronin n'avait pas bougé d'un millimètre. Un roc, indestructible. Il le regardait avec une expression que le flic connaissait bien. Celle du lutteur qui sait qu'il a pris l'avantage et se prépare à achever son adversaire.

Le soldat marcha vers lui d'un pas décidé. Les coups se mirent à pleuvoir, vicieux, efficaces, pilonnage incessant dont l'objectif était de l'affaiblir. Paul se défendait tant bien que mal, résolu à vendre chèrement sa peau. Il avait levé ses coudes en position défensive et plaçait un crochet de temps à autre. Des piqûres d'insecte qui ricochaient sur le casque ou s'écrasaient sur le gilet pare-balles.

Il n'allait pas s'en sortir. Il le sentait maintenant dans ses tripes. Avec ou sans arme, Ronin était plus fort que lui.

Une décharge de cent mille volts explosa dans sa jambe. Le tueur avait touché sa blessure. Paul tomba à genoux. Il prit appui sur ses mains et tenta de se relever. En vain. Le muscle ne répondait plus. En clair, il était désormais à la merci du dingue.

Sans se presser, Ronin alla récupérer son flingue. Il revint vers son adversaire d'un pas tranquille et arma la culasse. Plus que quelques secondes et tout serait plié.

Il pointa l'automatique sur le flic.

— T'as encore quelque chose à dire ?

Le capitaine ne lui fit pas le plaisir de lui répondre. À cet instant, il pensait seulement à sa mère. Au fait qu'il ne serait plus là pour prendre soin d'elle. Il s'en voulait aussi de ne pas avoir pu sauver Lou et d'abandonner Latour à son sort. La commandante avait la tête baissée. Elle avait dû perdre trop de sang et était peut-être déjà morte. Un beau gâchis alors qu'ils étaient si près du but.

Une expression de triomphe flamba dans le regard du légionnaire. Paul songea que ce serait la dernière image qu'il emporterait dans la tombe. Celle d'un borgne dont il n'avait jamais vu le visage.

Puis, étrangement, l'œil valide de Ronin se voila. Son bras retomba le long de son corps et il s'effondra lourdement sur le sol, face contre terre. Une flèche traversait son cou de part en part, à la jonction du casque et du gilet pare-balles.

Paul tourna la tête vers la droite, en direction de l'endroit d'où avait dû partir le trait. Un homme était debout près du mur. Il tenait dans les mains une arbalète et les fixait d'un air halluciné.

66

Robinson Crusoé.

Paul avait devant lui la version montagne du célèbre naufragé, enveloppée dans des vêtements techniques et coiffée d'un bonnet de laine bleu marine.

Franck Bardon avait depuis longtemps oublié les codes d'une vie en société. Ses cheveux d'un gris sale étaient longs, hirsutes, à l'image de la barbe qui descendait sur sa poitrine telle une rivière gelée. Ses traits, faits de ravines et d'arêtes vives, se devinaient à peine sous son masque de poils. Seuls ses yeux émergeaient de ce désastre. Les mêmes que ceux de Lou. Des lacs d'un bleu glacé au fond desquels flottait une pureté désarmante.

Paul ressentait néanmoins chez lui une distance, ou plutôt un éloignement, donnant l'impression qu'il avait déserté ce monde. L'Ermite du Cirque du Diable, sorti tout droit de la caverne où il avait trouvé refuge.

Il s'approcha de sa fille. S'arrêta à un mètre d'elle et la détailla sans rien dire. Il paraissait flotter dans un état second, comme un ectoplasme sorti de son propre corps.

La jeune surfeuse ne valait pas mieux. Elle l'observait avec intensité, incapable de prononcer un mot.

Au bout de quelques instants, elle murmura :

— Papa ?

Bardon baissa la tête. Il avait fait n'importe quoi et allait devoir s'expliquer. Vis-à-vis de la justice mais avant tout de son enfant. Une entreprise à laquelle il n'était pas préparé.

— Ma chérie. Je…

Lou ne le laissa pas aller plus loin. Elle se jeta dans ses bras et éclata en sanglots.

Des secondes s'écoulèrent. Père et fille étaient serrés l'un contre l'autre et pleuraient comme des Madeleine. Un flot libérateur, contenu depuis trop longtemps à grand renfort de mensonges, de refoulements et de non-dits. La violence des derniers instants avait anéanti ces digues pour le laisser couler et leur permettre d'être réunis.

Paul brûlait de comprendre ce qui s'était passé mais n'osait pas interrompre ces retrouvailles inespérées. Il les abandonna à leur bulle et clopina vers Latour. La commandante était à la même place, adossée à un lit, paupières toujours closes. Une grosse tache sombre s'étendait sur sa parka et gouttait sur le sol. Impossible de savoir si elle respirait encore.

Le capitaine prit son pouls. Des pulsations rapides, anarchiques, coururent sous ses doigts. Elle était en vie. Pour combien de temps ?

Il fit glisser la fermeture Éclair, souleva les couches de laine qui la protégeaient du froid. Sa peau apparut, diaphane, fragile. Un trou bien net la perforait à hauteur de l'aine, point d'entrée de la balle qui l'avait traversée de part en part. Un filet vermillon s'en écoulait lentement, au rythme de ses battements de cœur.

Paul confectionna une compresse de fortune avec un vieux morceau de couverture récupéré sur une paillasse. Vu l'endroit où se situait l'impact et avec un peu de chance, il espérait qu'il n'y aurait pas trop de dégâts.

Il fallait néanmoins évacuer Latour au plus vite. Pas simple quand on était coincé sous la montagne à 3 000 mètres d'altitude, avec pour seul moyen de transport un hélico que Paul était incapable d'utiliser. Et pas question de compter sur Jansen. Il n'y avait pas de réseau et de toute façon, le colonel ne prendrait pas le risque de mettre ses hommes en danger en faisant décoller le Choucas. Même pour un flic. Il allait falloir attendre le jour. En priant pour que la commandante tienne le coup.

Le capitaine sentit une main qui se posait sur son épaule. Il se retourna. Bardon se tenait debout devant lui, fantôme désincarné qui paraissait flotter dans la pénombre.

— Ça se présente comment ?
— Pas terrible.

Le père de Lou s'agenouilla et évalua l'étendue des dégâts.

— On ne peut pas la laisser comme ça, affirma-t-il en se redressant. Il faut la redescendre tout de suite.

Bardon avait changé du tout au tout. Il parlait d'une voix calme, celle d'un professionnel de la montagne habitué aux situations de crise. L'homme avait choisi de disparaître mais le guide était toujours là. Sa vocation ne l'avait pas quitté. Elle dictait ses actes avec la force de l'expérience.

— Vous savez piloter un hélico ? demanda Paul.
— Non. Mais j'ai un scooter qui devrait faire l'affaire.

ÉPILOGUE

Reflets de chrome.
Odeurs d'antiseptiques.
Échos étouffés des sons filtrant derrière la porte.

Paul se redressa dans son fauteuil et se massa les yeux. Il s'était assoupi, oubliant pendant quelques minutes l'endroit où il avait passé les dernières heures. Une chambre, dans le service de réanimation du CHR de Briançon, avec une vue imprenable sur les cimes. La sœur jumelle de celle dans laquelle il avait atterri quelques jours plus tôt, après sa première rencontre avec Ronin. Latour était à côté de lui, allongée sur un lit métallique, paupières fermées. Son visage était détendu. Elle respirait paisiblement, comme emportée par un songe aux vertus relaxantes.

Il s'étira et alla se poster devant la fenêtre. La ville s'étendait à ses pieds, grise, vieillotte, sans intérêt. Il s'était toujours demandé comment on pouvait s'enterrer dans un endroit pareil. Il fallait vraiment l'aimer, cette montagne. Avoir ces paysages incorruptibles dans le sang et assumer leur âpreté.

Franck Bardon était de ces passionnés. Il avait voué son existence aux sommets enneigés jusqu'à se fondre en eux. La même logique que celle de Fernel, pour des raisons différentes.

Placé en garde à vue dès son arrivée à La Grave, le père de Lou avait raconté sa version de l'histoire. Un récit dont les flics connaissaient la plupart des chapitres, mais qui avait permis d'éclaircir les derniers points d'ombre.

Le guide n'était pas dans la base quand Ronin avait débarqué avec Lou. Il était parti chasser dans la montagne depuis deux jours, comme il le faisait régulièrement pour se procurer de la nourriture fraîche et entretenir ses compétences. Il avait vu l'hélico en rentrant et s'était dirigé vers son bivouac, le lieu où tout le monde se retrouvait habituellement.

En marchant dans le tunnel, il avait entendu les détonations. Il s'était approché en silence, avait vu le légionnaire se battre avec Paul et aperçu sa fille. Sa fibre paternelle et l'arbalète avec laquelle il tirait le gibier s'étaient chargées du reste.

Le policier l'avait ensuite interrogé sur son implication. Côté responsabilité, il était blanc comme neige. Comme l'avait dit Éric Herbert, il avait accepté de participer au projet GE en toute bonne foi et n'avait jamais su pour l'escroquerie. Un idéaliste doublé d'un dépressif, qui y avait seulement vu l'opportunité de quitter la scène avec panache en assurant l'avenir de son enfant. Il serait mis en cause pour homicide, celui de Ronin, avec toutes les chances d'obtenir un non-lieu du fait de la légitime défense.

Côté pratique, Bardon avait fait le job. Il s'était tapé plus de dix-huit mois sous la falaise, avec pour unique compagnie quelques bouquins et des compiles de jazz. Hormis Perrin, les frères Herbert et de rares techniciens venus effectuer des relevés, il n'avait fréquenté que Lucas Fernel. Son fils spirituel. Celui qui, d'une certaine façon, lui avait donné la force de continuer.

Il l'avait rencontré sept ans plus tôt à Chamonix, quand le jeune homme était encore au centre de formation où il donnait des cours. Même caractère secret. Même passion pour la montagne. Mêmes certitudes que l'être humain fonçait dans le mur en klaxonnant. Ils s'étaient appréciés. Reconnus.

Quand le projet GE avait vu le jour, Bardon l'avait contacté afin de lui proposer de bosser avec lui. Le travail consistait à l'assister sur le terrain, à surveiller la zone et à chapeauter les experts lorsqu'ils effectuaient des repérages. Fernel devait également assurer le ravitaillement et plus globalement servir de lien avec la vallée. D'où son installation à La Grave dans l'immeuble de la SCI Annapurna. La mission était pile-poil dans ses cordes, avec en prime la satisfaction de participer à quelque chose d'utile. Pour rester discret et les portables ne passant pas, ils communiquaient via un téléphone satellite à cryptage militaire. Du matos fourni par Ronin.

L'annonce de sa mort avait dévasté Bardon. Habitué aux va-et-vient de son compagnon de solitude, il ne s'était pas inquiété de son silence pendant plus de trois semaines. D'autant que le promoteur, même s'il s'était bien gardé de lui en révéler les dessous, avait fait part au jeune guide de la fin programmée du projet.

Un changement de cap qui avait laissé penser au père de Lou que Fernel était en train de s'organiser pour la suite. Éric Herbert l'avait-il menacé de représailles s'il ne tenait pas sa langue sur le projet GE ? À moins que ce soit Ronin ? La peur qu'avait sentie Baptiste Ollier chez son petit ami quand il l'avait vu pour la dernière fois venait peut-être de là.

L'exécution de Gastaud avait détruit Bardon de la même façon. Son plus vieil ami. Au même titre qu'Herbert, dont l'incarcération l'avait en revanche laissé froid. Même si l'homme d'affaires ne les avait pas assassinés lui-même, il portait la responsabilité des exactions de son frère. C'est lui qui l'avait associé à cette folie, alors qu'il connaissait sa vraie nature depuis toujours.

Heureusement, il y avait Lou. Le chemin serait long pour reconstruire leur relation mais ils semblaient tous les deux disposés à essayer. Une nouvelle vie s'annonçait pour eux. Peut-être une chance de retrouver la paix.

Un soupir monta dans son dos. Paul se retourna. Latour avait enfin ouvert les yeux.

Il s'approcha du lit.

— Comment vous vous sentez ?

— Vaseuse.

— L'anesthésie. Ça va passer.

— Je… je suis là depuis quand ?

— La nuit dernière. On vous a opérée en urgence en arrivant. Depuis, vous dormez.

Ses paupières se fermèrent malgré elle. Elle resta silencieuse quelques secondes, puis demanda :

— Que s'est-il passé ?

— Vous ne vous rappelez pas ?

— Pas tout... Je me souviens juste du complexe. Je crois que je courais dans une galerie. J'ai... j'ai vu de la lumière. Ensuite, c'est flou...

Paul lui raconta. Son arrivée dans le dortoir. Sa blessure par balle. La mort de Ronin, tué in extremis par Bardon. Puis l'expédition-sauvetage, en pleine nuit, pour la descendre dans la vallée allongée dans la remorque accrochée au scooter. Le guide avait géré. Il connaissait la voie d'accès utilisée par les Allemands pour accéder au pic Jarry et lui avait sauvé la vie.

— C'est grâce à vous qu'on s'en est tirés, conclut Paul. Si vous n'étiez pas intervenue, on serait tous morts.

Elle cligna des yeux. Les médecins étaient confiants. Elle allait récupérer mais parler était encore difficile.

— Reposez-vous. Je reviendrai.

Le capitaine attrapa son blouson et se dirigea vers la porte. Un dernier regard vers sa collègue. Elle avait sombré à nouveau.

Il quitta l'hôpital d'un pas tranquille. Latour était sauve, on avait identifié des traces d'azote sur l'instrument vétérinaire trouvé à la ferme du Pinet, et la perquisition effectuée par les flics de Grenoble dans le bunker secret de Perrin avait aussi permis de récupérer un paquet de preuves supplémentaires attestant l'existence du projet GE. L'enquête était terminée et la justice prendrait vite le relais. Tout allait pour le mieux dans le meilleur des mondes.

L'idée le fit sourire. Son monde était loin d'être le meilleur. L'horreur, la perversion, la cruauté et la violence en constituaient les quatre points cardinaux. Ils balisaient la route de tous les flics, tels des soleils de sang qui dirigeaient leurs pas.

Pour assumer cette vie, Paul s'était toujours dit qu'il fallait bien que des gens comme eux existent. Des nettoyeurs, capables de se salir les mains pour ramasser la merde. L'ultime rempart contre le chaos. Pourtant, plus il gagnait en expérience, plus son avis évoluait. Aujourd'hui, en dépit des colères, des frustrations, des nuits blanches et de la peur, il commençait à saisir l'essence intime de sa vocation.

La vérité, c'est qu'il aurait été incapable de faire autre chose.

Tout simplement parce qu'il adorait ça.

REMERCIEMENTS

Une fois encore, je tiens à remercier toutes celles et ceux qui m'ont accompagné, soutenu et parfois guidé dans la rédaction de cet ouvrage. Toutes celles et ceux sans qui il ne serait pas devenu ce qu'il est, encore imparfait, certes, comme tous les livres écrits par des êtres humains (tant que ça existe encore), mais grandement amélioré pour, je l'espère, en rendre la lecture plus agréable et addictive.

En premier lieu, à tout seigneur, tout honneur, je remercie Bernard Fixot, qui m'a proposé de rejoindre son écurie voilà déjà deux ans.

Je remercie également Édith Leblond pour sa gentillesse, sa disponibilité et son écoute, toujours là pour rassurer l'auteur quand le doute s'empare de lui...

Merci aussi, évidemment, à Renaud Leblond, qui a édité ce livre avec finesse et à-propos, et dont les suggestions pertinentes ont donné au roman le coup de fouet dont il avait parfois besoin.

Un *special thanks* pour Camille le Doze, chargée de l'*editing*, avec qui nous avons travaillé, retravaillé, et retravaillé encore pendant de longues semaines pour tailler dans le gras, dynamiser le texte et supprimer les incohérences, virgules indélicates ou libertés grammaticales qu'il m'arrive parfois de prendre.

Je n'oublie bien sûr pas Anissa Naama et Stéphanie Le Foll, qui vont prendre leur bâton de pèlerin avec toute l'énergie qui les caractérise pour partir à l'assaut des différents médias.

Ni Nathalie De Lessan, dont les talents commerciaux permettront au livre d'exister au milieu d'une production pléthorique.

Enfin, merci à ma femme qui m'accompagne depuis toutes ces années dans cette aventure qu'est l'écriture, supporte avec patience et amour les inévitables frustrations et remises en question que connaît chaque auteur et qui, en un mot comme en cent, n'a jamais cessé de croire en moi.

Composition et mise en pages
Nord Compo à Villeneuve-d'Ascq

Achevé d'imprimer en mars 2025 par
La Nouvelle Imprimerie Laballery
58500 Clamecy (Nièvre)
N° d'impression : 502512

POCKET – 92, avenue de France, 75013 Paris

S34792/03